L'inconnu de Shadow Falls

MAGGIE SHAYNE

L'inconnu de Shadow Falls

BestSellers

Collection : BEST-SELLERS

Titre original : KILL ME AGAIN

Traduction française de LAURENT GONTIER

HARLEQUIN®
est une marque déposée par le Groupe Harlequin

BEST-SELLERS®
est une marque déposée par Harlequin S.A.

Photos de couverture

Rue de nuit : ©ROY BISHOP/ARCANGEL IMAGES
Silhouette & paysage : © BRYCE DUFFY/GETTY IMAGES
Fond : © ROYALTY FREE/PHOTODISC/GETTY IMAGES

83/85, boulevard Vincent-Auriol, 75646 PARIS CEDEX 13.

Service Lectrices — Tél. : 01 45 82 47 47

www.harlequin.fr

ISBN 978-2-2802-4826-6 — ISSN 1248-511X

A Lance, mon compagnon, mon meilleur ami, mon intarissable source d'inspiration. A toi qui comprends mes folies et apaises tous mes orages. Tu es mon havre de paix, auprès duquel je sais pouvoir toujours revenir. Je t'ai décrit dans tant de romans sans deviner qu'un jour tu jaillirais de leurs pages, de mon imagination, pour me bercer dans tes bras puissants. Et c'est pourtant ce qui est arrivé. Tu combles tous les désirs de mon cœur et transformes chacun de mes rêves en réalité. Merci de m'aimer autant.

1

Debout sur son lit, Olivia Dupree s'examinait d'un œil critique dans la grande glace de son armoire.

Pour la première fois, aujourd'hui, elle allait rencontrer le seul homme sur cette Terre qui partageait sa vision de la vie — une longue série de déceptions jalonnant une périlleuse traversée qu'il valait mieux réaliser en solitaire —, et elle n'avait rien à se mettre.

Non que ce genre de détail ait une quelconque importance pour elle ! Habituellement, elle se fichait pas mal de ce qu'elle portait. Et elle espérait bien qu'il s'en moquait, lui aussi, car le contraire la décevrait.

Pourtant, elle venait bel et bien de céder à ce réflexe idiot, telle une adolescente stupide, ce qu'elle n'avait jamais été. Elle ne possédait pas de miroir en pied et persistait à penser qu'elle n'en avait nul besoin. Elle s'habillait généralement de façon très simple. Elle portait, pour travailler, des jupes droites toutes simples, assorties d'un blazer quand il faisait frais, et de confortables escarpins à petit talon. Elle nouait ses cheveux en un chignon serré et se maquillait très peu au quotidien. Après tout, les étudiants en anglais de l'université n'étaient pas vraiment attentifs à la façon dont leur professeur s'habillait. Et elle ne cherchait pas particulièrement à attirer l'attention.

Le week-end, elle troquait cet uniforme contre un jean, le chignon contre une queue-de-cheval, et le maquillage contre de l'écran solaire.

Rien de plus.

Freddy, son meilleur ami en ce monde, était l'unique spécimen du genre masculin — de l'espèce canine, en l'occurrence — auquel elle accordait son entière confiance. Pour l'heure, la tête penchée, il regardait sa maîtresse en train de jouer les équilibristes sur le lit, en ayant l'air de penser que ce n'était décidément pas un endroit où se tenir debout.

— C'est bon, mon vieux, lui dit-elle en le considérant depuis son perchoir. Je vais descendre. Mais, pour toi, le lit est toujours interdit, OK ?

Il poussa un énorme soupir et s'allongea sur le sol, faisant glisser pesamment les quatre-vingt-dix kilos de son imposante carcasse au pelage moucheté. Pour un mastiff anglais adulte, il était de taille moyenne. Elle ne l'avait que depuis trois ans, et peinait à croire qu'il fût si gros.

Elle espérait qu'Aaron Westhaven n'avait pas d'aversion pour les animaux. Il n'y avait pas de chiens, dans ses romans. Sans pouvoir en être sûre, elle pensait cependant qu'il aimerait Freddy. Parce que quiconque possédait un cœur avait nécessairement un faible pour lui. Et un cœur, Aaron Westhaven en avait un, c'était certain.

Elle avait le sentiment de bien le connaître. Les romans de l'écrivain solitaire — tous des histoires tragiques à vous briser le cœur — s'alignaient sur ses étagères. Ils étaient son petit secret coupable. Mais ils parlaient aussi à son âme et reflétaient avec intensité et vérité ses propres sentiments sur la vie et sur l'amour, à savoir qu'on ne pouvait vraiment compter que sur soi-même.

Aaron Westhaven semblait savoir cela. Et Dieu sait si elle le savait aussi !

Et voici qu'elle était sur le point de rencontrer l'écrivain. Ici même, à Shadow Falls, au fin fond du Vermont.

Elle considéra l'ensemble qu'elle venait d'essayer. Un pantalon noir un peu habillé, un chemisier lavande avec un blazer noir. Trop strict. Elle déboutonna le blazer. Encore trop formel. Elle le retira et trouva alors sa tenue trop négligée.

Agacée, elle jeta le blazer à ses pieds. Grossière erreur ! Prenant son geste pour une invitation, Freddy sauta sur ses pattes et s'élança sur le lit avec un aboiement si puissant qu'elle le sentit résonner dans sa poitrine. Le matelas s'affaissa et les ressorts du sommier protestèrent en grinçant.

— Tu n'as rien à faire sur ce lit ! Moi, c'est différent, je voulais me voir en entier ! lui lança-t-elle alors qu'elle luttait pour garder l'équilibre.

Pour toute réponse, le chien bondit de nouveau. Le matelas ondula sous elle comme une mer déchaînée. Elle tomba à la renverse sur le couvre-lit en bataille et fut prise d'un grand éclat de rire quand Freddy se jeta sur elle pour lui lécher le visage.

— Quel boulet ! Descends de là !

Immédiatement, il obéit, puis resta planté devant le lit en attendant qu'elle vienne le rejoindre. Elle descendit à son tour, échangea le pantalon pour une jupe, glissa ses pieds dans une paire de sandales et jeta un œil sur la pendule posée sur la table de nuit avant de regarder sa montre.

— Hé, Freddy ! M. Westhaven est en retard.

Elle fronça les sourcils tandis qu'un petit nœud d'appréhension lui serrait la gorge.

— Il est même carrément en retard.

L'inquiétude l'envahit. Certes, elle admirait l'écrivain, mais elle n'avait pas tout à fait confiance en lui. Parce que c'était un homme, tout simplement.

Qu'il ait accepté de venir faire un discours surprise à la soirée de collecte de fonds qu'organisait cet été le département d'anglais était d'ailleurs assez déroutant en soi, même si c'était fantastique. Elle l'avait invité avec la certitude qu'il refuserait, si toutefois il daignait répondre. L'écrivain était connu pour ne jamais se montrer en public. Aussi avait-elle été stupéfaite, et même un peu méfiante, lorsqu'il avait donné son accord.

Mais elle s'était efforcée d'oublier ses craintes, mettant celles-ci sur le compte de ses déboires avec les hommes. Et, à présent, elle comptait sur lui pour ne pas leur faire faux bond et être présent comme promis.

Mais peut-être tout cela avait-il été une erreur, finalement.

Quoi qu'il en soit, elle le saurait très vite. D'un coup de brosse, elle chassa les poils du chien du chemisier lavande qu'elle remplaça par un débardeur de soie vert-jade. Ce serait très bien comme ça.

Samuel Overton n'était absolument pas censé prendre le volant sans sa mère à côté de lui. Et encore moins conduire cette grosse Ford Expedition qui ne leur appartenait même pas. C'était pourtant bien ce qu'il était en train de faire. Allons, il s'agissait là du Funkmaster Flex Edition, se dit-il, pas de n'importe quel tout-terrain ! Et il était vraiment génial : motif à damier sur le tableau de bord et la console, peinture personnalisée rouge et noir, sono à tomber. Mieux encore : 300 chevaux, bloc culasse

5,4 litres, 24 valves et moteur V8. Bon sang, ce truc était une mécanique de rêve ! Digne d'un salon automobile.

Comment sa mère pouvait-elle croire qu'il résisterait à une telle tentation ? En tout cas, il ne fallait surtout pas qu'elle découvre qu'il y avait cédé.

Kyle Becker, le meilleur ami de Sam, augmenta le volume de la musique. D'un geste, Sam écarta sa main du bouton et baissa le son.

— Ça me déconcentre.

— C'est Metallica. On ne baisse pas le son quand c'est Metallica.

— Alors coupe-le.

— Que dalle ! Il va bien falloir que tu t'habitues à être déconcentré, dit Kyle affectant l'air expérimenté de celui qui détient déjà son permis et qui, à seize ans, était de six semaines l'aîné de Sam.

— Et pendant que tu y es, reprit-il, tu pourrais dépasser les cinquante kilomètres-heure.

Sam enfonça la pédale de l'accélérateur, augmenta la vitesse et fit jaillir un nuage de poussière derrière eux. Ils s'étaient engagés sur une route secondaire peu fréquentée, afin qu'il puisse s'entraîner avec une voiture qui en avait un peu plus dans le ventre que le 4x4 de sa mère.

Un petit bruit métallique lui fit constater qu'il projetait des gravillons en plus de la poussière. Secouant la tête, il freina et se rangea sur le côté.

— C'est stupide. Cette route est complètement nulle. En plus, tu as vu la poussière ?

— Je t'ai dit qu'on laverait la voiture avant de la remettre au garage, insista Kyle. Personne ne saura jamais qu'on s'en est servi.

— OK, sauf si je finis par avoir un problème avec

Le Pr Mallory s'en rendra compte à son retour d'Europe, même si ma mère n'y voit que du feu.

Sam soupira, agacé contre lui-même. Il commençait à prendre conscience que leur virée avait peu de chances de passer inaperçue. Sa mère était de celles qui découvrent *toujours* tout.

— Je suis vraiment idiot de t'avoir écouté…

— Mais non. Tu as bien besoin d'une bagnole pour t'entraîner, non ? Comment est-ce que tu comptes passer ton permis la semaine prochaine, sinon ? Et comme tu ne peux pas prendre la voiture que ta mère gare jour et nuit devant son foutu hôpital…

— Ouais, OK. Mais je ne peux pas non plus continuer à emprunter la supervoiture de Mallory. Enfin, je ne devrais pas. Il l'a confiée à maman pendant son absence. Ce n'était pas pour qu'on s'en serve…

— Pourquoi ? Tu ne fais rien de mal. En plus, il a demandé à ta mère de la conduire de temps en temps pour la garder en forme, pas vrai ? Tu l'*aides*, mon gars.

— Tu ne dirais pas ça si c'était la voiture de tes rêves que je conduisais sur ce sentier de chèvres, objecta Sam. Si maman le découvre, elle va piquer une sacré crise.

— Elle ne le saura pas, assura Kyle comme s'il s'en portait garant.

La poussière se dissipa et Sam soupira.

— On rentre. On doit encore faire le plein et laver la carrosserie. En espérant que personne ne nous remarquera sur le chemin du retour.

— Ouais, dit Kyle. Je crois que c'est mieux. Mais on peut la conduire direct dans le garage de ta mère, remplir le réservoir avec un jerricane et la laver là-bas. On n'attirera pas l'attention. Tu veux que je conduise ?

Sam acquiesça.

— Au cas où on croise un flic, expliqua-t-il. Maman sera encore plus en rogne si je prends une amende pour conduite non accompagnée.

Il ouvrit la portière et contourna le véhicule pour gagner le siège du passager.

Kyle sortit de son côté, mais s'immobilisa un instant, les yeux fixés sur le bord de la route à une dizaine de mètres devant eux. Soudain, il se raidit et sa mâchoire s'affaissa.

— Quoi ? demanda Sam, qui essayait de distinguer ce que voyait son ami.

Kyle indiqua un point du doigt

— Merde, c'est un corps, ça, ou quoi ?

— Tu déconnes !

Sam repéra la masse qui avait attiré l'attention de son ami. Quelque chose qui, il devait bien l'admettre, avait tout l'air d'un individu gisant dans l'herbe au pied d'un talus.

Les deux garçons se dirigèrent vers le tas de vêtements qui dessinait une silhouette humaine et s'en approchèrent autant que possible sans quitter la route.

— Aucun doute, Sam, dit Kyle. Il y a un type en bas. Et il ne bouge pas.

— Va voir s'il est vivant, répondit Sam en le poussant du coude et en tirant son téléphone portable de sa poche.

— Va te faire foutre ! Toi, va voir s'il est vivant !

— Bon, répliqua Sam en lui tendant le téléphone. Alors appelle les secours… et ma mère à l'hôpital.

— Moi, je n'appelle pas ta mère, soupira Kyle en secouant la tête. Je vais voir s'il est vivant.

Lorsque son téléphone sonna enfin, Olivia n'avait pas encore renoncé à voir arriver son invité de marque. Certes, le souci extrême qu'il avait de sa vie privée était légendaire, et elle aurait dû se fier à l'instinct qui lui dictait de se méfier de sa promesse. Au départ, elle s'était d'ailleurs dit que le responsable événementiel n'accepterait jamais les conditions d'Aaron Westhaven : ni presse, ni publicité, ni photographes, ni hôtel. Mais il avait consenti à tout et Westhaven avait accepté l'offre d'Olivia de loger dans sa chambre d'amis, plutôt que dans les auberges et maisons d'hôtes de la ville, où il risquait d'être reconnu. Conviés sur invitation exclusivement, les participants à la soirée ignoraient encore le nom de l'invité surprise. Ils étaient seulement avertis de la présence d'un éminent visiteur dont la réputation ferait honneur à leurs donations. Les billets avaient été vendus en un temps record.

Et, maintenant, il semblait qu'il ne se montrerait jamais.

Et elle aurait dû s'en douter. Il fallait vraiment être naïf pour croire qu'il tiendrait parole. Rares étaient les personnes en qui on pouvait avoir confiance. Parmi les hommes, surtout.

Quand le téléphone sonna, elle reprit aussitôt espoir. Oubliant ses idées réalistico-catastrophistes, elle décrocha si vite qu'elle ne prit pas le temps de regarder l'identité du correspondant.

— Olivia Dupree, annonça-t-elle.

— Salut, Olivia, lui répondit une voix de femme. C'est Carrie Overton. Comment vas-tu ?

— Carrie ?

S'attendant plutôt aux excuses et justifications de son correspondant, elle hésita un instant, déconcertée. Son front se barra d'un pli. Elle écarta le téléphone et consulta l'identité de l'appelant qui s'affichait sur l'écran. Hôpital général de Shadow Falls. Elle haussa les sourcils et replaça le combiné contre son oreille.

— Ça va. Je suis un peu stressée, là, maintenant, mais… Tout va bien ?

Carrie était l'une des seules femmes avec qui, au cours des seize dernières années, elle avait bâti ce qui pouvait ressembler à une amitié. Une amitié qui restait légèrement à distance, toutefois. Olivia savait qu'il est délicat de laisser trop s'approcher les gens lorsque, comme elle, on a un passé lourd de secrets.

— J'appelle de…

— L'hôpital, je sais, coupa Olivia alors qu'un nœud d'inquiétude se formait dans sa poitrine.

Carrie n'avait absolument aucun motif pour l'appeler aujourd'hui, et surtout pendant ses heures de travail.

— Que se passe-t-il ?

Carrie prit une grande inspiration et se lança.

— D'accord, voilà. J'ai un patient ici. Sexe masculin, la trentaine, cheveux et yeux noirs, environ un mètre quatre-vingts, plutôt pas mal, identité inconnue.

— Carrie, on dirait que tu cherches à caser un chien errant.

— En quelque sorte. Il avait ta carte de visite dans la poche, alors j'ai pensé que tu pourrais peut-être nous aider à l'identifier.

Olivia ferma lentement les yeux tandis que son esprit rassemblait les informations. Mon Dieu ! Est-ce que ça pouvait être Aaron Westhaven ? Etait-ce la raison de son retard ?

Y a-t-il quelque chose d'écrit au dos de la carte ?

— Oui, le numéro de téléphone de ton domicile, ton adresse aussi. Tu sais de qui il s'agit ?

— Je crois que oui, soupira Olivia.

Pas de doute, c'était *lui*. C'était forcément lui. Elle n'avait jamais donné son adresse à personne. Sauf à ce curieux individu, aussi célèbre que solitaire, dont le cerveau était en connexion directe avec le sien.

— Il va bien ? Je veux dire, pas trop mal ?

— Je ne peux vraiment rien te dire.

— D'accord, d'accord.

Les règles de confidentialité… Carrie n'allait pas enfreindre le secret médical et risquer son poste. Pas au téléphone, en tout cas.

— Peux-tu venir ici ? demanda Carrie.

Olivia confirma d'un ample hochement de tête, comme si Carrie pouvait la voir.

— Je serai là dans un quart d'heure.

Après avoir raccroché, elle piqua vers la porte d'entrée, ses problèmes vestimentaires totalement oubliés, et attrapa au vol son sac à main.

Freddy l'attendait à la porte, la queue frétillante.

Elle se pencha légèrement et prit sa tête aux bajoues flasques dans le creux de ses mains.

— Tu ne bouges pas, Fred. Je vais à l'hôpital et les chiens ne sont pas admis. Alors tu restes ici. Mais, promis, je ne serai pas longue.

Il soupira lourdement et inclina sa grosse tête, comme s'il comprenait chaque mot.

La main toujours posée sur lui, elle l'embrassa sur le museau.

— Ne sois pas triste, je reviens.

Il se leva et alla se blottir dans son immense lit de chien comme si son cœur venait de se briser.

Prise de pitié pour son meilleur ami, Olivia alluma et cala la télé sur Animal Planet. Freddy sembla apaisé. Puis elle lança la télécommande sur la plus haute étagère, hors de portée des mâchoires du chien, et se dirigea vers son 4x4 hybride.

Quinze minutes plus tard, elle demandait le Dr Carrie Overton à l'accueil du bureau des infirmières de l'hôpital général de Shadow Falls. Sentant au même moment une main se poser sur son épaule, elle se retourna et vit un visage connu, qui n'était cependant pas celui auquel elle s'attendait.

Elle détailla de bas en haut le grand policier qui se tenait devant elle.

— Bryan… J'ai failli ne pas te reconnaître, dans cet uniforme. Ça doit être bon de le porter de nouveau, non ?

— Mieux que tu ne peux l'imaginer, répondit Bryan Kendall. Comment vas-tu ?

— Bien, bien.

— Et ce cheval que tu appelles un chien ?

— Il se morfond de ne pas avoir pu venir, mais sinon ça va. Dawn et toi devriez passer le voir un de ces jours. Que fais-tu ici ? demanda-t-elle en fronçant les sourcils.

— La même chose que toi, répondit-il.

Elle écarquilla les yeux

— La police est impliquée ?

L'air sérieux, Bryan, fit oui de la tête

— Je suppose que tu attends le Dr Overton. Pour l'instant, elle est en train de passer un savon à son fils pour avoir emprunté une voiture sans autorisation.

Olivia regarda dans la direction qu'il indiquait et vit l'époustouflante rousse, en blouse de laboratoire et stéthoscope au cou, occupée à faire la leçon à deux adolescents qui n'en menaient pas large.

Carrie leva les yeux et Bryan accrocha son regard. Elle envoya fermement les garçons s'asseoir dans un coin et sortit par la porte vitrée.

— Vous ne bougez pas d'ici avant mon retour, leur lança-t-elle par-dessus son épaule.

Elle reprit sa respiration, lissa ses boucles couleur de feu et rejoignit Olivia et Bryan.

— Merci d'être venue, Olivia. Vous l'avez mise au courant, officier Kendall ?

Olivia fit non de la tête.

— Pas encore, répondit Bryan.

— Vous savez que Sam et Kyle ont sans doute sauvé la vie de ce type en le trouvant, non ? ajouta-t-il en jetant un regard de compassion vers les garçons assis dans la pièce voisine.

— Ce n'est pas une excuse, rétorqua Carrie.

Son regard se tourna de nouveau vers Olivia.

— Notre homme mystérieux est par là. Peux-tu jeter un œil sur lui et nous dire si tu le reconnais ?

— Je ne sais pas si cela sera très utile, répliqua Olivia.

Elle suivit Carrie jusqu'à une chambre dont la porte portait le numéro 206.

— Comment ça ? demanda Carrie.

A côté de la porte, une fenêtre au store à peine ouvert laissait entrevoir la silhouette d'un homme allongé sur le lit. Il était couché sur le dos, les yeux rivés sur le plafond, la tête enveloppée dans des bandages.

— Parce qu'en réalité je ne l'ai jamais rencontré, poursuivit Olivia. Oh !

Elle perdit son souffle en même temps que le fil de sa phrase lorsque son regard glissa des bandages blancs vers le visage de l'homme. Dieu, qu'il était beau ! Elle ne s'attendait pas à ça.

— Tu le connais ? demanda Bryan.

— Pas de vue, répondit Olivia.

Elle pensa qu'elle aurait dû s'adresser directement à Bryan, au lieu de parler de lui comme s'il était absent, mais elle demeurait là, stupide, incapable d'arracher son regard du visage de l'inconnu. Verts ou peut-être marron, ses yeux ouverts étaient si doux ! Elle était trop loin pour distinguer leur couleur exacte, mais ils étaient sombres et saisissants, d'une forme légèrement tombante qui lui donnait une expression profonde et un peu triste. Son âge l'avait surprise autant que la vive réaction qu'avait suscitée en elle sa belle prestance. En revanche, la douleur, la volonté inébranlable et stoïque exprimée par ces yeux ne la surprirent pas du tout. Elle s'attendait à ce qu'il soit ainsi.

— Olivia ? s'enquit Bryan.

Elle cligna les yeux et s'éclaircit la gorge.

— Je ne l'ai jamais rencontré. Mais je suis presque certaine de savoir qui il est. Il était en route pour me voir.

Bryan se raidit légèrement. Il était l'une des rares personnes à connaître le secret d'Olivia. Et inviter un étranger chez elle n'était pas ce à quoi on pouvait s'attendre de sa part.

— C'est une longue histoire…, commença-t-elle.

— Contente-toi de la version courte, dit-il.

Elle hocha la tête.

— C'est un écrivain. Il est aussi célèbre pour sa vie d'ermite que pour son œuvre, qui est remarquable, par ailleurs. Son nom est Aaron Westhaven. Je ne sais pas s'il s'agit de son vrai nom ou d'un pseudonyme, car il est très soucieux de son intimité et obsédé par sa vie privée. Il n'apparaît jamais en public, n'autorise aucune photo et souhaite que tout le monde ignore qu'il est en ville.

— Pourquoi venait-il te voir ? demanda Bryan.

— Je l'ai invité à parler à la soirée de collecte de fonds de l'université.

— Il a accepté ? demanda Bryan en fronçant les sourcils.

— Oui, répondit Olivia. Cela m'a beaucoup étonnée. Mais ses conditions étaient strictes. Son nom devait être tenu secret et la soirée était sur invitation. Pas de presse, pas de publicité, il avait insisté là-dessus. Juste une conférence privée, suivie d'un buffet. Il devait loger chez moi. C'était plus discret qu'à l'hôtel.

— Et tu as accepté tout ça ?

Son regard croisa celui, incrédule, de Bryan.

— Naturellement, c'était mon idée. Et l'université aussi a accepté ses conditions. Recevoir cet homme est inespéré, Bryan. C'est un écrivain vraiment exceptionnel… Ses romans… signifient beaucoup pour moi. J'avais même pris l'habitude de lui écrire. Mais bon, je ne vais tout de même pas me mettre à baver devant lui comme une groupie.

— Me voilà rassuré, Olivia, dit-il sèchement.

Elle inclina la tête.

— Il ne m'a jamais répondu. Il n'a probablement jamais lu mes lettres. Mais, poursuivit-elle en tournant son regard vers l'homme allongé sur le lit, j'avais l'impression… de le connaître, même juste un peu, à travers ses romans. Je sentais que nous avions une conception commune de certaines choses.

— Hum…, dit Bryan avec le ton de celui qui fait semblant de comprendre.

Olivia fronça les sourcils, les yeux toujours fixés sur le blessé, puis se tourna vers Carrie tandis que s'imposait à elle une question pourtant évidente.

— Je ne comprends pas : il est conscient. Pourquoi ne l'interrogez-vous pas ?

Carrie baissa la tête.

— On l'a fait. Mais il ne peut pas nous répondre. Il… euh… il dit qu'il ne se souvient pas.

Olivia sentit ses yeux s'écarquiller.

— Tu veux dire qu'il est amnésique ?

Carrie confirma de la tête.

— Vous croyez que c'est vraiment le cas ? demanda Bryan. Je croyais que ce genre de chose n'arrivait que dans les mauvais feuilletons.

— Je n'ai aucune raison d'en douter, déclara Carrie, même si c'est certainement temporaire. Enfin, je l'espère. L'amnésie est rare, et l'amnésie permanente encore plus. Et avec une telle blessure à la tête, c'est impossible à dire.

Olivia le regarda, considéra sa tête bandée, et d'autres questions plus évidentes encore lui vinrent à l'esprit.

— Que lui est-il arrivé ? Un accident de voiture ?

— On lui a tiré dessus, dit Bryan.

Olivia fit volte-face et chercha le visage du policier.

— On lui a tiré à bout portant à l'arrière de la tête, poursuivit-il.

— Comme… une exécution ? murmura Olivia, incrédule.

— S'il n'avait pas eu cette plaque d'acier à l'arrière du crâne, il serait mort, expliqua Carrie. Cela étant, il y a étonnamment peu de dégâts. Il a eu une chance vraiment incroyable.

— Ça, vous pouvez le dire, approuva Bryan. Et on ne l'aurait sans doute pas trouvé à temps si votre fils n'avait pas exercé ses talents de conducteur sur cette route isolée.

Olivia pensa que Bryan essayait de tirer les garçons d'affaire. Il ne connaissait pas Carrie Overton aussi bien qu'elle, et ignorait combien elle aimait son fils. Il craignait sans doute qu'elle ne soit trop dure avec lui. Olivia aurait pu en être amusée si Carrie n'avait déjà que trop tendance à se montrer faible avec Sam.

Carrie fixa sur lui ses yeux d'un bleu intense.

— Il maintient que c'est Kyle qui conduisait.

— Eh bien, il n'est pas stupide et ne veut pas de contravention, déclara Bryan. Cela dit, il passe son permis dans… combien m'avez-vous dit ? Une semaine ? Bien, je suis sûr qu'il ne pensait qu'à s'entraîner. Mais, comme je ne peux pas prouver qu'il était au volant, je ne peux pas non plus le verbaliser.

— C'est très bien comme ça, affirma Carrie. Parce que j'ai bien l'intention de lui régler son compte moi-même.

Ou plutôt de le consigner à la maison au plus pour un week-end, pensa Olivia.

— Une question reste quand même en suspens, reprit Bryan. Cet homme est-il bien l'écrivain qu'Olivia attendait ?

— Puis-je voir la carte que vous avez trouvée sur lui ? demanda Olivia.

Carrie sortit la carte de visite de sa poche de poitrine et la lui tendit. Elle était couverte d'une poudre noire.

— Qu'est-ce que c'est ? demanda Olivia en plissant le nez.

— J'ai dû l'examiner, expliqua Bryan. Pas d'empreinte exploitable. Aucun intérêt pour nous.

Olivia retourna la carte tachée, vit sa propre écriture au dos et confirma de la tête.

— C'est bien la carte que j'ai envoyée à Aaron Westhaven. Aucun doute.

Elle regarda de nouveau à l'intérieur de la chambre et vit que, cette fois, l'homme la fixait. Il avait repéré les trois personnes qui l'observaient comme une bête curieuse et affichait lui-même une expression intriguée.

— Il savait peut-être que cela pouvait arriver, dit Olivia doucement et presque pour elle-même. Peut-être est-ce la raison pour laquelle il refuse de se montrer en plein jour.

Son regard et celui de Bryan se croisèrent en un échange silencieux. Il savait que c'était exactement la même angoisse qu'elle vivait. Que quelqu'un la tuerait probablement s'il découvrait qu'elle était toujours en vie. Il savait qu'elle-même n'utilisait plus son propre nom depuis seize ans. Et il pensait probablement qu'elle s'identifiait à l'amnésique.

— Qu'ai-je fait ? gémit-elle en secouant la tête. Je le persuade de quitter sa retraite, et on lui tire dessus à la minute où il sort. Je me sens vraiment coupable.

— Tu ne l'as pas persuadé, dit Bryan. Tu l'as invité. Et tu ne t'attendais même pas à ce qu'il accepte. En plus, il était libre de refuser.

Carrie approuva de la tête.

— Tu veux bien lui parler, Olivia ? demanda-t-elle. Il est complètement perdu et pas très aimable. Je le comprends, compte tenu de la situation. Même si tu ne l'as jamais rencontré, tu en sais plus sur lui qu'aucun d'entre nous. Ça devrait aider un peu.

— Je vais lui parler, bien sûr, dit Olivia en soutenant le regard fixe de l'homme derrière la vitre. Voilà des années que j'espère avoir cette chance.

Elle s'avança doucement. Devant les yeux intensément rivés sur les siens, un léger frisson remonta doucement le long de sa colonne vertébrale. Elle aurait dû savoir qu'il était beau. Quelqu'un qui écrivait ainsi ne pouvait qu'être beau.

— OK, va lui parler, dit Bryan. Appelez-moi si vous avez du nouveau. Pendant ce temps, je retourne au poste passer quelques coups de fil et tenter de découvrir qui est son directeur de publication, son éditeur ou son je-ne-sais-quoi. Quelqu'un, quelque part, doit bien connaître ce type.

— Attends, lança Olivia en se tourna vers Bryan. Je suppose que tu n'as toujours pas arrêté celui qui lui a fait ça...

Baissant la tête, Bryan passa une main dans ses cheveux.

— Effectivement. On n'a aucun indice. Pas même une douille. Ce salaud l'a emportée.

La pensée que le tueur courait toujours inquiéta Olivia.

— Aaron Westhaven tenait à ce qu'aucune publicité ne soit faite autour de sa visite ici. Et je ne peux pas m'empêcher de penser, maintenant, qu'il avait de bonnes raisons pour cela. Ne peut-on pas garder le secret sur sa présence, au moins pour le moment ?

— Je pense que c'est préférable, en effet, acquiesça Bryan. Je vais en parler au chef et je pense qu'il approuvera. Docteur Overton ?

— La confidentialité, c'est ce que l'on fait de mieux ici, officier Kendall. En ce qui me concerne, l'identité du patient est toujours inconnue.

— Je peux garder ça ? demanda Olivia en désignant la carte de visite.

— Oui. Je vous appelle plus tard, conclut Bryan.

— Olivia, j'aurais un mot à te dire avant que tu ne repartes, dit Carrie.

Olivia acquiesça et se dirigea vers la porte de la chambre, le cœur battant. Elle se sentait nerveuse, mais comment se sentir autrement alors qu'elle allait enfin parler à cet homme qu'elle admirait depuis si longtemps ? Surtout que ce n'était guère facile dans ces circonstances où elle devait veiller à ne pas lui rendre les choses plus difficiles encore. Convaincue néanmoins que son intervention l'aiderait peut-être, elle ouvrit la porte, entra dans la chambre et se dirigea au chevet du blessé.

— Bonjour, dit-elle. Mon nom est Olivia. Et je suis presque sûre que le vôtre est Aaron.

2

Aaron. Contrairement à ses attentes, ce prénom n'avait déclenché aucune affluence de souvenirs dans son esprit. Pas même l'amorce d'une réminiscence. La femme qui se tenait devant lui ne lui rappelait rien non plus. D'ailleurs, il lui aurait été difficile de l'oublier, s'il l'avait déjà rencontrée.

Elle était très belle : de grands yeux noirs et des cheveux de jais, une peau dorée par le soleil, un corps élancé et des lèvres pleines, appétissantes. Son apparence ne devait guère la préoccuper, car elle ne s'habillait manifestement pas pour se mettre en valeur.

En tout cas, elle l'intriguait. Elle était la première personne dont la visite ne l'indisposait pas. Ceux qui, jusque-là, avaient défilé à son chevet l'avaient plus importuné qu'aidé, n'apportant aucune information utile, seulement des questions dont il ignorait les réponses. Car tous, quels qu'ils soient, médecins, infirmières, flics, ne faisaient que ça : lui poser des questions.

Bon sang, comme il haïssait les flics…

Il ignorait pourquoi, mais c'était ainsi. Et le dernier auquel il avait eu affaire n'échappait pas à la règle. Il l'avait bombardé de questions, le mettant vraiment mal à l'aise.

Quelqu'un lui avait donc tiré dessus. *Tiré dessus.* Un fait qui était de nature à susciter des questions en effet, pensa-t-il en fermant les yeux. Tout cela le rendait malade.

Et maintenant, elle… Olivia. Elle n'avait rien d'un médecin. Un psy, peut-être. Mais elle n'était pas de la police, il en était mystérieusement convaincu, sans trop savoir pourquoi.

— Olivia… Olivia…

Il répéta le prénom, attentif à l'effet qu'il produisait sur lui. Mais, hélas, il n'était en rien familier.

— Sommes-nous… amants ? demanda-t-il.

Elle ouvrit grand les yeux et un « non » jaillit par réflexe d'entre ses lèvres avant même qu'elle ait eu le temps de vraiment saisir le sens de la question. Ses joues rougirent violemment et elle détourna le regard.

— Nous sommes seulement amis, alors ? ajouta-t-il avec une moue désappointée.

Elle le fixa droit dans les yeux.

— Vous me faites marcher, hein ? Dans votre état !

— Ça pourrait être pire, m'a-t-on dit. La toubib rousse m'assure que je vais bien. Une affreuse migraine me martèle le crâne et j'ai perdu la mémoire, mais, pour un homme qui vient de se prendre une balle, je me sens plutôt pas mal. Et non, je ne vous charriais pas. Pas vraiment. J'espérais qu'on était enfin parvenu à trouver quelqu'un qui me connaisse personnellement.

Il soupira et se ressaisit aussitôt, refusant de s'apitoyer sur son sort.

— Mais reprenons… Comment me connaissez-vous, Olivia ? demanda-t-il en souriant.

— Je ne vous connais pas, répondit-elle. Je suis désolée, mais, en fait, vous et moi ne nous sommes jamais rencontrés.

Il accusa le coup, à deux doigts du découragement.

— Eh bien, on dirait bien que ma journée continue exactement comme elle a commencé…

Il serra les mâchoires et se souvint que son interlocutrice ne lui voulait aucun mal. Une certitude qui n'avait rien de rationnel, il est vrai. Qu'en savait-il, après tout ? Il la considéra de nouveau. Non, elle n'était pas du genre à abattre quelqu'un de sang-froid. Et surtout pas ainsi, d'une balle dans la nuque. C'était le genre un peu rigide, et légèrement coincé, mais elle n'était certainement pas méchante. Pas du tout un profil de tueuse.

— Pourquoi ne pas vous asseoir, Olivia ? Pouvez-vous me dire ce que vous savez de moi ?

— Je vais essayer, dit-elle en faisant un pas vers la chaise située près du lit.

Elle l'orienta selon un angle qui lui permettait de voir le visage de son interlocuteur et s'assit d'un mouvement délicat. Puis elle croisa les jambes au niveau des chevilles et inclina ses genoux joints de côté.

— Je ne m'attendais pas à ce que vous soyez aussi…

— Aussi quoi… Bougon ? Sarcastique ? Disons qu'une balle dans la tête vous change un homme. Désolé de ne pas vous faire un numéro de charme…

— Mais non, je comprends, dit-elle. Seulement, vos livres sont si…

— Mes *livres* ?

— Je devrais sans doute commencer par le début, reprit-elle en se calant sur sa chaise.

— En effet, je crois que c'est préférable.

Il se redressa sur le lit, passant outre les recommandations du médecin qui lui conseillait de rester allongé.

— Entendu…

Elle lissa sa jupe, soulignant la courbe délicate de ses cuisses, et reprit, en essayant d'aller à l'essentiel :

— Voilà. Je suis le professeur Olivia Dupree. J'enseigne l'anglais sur le campus de l'université d'Etat du Vermont, à Shadow Falls, où vous vous trouvez actuellement. Cela fait seize ans que je suis installée ici. Cet été, j'ai décidé de contribuer à l'organisation de la soirée de collecte de fonds pour…

— Excusez-moi, coupa-t-il. Je suis vraiment intéressé par votre CV, Olivia, mais, pour l'instant, pourriez-vous vous concentrer sur mon cas ?

— Pas si vous m'interrompez, lança-t-elle en le foudroyant du regard.

Elle avait donc son petit tempérament. Très bien. Il aimait ça. Elle n'était pas aussi effacée qu'elle en avait l'air. Il soupira et chercha à tâtons la télécommande du lit, perdue dans les couvertures, pour relever le dossier et se caler plus confortablement. Sa tête le faisait moins souffrir lorsqu'elle était soutenue. La toubib rousse avait raison.

— Où en étais-je ?

— La soirée de collecte de fonds, dit-il.

— Ah ? Pas de problème de mémoire à court terme, à ce que je vois.

Il remarqua la pointe d'ironie dans ses yeux. Il l'avait bien cherché.

— Je vais essayer de ne plus vous interrompre.

Elle approuva d'un signe de tête.

— Je vous assure que ces détails sont importants, insista-t-elle.

D'un geste, il l'encouragea à continuer.

— Je lis les livres d'Aaron Westhaven depuis des années. On dit de lui que c'est un homme solitaire, quelqu'un de très secret. Néanmoins, enthousiasmée par ses romans, j'avais pris l'habitude d'adresser, environ une fois par an, un courrier à la boîte postale dont les coordonnées figurent sur son premier roman.

— Et vous pensez vraiment que je suis cet écrivain ? demanda-t-il.

Elle lui adressa un regard de reproche qui lui fit prendre conscience qu'il l'avait de nouveau interrompue.

— Désolé, dit-il. Continuez.

— Je n'ai jamais reçu de réponse. De plus, l'adresse a cessé d'apparaître dans les ouvrages suivants. Mais je continuais cependant d'écrire. J'envoyais une lettre après la parution de chaque nouveau livre. J'aimais l'imaginer — vous imaginer — recevant mes lettres personnellement, et non au milieu d'une pile de courrier acheminé par votre éditeur. J'aimais vous imaginer… attendant ces lettres avec la même impatience que celle que j'éprouvais chaque fois en découvrant votre dernier roman.

Les sourcils froncés, il l'observait, étonné et vaguement troublé de voir la flamme qui brûlait dans ses yeux lorsqu'elle évoquait cet homme qu'elle n'avait encore jamais rencontré. Et qu'elle voyait à présent pour la première fois. Du moins… s'il était bien cet homme.

— Il semblerait donc que je doive vous remercier, dit-il. Et… euh… vous présenter mes excuses pour ne pas vous avoir répondu.

Elle haussa les épaules.

— Ne soyez pas ridicule. Vous en connaissez, vous, des people qui répondent en personne au courrier de leurs fans ?

— Par définition, un ermite ne peut pas être un people, non ? rétorqua-t-il en haussant les épaules.

— Bien sûr que si.

— Eh bien, people ou pas, selon moi, cette attitude trahit un foutu manque de savoir-vivre.

— Si vous êtes bien lui, vous aurez l'occasion de me présenter vos excuses plus tard, dit-elle en esquissant un sourire.

Il commençait sincèrement à apprécier l'idée d'être cet écrivain. Aussi le doute qu'elle laissait poindre le piqua-t-il au vif.

— Vous n'êtes donc pas sûre que je sois lui ?

— J'en suis quasiment certaine, dit-elle. Mais Westhaven est si discret qu'il n'a jamais paru en public. Et on ne connaît aucune photo de lui.

— Diable, murmura-t-il en secouant la tête.

— Quoi ?

— Aaron Westhaven est vraiment un imbécile, voilà tout.

Elle ouvrit grand les yeux et bondit littéralement de sa chaise avant qu'il n'ait pu terminer sa phrase.

— Vous plaisantez ! Enfin, *lui*, peut-être ! Mais pas *vous*.

— Si je suis ce Westhaven, je suis un vrai con. Enfin, vous me prenez pour qui ? Shakespeare ?

— Vous n'êtes pas un… con, dit-elle en trébuchant sur ce dernier mot.

Il aurait pu jurer qu'elle le prononçait pour la première fois de sa vie.

— Si vous me laissez finir mon histoire, reprit-elle, vous finirez par vous en rendre compte.

— D'accord. Poursuivez.

Elle lissa sa jupe d'un geste qui captiva son regard. Puis elle se rassit avec une élégance toute royale.

— D'accord. Donc, malgré… votre… répugnance

compréhensible à répondre à ce qui peut être pris pour un courrier de fan, j'ai décidé de vous écrire de nouveau pour vous inviter à intervenir lors de la soirée de levée de fonds du département d'anglais. A ma grande surprise, cette fois, j'ai reçu une réponse. Une réponse positive.

— J'ai accepté ? dit-il, surpris par sa propre question. J'imagine que oui, puisque je suis ici.

Les explications d'Olivia semblaient un peu dénuées de sens, mais quelles raisons pourrait-elle avoir de lui cacher la vérité ? Et quelles raisons, surtout, y avait-il pour qu'on veuille l'exécuter, lui ? Y avait-il un lien dans tout ça ?

Il la détailla longuement de haut en bas. Non, décidément, elle n'avait pas l'air d'une menteuse.

— Mais alors, reprit-il, si je suis si célèbre et que j'aie accepté de donner une conférence, pourquoi personne n'a-t-il pu m'identifier ?

— Vos conditions étaient claires et même un peu extrêmes. Vous nous aviez autorisés à annoncer la présence d'un orateur exceptionnel, mais fait promettre de tenir votre identité secrète. L'annonce se faisait sur invitation uniquement, et seuls les cent donateurs les plus généreux devaient être conviés. Pas un de plus. Il n'y a donc eu aucune publicité autour de l'événement, puisque la conférence était destinée aux seuls invités.

Il l'observait avec attention, comme s'il cherchait à percevoir d'éventuels indices montrant qu'elle pouvait lui mentir. Cette attitude le surprit. Cela signifiait-il qu'il était habitué aux mensonges et savait en repérer les signes ?

— Ainsi donc, je suis célèbre au point de me permettre de tels caprices.

— En tout cas, l'université les a tous acceptés, répondit-elle en haussant les épaules.

— Donc ça veut dire oui…

— Ensuite, je vous ai envoyé ma carte de visite, sur laquelle j'avais ajouté à la main mon adresse et mon numéro de téléphone personnel, dit-elle en lui tendant la carte.

— Alors je vous ai communiqué ma propre adresse ? s'écria-t-il avec une note d'espoir dans la voix.

— Hélas, non. J'ai envoyé la carte à votre boîte postale. C'était la seule adresse jointe à votre réponse. Désolée.

Il focalisa son attention sur la carte pour tenter de ne rien laisser paraître de sa déception.

— Avez-vous trouvé des empreintes ? demanda-t-il en examinant la carte avec attention.

— Comment savez-vous qu'il s'agit de poudre à révéler les empreintes ?

— Ce n'est pas ça ? demanda-t-il en lui rendant le bout de carton.

— Eh bien, si. Mais moi, je n'en savais rien, pas plus que le Dr Overton.

— La rouquine ?

— Oui, la rouquine, lança-t-elle d'un ton où pointait l'exaspération.

Il sourit. Son agacement l'amusait. Ce n'était pas désagréable de la taquiner un peu. Elle était si guindée et introvertie.

Mais elle continuait à le fixer comme si elle attendait une explication. Il soupira.

— J'ignore comment je le sais. Je ne me souviens de rien, vous l'avez déjà oublié ?

Elle hocha la tête, reprit la carte et la posa sur la table de nuit. Puis elle s'empara d'une poignée de mouchoirs avec lesquels elle entreprit de nettoyer les traces de poudre sur ses doigts.

— Donc vous êtes certaine qu'il s'agit de la carte que vous m'avez envoyée.

— En tout cas, je n'ai jamais envoyé ces information à qui que ce soit d'autre, répliqua-t-elle. Et ça, j'en suis sûre.

Son ton catégorique le frappa. Voulait-elle lui signifier qu'il était ridicule de penser qu'elle ait pu donner ses coordonnées personnelles à quelqu'un d'autre que lui ? Manifestement, cette femme était bien plus complexe qu'elle n'en avait l'air.

— Mais revenons au sujet qui nous préoccupe, poursuivit-elle. M. Westhaven devait arriver aujourd'hui.

— Arriver où ?

— Chez moi. Il — vous — devait loger dans ma chambre d'amis. Mais il n'est jamais arrivé. Et lorsque les garçons vous ont trouvé, vous aviez ma carte sur vous, celle que je lui avais envoyée.

— Avec ma montre à gousset et le porte-clés. Ce sont là mes seules possessions terrestres.

— Voilà pourquoi vous ne pouvez être que *lui*.

Il acquiesça.

— Si en effet je suis bien lui, alors je me comporte comme une sacrée diva... Déranger autant de monde pour venir faire un speech un après-midi...

Elle haussa les épaules, un peu surprise. Sa perplexité semblait authentique.

— Apparemment, vous aviez de bonnes raisons de si bien garder le secret de votre retraite. De très bonnes raisons, même. Des raisons qui placent votre attitude au delà des caprices d'une diva, Aaron.

« Aaron », répéta-t-il mentalement. C'était si étrange d'être appelé par un prénom qui ne lui rappelait rien. Et plus étrange encore d'entendre cette inconnue lui faire des commentaires sur sa propre vie.

— Les gens pensent que vous restez à l'écart par amour de la solitude ou par extrême timidité. A moins que cette histoire de romancier excentrique et arrogant ne soit qu'un magistral coup de pub.

Assurément, elle avait beaucoup réfléchi à la question, se dit-il. Elle justifiait probablement ainsi l'égocentrisme que manifestait son idole depuis qu'elle avait commencé à le vénérer à distance.

— Hum… Et vous, quelle est votre opinion ?

— Quelqu'un tente de vous assassiner à l'instant même où vous quittez votre refuge. Selon moi, ce n'est pas un hasard. A mon avis, vous vous saviez menacé, et c'est la raison pour laquelle vous restiez caché et que vous preniez autant de précautions. Pour ne pas exposer votre vie.

Il opina lentement de la tête.

— Vous venez sans doute de marquer un point. Bon, cela étant dit, voudriez-vous me rendre service et attraper mes vêtements dans le placard ? dit-il en repoussant les couvertures.

— Pourquoi ? Qu'allez-vous faire ?

— Partir.

— Vous ne pouvez pas partir comme ça ! objecta-t-elle en se levant.

— Je ne peux pas rester ici non plus. Passez-moi mes affaires, voulez-vous ?

Elle céda à contrecœur, ouvrit le placard et en sortit un costume qu'elle lui tendit.

— Pas de chance, dit-elle en examinant les vêtements.

— Quoi ?

Elle retint son geste et, avant même qu'il ait pu saisir le cintre, elle remit le tout dans le placard.

— C'est un Armani, mais il est dans un sale état.

Irrécupérable, j'en ai peur. Couvert de sang et de poussière. En revanche, les chaussures ont l'air d'avoir survécu, dit-elle en se baissant.

Il laissa sa tête retomber sur l'oreiller et partit d'un grand soupir las.

— Je ne peux pas rester ici. Je ne suis pas en sécurité.

— Comment ça ?

— Réfléchissez un instant. Non seulement on a tenté de m'éliminer d'une balle dans la tête, mais on m'a volé mes papiers avant de balancer mon corps au milieu de nulle part. Ça ressemble fort à du travail de professionnel.

Elle se raidit et il la regarda assimiler l'information. Pour seule réaction, elle avait fermé les yeux et les garda clos quelques instants, avant de les rouvrir lentement.

— Pas de doute, vous avez eu affaire à un vrai professionnel, ironisa-t-elle. Les meilleurs tueurs sont ceux qui laissent leur cible en vie…

— Bon, d'accord, ce n'était pas Einstein. Même un amateur serait venu s'assurer que j'avais bien passé l'arme à gauche, dit-il en souriant sinistrement. Mais, à sa décharge, tout le monde n'a pas comme moi une plaque d'acier vissée à l'arrière du crâne. C'est un détail plutôt difficile à prévoir.

— Vous voulez dire qu'il a commis une erreur et qu'il risque de ne pas en commettre une seconde.

L'expression de son visage changea lorsqu'elle prononça ces mots. Elle le regardait à présent comme si elle le voyait pour la première fois.

— Eh bien, je vois que vous commencez à comprendre. Une fois que ce type aura pigé que je suis à l'hôpital, il y a tous les risques qu'il veuille finir le travail.

— J'ai déjà pensé à ça, et nous avons pris des précautions dans ce sens.

— Vous avez…

Il la regarda, surpris par son attitude étonnamment ferme et décidée.

— Oui. J'ai demandé à Bryan — l'officier Kendall — de tenir la presse à l'écart de tout cela pour l'instant, et il a conclu que c'était en effet la meilleure solution. Aucune information concernant une victime par balle maintenue en observation à l'hôpital ne filtrera dans les journaux, je vous le garantis. Le personnel médical est aussi dans le secret.

Il cligna les yeux, de plus de plus étonné.

— Merci.

— Je vous en prie, répondit-elle en hochant la tête.

— Néanmoins, reprit-il, secret ou pas, cela va tôt ou tard finir par se savoir. Les gens parlent. Les gamins raconteront leur aventure à leurs copains ou encore à leur mère. Les femmes le diront à leur mari, les maris à leurs meilleurs amis, qui eux-mêmes le rapporteront à leur épouse et ainsi de suite.

— Il suffira qu'il soit gardé un jour ou deux, fit-elle remarquer.

Elle ne le regardait plus comme avant. Elle semblait moins sur la réserve, davantage en confiance.

— Bryan va contacter votre éditeur et voir si quelqu'un là-bas peut vous identifier, ou s'ils connaissent une personne qui pourrait le faire. D'ici là, nous allons essayer de découvrir où vous habitez et si vous avez de la famille ; bref, tout ce que vous avez besoin de savoir. Vous êtes dans une situation certes frustrante, mais elle ne devrait pas le rester longtemps. D'ici là, il n'y a aucune raison pour que le tueur apprenne qu'il a manqué son coup.

Aaron sentit une vague d'espoir monter en lui. Avait-elle la moindre idée du bien qu'elle lui faisait ? Penser qu'il pouvait obtenir toutes ces réponses en un jour ou deux l'apaisait prodigieusement.

— Mais le tueur s'attend sans doute à voir quelque part mentionner la découverte d'un corps. Un événement de taille pour une ville de cette importance, non ?

— Comment savez-vous que Shadow Falls est une petite ville ? s'enquit-elle, intriguée.

Il s'interrompit et réfléchit un instant.

— Je l'ignore. Sans doute des bribes de conversations entendues çà et là, complétées par ce que je peux apercevoir depuis ma fenêtre.

— A moins que vous ne l'ayez su avant, et que ce souvenir soit toujours là, ancré dans votre mémoire. C'est un signe encourageant, Aaron.

Effectivement, songea-t-il. En dépit de son désarroi, le nuage sombre de ses soucis semblait se dissiper un peu.

— J'espère que vous avez raison…

— J'en suis persuadée. Mais, pour répondre à votre question, on vous a trouvé le long d'un chemin de terre perdu dans la forêt. Une route poussiéreuse où personne ne passe, à part des étudiants en virée champêtre et quelques adolescents à la recherche d'un coin pour batifoler. Il est tout à fait concevable qu'un corps abandonné là-bas reste un moment sans être découvert.

Il plissa les yeux et la détailla de nouveau. Son regard s'arrêta sur sa jupe droite, son chemisier de soie, et ses cheveux étroitement noués.

— Et vous dites que vous êtes prof d'anglais s…

— Pardon ? Quel rapport ?

— Vous raisonnez comme un policier. Ou comme un criminel, d'ailleurs.

Elle détourna vivement le regard et il tressaillit secrètement. Il avait touché un point sensible. Manifestement, cette femme cachait quelque chose. Quelque noir secret profondément enfoui. Tout à coup, le passé d'Olivia Dupree commençait à l'intéresser presque autant que le sien.

Oui, vraiment, le Pr Dupree le fascinait de plus en plus. Même si une ombre dans son regard indiquait qu'il serait difficile de la percer à jour. Elle n'avait rien d'une criminelle, et il était encore plus difficile de l'imaginer de mèche avec un tueur à gages. Mais il ne faisait aucun doute que quelque chose se dissimulait derrière ces magnifiques yeux bruns où brillait tant d'intelligence.

Elle remarqua son regard inquisiteur et le fixa en retour — un regard où la tension et l'attirance se mêlaient. Puis elle se détourna.

— Un policier monte la garde devant votre chambre, reprit-elle. Voilà qui devrait vous rassurer.

— Bien sûr ! J'*adore* les flics, dit-il d'une voix sarcastique. De plus, ça ne vous a pas effleurée qu'un flic devant ma porte pouvait faire jaser ?

Elle approuva de la tête, et le rapide mouvement que sa langue décrivit sur ses lèvres fit naître en lui une vive excitation.

— Je vais appeler Bryan, déclara-t-elle. Je lui demanderai d'envoyer un agent en civil. Vous avez raison. L'uniforme attire trop l'attention.

— En civil ou en uniforme, c'est du pareil au même.

— Pour vous et moi, sans doute, mais pas pour qui ignore que vous vous trouvez dans cette chambre.

Elle s'approcha du lit et se pencha légèrement vers lui, le visage adouci.

— Il faut vraiment que vous restiez là cette nuit, Aaron. Le Dr Overton veut être sûre que rien ne lui a échappé, et vous savez combien les blessures à la tête sont délicates. Votre cerveau pourrait se mettre à enfler et vous mourriez d'un coup, comme ça, dit-elle en claquant des doigts.

— Ça vous a peut-être échappé, mais j'ai déjà failli mourir « comme ça ! » aujourd'hui, dit-il en faisant claquer ses doigts de la même façon. Je n'aime pas les hôpitaux, et de plus, ici, je suis une cible facile.

— Je ne pense pas que vous ayez le choix.

— Alors, vous me connaissez mal.

Elle le fixa d'un air à la fois plein de reproche et de résignation.

— C'est vraiment une très mauvaise idée. Mais vous êtes grand, après tout. Faites comme vous le sentez. Je vous laisse ma carte ici

Elle prit un stylo et ajouta quelques mots sur le bout de carton.

— J'inscris aussi le numéro de Bryan. Mais j'habite plus près, quinze minutes à peine. Si vous avez besoin de quoi que ce soit, n'hésitez pas à m'appeler. D'accord ?

— Vous partez, alors ? gémit-il comme un enfant qu'on abandonne.

Aussitôt, il s'en voulut de cette réaction puérile. Les beaux yeux chocolat d'Olivia le regardaient avec une douceur confondante.

— Je vais parler au Dr Overton. Mais je reviens vous dire au revoir avant de partir.

— Inutile. Vous m'avez dit tout ce que vous saviez.

Elle revint près du lit et, pendant une seconde, il crut qu'elle allait le toucher, poser une main sur son épaule, son front, ou tenter un geste de ce genre. Il ne voyait aucune objection à ce qu'elle le touche, le moment venu, mais pas ici, et pas de cette façon.

Elle n'en fit rien, cependant. Au lieu du geste attendu, elle dit simplement :

— Aaron, la lecture de vos livres m'a beaucoup aidée, dans des circonstances parfois difficiles. Ces romans sont très importants pour moi, beaucoup plus que vous ne pouvez l'imaginer. Si j'ai la moindre occasion de vous aider en retour, je n'hésiterai pas. Donc, si vous avez besoin de quoi que ce soit, appelez-moi. D'accord ?

Il l'observa, les sourcils froncés. Tout paraissait tellement incongru. Elle était donc bien une *fan*. Il avait une *fan*. Un flot d'images du film *Misery*, tiré d'un roman de Stephen King, se mit soudain à déferler dans son esprit en même temps qu'un immense sentiment de frustration. Il se souvenait d'un film mais pas de sa propre vie.

— D'accord, répondit-il enfin.

Il avait besoin de retrouver son passé, pas d'être materné.

— J'ai été très émue de vous rencontrer, Aaron.

— J'aimerais pouvoir en dire autant, mais je n'ai pas encore le privilège de m'être rencontré moi-même.

— Vous êtes talentueux, doué. Spécial. Vraiment, soupira-t-elle.

Les compliments d'Olivia le rendirent un peu nauséeux. Soudain, il fut comme avalé par son propre esprit, transporté dans ce qui ne pouvait être que son passé.

Oui, l'homme qu'il voyait ne pouvait être que lui. Il se serait reconnu à coup sûr, même s'il n'avait pas eu le loisir de contempler longuement son reflet dans le miroir disposé en face du lit.

C'était une nuit pluvieuse. Les lumières de la rue se reflétaient sur la chaussée lisse. Il était immobile sur le trottoir. Lentement, son bras se leva. Il vit l'éclat noir du revolver fermement tenu dans sa main puis la ligne lumineuse du viseur laser percer la pénombre. Un minuscule point rouge apparut sur la poitrine de l'homme qui, à quelques dizaines de mètres en avant, bavardait en riant avec un autre individu à ses côtés.

Il prit une inspiration, vida ses poumons à moitié, retint son souffle et pressa la détente. Il perçut le sifflement du silencieux et sentit le 9 mm tressaillir dans sa main. Puis l'homme — sa victime — sursauta, s'affaissa et tomba le visage en avant sur le trottoir.

Le compagnon de l'homme abattu regarda un instant le corps à ses pieds puis leva les yeux vers l'assassin.

— Il ne l'a pas vu venir, lança-t-il. Quel artiste vous faites, monsieur Adams ! En êtes-vous conscient, au moins ?

— Oui, s'entendit-il bredouiller.

La scène disparut en un clin d'œil. Il était de nouveau dans son lit d'hôpital, regardant Olivia, qui s'était figée près de la porte et le fixait, interdite.

— Vous allez bien ? demanda-t-elle

— Oui, ça ira. Désolé, je suis fatigué. J'ai eu un passage à vide, répondit-il en secouant la tête.

— Vous avez eu une sacrée journée. Reposez-vous.

— Oui, promis. Merci.

Elle lui adressa un sourire doux et rassurant, puis franchit la porte. Aaron fixa le plafond. Que signifiait cette vision ? L'idée qu'il puisse s'agir d'un souvenir le terrifiait. D'autant que, désormais, il avait la certitude de ne pas être ce romancier solitaire dont parlait Olivia. Il ne l'avait d'ailleurs sans doute jamais cru. A vrai dire, il pensait même que cet homme était à l'opposé de ce qu'il était vraiment.

3

Olivia avait quitté Aaron à contrecœur. De toute évidence, il n'était pas tel qu'elle l'avait imaginé, mais il n'en était pas moins captivant, et elle avait hâte de passer de nouveau du temps en sa compagnie. Elle s'en voulait cependant un peu de se sentir si réceptive à son charme.

En fait, elle était déchirée. Il était un héros pour elle, et, pourtant, il n'était qu'un homme. Elle ne savait pas à quoi elle s'était attendue de sa part, ni même ce qu'elle voulait qu'il soit : une sorte de magicien des mots ? Un directeur de conscience asexué ? Un gourou, peut-être ?

Mais, pour autant qu'elle avait pu s'en rendre compte, Westhaven était un homme, un vrai, dans tous les sens du terme. Même si elle avait le plus grand mal à faire le lien entre l'auteur qu'elle admirait, la pureté de ce qui l'unissait à lui et l'homme si séduisant qui gisait sur ce lit d'hôpital — typiquement le genre de mâle qui, en temps normal, l'aurait fait fuir en courant.

Un constat qui la plongeait en pleine confusion. Trop de choses se bousculaient dans son esprit, les questions à propos d'Aaron et de son mystérieux agresseur, le fait qu'il ait immédiatement reconnu la poudre à empreintes digitales et qu'il soit autant sur ses gardes. Il faudrait aussi annuler la soirée de levée de fonds du lendemain et obtenir le remboursement des réservations. Et aussi s'occuper de Freddy, qui l'attendait à la maison depuis un bon moment. Même s'il disposait d'une trappe pour sortir de la maison et aller gambader dans la cour fermée, il n'aimait pas rester seul longtemps. Au point qu'elle allait même parfois lui tenir compagnie entre deux cours.

— Ce n'est même pas ma voiture, murmura Carrie Overton.

La phrase de Carrie fit irruption dans l'esprit d'Olivia, la tirant brusquement de ses pensées.

— Quoi ?

Carrie agitait un trousseau de clés sous son nez.

— La voiture qu'ont prise mon brillant fils et son meilleur ami, le non moins brillant Kyle Becker, n'est pas à moi. Celle avec laquelle ils ont trouvé notre inconnu.

— Tu veux dire qu'ils ont volé une voiture ? Sam a volé une voiture ? Voyons, Carrie, Sam ne volerait même pas un chewing-gum.

— Je voudrais que tu les prennes, dit-elle en faisant jouer les clés dans sa main. Ça lui évitera de nouvelles tentations.

— Pardon ? s'étonna Olivia. Tu veux que je garde une voiture volée ?

— Désolée, je me suis mal exprimée, répondit-elle en lui collant le trousseau dans la main. Je me sens terriblement coupable de ne pas avoir été honnête avec la police, mais je ne veux pas que Sammy se fasse arrêter pour une simple escapade.

— Attends, je ne comprends plus rien. A qui est la voiture ? Les propriétaires savent qu'elle a été volée ? Ils menacent de porter plainte ?

— Pas exactement.

Carrie baissa la tête et sa longue chevelure rousse masqua son visage.

— C'est un véritable feuilleton, mais je résume, d'accord ? Voilà. Je sors avec Karl Mallory.

— Le Pr Mallory ? Le responsable du département de mathématiques ? Tu es sérieuse ? Tu ressors avec lui ? Depuis quand ?

Une femme aussi belle, intelligente et accomplie que Carrie méritait bien mieux que Karl Mallory, cette chiffe molle décérébrée, terne et sans aucune personnalité.

— On s'est vus deux fois. Rien de suivi. Bref… Il est en Europe pour l'été et m'a confié son 4x4, un vrai bijou, presque une pièce de musée. Et c'est cette voiture que mon fils a… empruntée aujourd'hui.

— Oh…, fit Olivia. Bryan ne m'avait pas parlé de ça.

— Parce que je ne lui ai rien dit. J'ai simplement appelé Karl pour lui avouer ce qui s'était passé. Il était furieux mais a accepté de passer l'éponge. Je veux juste mettre le plus de distance possible entre ce truc et Sam jusqu'au retour de Karl, dans deux semaines.

— Mmm…

— Il a suggéré que je t'en parle.

Olivia leva les sourcils. Elle n'était pas particulièrement proche de Karl Mallory mais, visiblement, il devait considérer qu'elle était digne de confiance.

— Tu crois vraiment que Sam remettra ça, Carrie ?

— Lui, non. Mais ses amis, c'est une autre paire de manches. A part sa copine Sadie, qui est une vraie perle, je ne fais confiance à aucun des gamins avec qui il traîne. Ils peuvent être très persuasifs, et tu connais les effets de la pression de groupe. Je tremble à l'idée de ce qui aurait pu arriver s'ils avaient surpris le tueur quelques instants plus tôt.

Ses dernières paroles se perdirent dans un murmure.

— Ça ne sert à rien d'y penser, dit Olivia. Et ça n'est pas arrivé… Sam va bien et il a conscience d'avoir commis une erreur. C'est tout ce qui compte. De plus, il a sauvé la vie d'un homme. Bryan a insisté là-dessus.

— Ce n'est pas une excuse, soupira Carrie. Karl dit que tu as un garage double et une seule voiture. Tu es d'accord pour garder son 4x4 chez toi pendant deux semaines ?

— Si tu veux, répondit Olivia en haussant les épaules. J'ai de la place, après tout.

— Tu es sûre ? C'est une grosse voiture, une Ford Ex-quelque chose.

— Ça rentrera, ne t'inquiète pas. Mon garage est grand et plutôt bien rangé. J'ai un Ford aussi. Escape Hybrid. Je ne pense pas que le tien soit plus grand.

— Super ! Il est sur le parking du côté des urgences. Rouge et noir. La peinture de la carrosserie te sautera littéralement au visage. Elle est difficile à manquer.

— Je vais le conduire chez moi et laisser le mien ici pour la nuit. Je viendrai le reprendre demain matin.

— Tu devrais laisser tes clés ici, alors. Si je vois qu'il y a des risques avec la fourrière, je le déplacerai. Je laisserai aussi des instructions dans ce sens au personnel de garde, cette nuit.

— Merci. Au fait, il est blanc.

— Oui, évidemment.

Olivia, qui tendait ses propres clés à Carrie, interrompit son geste. Elle fut sur le point de demander le sens de cette dernière remarque. Mais, à bien réfléchir, c'était évident. Elle était ennuyeuse, monochrome, comme la peinture de sa voiture. Tout le monde le savait. Et c'était exactement ainsi qu'elle voulait être.

Carrie suspendit le trousseau à un crochet du bureau des infirmières.

— Alors, que penses-tu de lui ? demanda-t-elle. Crois-tu qu'il est cet écrivain ?

— Je ne vois pas qui d'autre il pourrait être, répondit Olivia en se remémorant les traits de l'inconnu.

Elle regarda Carrie en se mordillant la lèvre et évacua la question de son esprit.

— C'est une impression ou il est juste canon ? poursuivit-elle.

— Oh ! ce n'est pas une impression, répondit Carrie.

— C'est bien ce qu'il me semblait. Seulement, je ne me fie pas trop à mes goûts.

— Pourquoi ? Ton admiration t'aveugle ?

— Peut-être. Je l'admire depuis si longtemps qu'il est fort possible que mon esprit l'embellisse. Beau ou non, il est tellement loin de ce que j'imaginais ! Je m'attendais à une sorte de rat de bibliothèque avec des culs de bouteilles en guise de lunettes, un peu dégarni et affublé d'un bouc. Ou peut-être à un gourou en robe blanche, au crâne rasé et voué au célibat.

— Je me demande s'il ne faudrait pas que je lise un de ses bouquins, dit Carrie. Mais je suis heureuse pour toi. Tu as gagné bien mieux qu'un gourou ou un barbichu.

— Je n'ai rien gagné du tout, répliqua Olivia en la regardant droit dans les yeux.

— Allons, il est amnésique et tu es sa bouée de sauvetage. En plus, tu lui plais, ça crève les yeux.

— Non, non. C'est toi qu'il trouve à son goût. Ou alors, il est aveugle, assura Olivia. Et il est beaucoup mieux que Karl Mallory, ajouta-t-elle, presque en chuchotant.

— Ouais, en tout cas, il ne m'a pas regardée comme il t'a regardée, toi.

— On dirait qu'on est en train de se le partager comme une friandise. Ça ne me ressemble pas. En principe, je préfère éviter les hommes.

— Je parie que tu apprendras à apprécier celui-là: S'il reste en ville suffisamment longtemps, ajouta Carrie.

Olivia lui envoya un léger coup de coude dans les côtes en souriant. Mais son sourire pâlit rapidement.

— Carrie, comment va-t-il ? Sérieusement.

— Je crois qu'il va bien. Il a une bonne migraine. Les blessures à la tête peuvent être sournoises, mais, pour l'instant, je ne vois pas de raisons de s'inquiéter.

— Mais tu préfères le garder cette nuit.

— On ne sait jamais. Une hémorragie est toujours possible, et il vaut mieux qu'il passe la nuit ici. Si tout va bien, il pourra ensuite rentrer chez lui. Ce délai ne sera pas un luxe puisqu'on ne sait pas encore où est son « chez lui ».

— J'en conviens.

— Tu rentres chez toi maintenant ?

— Pas encore. Je lui ai promis de lui dire au revoir avant de partir. Je devrais peut-être aussi lui prendre quelque chose à grignoter au distributeur.

Carrie la fixa quelques instants, l'œil en coin.

— Quoi ? demanda Olivia

— Je ne sais pas. Tu sembles... un peu plus pomponnée que d'habitude. Pas vrai ?

— Pas du tout, protesta-t-elle tout en se dirigeant vers le distributeur.

Les bras chargé de chips, biscuits et sodas, elle reprit la direction de la chambre d'Aaron.

Il accueillit son entrée d'un signe de tête et ses yeux se réchauffèrent un peu tandis qu'elle déposait son butin sur le plateau de la table à ses côtés.

— J’ai pensé que ça vous aiderait à passer la nuit.

Le sourire de ses yeux gagna ses lèvres.

— Comment savez-vous que j’adore ces cochonneries ? demanda-t-il.

— C’est toujours mieux que la nourriture d’hôpital, répondit-elle en haussant les épaules. D’ailleurs, qu’est-ce qui vous dit que vous ne les aimez pas ?

— Oh, je les aime, j’en suis sûr. Je salive rien qu’à les voir.

— L’amnésie n’atteint donc pas votre palais ?

— Apparemment non.

Il déchira un paquet au hasard, se servit et le lui tendit. Elle y prit une chips, la grignota, puis lécha le sel collé sur ses lèvres et au bout de ses doigts.

— Vous avez l’air d’être un type bien, Aaron. Les histoires que vous écrivez sont belles et touchantes. J’ai du mal à imaginer une raison pour laquelle on voudrait vous tuer. En voyez-vous une ?

A la façon dont il détourna les yeux, elle se dit qu’il cachait quelque chose. Mais peut-être son caractère prudent surinterprétait-il les moindres signes. Elle considérait parfois avec méfiance les attitudes les plus ordinaires. C’était la conséquence probable de son existence clandestine, si fragile qu’elle devait rester vigilante…

— J’ai hâte d’en savoir davantage sur mon passé, dit-il. J’ai vraiment dû contrarier quelqu’un pour qu’il en arrive là.

— Davantage ? Quelque chose vous est donc déjà revenu ? demanda-elle, pressée d’en savoir plus.

— Pas vraiment.

« Il ment », pensa-t-elle. Il se souvenait de quelque chose, c’était évident. Mais pourquoi lui aurait-il menti ? Elle se trouva ridicule de douter ainsi en permanence.

— Les victimes d'agressions violentes n'ont pas pour habitude de conclure qu'elles sont responsables de ce qui leur arrive. Elles ne devraient pas, en tout cas. Mais il faut aussi chercher du côté de l'erreur d'identité ou du concurrent jaloux.

— C'est ça, bien sûr, ça me revient ! J'ai en effet entendu parler d'un méchant désaccord entre les romanciers de la côte Ouest et ceux de la côte Est.

— Je crois que vous ne devriez pas plaisanter avec ça, Aaron. Quelqu'un a vraiment tenté de vous tuer. Et il y a sans doute une raison.

Il fronça les sourcils et la fixa.

— Vous avez l'air bien renseignée sur ma carrière. Ai-je déjà été accusé de quelque chose, dans le passé ? Avez-vous lu dans la presse ou les tabloïds un épisode violent, un truc peu reluisant où j'aurais pu être impliqué ?

Elle baissa la tête et entreprit de relater les faits avec retenue.

— Je crois que si vous saviez qui vous êtes, vous ne vous poseriez pas ce genre de questions.

— Vous sous-entendez par là que vous, vous savez qui je suis ?

Elle parcourut son corps du regard, de la tête posée sur l'oreiller aux orteils pointant sous les draps.

— Précisément, non, bien sûr. Je crois néanmoins savoir quel type d'homme vous êtes, d'après les histoires que vous écrivez. J'aimerais, en tout cas, que cet homme soit réel.

— Alors, allez-y, ne me faites pas languir. Qui suis-je, d'après vous ?

Elle hésita, choisissant ses mots avec soin. Pas question d'inventer une relation imaginaire ou de jouer l'admiratrice transie et béate, avec un éloge dithyrambique.

— J'aime à penser que tout auteur met un peu de lui-même dans son œuvre, et je crois qu'on peut voir un peu de votre personnalité dans Harvey Trudeau, le personnage principal de tous vos romans. Je me trompe peut-être, mais c'est ainsi que je vois les choses.

— Compris. Alors parlez-moi de Harvey et on verra si son profil colle avec son humble créateur.

— C'est tout à fait ça.

Elle leva les yeux et se perdit dans ses pensées. Elle se remémorait le personnage qu'elle avait découvert au fil des romans et appris à aimer.

— Harvey est un être noble, sensible, qui sait voir la beauté autour de lui. Il n'y a pas une once de violence dans son caractère. Il est doux, bon, et d'une grande profondeur émotionnelle. Il est aussi très conscient de lui-même.

— Il me semble parfait, ce brave homme.

— Loin de là. Il a aussi ses défauts. Il n'accorde pas facilement sa confiance, et les événements lui donnent la plupart du temps raison. Il passe souvent à côté de ses relations avec les autres parce qu'il a tendance à mettre les gens dans le même sac. Selon lui, il vaut mieux, et de loin, être seul que de prendre le risque d'être blessé et déçu pour avoir fait confiance à la légère. Personnellement, je suis d'accord avec lui sur ce point.

Il ne l'interrompit pas, lui laissant le temps d'achever.

— Par conséquent, j'en déduis que vous devez être très seul.

— Moi, je suis seul ? Harvey, vous voulez dire…

— Vous deux.

— Et qu'est-ce qui vous fait penser cela, Olivia ?

Elle-même vivait en solitaire, et pour les mêmes raisons. Voilà pourquoi elle était convaincue de ce qu'elle avançait. A la seule lecture de ses livres, avant même de le rencontrer, elle avait senti, au fil des pages, qu'il éprouvait le même sentiment d'isolement.

— J'imagine que c'est parce qu'Harvey se retrouve toujours tout seul à la fin de chaque livre, expliqua-t-elle.

— Et si je ne suis pas du tout comme mes livres ? demanda-t-il.

— C'est une possibilité, répliqua-t-elle en secouant la tête. Mais je n'y crois pas. Comment auriez-vous pu décrire cet état aussi précisément, si vous ne le connaissiez pas ?

Elle s'interrompit.

— Je devrais peut-être y aller. Je vais finir par vous couvrir de superlatifs comme une groupie que je ne suis pas. Appelez-moi si vous avez besoin de quelque chose. D'accord ?

— Vous l'avez déjà dit. Mais, honnêtement, vous en avez déjà beaucoup fait.

— Non, j'ai promis de m'occuper de vous pendant votre séjour en ville, et j'ai bien l'intention de tenir mes engagements. Même si nous devons annuler la soirée de levée de fonds.

— J'en suis vraiment désolé.

— On vous a tiré dessus, lui rappela-t-elle. Ma carte est sur la table de nuit. Appelez-moi si vous avez besoin de moi. Vraiment. Je repasserai demain.

Elle se leva et se dirigea vers la porte, puis pivota sur ses talons.

— Vous allez passer la nuit ici ?

Il la regarda d'un air un peu étrange et acquiesça.

— Je vais essayer. Par contre, si je commence à me sentir nerveux, je suivrai mon instinct et je partirai.

Elle n'arrivait décidément pas à le quitter. L'impression d'abandonner un enfant perdu était si forte… Mais c'était un homme qu'elle avait devant elle, et leur rencontre était trop récente pour qu'elle se permette de rester. Elle lui tourna le dos et franchit la porte à contrecœur.

Lorsque Olivia arriva chez elle, la maison était plongée dans la pénombre. Les phares de la voiture du Pr Mallory illuminèrent la façade si intensément qu'on aurait pu croire qu'ils en brûlaient la peinture. Puissant, et d'allure sportive, le véhicule au moteur rugissant devait faire plus d'un envieux parmi les machos épris de grosses cylindrées. Comment imaginer son heureux propriétaire sous les traits du chétif professeur qui le conduisait habituellement ? Les gens étaient pleins de surprises, décidément. Peut-être devrait-elle s'offrir une voiture plus grande, après tout. L'arrière de celle-ci était suffisamment vaste pour que Freddy soit à son aise et, de plus, elle était plutôt amusante à conduire. Elle ouvrit son garage et constata qu'il faudrait sans doute libérer un peu de place. Elle s'en occuperait plus tard. D'ici là, le monstrueux engin devrait passer la nuit dehors. Les phares éclairèrent un instant la rambarde de fer forgé du perron. Olivia était partie si vite qu'elle avait oublié de laisser la veilleuse extérieure allumée, mais cela n'avait pas d'importance. La présence de Freddy dans les parages suffisait à la rassurer.

En s'éteignant, le moteur fit entendre un bruit feutré qui la surprit. Elle s'empara des sacs de provisions achetées sur le chemin du retour, descendit du véhicule et atterrit bruyamment sur le sol en titubant un peu sous la charge. Puis, après avoir cherché ses clés à tâtons dans son sac, elle ouvrit la porte et, d'un geste machinal, alluma la lumière en entrant.

— Freddy ! appela-t-elle. Je suis rentrée !

Pas de réponse. Ça ne lui ressemblait pas.

— Freddy ?

Elle passa d'une pièce à l'autre. L'examen fut rapide, la maison n'étant pas grande. La cuisine et la salle à manger, séparées par un bar, formaient un vaste espace ouvert, fermé d'un côté par des portes-fenêtres donnant sur une arrière-cour clôturée.

Aucun signe de Freddy dans la maison. Un peu inquiète, elle se dirigea vers l'arrière, allumant les lumières au fur et à mesure de sa progression. Elle avait horreur de l'obscurité et, plus que tout, l'idée d'être seule dans le noir la terrifiait.

L'absence de réaction de Freddy était étrange. En principe, il se précipitait lorsqu'une voiture arrivait et accourait quand elle l'appelait. Elle s'attendait à le voir débouler du jardin, mais la petite trappe ménagée à son attention près des portes-fenêtres resta immobile. Rien ne se déroulait comme d'habitude.

Un frisson glacé remonta le long de son épine dorsale. Rapidement, elle ouvrit les portes donnant sur la terrasse. La présence de son chien lui devenait indispensable pour enrayer le sentiment de peur panique qui commençait à grandir en elle. Si quelque chose lui était arrivé…

— Freddy ! cria-t-elle en prenant pied sur le plancher de bois rouge de la terrasse. Freddy, viens !

Le ton autoritaire qu'elle employait ne parvenait pas à masquer les accents de frayeur dans sa voix. Et, soudain, la peur fit place au soulagement. Surgissant de l'angle le plus obscur et le plus éloigné du jardin, Freddy bondit dans sa direction, un mystérieux trophée entre les dents.

— Bon sang, Freddy ! Qu'est-ce que tu as là ? Donne, allons, donne. Viens là.

Elle tenta de lui arracher l'objet — un morceau de viande, apparemment — qu'il tenait fermement entre ses mâchoires, mais elle ne put l'empêcher de l'engloutir.

— Freddy ! C'était quoi, ça ? Un steak ? Où diable l'as-tu trouvé ?

Freddy éructa bruyamment et sursauta, comme surpris par la voix de sa maîtresse.

— Où as-tu trouvé ça ? demanda Olivia. Où ?

Il s'assit, la queue battant le sol de la terrasse.

— Freddy ! Tu as tué un animal, c'est ça ?

C'était inconcevable. Freddy n'aurait pas fait de mal à une mouche. S'il lui arrivait de prendre des lapins en chasse, c'était par jeu, pas pour les dévorer. Freddy était un bon géant. Et le morceau qu'il avait englouti ressemblait plus à une pièce de boucherie qu'à un reste animal.

Une atmosphère étrange emplissait la maison. Elle retourna à l'intérieur, prit la torche qu'elle rangeait dans le casier à vin et ressortit examiner la palissade. En vain. Aucune trace de viande ou d'animal blessé.

Freddy trottait sur la pelouse à son côté, l'air de rien.

— Bon, j'ai compris. On dirait bien que tu as un nouvel admirateur, lui dit-elle.

Cela n'avait rien d'étonnant. Freddy était la coqueluche du quartier. Les voisins l'avaient immédiatement pris en affection et, malgré les timides protestations d'Olivia, certains lui laissaient parfois quelques friandises. Elle s'accroupit, posa sa lampe et prit le museau de Freddy entre ses mains.

— Je t'ai déjà dit de ne rien accepter de la part d'inconnus, Freddy. Tu m'entends ?

Il aboya en guise de réponse et galopa vers la maison comme s'il l'invitait à faire la course, ses longues oreilles battant l'air. Ignorant le défi, Olivia jeta un dernier regard sur le jardin noyé dans l'ombre, un peu honteuse d'avoir cédé à la panique. D'accord, la journée avait été riche en émotions, mais ce n'était pas elle qu'on avait tenté d'assassiner. La situation d'Aaron n'était en rien liée à la sienne, et il n'y avait aucune raison pour que ses propres fantômes surgissent du passé.

Après avoir verrouillé les portes de la maison, elle prit une douche rapide et alla se coucher. Mais elle ne parvint pas à s'endormir, l'image d'Aaron revenant sans cesse hanter son esprit. Le sommeil le fuyait-il aussi, là-bas, dans son lit d'hôpital ? Il était si différent de l'idée qu'elle s'était faite de lui !

Aucun homme, jusque-là, n'avait ainsi occupé ses pensées. Aaron était l'exception.

Elle avait passé la plus grande partie de sa vie d'adulte à se cacher d'un homme auquel elle avait échappé de justesse quelques années auparavant. Elle s'était, depuis, interdit toute relation amoureuse, mais ses fantasmes l'entraînaient parfois dans d'inoffensives aventures sentimentales. Aaron Westhaven faisait partie de ces dernières. C'est pourquoi il n'avait rien de réel : c'était un homme rêvé. Dans ses rêves, il était tendre, sensible, attentionné, affectueux, pour tout dire merveilleux. Il représentait l'antithèse de la violence qu'elle craignait par-dessus tout. Mais elle était lucide et savait qu'il ne pouvait être aussi parfait que dans son imagination. Peu importait, se répétait elle, puisqu'elle n'avait aucune chance de le rencontrer dans la vraie vie. Si par hasard cela devait arriver, elle était convaincue qu'il la décevrait.

Mais voilà que la rencontre avait eu lieu, et Olivia avait été tout sauf déçue. Le caractère de Westhaven l'avait bien un peu décontenancée. Mais la surprise venait surtout de son physique, à l'opposé de ce qu'elle avait imaginé, car c'était l'homme le plus séduisant qu'elle ait jamais rencontré.

Peut-être finirait-il même par se révéler tout à fait à la hauteur de ses fantasmes. Qu'adviendrait-il, alors ?

Elle s'assit sur son lit, songeuse. Comment avait-elle pu perdre ainsi le contrôle de ses sentiments ? Le Pr Olivia Dupree n'était pas une gamine frivole et amoureuse. Malgré les discours de certains psychiatres, anthropologues et autres, elle soutenait que l'amour romantique était une idée reçue. Les gens n'éprouvaient que ce qu'ils souhaitaient ressentir en réalité. Elle savait cela. Et Aaron le savait aussi, pour l'avoir décrit si puissamment dans ses romans. C'est d'ailleurs pour cette raison que les livres de l'écrivain lui parlaient autant.

Mais, alors, que lui arrivait-il ?

Résolue à en finir avec toutes ces questions, elle donna un coup de poing dans son oreiller, s'allongea de nouveau et tenta de se calmer.

Le sommeil commençait doucement à la happer lorsqu'elle perçut le grincement caractéristique qui accompagne l'ouverture d'une porte-fenêtre, suivi de bruits de pas furtifs. Quelqu'un se faufilait dans la cuisine.

Aaron s'agitait dans son lit d'hôpital et tentait sans succès de trouver le sommeil. Il était aux aguets, le tueur pouvant surgir à tout moment, et chaque bruit dans le couloir le mettait en alerte. La tension était à son comble quand des pas s'arrêtaient devant sa chambre, et elle atteignait son paroxysme chaque fois que quelqu'un poussait la porte. Ce qui arrivait fréquemment car des infirmières venaient régulièrement — il avait calculé un quart d'heure d'écart entre les passages — vérifier son état ou lui porter des médicaments. Sans doute devaient-elles percevoir sa nervosité, car elles ne manquaient jamais de lui conseiller de se calmer et de prendre un peu de repos. Facile à dire.

Aucun souvenir, en effet, n'était venu contrebalancer l'horrible vision dans laquelle il se voyait commettre un meurtre de sang-froid. Ce n'était pas faute de stimuler son esprit en répétant inlassablement le nom que lui avait révélé Olivia : Aaron Westhaven. Mais celui-ci n'évoquait rien. Il avait beau essayer de visualiser la course de ses doigts tapant les phrases d'un best-seller sur un clavier d'ordinateur, rien ne faisait écho dans sa mémoire.

Rien.

Il s'assoupit un bref moment et se revit de nouveau debout, arme au point, fixant la chemise ensanglantée du corps sans vie à ses pieds. La vision semblait si réelle qu'il pouvait presque sentir l'odeur de la poudre.

Il se réveilla en sursaut. Souvenir ? Cauchemar ? Pour la deuxième fois aujourd'hui, il se retrouvait dans la peau d'un assassin. Quel genre d'homme était-il donc ? Pas du tout le type sensible qu'Olivia Dupree voyait en lui, c'était certain.

Il fallait tirer ce mystère au clair, et le plus vite possible, de préférence. Cloîtré dans cette chambre d'hôpital, il était à la merci de son agresseur. Il devait par-dessus tout faire confiance à son instinct. Cela aussi, il le savait. Peut-être par expérience. A moins que son cerveau blessé n'ait inventé cette certitude pour combler le vide de sa mémoire.

Déterminé tout à coup, il envoya voler les draps d'un coup de pied, quitta le lit et pénétra dans la minuscule salle de bains attenante à sa chambre. Devant le miroir, il entreprit de retirer les bandages qui couvraient son visage. Sa tête le faisait encore un peu souffrir, mais il se sentait bien mieux ainsi, libéré de ses entraves.

Il se dirigea vers la porte, observa pendant un instant le va-et-vient des infirmières qui vaquaient à leurs occupations aux quatre coins de l'établissement. Leur bureau était souvent déserté.

L'hôpital manquait manifestement d'effectifs.

Parfait.

Il repéra également la clé de la voiture d'Olivia suspendue à un crochet près du comptoir. Plus tôt, à travers la porte, il avait prêté l'oreille à la conversation qu'elle avait eue avec le Dr Overton. Il connaissait les détails de la virée du fils du médecin, le modèle de la voiture qu'Olivia avait laissée à l'hôpital pour la nuit, et l'endroit où avaient été rangées ses clés.

Il prit, dans le tiroir de la table de nuit, le sac qui renfermait ses maigres possessions. Le contenu avait été examiné par la police : une montre à gousset, un trousseau orné d'un cheval cabré attaché à une unique clé gravée d'un P, un paquet de chewing-gum et la carte de visite d'Olivia. C'était peu, mais c'était tout ce qu'il possédait pour le moment. Il n'allait pas l'abandonner.

Lorsque le bureau se vida de la dernière infirmière, Aaron se glissa hors de la chambre. Il traversa rapidement le hall, prit au passage les clés de la voiture d'Olivia, puis fit demi-tour et remonta le long du hall. Il examina chaque chambre au passage et finit par repérer dans l'une d'elles la silhouette d'un homme dont la taille était proche de la sienne. Le patient dormait à poings fermés. Aucune infirmière à l'horizon. Aaron entra, ouvrit le placard et y préleva des vêtements qui semblaient être à sa taille

Sans faire de bruit, il se glissa dans la salle de bains, enfila aussi vite que possible jean, T-shirt noir et veste.

Seules les baskets ne lui allaient pas. Il conserva donc ses élégantes chaussures noires. Puis, ayant laissé passer quelques infirmières occupées à leurs tâches, il traversa discrètement le hall jusqu'à la porte marquée d'un écriteau « Escalier ».

La voie jusqu'au rez-de-chaussée était libre. Dans le hall inférieur, personne ne parut le remarquer lorsqu'il se dirigea vers la sortie. Sa démarche assurée et confiante trahissait malgré tout une vive impatience.

Une fois sorti, il traversa le parking et s'autorisa enfin une légère pause qu'il accompagna d'un grand soupir de soulagement. Avec délectation, il inspira l'air frais de cette nuit d'été. Comme c'était bon de sentir tout à coup l'air de la campagne ! Si bon qu'il en conclut qu'il vivait peut-être en ville.

Il trouva sans peine la voiture d'Olivia. C'était le seul 4x4 hybride blanc garé sur le parking. D'une pression sur la télécommande du porte-clés, il ouvrit la portière. La voiture répondit aussitôt en clignotant des phares.

Quelques instants plus tard, il s'engageait dans le trafic nocturne et clairsemé de Shadows Falls.

Il arrêta la voiture quelques blocs d'immeubles plus loin, dans un endroit qui lui sembla sûr. Puis il alluma le GPS et navigua à travers les menus : Adresse, Centre-ville, Points d'intérêt, Maison.

Il appuya en souriant sur Maison.

L'adresse d'Olivia Dupree apparut immédiatement sur l'écran tandis qu'une voix féminine énonçait : « Prochain virage à gauche. »

4

Olivia s'assit lentement dans son lit. Son cœur battait si fort qu'elle aurait pu jurer qu'on entendait ses pulsations retentir dans toute la maison.

— Freddy…, murmura-t-elle. Freddy, où es-tu ?

Pas de réponse.

Il n'était pas, comme à son habitude, allongé sur le sol au pied du lit, à portée de la main avec laquelle elle le caressait jusqu'à ce qu'il s'endorme. Il n'était pas non plus avachi sur les couvertures à son côté. Elle l'autorisait parfois à dormir là, allongé de tout son long en travers de ses mollets. Il finissait invariablement par se blottir contre elle, posant sa grosse tête sur sa poitrine au risque de l'étouffer.

Où était-il ?

Et qui pouvait bien se faufiler ainsi dans la cuisine ?

Elle tendit la main vers le téléphone posé sur la table de nuit, décrocha le combiné, mais aucune tonalité ne se fit entendre. Son sang se glaça. L'intrus avait sans doute coupé la ligne. Voilà qui laissait peu de doute sur ses intentions.

Pendant des années, Olivia s'était efforcée d'oublier que son ex, Tommy Skinner, pouvait à tout moment resurgir dans sa vie. Avait-il fini par retrouver sa trace et, comme elle n'avait jamais cessé de le craindre, découvert l'identité sous laquelle elle se cachait depuis qu'elle l'avait fui ? Etait-ce lui qui, au bout de seize longues années, venait assouvir sa vengeance et détruire l'existence paisible qu'elle avait bâtie ?

L'esprit d'Olivia s'emballait. Elle tenta de se calmer mais la terreur fut plus forte que la raison à laquelle elle tentait en vain de se raccrocher. Il lui fallait quitter la maison au plus vite. Sa survie en dépendait.

Mais, avant tout, elle devait retrouver Freddy.

Tremblante, elle se glissa hors du lit, les mains plaquées nerveusement sur le pantalon de son pyjama en flanelle rouge. Elle se dirigea sur la pointe des pieds, vers la porte de la chambre qu'elle laissait toujours entrouverte afin que Freddy puisse librement circuler pendant la nuit. Son téléphone portable se trouvait dans le sac pendu dans le placard du salon, et elle n'avait aucune arme à portée de main. En tout cas, pas dans la maison. Avec Freddy comme gardien, elle avait toujours pensé que c'était une précaution inutile.

Elle scruta le salon par l'entrebâillement de la porte, et repéra instantanément Freddy allongé sur le flanc à même le parquet. Il dormait, apparemment, mais quelque chose n'allait pas. Il était tout à fait immobile et son sommeil paraissait bien trop profond. Mais, surtout, il aurait dû, tout comme elle, avoir été alerté par le bruit de l'intrusion. Non, décidément, quelque chose ne tournait pas rond. Prise d'une soudaine panique, au mépris du danger qu'elle sentait pourtant rôder dans la maison, Olivia fut sur le point de s'élancer vers l'animal. Mais avant même qu'elle ait pu esquisser un mouvement, la porte, violement poussée par une main invisible, la heurta à la tête et la renversa au sol. Elle sentit un mince filet de sang couler de son front blessé. La silhouette d'un homme portant des lunettes de ski noires s'encadra dans l'embrasure de la porte. Etourdie, Olivia recula en rampant, un bras levé pour protéger son visage. Son sang se glaça lorsque l'homme pointa un revolver sur elle.

— Ne bouge pas ! lança-t-il derrière son masque.

— Qu'avez-vous fait à mon chien ?

— La ferme, bordel ! reprit-il en armant son automatique.

— D'accord, d'accord…

Tremblant de la tête aux pieds, elle parvint à reprendre le contrôle d'elle-même et se mordit la lèvre pour se retenir de parler. Malgré la peur qui la paralysait, elle trouva le courage d'écarter le bras derrière lequel elle s'abritait et se mit en devoir d'observer attentivement l'intrus. Si elle survivait à l'agression, elle pourrait au moins l'identifier plus tard. L'homme qui se dressait devant elle était sec, nerveux et plutôt petit. Enfin, c'est ainsi qu'il lui apparut alors qu'elle se blottissait à même le sol, les yeux rivés sur le canon de l'arme avec laquelle il la tenait en joue.

— S'il vous plaît, dit-elle, incapable de se taire malgré la menace. Je vous en prie, qu'est-il arrivé à mon chien ? Que lui avez-vous fait ?

— Ferme-la !

Elle se tut et continua de détailler l'homme tout de noir vêtu. Il portait un masque de ski, un pull-over à col roulé, un jean et des gants. Par un trou sous son masque, elle put apercevoir un éclat de peau. Il était apparemment de type caucasien. Mais la lumière restait trop faible pour qu'elle puisse discerner la couleur de ses yeux.

Il se dirigeait à présent vers le buffet dont il ouvrit violemment les tiroirs. Il entreprit de fouiller sans ménagement leur contenu, renversant les vêtements, tout en gardant son arme et un œil pointés sur Olivia. Il sortit un tiroir de son logement et le jeta au sol après l'avoir examiné, puis il se tourna vers le placard.

— Que voulez-vous ?

Il la fixa.

— Je t'ai dit de la fermer, salope ! Tu veux crever comme ton chien ?

— Freddy ! Non !

Elle bondit, ignorant les menaces et l'arme pointée sur elle, et s'élança vers la porte de la chambre.

L'agresseur la saisit au vol par la taille, la projeta sur le lit et l'immobilisa de tout le poids de son corps.

— Les disquettes, je les veux. Où sont elles, Sarah ?

— Sarah…

Dieu, personne ne l'avait appelée ainsi en seize ans !

— Non, je ne suis pas Sarah ! Mon nom est Oliv…

Elle n'eut pas le temps de réagir. Il lança sa main si brusquement qu'elle ne put esquiver le coup. Le métal de l'arme heurta sa mâchoire et sa tête fut violemment projetée sur le côté. L'homme s'élança, vint se placer à califourchon sur elle et l'immobilisa. Olivia était à peine consciente lorsqu'il pointa lentement l'arme sur son front.

Le temps d'un éclair, quelque chose ou, plutôt, quelqu'un surgit soudain par le côté et plaqua l'agresseur. La rapidité de l'attaque le renversa sur le sol. Encore tout étourdie, Olivia parvint à s'extirper du lit, elle se traîna vers la porte, se redressa tant bien que mal et franchit le seuil en manquant de trébucher à chaque pas. Malgré la lutte qui s'engageait dans sa chambre, une unique obsession hantait son esprit.

Freddy.

Le chien gisait toujours sur le sol, immobile. Il n'avait pas bougé. Elle tituba dans sa direction, puis chancela et s'affaissa sur le grand corps inerte. Doucement, elle étreignit son large cou.

— Freddy, allez, Freddy, mon bébé ! Freddy ? Freddy ?

Les deux inconnus se battaient à présent dans le salon. Olivia se rua vers le placard et s'empara du téléphone portable qui était dans son sac. Pendant ce temps, le nouvel arrivant assenait à son adversaire des coups si rapides qu'il était impossible de les compter. La tête de l'agresseur rebondissait comme un punching-ball. Reprenant peu à peu ses esprits, Olivia s'aperçut avec stupeur que son sauveur n'était autre que l'homme auquel elle n'avait cessé de penser alors qu'elle tentait désespérément de trouver le sommeil. Aaron Westhaven.

Avec un mélange d'effroi et de reconnaissance, elle le regarda désarmer son agresseur presque sans effort puis, d'un seul geste, retirer le chargeur et éjecter la cartouche introduite dans le canon de l'arme. La scène, qui n'avait duré que quelques secondes, la déconcerta. Elle croisa le regard d'Aaron, qui, d'un léger geste de la tête, lui fit comprendre de ne pas utiliser le téléphone qu'elle avait en main.

L'intrus profita de l'inattention inespérée de son adversaire pour échapper à son emprise et filer sans demander son reste. Il franchit en courant la porte d'entrée, bousculant Olivia au passage. L'écrivain se précipita immédiatement à sa poursuite.

— Aaron, je vous en prie, non ! cria-t-elle en le retenant pas le bras au moment où il atteignait le seuil.

Il s'arrêta net. Le temps qu'il se retourne, Olivia l'avait déjà lâché pour rejoindre son cher Freddy. Le visage mouillé de larmes, elle se blottit contre la masse imposante du chien.

— Oh, mon Dieu, mon Dieu, Freddy !

Agenouillé à ses côtés, Aaron posa une main sur l'animal, attentif à ses moindres frémissements. Dehors, le rugissement d'une voiture déchira le silence de la nuit. L'inconnu prenait la fuite.

— Il respire, dit Aaron. Vous m'entendez ? Il va bien.

Elle leva les yeux vers lui en reniflant.

— Il n'est pas mort ?

— Non, il respire. Son cœur bat fort. Sentez.

Enveloppant la main d'Olivia dans la sienne, il la pressa contre le flanc du chien. Elle sentit le battement sourd et régulier du puissant cœur sous sa paume et ferma les yeux de soulagement.

— Il est vivant ! Freddy, allons, mon vieux… Réveille-toi. Réveille-toi ! S'il te plaît, fais-le pour moi !

Elle embrassa son museau, puis le caressa doucement de la truffe aux oreilles pour l'aider à reprendre connaissance. Sans succès.

A son tour, Aaron se pencha sur l'animal, palpa avec délicatesse son immense corps à la recherche d'une éventuelle blessure. Puis il colla une oreille contre le flanc du chien et l'ausculta avec la plus grande attention. Il se redressa, l'air rassuré.

— Je crois qu'il va bien. Je ne trouve rien qui ressemble à une blessure. Il a probablement été drogué.

— Drogué ? Bon sang, c'était le steak !

Surpris, il la regarda.

— Il mangeait un gros morceau de viande quand je suis arrivée. J'ai voulu le lui reprendre, mais il ne m'a pas laissée faire et l'a avalé d'un coup.

— C'est comme ça que votre cambrioleur a dû s'y prendre, vous avez raison. D'un côté, ça se comprend. On ne s'introduit pas dans une maison gardée par un chien de cette taille sans prendre un minimum de précautions, n'est-ce pas ? Freddy se remettra. Pouvez-vous allumer la lumière ?

Elle se leva en reniflant et actionna l'interrupteur. Aaron, qui poursuivait l'examen, soulevait à présent les paupières et scrutait les yeux de Freddy.

— Oui, ça ira. Regardez, il commence déjà à reprendre ses esprits. Il faudrait une sacrée dose pour tuer un animal de cette taille. C'est incroyable, on dirait presque un poney !

Rassuré, il leva les yeux vers Olivia et son expression changea aussitôt.

— Bon sang…, dit-il en s'approchant d'elle.

Il prit délicatement son menton dans sa main et lui fit pivoter la tête.

— Avec quoi vous a-t-il fait ça ?

— D'abord avec la porte de ma chambre, ensuite avec son arme, dit-elle en massant sa mâchoire douloureuse. Que faites-vous ici, Aaron ?

— Je me sentais vraiment trop exposé dans cet hôpital. Et puis j'avais entendu votre conversation avec le médecin. Je savais donc où trouver vos clés et votre voiture.

— Alors, vous êtes parti, comme ça ?

— Je ne pensais pas que vous y verriez un inconvénient, dit-il en l'aidant à se relever.

— Un inconvénient ? Vous venez probablement de me sauver la vie !

L'idée de s'éloigner de Freddy lui déplaisait, mais elle se laissa guider vers la cuisine. Après l'avoir aidée à s'installer confortablement sur une chaise d'où elle pouvait apercevoir la silhouette immobile de son chien, Aaron ouvrit le robinet de l'évier, mouilla un torchon qu'il remplit de glaçons.

— Tenez, mettez ça sur votre mâchoire.
— Merci.
— C'est peu de dire que je suis désolé, Olivia.
— Désolé pour quoi ?
— Désolé d'attirer les ennuis jusqu'à votre porte.

Il revint vers le réfrigérateur, prit deux cannettes de soda *light* qu'il ouvrit d'une main. Il en posa une devant Olivia.

— C'est ma faute si vous avez été agressée. Le tueur savait sans doute que je devais loger chez vous. Quand il a appris que j'avais survécu, il est venu me chercher ici.

Elle croisa son regard où elle vit l'éclat d'un regret.

— Non, ça n'avait rien à voir avec vous, affirma-t-elle doucement, espérant qu'il ne lui demanderait pas d'expliquer pourquoi elle en était si sûre.

— Si vous le dites…

Il l'aida à réajuster le torchon rempli de glace sur son visage tuméfié.

— Vous essayez de me dire que vous avez aussi des tueurs à vos trousses, reprit-il. C'est bien ça ?

— Voilà seize ans que je les fuis.

Surpris, Aaron la fixa. Elle soutint son regard avec détermination.

— Et non, je ne veux pas en parler. Mais j'ai le sentiment que vous pouvez comprendre ça, puisque que vous vous êtes vous-même défilé quand je vous ai demandé de m'éclairer, tout à l'heure, à l'hôpital.

— Vraiment ?

Elle haussa les épaules.

— Oubliez ça.

Il demeura silencieux un instant.

— Donc vous pensez que ce type en avait après vous ? reprit-il.

— Oui.

Il parut soucieux.

— Je l'ai entendu vous appeler Sarah. Il vous questionnait au sujet de… disquettes.

Elle détourna les yeux.

— Peut-être que si vous les lui aviez données…

— Elles ne sont pas là.

— C'est parfait, parce que vous ne pouvez pas rester ici, après ce qui vient de se passer.

Elle le dévisagea pendant quelques secondes.

— Il reviendra jusqu'à ce qu'il ait obtenu ce qu'il cherche. Ou jusqu'à ce que je lui fasse sa fête.

Elle eut un léger sourire, mais sa mâchoire encore douloureuse la fit grimacer. Aaron l'avait habituée aux sarcasmes, mais il ne semblait pas plaisanter, cette fois.

— Si j'étais vous, je mettrais la main sur ces disquettes ; ainsi, nous pourrons négocier s'il se montre de nouveau.

— Comment ça, *nous* ?

Il haussa les épaules.

— Ecoutez, ce n'est pas du tout mon genre de rester assis sans rien faire. J'ai besoin d'action, d'enquêter sur mon identité, de découvrir la raison de ma présence ici, de savoir pourquoi diable on a essayé de me tuer. Pour l'instant, je n'ai pas l'ombre d'un indice, et je ne sais pas par où commencer. Alors, autant vous aider.

Elle le dévisagea de nouveau, perplexe.

— Mer… merci.

— Oui, bon… De plus, je ne suis toujours pas convaincu que nos problèmes ne sont pas liés.

— Comment ça ?

— C'est un peu gros, comme coïncidence, vous ne trouvez pas ? Je viens en ville pour vous rencontrer, on tente de me tuer, et, quelques heures plus tard à peine, quelqu'un vient vous agresser dans votre propre maison, vous, la seule personne avec qui j'ai un lien à Shadow Falls.

— La seule, jusqu'à preuve du contraire, fit-elle remarquer, perdue dans ses pensées.

— Ecoutez, je ne crois pas du tout à votre vieille histoire qui resurgit comme ça au bout de seize ans. Ma tentative d'assassinat et votre agression doivent avoir un point commun. J'ignore lequel, mais je ne vois pas de meilleure explication.

Elle baissa les yeux en soupirant, certaine, quant à elle, que les deux agressions étaient indépendantes.

Freddy fit alors entendre un profond bâillement. Olivia bondit de sa chaise. Son esprit avait immédiatement chassé toute pensée. Aaron les rejoignit, mit un genou à terre et flatta la grosse tête de l'animal.

Freddy restait allongé, les yeux entrouverts, l'air un peu piteux.

— Un peu dans le cirage, hein ? demanda Aaron. Ça va passer, mon gars, j'en sais quelque chose.

Freddy leva péniblement la tête pour renifler le cou d'Aaron, puis il la reposa avec un grand soupir. Olivia s'agenouilla à son côté et le caressa. Elle était un peu sonnée, elle aussi. Par le soulagement, cette fois.

— C'est un sacré chien, dit Aaron. Si gros qu'il paraît presque irréel.

— C'est le meilleur chien qui soit au monde.

— J'en suis sûr. J'en suis sûr, Fred.

Son attention revint sur elle.

— Ce type reviendra, Olivia. Je pense qu'on devrait partir, au moins pour le reste de la nuit.

— Il faudrait appeler Bryan.

— Bryan ?

— L'officier Kendall.

Le regard qu'Aaron posa sur elle la troubla. Elle devait être bien amochée pour qu'il la dévisage avec un air aussi désolé. Pourvu qu'il ne prête pas trop attention à son horrible pyjama, à ses cheveux en bataille et ses yeux rougis par les larmes…

— Vous et lui êtes…

— Oh, non ! juste des amis. Moins que des amis, vraiment. Quelqu'un nous a menacés d'une arme il y a quelques semaines, lui, sa fiancée Dawn et moi.

Aaron leva un sourcil de surprise.

— Un incident sans rapport avec celui d'aujourd'hui, précisa-t-elle.

— On ne s'ennuie pas à Shadow Falls, on dirait…

— Pas trop, ces derniers temps. Ce qui m'inquiète, c'est qu'on dit « jamais deux sans trois », pas vrai ? Entre cette histoire avec Bryan et mon agresseur, j'en suis à deux. Je crains la suite de ce fichu programme.

— Rassurez-vous, le compte y est si on ajoute mon assassin, dit-il en parcourant la pièce du regard. Je crois qu'on devrait garder le silence pour l'instant, et tenir votre flic à l'écart.

— Pourquoi ?

— C'est mon instinct qui me le dit. Et quelque chose me souffle que j'ai raison, et que ce qu'il faut faire en pareille situation, c'est rester discret.

— Et si je ne suis pas d'accord ? Et si j'ai d'autres plans ?

C'était en effet le cas. Que pouvait-elle faire, sinon embarquer Freddy, foncer à Burlington retirer ce qu'elle avait laissé dans un coffre à la banque, et fuir aussi loin et aussi vite que possible ? Ainsi, le jour qu'elle redoutait depuis longtemps était venu.

Découragé, Aaron se renversa en arrière.

— Très bien, je vais essayer de vous convaincre par la logique, alors. Nous ignorons comment ce type vous a trouvée et s'il est impliqué dans ce qui m'est arrivé. Si c'est le cas, nous ignorons aussi d'où il tient ses informations. Comment savait-il que j'étais toujours en vie, que j'avais quitté l'hôpital, que vous étiez mon seul contact en ville ? Comment savait-il qu'il pouvait me trouver chez vous ? S'il y a une fuite, elle ne peut venir que de l'hôpital ou de la police.

— Je comprends votre raisonnement, mais je vous répète que tout cela n'a rien à voir avec vous.

— Vous n'en savez rien.

— Tout l'indique. La vie que j'avais construite ici vient de toucher à sa fin, Aaron. J'avais espéré pouvoir vous aider mais, à présent, je suis moi aussi dans le pétrin. Je dois disparaître, et je ne vois pas comment je pourrais vous être d'un quelconque secours.

Il la regarda comme s'il la voyait pour la première fois.

— Je vous trouve bien mystérieuse pour une prof d'anglais de province, mademoiselle.

— Sans doute.

— Quoi qu'il en soit, admettez que c'est une très mauvaise idée de passer le reste de la nuit ici.

— Ça ne suffit pas. Il faut aussi quitter Shadow Falls. Vous avez raison, je dois partir dès cette nuit et quitter la ville définitivement. Mais seule. Tout comme Harvey Trudeau, vous comprenez, je dois partir seule.

Il fronça les sourcils, comme s'il n'avait pas saisi la référence au personnage de ses romans.

— Voilà comment je vois les choses, expliqua-t-il. Nous sommes tous les deux dans le même bateau, sans doute poursuivis par la même personne. Mais, bon sang, on peut s'entraider, non ?

Elle le regarda, intriguée.

— Pourquoi voudriez-vous m'aider ?

Il la fixa avec le regard franc de celui qui n'a rien à cacher.

— Je l'ignore. Je le sens. Comme si… j'en avais la mission.

Elle pencha la tête, perplexe, ainsi que le faisait Freddy quand il entendait un bruit qu'il ne parvenait pas à identifier.

— Ecoutez, vous semblez vraiment attachée à la vie que vous menez ici, reprit-il. Pourquoi prendre une décision aussi définitive ? Essayez au moins de rester dans le coin et de voir comment la situation évolue, non ?

Elle réfléchit un instant.

— Que suggérez-vous que… *nous*… fassions ?

— Allons passer le reste de la nuit dans un endroit sûr. Demain, nous irons chercher ces disquettes là où vous les avez cachées. Ensuite,… eh bien nous déciderons quoi faire.

Olivia hésita. Quelque chose d'étrange se produisait en elle. Face à n'importe quel autre homme, elle lui aurait dit de se débrouiller tout seul et aurait affronté ses propres problèmes à sa manière.

Mais l'homme en face d'elle était Aaron Westhaven et elle *voulait* lui faire confiance.

— Je ne sais pas, dit-elle doucement.

— Je viens de vous sauver la vie, lui rappela-t-il. Vous vous souvenez ?

Dubitative, elle soupira.

— Allez prendre quelques affaires, poursuivit-il.

— D'accord, vous avez gagné.

Elle se leva, puis marqua un temps d'hésitation.

— Aaron ?

— Oui ?

Elle s'était figée, émue. La scène qui se déroulait devant elle lui apparut dans toute sa perfection. Assis sur le sol, Aaron caressait doucement le chien, attentif à chacune de ses respirations, comme pour s'assurer qu'il allait bien. Dans un geste reconnaissant, Freddy, toujours groggy, avait péniblement posé une patte sur le genou de l'écrivain. Ce tableau inattendu où l'homme et l'animal communiaient dans un même élan de confiance et de tendresse lui révélait Aaron sous un jour qui lui était jusqu'alors inconnu.

Elle reprit ses esprit en comprenant qu'il attendait la question qu'elle ne parvenait pas à formuler.

— Où avez-vous appris à vous battre et… à manier une arme comme ça ? se décida-t-elle enfin à demander. Je veux dire… vous avez enchaîné tous ces gestes avec une telle maîtrise, comme si vous saviez exactement ce que vous étiez en train de faire.

Il acquiesça.

— Je sais. Cela m'inquiète aussi. C'est plutôt inhabituel pour un écrivain solitaire, n'est-ce pas ?

— En effet, conclut-elle doucement.

Aaron la suivit du regard tandis qu'elle se dirigeait vers sa chambre pour y prendre quelques affaires. Il savait désormais avec certitude qu'il était venu à Shadow Falls pour elle. Cette évidence était maintenant profondément ancrée dans son esprit, et le fait qu'il détienne la carte de visite de la jeune femme constituait une preuve supplémentaire.

En revanche, il était presque certain de ne pas être cet écrivain qu'Olivia décrivait comme prévenant, sensible et solitaire. S'il fallait en croire les derniers événements, aucune de ces qualités ne lui correspondait. Il avait très probablement déjà tué, dans sa vie, et si un jour un personnage de roman était sorti de son imagination, il ne l'aurait certainement pas baptisé Harvey Trudeau.

Et puis, surtout, il sentait de tout son être que ce professeur d'anglais, cette amoureuse des chiens, belle sans le savoir, guindée, prudente à l'extrême, était la clé de son passé.

Il devait rester avec elle, fuir en sa compagnie s'il le fallait, jusqu'à ce qu'il puisse y voir plus clair. En l'aidant, il s'aiderait lui-même.

Et si, malgré un immense sentiment d'imposture, il devait, pour garder sa confiance, jouer le rôle du romancier excentrique, il en serait ainsi.

Depuis le salon où il était resté en compagnie de Freddy, il observait avec attention Olivia, qui remplissait un sac de quelques affaires. Irrésistiblement, elle l'attirait. C'était inexplicable autant qu'inquiétant. Comment, dans sa situation, avait-il pu se laisser ainsi distraire et captiver par une femme ? Quelle raison inconnue était à l'origine de cette attirance qui n'avait cessé de croître depuis qu'il l'avait vue franchir le seuil de sa chambre d'hôpital ?

Son instinct, cette petite voix à laquelle d'une manière ou d'une autre il savait pouvoir se fier, lui soufflait qu'il était dangereux d'entreprendre quoi que ce soit avec elle, même un simple flirt. Il devait à tout prix s'en souvenir et rester maître de lui-même.

Il s'assit, et la pensée que les choses puissent en être autrement, qu'Olivia puisse réellement avoir raison à son sujet, le rassura un peu. Après tout, ses craintes ne reposaient sur rien de tangible, puisque son amnésie le privait toujours de son passé.

Il ne pouvait plus se fier qu'à son intuition, à ses tripes.

Mais était-ce suffisant pour se tirer de la situation dans laquelle ils étaient plongés jusqu'au cou ?

5

Olivia fourra ses deux uniques jeans dans un sac, ainsi que quelques affaires de base. Quelle histoire ! C'était complètement dément de prendre la fuite ainsi, en pleine nuit, avec un étranger, de surcroît.

En pareille situation, le commun des mortels aurait sans aucun doute perdu ses moyens et son sang-froid. Pas Olivia. Seize ans durant, elle s'y était inconsciemment préparée. La certitude que la nécessité de fuir pouvait surgir à tout moment ne l'avait jamais quittée, même si elle était restée tapie dans un coin de son esprit. Et cet instant était venu. La menace ne pouvait venir que de l'extérieur, puisqu'à Shadow Falls personne n'était au courant de l'existence des disquettes. Elle les avait dérobées à Tommy au cours de sa fuite, des années auparavant, espérant qu'elles lui serviraient de moyen de pression s'il la retrouvait un jour. Personne, ici, ne savait qu'elle s'était un jour appelée Sarah. Les acteurs de sa nouvelle vie ignoraient tout du passé qu'elle avait laissé derrière elle.

L'histoire se répétait, elle devait fuir une nouvelle fois. Avec Aaron ? Pourquoi pas ? Il ne lui était pas tout à fait étranger, après tout. De plus, il avait besoin d'elle.

Sa décision était prise. Elle referma le sac d'un geste

décidé et revint dans le salon. Aaron et Freddy ne s'y trouvaient plus, mais elle fut surprise de découvrir que, pendant qu'elle s'activait dans sa chambre, l'écrivain avait méticuleusement fait disparaître toute trace de la lutte qui l'avait opposé à l'intrus. Chaque objet avait retrouvé sa place. La voix d'Aaron retentit à l'extérieur de la maison. Il n'était pas loin. Elle ramassa la couverture que Freddy utilisait pour dormir et ouvrit la porte d'entrée.

Aaron s'activait à l'arrière poussiéreux de l'impressionnante Ford Expedition. Immobile, les pattes avant posées sur le plateau du coffre, Freddy l'observait comme s'il attendait avec impatience la suite des opérations.

— Euh… Aaron, cette voiture n'est pas à moi.

— Je sais. Vous en avez déjà fini avec vos bagages ? poursuivit-il avec un air de surprise.

— On ne devrait pas être partis longtemps. Enfin, je l'espère.

Il jeta un regard interrogateur en direction du chien.

— Il y a un mot magique pour le faire monter dans le coffre ?

— Non. Il est juste un peu gros.

— Et ?

— Il doit prendre de l'élan pour sauter, et comme il ne sait pas le doser, il se cogne toujours la tête au plafond. Donc là, il se méfie et rechigne un peu. Mais ce 4x4-là devrait être suffisamment grand.

— Et c'est pour cette raison qu'on prend cette voiture et pas la vôtre. Et aussi parce que, d'après ce que j'ai entendu de votre conversation avec la rouquine, personne n'est supposé savoir qu'il est en votre possession. Je me trompe ?

— La rouquine, comme vous dites, le sait.

— Parfait. Elle n'ira jamais imaginer que nous sommes

partis avec, et votre copain flic tirera la sonnette d'alarme beaucoup plus tard si votre voiture reste bien en vue ici.

— Je devrais peut-être appeler Carrie, cependant. Elle restera discrète. Alors que si elle s'imagine que j'ai été enlevée par un amnésique qu'on a tenté d'assassiner, elle donnera l'alerte, c'est sûr.

— J'espère que ce n'est pas ce que vous pensez : que je suis en train de vous kidnapper ?

Elle le regarda dans les yeux avec insistance.

— Si c'était le cas, je ne partirais pas avec vous. Par ailleurs, si vous tentez quoi que ce soit contre moi, Freddy s'occupera de vous.

— J'en suis persuadé. Parfait, alors. Vous appellerez votre amie plus tard. Nous devons partir avant qu'on ne découvre que j'ai quitté l'hôpital. Je parie que c'est chez vous qu'on commencera par venir me chercher.

Elle lança son sac au pied du siège arrière, qu'elle replia pour ménager un peu plus d'espace. Puis elle installa dans le coffre la couverture de Freddy, qui l'observait, toujours immobile, avec la plus grande attention.

— Je sais, mon vieux, je sais…

Elle descendit de la voiture, se positionna derrière le chien et lui fit la courte échelle afin qu'il puisse se hisser à l'intérieur. Un rictus de souffrance aux lèvres, elle poussa la gigantesque carcasse de l'animal à l'intérieur du véhicule.

— Laissez moi faire…, commença Aaron.

— Ça va, je le tiens, l'interrompit-elle en achevant tant bien que mal de faire entrer le chien.

Une fois à l'intérieur, Freddy fit trois tours sur lui-même et s'abîma sur sa couche improvisée avec un soupir de gratitude.

— Bon sang ! Combien pèse-t-il ?

— Pas loin de cinquante kilos… D'habitude, il monte et descend sans avoir besoin d'aide. Sauf quand il est vraiment fatigué ou qu'il ne veut pas sortir.

— Ou lorsqu'il est sous l'effet d'un tranquillisant…

Il lui montra un tube de plastique frappé d'une étiquette.

— Je l'ai trouvé près de la porte de votre palissade, juste là, dit-il en désignant du doigt l'emplacement.

— « Acé »… « proma »…, déchiffra-t-elle avec peine.

— Acépromazine. C'est un tranquillisant utilisé par les vétérinaires. Il en faut pas mal pour faire de l'effet à un chien de cette taille en moins d'une heure et l'assommer pendant trois ou quatre autres. Est-ce que ce timing vous semble correspondre à l'enchaînement des événements de ce soir ?

— Absolument. Dites-moi, d'où vous vient cette science des tranquillisants vétérinaires ?

— Je n'en sais fichtre rien. Vous avez bouclé la maison ?

— J'ai encore une ou deux petites choses à régler.

— Je vais en profiter pour mettre votre voiture dans le garage et faire en sorte que tout paraisse normal.

— Vous avez toujours les clés ?

— Elles sont restées sur le contact. J'ai quitté la voiture un peu précipitamment quand je vous ai entendue crier.

— Parfait. Pendant que vous y êtes, prenez un peu de pâtée pour chien dans le sac rangé là-bas, voulez-vous ?

— Je prends tout, au cas où nous devrions partir plus longtemps que prévu.

Olivia frissonna. Le doute resurgit dans son esprit, plus insistant encore. Et si Aaron n'était pas l'homme qu'il paraissait être ? Peut-être fallait-il vraiment qu'elle mette Carrie dans la confidence et l'informe de leur fuite.

— Allons-y, d'accord ? dit-il.

Après un silence, elle hocha la tête.

— Désolée, mais je ne suis plus sûre de rien, Aaron.

Il lui jeta un regard d'abord perplexe, puis plus doux.

— Je ne vous en veux pas. Vous ne savez rien de moi, après tout.

Ce n'était pas cela le problème ; elle avait l'étrange sentiment de le connaître, au contraire, et cette pensée la rassurait. Malgré tout, quelque chose la tracassait.

— Vous savez, moi aussi j'ignore tout de moi, poursuivit-il. Olivia, aujourd'hui, quelqu'un a tenté de s'en prendre à vous — et, de toute évidence, ce n'est pas moi — et on a essayé de m'éliminer. Si les deux incidents sont liés, nous avons un ennemi commun. Dans le cas contraire, il reste que nous sommes tous deux poursuivis, que nous voulons savoir par qui, et arrêter tout ça.

Elle réfléchit un instant. Il avait raison.

— Et si j'avais, moi, voulu vous nuire, je l'aurais déjà fait, vous ne croyez pas ? poursuivit-il. Votre téléphone était neutralisé, Freddy sous sédatifs : ç'aurait été un jeu d'enfant. J'aurais ensuite, le plus tranquillement du monde, volé votre voiture et, à l'heure qu'il est, je serais déjà loin.

— Inutile d'entrer dans les détails…

— Je ne suis pas votre ennemi. J'ignore peut-être qui je suis, mais ça, j'en suis convaincu. Ecoutez, mon intuition me dit de filer d'ici, de trouver un endroit sûr où je pourrais prendre le temps de réfléchir et d'analyser cette situation. Et la dernière chose que je souhaite, c'est vous abandonner ici avec un cinglé à vos trousses. Mais je le ferai si vous me le demandez.

La gorge sèche, Olivia baissa les yeux tandis que son esprit se perdait dans un tourbillon de perplexité. Que faire ? Se fier à cet homme ? S'en méfier ?

Une chose était certaine, en tout cas : elle ne pouvait

pas fermer les yeux sur les événements dont elle avait été victime et rester passivement chez elle. L'existence qu'elle avait bâtie ces seize dernières années, son identité, tout cela venait de voler en éclats. Quelqu'un l'avait percée à jour et l'attaque, brutale, lui avait fait comprendre qu'elle devait fuir. Avec ou sans Aaron.

Elle devait désormais affronter Tommy et régler cette histoire une fois pour toutes. C'était une évidence. Quelles chances avait-elle d'y parvenir seule ? L'aide d'Aaron serait plus que bienvenue, évidemment. Au moins pendant quelque temps. L'idée de l'impliquer dans tout cela lui répugnait, mais elle pourrait lui apporter son soutien en retour, en l'aidant à trouver des réponses à ses propres questions.

A ses côtés, il fit entendre un soupir. Il fixait nerveusement l'entrée du chemin d'accès à la maison, comme s'il s'attendait à y voir surgir quelqu'un à tout moment. La police ? Son agresseur ? Celui d'Olivia ? Difficile à dire. Sans doute l'ignorait-il lui-même.

— Bon, j'ai compris. Restez là, Olivia. Prenez le revolver, au cas où… Vous n'aurez qu'à dire à votre copain le flic que j'ai volé la voiture, ajouta-t-il en lui tendant l'arme. Allez, Freddy, descends.

— Non ! Non, attendez… Je vous accompagne. Je récupère quelques petites choses et je ferme la maison.

Il sembla soulagé et ferma le hayon. Elle prit une grande inspiration et pénétra dans la maison. Poussant la porte derrière elle, elle marcha calmement vers le bureau où était posé son téléphone, et écrivit sur un morceau de papier un court message à l'attention de Bryan.

« M'éclipse pour quelques jours. Vie passée me rattrape. Tout va bien jusque-là. Besoin de temps. T'appelle très bientôt, promis. Si n'appelle pas, c'est qu'événements ont mal tourné. Amitiés. Olivia. »

Elle déposa le billet sur la table de l'entrée, sous un presse-papier pour le dissimuler un peu et le maintenir en place. Bryan le trouverait s'il entreprenait des recherches. Il comprendrait le message et saurait que « vie passée » faisait référence à Tommy. Il saurait où la chercher et quoi faire.

Si maigre soit-elle, cette précaution la rassura. Elle avait si ardemment combattu pour rester en vie, lutté si patiemment pour construire sa nouvelle existence qu'elle n'imaginait pas remettre son destin entre les mains du premier venu. Quand bien même cet homme serait Aaron Westhaven, il aurait été inconscient de fuir sans prendre un minimum de précautions élémentaires. Et tant pis si c'était contre l'avis de son écrivain préféré.

Elle fila dans la cuisine, verrouilla les portes de la terrasse et bloqua la trappe du chien. De retour dans le salon, elle rafla dans le placard sa veste et son sac à main, puis fila dehors en fermant derrière elle la porte d'entrée.

Elle s'immobilisa sur le perron pour contempler à travers la nuit noire les lumières de la ville endormie. Shadow Falls avait été son havre, le refuge auquel elle avait confié sa nouvelle vie. Pourrait-elle de nouveau arpenter ses rues comme avant ? Survivrait-elle à l'épreuve ? Tout au fond d'elle, une terrible intuition lui soufflait que rien ne serait plus jamais comme avant.

Aaron. Le prénom tournait dans sa tête pendant qu'il conduisait. Il aurait tout aussi bien pu s'appeler Jack ou Joe. Au cours de son bref séjour à l'hôpital, il avait passé en revue tous les prénoms masculins qui lui étaient venus à l'esprit, mais aucun n'avait déclenché la moindre impression ni même l'amorce d'un souvenir.

S'il n'y avait que cette histoire de prénom ! La personnalité de ce scribouillard solitaire qu'idolâtrait Olivia était bien loin de celle qu'il avait manifestée jusqu'à présent. Sans parler des rêves, flash-back ou visions, peu importait, dans lesquels il se découvrait l'arme au poing, en train d'exécuter un inconnu. Jusqu'à preuve du contraire, les romanciers ne jouent pas les tueurs à gages pour arrondir leurs fins de mois !

Partir avec Olivia n'était sans doute pas la meilleure des choses à faire. Qui sait si elle ne lui attirerait pas des ennuis ? Sous son apparence stricte et barbante, la brillante universitaire traînait son lot de secrets. De lourds secrets tapis à la fois dans l'ombre de ses yeux et dans les recoins obscurs de sa maison. L'intrus, qui l'avait appelée Sarah, l'avait sommée de lui remettre des disquettes. Que diable tout cela pouvait-il bien cacher ? Menait-elle une double vie ? Qui était-elle réellement ? Et, surtout, pourquoi devait-il la rencontrer à Shadow Falls ? Quel lien y avait-il avec la tentative d'assassinat dont il avait été victime ? D'une manière ou d'une autre, Olivia était impliquée, et fuir avec elle était le seul moyen de découvrir comment, et de rester en vie.

Ils avaient parcouru une quinzaine de kilomètres lorsque Olivia tira son téléphone de son énorme sac.

— Eteignez ça, dit-il d'une voix profonde qui rompit le silence.

Olivia eut un sursaut de surprise.

— Mais je dois prévenir l'université que je serai absente quelques jours. Je vais leur dire que je suis malade. Il me faut aussi appeler Carric.

— Il est 3 heures du matin, Olivia.

— J'avais simplement l'intention de laisser des messages.

— C'est trop tôt.

Mâchoire serrée, elle le fixa d'un regard noir et éteignit le téléphone. Elle paraissait à deux doigts d'exploser, de s'emporter enfin contre lui. Il attendait ce moment avec impatience.

Mais elle se reprit et se mordit la lèvre, comme pour se forcer à garder le contrôle d'elle-même.

— Je n'ai pas l'intention de révéler où nous sommes ni ce que nous faisons, dit-elle d'une voix lente et calme. Mais si plus tard j'estime que c'est dans mon intérêt, je le ferai. Sachez-le.

Logique, ferme et directe. Depuis qu'il l'avait rencontrée, elle avait toujours fait preuve de sang-froid, sauf peut-être lorsque Freddy gisait sur le sol et qu'elle l'avait cru mort. Sa propre sécurité semblait beaucoup moins l'affecter, apparemment.

— Vous n'auriez même pas besoin de révéler notre position. On nous retrouverait sans que vous ayez besoin de passer le moindre appel. C'est très facile de localiser un portable allumé, quand on sait comment s'y prendre.

Elle le fixa, comme hébétée. Sa rigidité d'intellectuelle s'était soudain évanouie. Elle semblait inquiète, presque terrifiée. Décidément, il préférait son air têtu. Elle avait instantanément réagi à son explication. Et, d'ailleurs, comment était-il si bien renseigné sur les méthodes de filature ?

— J'ai certainement fait des recherches pour un livre, déclara-t-il, anticipant la question qu'elle s'apprêtait sans doute à lui poser.

Mais son ton sonnait faux.

— Vous n'avez jamais écrit de thriller, Aaron.

— Comment en êtes vous si sûre ?

Elle détourna les yeux d'un geste éloquent.

— J'ai lu tous vos livres.

— Oh…

Il demeura silencieux, sondant son esprit, à la recherche de la réponse la plus à même de la rassurer. Rien n'allait marcher comme prévu, si elle se mettait à douter de chacune de ses paroles.

Mais qu'est-ce qui n'était pas prévu ? s'interrogea-t-il. « Tu ne sais même pas ce que tu es en train de faire, mon gars. »

Pourtant, si, il le savait. Très bien, même, comme s'il obéissait à une seconde nature. Fuir, se cacher, trouver des solutions de repli et élaborer des stratégies. D'instinct, il savait parfaitement comment s'y prendre pour fuir de la façon la plus efficace.

Les mains crispées sur le volant, il finit par trouver la réponse la plus à même de satisfaire Olivia.

— Certes, vous avez lu tout ce que j'ai *publié*. Mais je pourrais aussi avoir commencé à écrire des polars et garder quelque part sous le coude des piles de thrillers inachevés.

— Ça pourrait en effet être une explication.

Elle sourit, l'air visiblement soulagée.

— Ça doit être ça, reprit-elle. Vous êtes au courant parce que vous avez fait des recherches sur le sujet.

— Ou grâce à mes lectures. Je suis peut-être un grand amateur de thrillers, même si je n'écris que des… comment diriez-vous ? Des drames dégoulinant de sentimentalisme ?

— Jamais je ne les qualifierais ainsi, voyons ! Vous devriez avoir un peu de respect pour votre travail. Vos livres n'ont rien de dégoulinant. Et pour le sentimentalisme, je dirais plutôt qu'il s'agit de… sentiments vrais.

A l'arrière, Freddy fit entendre un ronflement sonore digne d'un bruitage de dessin animé.

— Il va dormir une bonne heure, maintenant, dit-elle. Peut-être plus. A cause du tranquillisant.

— Vous avez lu *tous* mes livres, dites-vous ? Ça alors, quelle fan vous faites…

Elle leva les yeux. Pour une fois, un peu de douceur semblait transparaître sous son austérité habituelle.

— Je suis plus qu'une fan.

Plus qu'une fan, répéta-t-il mentalement. Voilà qui n'avait rien de rassurant. Jusqu'où allait son admiration ? Jusqu'à l'obsession ? Jusqu'au harcèlement ? Non, vraiment, il n'avait pas besoin de ça. Elle avait l'air inoffensive, pourtant.

— Qu'entendez-vous par là ? demanda-t-il prudemment.

— Si vous avez la même conception que votre personnage Harvey de la vie, l'amour et la solitude, alors, je vois plutôt en vous une… âme sœur.

— Et dans le cas contraire ?

— Alors j'imagine qu'il faudra que je me contente d'Harvey comme unique âme sœur. Dans tous les cas, néanmoins, je suppose que vous comprenez les réactions de votre héros, que vous vous identifiez un peu à lui.

— Cela implique-t-il que, comme lui, je devrais pouvoir vous comprendre et savoir ce qui se passe dans votre tête ? Il va vraiment falloir que je lise un de mes livres…

— J'ai tout prévu. J'en ai pris un ou deux avec moi. On peut se relayer au volant, si vous souhaitez lire un peu.

Elle cligna les yeux comme si quelque chose lui était subitement venu à l'esprit.

— Apparemment, vous n'avez pas oublié comment on conduit.

— Je n'y ai même pas pensé, dit-il en regardant ses mains, qui tenaient fermement le volant. C'est venu automatiquement quand je me suis assis dans la voiture. J'avoue que l'idée que je pouvais ne pas savoir ne m'a même pas effleuré.

Il se sentit sourire. C'était la première fois depuis qu'il s'était réveillé sans mémoire dans cette chambre d'hôpital.

— Votre mémoire est peut-être encore là, dans votre cerveau. Elle prend son temps pour faire surface, voilà tout.

— J'espère que vous avez raison.

— Donc… quand pensez-vous que je pourrais passer ces coups de fil sans risque ? Notez bien que je ne demande pas votre permission.

— Bien sûr. Je *suggère* donc que nous attendions d'avoir acheté un ou deux nouveaux téléphones. Les prépayés sont plus difficiles à localiser.

— Alors, nous allons devoir nous arrêter quelque part.

— Dès qu'il fera jour. Et seulement si nous pouvons mettre la main sur de l'argent liquide. Les cartes de crédit nous trahiraient.

— Ça, j'étais au courant, pour les cartes. Mais je crois que votre prudence est excessive, Aaron. C'est un peu prématuré de penser qu'on a déjà commencé à nous chercher.

— Oh, faites-moi confiance, ils nous cherchent. Les infirmières de l'hôpital se font un malin plaisir de réveiller leurs patients toutes les heures. La plupart du temps pour leur conseiller de dormir, d'ailleurs.

Elle esquissa un léger sourire.

— Par ailleurs, nous savons déjà que quelqu'un est après nous. Sans doute pas la police. Pas encore. Mais mon agresseur me cherche, et le type qui a surgi chez vous doit avoir très envie de vous retrouver, lui aussi. Aucun doute là-dessus. Et nous ignorons de quels moyens ils disposent. Partant du principe qu'il s'agit de deux personnes différentes, bien sûr.

— Ou même de quels moyens disposent les gens qui ont loué leurs services.

— Vous pensez que votre agression a été commanditée, n'est-ce pas ? demanda-t-il en fronçant les sourcils. Et vous savez par qui, j'imagine.

Elle acquiesça, l'air sérieux et changea de sujet.

— Je sais où trouver de l'argent liquide. Beaucoup.

— Un distributeur de billets ?

— Non, non, il est bien plus facile de suivre une carte de crédit à la trace qu'un téléphone, expliqua-t-elle avec fébrilité. Et puis ça paraîtrait suspect, si je retirais une grosse somme la nuit même où vous disparaissez.

— Vous voyez que vous avez lu des thrillers, vous aussi.

— Je lis de tout. N'oubliez pas que j'enseigne l'anglais. Et, de temps en temps, j'avoue qu'il m'arrive de regarder un épisode de *New York, police judiciaire*…

Elle avait dit cela en souriant d'un air embarrassé, comme si elle venait de confesser un plaisir coupable. Ses beaux yeux noirs aux longs cils n'en parurent que plus troublants. Tout comme les délicates pattes d'oie qui apparurent à la lisière de ses paupières et qu'il voyait pour la première fois. Le simple fait de sourire la transformait. Elle en avait sans doute rarement eu l'occasion, au cours de sa vie.

Il la quitta du regard à contrecœur et se concentra de

nouveau sur la route. Olivia était ravissante, infiniment à son goût. Mais il devait rester vigilant et ne pas se laisser submerger par son attirance pour elle. Car, sans pouvoir se l'expliquer, il savait que s'il continuait à la désirer ainsi, elle deviendrait bientôt sa plus grande source de problèmes.

— Lorsqu'on aura compris que nous avons disparu au même moment, les soupçons iront bon train, croyez-moi, dit-il en revenant à leur conversation.

— Pas forcément. Je peux me montrer très convaincante au téléphone. De plus, j'ai laissé une note à Bryan chez moi, pour le cas où il passerait, et…

Il freina brusquement, envoyant Freddy valser à l'arrière. D'un violent coup de volant, il gara le 4x4 sur le bas-côté.

— Vous avez laissé un *mot* ?

Les yeux écarquillés par la surprise, elle crispa si fort ses mâchoires qu'Aaron aurait presque juré entendre grincer ses dents. Elle hocha la tête d'un geste ferme et posa la main sur la poignée de la portière comme si elle s'apprêtait à descendre calmement du véhicule, là, au milieu de nulle part.

Il prit une brève respiration.

— Que lui dites-vous, dans ce mot ?

— Ça ne vous concerne pas, répliqua-t-elle entre ses dents.

— Ça *me* concerne, parce que ma vie aussi est en jeu !

Elle demeura les mâchoires serrées, ne daignant même pas lui adresser un regard. Ses narines frémissaient. Aaron prit une lente et profonde respiration, s'efforça d'adoucir le ton de sa voix, et lui parla comme il l'aurait fait à un animal sur le point de prendre la poudre d'escampette.

— Je regrette… J'ai eu tort d'avoir été aussi brusque.

Jusqu'à présent, nous nous sommes mutuellement apporté une aide précieuse. Mais il faut que vous sachiez que j'ai peur, Olivia. J'ai peur que l'homme qui a tenté de me tuer ne nous trouve, qu'il essaye de nouveau de m'éliminer et que, cette fois, il y parvienne. Bon sang, j'ignore tout de mon passé ! Et s'il y a bien une chose que je sais, c'est que je n'ai aucune envie de mourir avant d'avoir découvert qui je suis…

Le visage d'Olivia se détendit un peu. Clignant les yeux, elle relâcha son emprise sur la poignée.

— Je n'ai rien révélé dans ce message, ne me prenez pas pour une imbécile.

— Ce n'est pas ça, Olivia, mais… juste pour me tranquilliser un peu, voulez-vous bien me dire ce que vous avez écrit ? Mot pour mot ? S'il vous plaît…

Elle réfléchit un instant.

— Je crois que c'était : « M'éclipse pour quelques jours. Tout va bien. Besoin de temps. T'appelle très bientôt. »

Il soupira, hocha la tête et remit le contact. Avait-elle volontairement omis quelque chose ? Son instinct lui soufflait que c'était le cas.

— Je n'ai rien révélé, comme je vous l'ai dit. Donc pas de problème.

— Sauf que Bryan s'empressera d'alerter la Garde nationale, si vous ne lui donnez pas de nouvelles dans quelques jours.

— C'est précisément ce que j'attends de lui. On est poursuivis par des méchants, vous vous souvenez ?

Troublé, il se perdit dans ses pensées. Ame sœur ou pas, elle se méfiait de lui. Elle ne faisait peut-être confiance à personne, après tout.

— Ecoutez, on est dans le même pétrin, vous et moi.

Ça vous ennuierait de me mettre au courant, la prochaine fois que vous prenez une initiative ?

— Je ne suis pas habituée à me soumettre à qui que ce soit, et je n'en ai aucune envie.

Elle avait l'air excédée. Il avait touché un point sensible en lui donnant l'impression qu'il essayait de régenter la situation. Il devait cesser de se conduire en mâle dominant comme il s'y était employé jusqu'alors. Elle appréciait manifestement les intellos, le style rat de bibliothèque solitaire ; il fallait peut-être qu'il essaie de jouer ce rôle, après tout.

— J'ai sans doute réagi un peu excessivement, dit-il. Je suis tendu et énervé et je sais que vous l'êtes aussi. Je ne voulais surtout pas vous effrayer.

Elle hocha la tête.

— Faites en sorte que cela ne se produise plus, Aaron.

Elle prononça ces mots avec une détermination froide qu'elle n'avait encore jamais manifestée jusqu'alors.

— Et je suis sérieuse, reprit-elle. Je fuis comme la peste les hommes violents.

— Violent ? Est-ce que j'ai porté la main sur…

— Je sais reconnaître un tempérament agressif. Votre réaction était violente. Je ne supporte pas la violence chez un homme, Aaron. Jamais je ne la subirai.

Elle baissa la tête.

— Jamais plus, ajouta-t-elle dans un souffle.

C'était donc ça ! Elle avait été battue. Voilà qui expliquait son hypersensibilité et que, contrairement à lui, elle considère comme violent le fait de hausser la voix ou d'arrêter brusquement un véhicule. Il s'en voulait de lui avoir donné des raisons de croire qu'il était capable de brutalité à son égard.

Plus que jamais, elle ressemblait à un animal traqué.

Mais, en même temps, elle montrait une détermination qui la faisait paraître aussi solide qu'un roc.

— Cela n'arrivera plus, affirma-t-il.

— Dans le cas contraire, cette conversation sera la dernière que nous aurons, vous et moi.

Après de longues minutes de route dans un silence pesant, il se décida à lutter contre le lourd malaise qui s'était installé entre eux. La tension ne servait pas ses intérêts, et pouvait même jouer en sa défaveur. Il lui fallait détendre l'atmosphère, détourner l'attention et regagner sa confiance.

— S'il ne vient pas d'un guichet automatique, d'où vient donc votre argent liquide ?

— J'ai une… réserve de secours.

— Tiens, vous vous êtes aussi penchée sur le petit manuel du parfait fugitif ?

Pour toute réponse, elle haussa les épaules. Elle était décidément pleine de surprises.

— J'ai un coffre à Burlington, dit-elle. C'est à une heure d'ici. Prenez la prochaine à droite, puis l'autoroute.

— Bien.

— Et maintenant que vous m'avez fichue en rogne, j'ajoute que si vous voulez m'empêcher d'appeler Carrie Overton, il vous faudra faire usage de l'arme que vous avez prise à mon agresseur. De plus, vous pouvez être certain que l'infirmière de garde s'empressera de la prévenir dès que votre disparition sera découverte. Au pire, elle n'alertera Bryan qu'en arrivant à l'hôpital. Et, croyez-moi, la journée de travail de Carrie Overton aura commencé bien avant que nous ayons eu le temps de vider mon coffre à la banque et d'acheter des téléphones prépayés.

Il conduisait en essayant de ne pas laisser paraître son trouble. Olivia était vraiment une femme surprenante.

— Elle leur dira que nous avons la voiture du Pr Mallory, ajouta-t-elle. Sauf si je lui parle avant.

Bon sang, elle avait raison…

— Ça ne devrait pas poser de problème après tout, dit-il en hochant la tête. Allez-y. Laissez-lui un message. Tâchez de faire court, puis éteignez le téléphone, s'il vous plaît… D'accord ?

Elle acquiesça et composa le numéro sur le clavier. Quelle femme ! Elle cachait bien son jeu. Qui aurait pu croire que sous le masque de cette jeune femme banale et un peu introvertie, se dissimulait un être si complexe et déterminé ?

En quelques heures, elle avait révélé son véritable visage, celui d'un animal traqué et prêt à bondir. Bien malgré lui, Aaron venait de le faire surgir. Désormais, il allait devoir se montrer prudent. Car si cette tigresse venait à le considérer comme une menace, elle n'hésiterait pas à l'attaquer, toutes dents et griffes dehors. Et le fait qu'elle soit une de ses admiratrices n'y changerait rien, bien au contraire.

Il n'aurait sans doute aucun mal à la maîtriser, mais autant rester dans ses bonnes grâces. Il lui serait plus facile de composer avec la belle plutôt qu'avec la bête sauvage.

6

L'officier de police Bryan Kendall franchit le seuil de l'hôpital général de Shadow Falls à 3 h 32 du matin. Trois quarts d'heure auparavant, la sonnerie de son téléphone l'avait tiré d'un sommeil agité. L'infirmière, à l'autre bout du fil, lui avait annoncé la disparition de l'inconnu hospitalisé.

Il fila tout droit en direction du bureau de permanence où l'attendait une petite blonde bien trop jeune à son goût pour occuper un poste à responsabilité. Un badge sur sa blouse annonçait « Kathy Curry, infirmière diplômée ».

— Officier Kendall…, dit-elle. Désolée de vous avoir réveillé en pleine nuit, mais on m'a donné pour consigne de vous prévenir en personne s'il arrivait quelque chose.

— C'est bien ce que j'avais demandé. Heureusement pour moi, ma fiancée est très compréhensive. Dites-moi ce qui s'est passé. ?

— A vrai dire, on n'en sait rien. J'ai rendu visite au patient à 2 heures du matin et je n'ai rien remarqué d'anormal, mais…

— Vous avez constaté cela vous-même ? l'interrompit-il.

— Oui. J'étais de service pendant ce tour de garde. Mais, lorsque je suis revenue, une heure plus tard, il n'était plus là.

— Avez-vous fait fouiller l'hôpital ?

— La sécurité a examiné le moindre recoin et poursuit actuellement les recherches. Mais, jusqu'à présent, aucune trace…

Elle contourna le comptoir et prit à si vive allure la direction de la chambre du patient que Bryan dut presser le pas pour ne pas se laisser distancer. Les infirmières, décidément, donnaient toujours cette impression d'essayer de battre le record du cent mètres.

Il franchit le seuil de la chambre à sa suite et, une fois à l'intérieur, balaya la pièce du regard.

— Personne n'a rien remarqué de suspect ? A-t-il reçu des visites ?

— Non, rien de tel.

— Ont-ils vérifié le parking ?

Elle acquiesça.

— Le Dr Overton a été prévenu ?

— Pas encore. J'ai pensé que je devais d'abord vous parler, avant de décider si je devais la réveiller.

— Bon, écoutez-moi bien. Je veux que vous scelliez cette chambre. Personne n'entre ni ne sort avant que la police scientifique n'ait passé les lieux au peigne fin. Compris ?

Elle hocha la tête.

Il tira son téléphone portable et marqua une pause.

— Je peux l'utiliser ici ? demanda-t-il en désignant l'appareil.

— Aucun problème. Les compagnies de téléphone ont enfin fait leur entrée dans le XXIe siècle. Le temps où les portables brouillaient les stimulateurs cardiaques est révolu.

— Il leur a fallu du temps.

Il composa un numéro sur le clavier et réveilla à regret

le chef de la police, McNamara. L'homme se transformait en ours grincheux lorsqu'il n'avait pas son compte d'heures de sommeil.

— Kendall ? grommela-t-il à l'autre bout de la ligne. Qu'est-ce qui vous prend ?

— Je suis à l'hôpital. Le blessé par balle qu'on nous a amené hier a disparu. Désolé pour le réveil en fanfare, mais j'ai pensé que vous m'en auriez voulu si j'avais tardé à vous appeler.

— Et vous aviez raison. Sait-on s'il est parti seul ou si on l'a enlevé ?

Cette question était aussi la première que Bryan s'était posée.

— On n'en sait encore rien, mais il n'est pas impossible qu'il soit parti de son propre chef. On n'a vu personne rôder autour de sa chambre, et il n'a reçu aucune visite après celle d'Olivia Dupree. Ses vêtements sont toujours dans le placard, mais ses chaussures ont disparu. Les fenêtres sont fermées de l'intérieur. On fouille l'hôpital, mais en vain pour l'instant.

— Où en êtes-vous avec son identification ?

— J'ai appelé son éditeur, mais on est en plein week-end. Je serais surpris de recevoir une réponse avant lundi.

— Quel est votre plan, Kendall ? demanda McNamara avec un soupir.

— Tout d'abord, envoyer une équipe ici, à la recherche d'éventuelles empreintes, de traces de sang ou de poudre.

— C'est une chambre d'hôpital. Le sang et les empreintes, ce n'est pas ce qui doit manquer…

— Ils sont vraiment tatillons sur le ménage ici.

— Enfin, c'est vous qui voyez…

— On va sceller la chambre en attendant l'arrivée

de l'équipe. Entre-temps, je voudrais me rendre chez Olivia Dupree.

— Pourquoi ?

— Parce qu'elle est la seule personne à avoir un lien avec notre homme, et c'est la dernière visite qu'il a reçue avant de disparaître.

— C'est un peu mince comme lien, non ?

— C'est le seul que nous ayons.

— Très bien, conclut son chef avec un léger soupir. Allez-y. Envoyez une équipe passer la chambre au crible et occupez-vous de Dupree en personne. Tenez-moi au courant.

— Bien.

Bryan coupa la communication et accrocha le téléphone à sa ceinture. L'infirmière, qui s'était éclipsée pendant la conversation, revenait à présent à sa rencontre. Elle traversa le hall, à petits pas rapides et feutrés, une grande enveloppe dans les mains. Il sortit de la chambre et tira derrière lui la porte, en prenant soin de ne pas toucher la poignée.

— Mettez un écriteau pour interdire l'accès jusqu'à ce que l'équipe scientifique arrive, voulez-vous ?

Elle acquiesça.

— Je crois que ceci pourrait vous être utile, dit-elle en lui tendant l'enveloppe.

— Qu'est-ce que c'est ?

— Une radio de sa tête. Venez.

Il la suivit dans une pièce vide qui s'ouvrait du côté opposé du couloir. Elle tira une feuille de celluloïd de l'enveloppe et la fixa au tableau lumineux accroché au mur dont elle actionna l'interrupteur. Le néon s'alluma en clignotant.

— Comment pensez-vous que ce document puisse

m'aider ? demanda-t-il en examinant avec attention l'image lumineuse d'un crâne humain.

— La plaque d'acier. On distingue son numéro de série. Ici, précisa-t-elle en désignant une marque invisible aux yeux mal entraînés de Bryan.

— Et ?

— La base de données nous livrera l'identité de son propriétaire.

Il leva les sourcils. Il l'avait sous-estimée. Elle était certes jeune et jolie, trottait comme un faon à peine sorti du giron de sa mère, mais elle était indéniablement futée. Vive, rapide et efficace, elle faisait preuve d'un véritable professionnalisme. Il tenta de déchiffrer les signes minuscules, mais l'image, trop floue, les rendait illisibles.

— Peut-on améliorer la définition ?

— Nous ne sommes pas équipés pour ça. Mais peut-être avez-vous le matériel dans votre… laboratoire de criminologie. Ou son équivalent à Shadow Falls.

— Nous n'avons rien de tel ici. Mais je sais à qui m'adresser. Je peux garder ça ? demanda-t-il en désignant le document.

— Oui. En fait, c'est une copie que j'ai faite à votre intention, dit-elle en glissant la radio dans l'enveloppe qu'elle lui tendit. Dois-je appeler le Dr Overton ?

— Inutile de la réveiller. Il n'y a rien qu'elle puisse faire ici pour le moment. Je vous tiendrai au courant. Merci, vous m'avez été d'une aide précieuse.

— Je vous en prie.

— Et souvenez-vous : pas un mot.

— Bien sûr, mais je crains que l'arrivée des experts de la police scientifique ne passe pas inaperçue.

— Faites au mieux de votre côté, soupira-t-il.

Puis, calant l'enveloppe sous son bras, il prit la direction de l'ascenseur puis du parking.

Il conduisit jusqu'au domicile d'Olivia. La maison était plongée dans la pénombre, portes et fenêtres verrouillées. La voiture occupait sa place habituelle dans le garage. Tout paraissait normal. Réveiller Olivia en plein cœur de la nuit était la dernière chose qu'il souhaitait, mais il était inquiet. Il se sentait responsable de la jeune femme dont lui seul, avec sa fiancée Dawn, connaissait le lourd passé. Un secret enfoui depuis seize ans, qui ne devait à aucun prix être révélé, sous peine de mettre en péril la vie même de la fugitive.

De plus, un doute planait toujours sur l'identité du mystérieux patient à présent disparu. On avait admis qu'il était ce romancier dont Olivia attendait la visite, sans se pencher vraiment sur cette tentative d'assassinat. Un écrivain pris pour cible par des tueurs professionnels, c'était du jamais vu ! Son lien avec Olivia la mettait-elle aussi en danger ? Mieux valait s'en assurer, et tant pis s'il devait pour cela la réveiller en pleine nuit. Il en profiterait pour la mettre au courant des derniers événements.

Parvenu devant la porte d'entrée, Bryan pressa le bouton de la sonnette. Pas de réponse. Il sonna une nouvelle fois. Puis une troisième. Sans succès. Quelque chose ne tournait pas rond : ce silence était tout à fait anormal. D'habitude, Freddy se manifestait presque instantanément derrière la porte dès qu'un visiteur se présentait. Bryan prit son téléphone et composa le numéro de domicile de la jeune femme.

La maison demeura silencieuse. Aucune sonnerie ne vint briser le calme de la nuit.

Olivia était peut être réellement en danger, après tout. Elle ne lui en voudrait pas s'il s'introduisait chez elle pour dissiper ses doutes et s'assurer que rien ne lui était arrivé. Il contourna la maison, pénétra dans la cour par la porte aménagée dans la palissade, puis traversa la terrasse. Il lui serait plus facile d'entrer par l'arrière. Après quelques efforts, il parvint à briser le loquet de sécurité de la trappe à chien, et se glissa en rampant par cette ouverture.

— Olivia ? appela-t-il. Olivia, c'est Bryan !

Pas de réponse.

— Freddy ! Freddy, viens là, mon gros !

Rien. Pas de cavalcade annonçant l'irruption de Freddy dans la pièce, aucun gémissement, ni même de grognement espiègle.

Après une rapide exploration de la maison, Bryan pénétra le cœur battant dans la chambre à coucher, avec la peur d'y découvrir le corps de la jeune femme gisant sur son lit. Son esprit tournoyait, comme happé par les fantômes d'un passé qui semblait à présent resurgir.

Dieu merci ! Aucune trace de cadavre. Mais aucun signe d'Olivia non plus.

De retour dans la cuisine, il verrouilla la trappe du chien de l'intérieur. Puis il pénétra dans le salon, d'où il pourrait quitter la maison par l'avant et fermer la porte derrière lui. Il s'arrêta net en apercevant, sur la table, ce qui avait tout l'air d'un message dépassant sous un presse-papier orné d'une fleur de tournesol. La lecture des quelques mots laissés par Olivia le plongea dans une inquiétude plus grande encore. « Partie quelques jours », « le passé à mes trousses ». Le texte était rédigé afin que lui seul puisse en comprendre le sens caché. Ce qui signifiait sans doute qu'elle ne l'avait pas écrit sous la contrainte. C'était une bien maigre consolation.

Tout cela sentait très mauvais.

— Où diable es-tu, Olivia ?

Lorsqu'ils furent arrivés à Burlington, dans le Vermont, Olivia indiqua à Aaron la direction de la succursale de la First Community Bank. Avisant le parking qui s'étendait à l'arrière de l'agence, il gara la voiture et coupa le moteur. Après avoir fouillé dans son sac, Olivia en extirpa la clé d'un coffre-fort. Avant de descendre, elle se tourna vers Freddy, lui prodigua quelques caresses en lui promettant d'être rapidement de retour. Elle n'invita pas Aaron à la suivre, mais n'émit aucune objection lorsque ce dernier descendit lui aussi du véhicule et lui emboîta le pas.

Ils contournèrent le bâtiment en suivant un trottoir bien entretenu et débouchèrent à l'avant, devant la façade de brique marron. Les plates-bandes qui ornaient les alentours de la banque débordaient de superbes fleurs jaune et or. Le cœur d'Olivia se serra, comme chaque fois qu'elle voyait un beau jardin. Elle était un peu jalouse de celui qui avait aussi artistement agencé les marguerites, soucis et autres fleurs dont elle ignorait le nom. Elle avait toujours rêvé d'apprendre un jour à jardiner. Elle n'avait guère eu le temps jusqu'alors, et ses tentatives se soldaient toujours par des échecs.

Aaron, qui marchait à présent devant elle, poussa la lourde porte de verre qui ouvrait sur le vestibule de l'établissement. Olivia franchit le seuil à son tour et se dirigea, d'un pas décidé, droit vers le comptoir. Il était tôt, la banque venait d'ouvrir et, pour tuer le temps et prendre quelques instants de repos, ils avaient marqué une pause en rase campagne, le long d'une route secondaire déserte.

Olivia avait immédiatement su qu'elle ne pourrait pas

trouver le sommeil. La torpeur l'avait gagnée quelques instants, mais elle s'était réveillée en sursaut au bout de quelques minutes. L'adrénaline générée par les événements de la nuit coulait encore dans ses veines. Comme elle ne parvenait pas à dormir, elle avait emmené Freddy gambader dehors et le surveillait, assise dans les hautes herbes. Elle s'était livrée avec lui à des jeux insouciants, lui faisant rapporter une solide branche qu'elle jetait au loin et qu'il avait fini par mettre en pièces à force de la mordiller.

Même après une heure de jeux en plein air, Freddy n'avait montré aucun signe de fatigue et continuait de s'agiter à l'arrière de la voiture. Aaron, quant à lui, avait dormi d'une traite. Un repos bien compréhensible, après tout ce qu'il avait traversé.

A l'intérieur de la banque, une employée souriante les accueillit derrière le comptoir.

— Bonjour ! leur lança-t-elle d'une voix chaleureuse. Que puis-je faire pour vous ?

— Je dois retirer quelque chose de mon coffre, répondit Olivia, se demandant si elle avait l'air aussi bougon que le suggéraient les accents qu'elle percevait dans sa voix.

— Numéro ?

— Trois sept deux.

La femme s'effaça derrière le comptoir et ouvrit une porte en les priant de la suivre.

Olivia entra, aussitôt suivie par Aaron. L'employée les conduisit dans une pièce, dont les murs étaient couverts de minuscules coffres-forts, et au centre de laquelle se dressait une table et deux chaises. Olivia inséra la clé dans la serrure de son coffre. L'employée fit de même et sortit le tiroir de son logement.

— Des sacoches gracieusement offertes par la maison

sont à votre disposition là-bas, dit-elle en désignant du menton des sacs en plastique frappés du logo de la banque. N'hésitez pas à vous servir.

— Merci.

L'employée quitta la pièce. Olivia souleva le couvercle de métal et jeta un œil dans le tiroir. Puis elle se retourna et considéra Aaron. De l'endroit où il se tenait, il ne pouvait voir le contenu de la boîte.

— Voulez-vous me donner une de ces « sacoches gracieusement offertes par la maison », je vous prie ?

Il sourit en l'entendant reprendre ironiquement les termes utilisés par l'employée, et se retourna pour saisir un sac.

Olivia s'assit, posa la boîte sur la table et en contempla le contenu qu'elle voyait pour la première fois depuis seize ans. Elle y préleva un permis de conduire, fatigué et périmé depuis des lustres. Dieu, qu'elle avait été jeune autrefois ! La jeune fille aux joues rondes nommée Sarah H. Quinlan n'avait plus rien de commun avec la femme qu'elle était aujourd'hui. Elle posa le permis de côté et découvrit, caché dessous, son extrait d'acte de naissance, sa carte de Sécurité sociale, un passeport et plusieurs liasses de cinq mille dollars. Tout au fond du tiroir gisaient une pile de disquettes de format 3x5, un revolver .38 Special et une boîte de cartouches.

En un éclair, elle se revit à Chicago, seize ans auparavant, le jour où tout avait basculé. Elle l'avait vraiment échappé belle…

Tommy avait eu une dure journée de travail.

Lorsqu'il rentra à la maison, ce soir-là, son haleine empestait la bière. Sa chemise de service, frappée à la poitrine du logo de la police de Chicago, était maculée de café. Olivia comprit aussitôt que la nuit serait longue.

A juste titre, hélas, car elle s'apprêtait à vivre les pires instants de sa vie.

Avait-elle trop attendu avant de mettre son plan d'évasion à exécution ? Il ne fallut que dix minutes à Tommy pour perdre le contrôle de lui-même et trouver un prétexte pour la frapper. Qu'avait-il bien pu trouver à lui reprocher, cette fois ? Oui, voilà : elle avait simplement laissé la lumière extérieure allumée toute la journée.

Elle crut bien mourir, cette nuit-là, en dépit du plan qu'elle avait minutieusement préparé et qui faillit échouer au dernier moment. En effet, au lieu de retenir ses coups comme il le faisait habituellement lorsqu'elle était à terre, il se déchaîna sur elle sans retenue..

Elle n'eut la vie sauve que grâce à l'intervention providentielle des policiers venus frapper à la porte de leur maison, une maison bien au-dessus des moyens d'un agent de police en début de carrière. Olivia, à demi inconsciente, perçut les coups sourds comme à travers un brouillard. *Dieu merci !* pensa-t-elle alors. *Je suis toujours vivante. Ils sont là et je suis toujours en vie.*

Quelques instants plus tard, les propres collègues de Tommy faisaient irruption dans la pièce et parvenaient tant bien que mal à le maîtriser. Ils lui présentèrent un mandat de perquisition et, lorsqu'il exigea des explications, ils lui apprirent qu'un informateur les avait renseignés. La fouille des lieux révéla plusieurs kilos de marijuana et de haschisch sous un panneau mobile du plafond de la chambre à coucher, à l'endroit exact que leur avait indiqué leur contact.

Tommy ne mit pas bien longtemps à comprendre qu'elle ne faisait qu'un avec le mystérieux indic qui l'avait dénoncé. Il lui lança un regard assassin tandis que ses collègues lui passaient les menottes.

— C'est toi, Sarah, hein ? Avoue, c'est toi qui m'as balancé ! hurla-t-il tandis qu'on le tirait hors de la pièce.

Terrifiée, elle recula aussi loin que possible afin de se mettre hors de portée, bousculant au passage un policier qu'elle connaissait bien. C'était l'un de ceux auxquels elle avait par le passé tenté de confier sa détresse et qui avait refusé de la croire. Il l'aida à se relever et elle lut dans ses yeux combien il regrettait de ne pas lui avoir fait confiance.

— Nous allons vous conduire à l'hôpital. C'est lui qui vous a fait ça ? demanda-t-il en désignant les marbrures violacées qui marquaient son corps.

— Ça ira, répondit elle en soutenant le regard fou de Tommy qu'on traînait dehors. Je ne veux pas aller à l'hôpital.

Elle n'avait pas besoin d'aide. La police ne s'était jamais préoccupée de son sort, dans le passé ; elle n'allait pas commencer à faire confiance à ces hommes maintenant.

D'autant qu'elle avait désormais la preuve qu'elle pouvait se débrouiller toute seule. Elle n'avait eu besoin de personne pour se tirer des griffes de Tommy. Elle s'y était résolue le jour même où il avait levé la main sur elle pour la première fois. Elle avait très vite compris, en effet, que deux uniques options s'offraient à elle : le tuer ou l'envoyer en prison.

Elle n'avait pu se résoudre à devenir une meurtrière.

— Je te tuerai pour ça, Sarah ! hurla Tommy, menottes aux poignets, alors que ses collègues l'emmenaient. Je te tuerai !

Elle regarda le fourgon s'éloigner, puis un agent vint lui demander de quitter la maison le temps qu'ils la passent au peigne fin. Elle s'exécuta volontiers. Quelques jours auparavant, elle avait mis en lieu sûr les fameuses disquettes auxquelles Tommy tenait tant, et qui contenaient des informations sur ses clients, des listes de noms et d'adresses en regard desquelles figuraient les quantités vendues et les sommes payées. Elles comprenaient aussi des photos prises au cours des transactions. *Un putain de dossier*, avait plastronné un jour Tommy. Elle s'était arrangée pour les lui dérober, et s'était également emparée du disque dur de son ordinateur. Grâce aux stupéfiants trouvés dans la maison, la police aurait assez d'éléments pour le confondre, et Olivia n'avait nul besoin de compromettre les clients de son compagnon. Ces fichiers semblaient très importants pour lui, et il voudrait à coup sûr les récupérer un jour ou l'autre. Elle tenait là un moyen de dissuasion efficace, s'il venait jamais à la retrouver.

Les disquettes avaient rejoint dans un sac ses papiers d'identité et autant de vêtements qu'elle pouvait raisonnablement transporter. Elle fourra le tout dans le coffre d'une voiture empruntée à l'épouse d'un des meilleurs clients de Tommy. La seule personne qui, après avoir vu ses ecchymoses, lui avait apporté son aide. Elle avait aussi prélevé de l'argent dans les liasses de billets cachées par Tommy dans la cave, en prenant soin d'en laisser suffisamment, et soustrait un de ses revolvers, ainsi que des munitions.

Tommy allait moisir un bon moment en prison, un temps qu'elle aurait tout le loisir de mettre à profit pour disparaître, changer de vie et se reconstruire. Elle avait eu de la chance. Les choses auraient vraiment pu mal tourner. Mais, désormais, elle était libre et c'était à elle seule qu'elle le devait…

— Votre sac, dit Aaron, dont voix la ramena instantanément au présent.

Après un instant de flottement, elle secoua la tête pour chasser les bribes de souvenirs qui voilaient encore son esprit. Debout derrière elle, Aaron fixait les objets qu'elle avait étalés sur la table. Il émit un sifflement admiratif.

— Pas de question, s'il vous plaît, dit-elle du bout des lèvres, en évitant de croiser son regard.

— Hum, ça me démange, pourtant…

— Eh bien retenez-vous.

D'un geste vif, elle enfourna liasses de billets, revolver, munitions et disquettes dans son sac à main, qu'elle referma d'un geste sec. Puis, après avoir remis le tiroir dans son logement, elle attrapa le sac, et prit la direction de la sortie.

Ils traversèrent en silence l'entrée et passèrent les portes vitrées.

— Sérieusement, Olivia, lui lança-t-il à la seconde où ils mettaient le pied dehors. Quelle sorte de prof d'anglais êtes-vous ?

— Ecoutez. Vous êtes amnésique, pas vrai ? répondit-elle sans s'arrêter de marcher.

— Oui.

— Je ne peux donc vous poser aucune question sur votre passé, sur rien, n'est-ce pas ?

— Oui, vous le savez bien. D'accord, je vois où vous voulez en venir, mais…

— Je souhaite que nous restions à égalité. Je ne peux rien vous demander, faites donc pareil.

— Vous êtes injuste avec moi ! Vous savez très bien que je ne *peux* pas vous répondre.

— Et moi je ne *veux* pas de vos questions.

— Très bien ! conclut-il en montant dans la voiture.

D'un geste rageur, il claqua la portière de son côté.

— Parfait ! lança-t-elle en faisant de même.

Un silence pesant envahit l'habitacle. Assis à l'arrière, la tête collée au plafond, Freddy les regardait à tour à tour.

Aaron fit jouer la clé de contact et démarra.

— De toute façon, vos explications sont totalement superflues. J'ai très bien compris la situation.

— Ah, vraiment ? dit-elle d'une voix glaciale.

Elle se comportait comme s'il était son ennemi, pensa-t-elle. Sans doute parce qu'il était avant tout un homme. Et Dieu sait si elle se méfiait d'eux ! Mais elle devait retrouver son calme, à présent, faire preuve de discernement et garder à l'esprit que, jusqu'à preuve du contraire, Aaron était de son côté. Et qu'il était surtout l'écrivain qu'elle admirait le plus au monde, celui qu'elle considérait comme son âme sœur. Et même s'il était bien différent de l'image qu'elle avait de lui, sa compagnie n'avait rien de désagréable. Voilà qui la changeait des trafiquants de drogue de la trempe de Tommy.

— D'accord, montrez-moi comme vous êtes malin, lança-t-elle avec un accent de défi dans la voix. Je vous écoute.

Il réfléchit un instant et commença, sûr de lui.

— Je sais que vous avez jadis été battue par un homme. Vous avez laissé échapper cette information, tout à l'heure.

— Vraiment ?

Elle prit soin de garder un ton neutre pour ne pas le conforter dans ses déductions.

— Si j'ajoute à cela la fausse identité, des liasses de billets et l'arme que vous aviez cachées dans ce coffre, je dirais que vous êtes une fugitive et que ça ne date pas d'hier. Vous fuyez quoi ? Cet homme violent, bien sûr. Un mari, un amant, peut-être. Pendant les années qui ont suivi, vous avez vécu dans la crainte qu'il ne vous retrouve ; voilà pourquoi vous étiez toujours sur vos gardes, prête à prendre la poudre d'escampette à la moindre alerte. Et le contenu de cette boîte devait vous aider dans votre fuite.

Impressionnant ! Il avait rassemblé les pièces du puzzle de sa vie avec une rapidité et une précision stupéfiantes.

— Ce que je ne comprends pas, c'est cette pile de disquettes. C'est manifestement après elle qu'en avait votre intrus. Que contiennent-elles ?

— Ça, c'est ma… police d'assurance.

— Vous ne me direz rien, n'est-ce pas ?

— Je n'ai encore rien décidé.

Il demeura quelques instants silencieux.

— Mais ce sont bien là les disquettes qu'exigeait l'autre type, pas vrai ?

— Oui.

Il attendait qu'elle entre dans les détails, mais elle resta obstinément muette.

— Bon, d'accord, soupira-t-il. Que fait-on, maintenant ?

— Roulons encore un peu. Dans l'immédiat, je voudrais rester dans les environs de Shadow Falls. Mais il nous faut trouver un endroit pour nous installer. Freddy doit se dégourdir les pattes et, franchement, moi aussi. On pourra acheter un de ces téléphones prépayés en route.

— Et ensuite ?

— Ensuite… ensuite, je crois que je vais vous demander de passer un coup de fil à mon ex.

— Vous êtes sûre que c'est la meilleure chose à faire ? s'enquit-il en levant les sourcils.

— Je suis certaine qu'il a fini par me retrouver. Il n'y a aucun doute là-dessus. Ce qu'a dit ce cambrioleur…

— Quand il vous a appelée « Sarah » ?

— Oui.

— C'est donc votre véritable prénom ? Sarah Quinlan ? Comme sur ce permis émis dans l'Illinois ?

Bon sang, rien ne lui échappait… Elle demeura silencieuse pendant qu'il manœuvrait l'imposant 4x4 à travers les rues de Burlington et l'engageait sur l'autoroute. Pouvait-elle lui en dire plus ? Devait-il vraiment tout savoir ?

Il avait probablement renoncé à toute explication lorsqu'elle se décida à lui raconter son histoire.

— C'était mon nom autrefois, en effet. Mais Sarah Quinlan est aujourd'hui morte et enterrée. Tommy l'a battue à mort cette nuit-là. En fuyant, c'est lui que je voulais quitter, mais il restait le risque qu'il me retrouve. J'ai dû prendre un autre nom et changer de vie. C'était le prix à payer. En devenant Olivia Dupree, c'était comme si je ressuscitais.

Une vague de mélancolie la submergea. Qu'il était triste de penser qu'une vie devait s'interrompre pour qu'une autre puisse s'épanouir…

— Sarah Quinlan n'existe plus, reprit-elle. Il y a bien longtemps que ce nom ne signifie plus rien pour moi. Aussi j'apprécierai que, pour vous aussi, je sois Olivia.

— Très bien.

Il glissa sa main sur la sienne. Surprise par le geste, elle faillit se dégager brusquement. Elle se reprit, cependant, et se plongea, fascinée, dans la contemplation de cette grande main masculine qui couvrait la sienne et qui lui parut chaleureuse, réconfortante, mais aussi dangereuse et menaçante.

— Je ne suis pas votre ennemi, Olivia. Je suis de votre côté. Souvenez-vous-en.

Elle rencontra son regard. La tendresse et la bienveillance qu'elle y vit l'apaisèrent un peu.

— Je vais essayer, promit-elle avec sincérité.

Aaron les conduisit jusque dans les environs de Shadow Falls. Il était préoccupé. Cette femme l'intriguait. Trop, peut-être. Son intuition, qui ne l'avait jusque-là jamais trahi, lui soufflait de se méfier.

Mais il était trop tard.

Comment pouvait-il résister à l'attraction qu'elle exerçait sur lui ? Pis, le désir ne cessait de croître en lui à mesure qu'il découvrait la femme complexe et séduisante qui se cachait sous le masque du professeur d'anglais.

Mais il y avait plus encore. Inexplicablement, il avait été séduit au premier regard, comme si un lien mystérieux existait déjà entre eux. Et depuis, au-delà de l'attirance physique, Olivia le fascinait, et il voulait tout connaître d'elle, tout découvrir. Les secrets qu'elle persistait à lui dissimuler, bien sûr, mais aussi ses humeurs, ses désirs, la façon dont elle… gémissait. Non, vraiment, tout allait trop vite, trop loin. Son instinct avait sans doute raison, après tout.

Après quelques kilomètres, ils firent une pause dans un magasin d'électronique, le temps d'acheter des téléphones prépayés. Ils en achetèrent deux qu'ils se répartirent, puis ils reprirent la route.

— Ça y est, maintenant j'ai l'impression d'être enfin une vraie fugitive, dit Olivia en lui jetant un regard amusé.

— Ne me dites pas que c'est la première fois ?

Il regretta aussitôt ses paroles. Le sourire de la jeune femme s'était évanoui. Pour une fois, elle avait paru joyeuse, un brin espiègle, même, et il n'avait rien trouvé de mieux à faire que de la ramener brutalement à la réalité.

Elle s'enfonça dans son siège, le regard fixé sur le téléphone qu'elle tenait en main. Elle composa les premiers chiffres d'un numéro. Brusquement, Aaron tendit le bras et pressa le bouton du haut-parleur.

Elle le questionna du regard tandis que la sonnerie retentissait dans l'habitacle.

— Ça ne vous dérange pas, j'imagine ? demanda-t-il. Nous sommes tous les deux dans le même bateau, pas vrai ?

Olivia lui lança un regard éloquent. Elle n'était pas dupe de ses belles paroles et avait compris qu'il se méfiait d'elle et voulait surveiller la conversation. Tant pis. Il ne pouvait prendre le risque que la situation lui échappe. Mais il devait jouer serré. La confiance de la jeune femme lui était indispensable. Après tout, elle était sa seule alliée.

— Docteur Carrie Overton à l'appareil, dit une voix dans le haut-parleur.

— Carrie, c'est moi, Olivia.

— Enfin ! J'ai eu ton message en allumant mon téléphone ce matin et, moins de cinq minutes plus tard, Bryan Kendall me bombardait de questions à ton sujet.

— Tu lui as dit que j'avais la voiture du professeur ?

— Bien sûr que non, tu m'as demandé de ne rien dire à personne. Mais je dois t'avouer que je n'aime pas ça.

— Je vais bien, rassure-toi.

— Es-tu avec *lui* ?

— Qui ?

— L'amnésique. Le beau gosse. Il a disparu, tu es au courant ?

— Je l'ignorais, mentit Olivia. Et non, je ne suis pas avec lui.

— Alors pourquoi évites-tu la police ?

— Je n'évite personne. Je voudrais simplement avoir la paix pendant quelques jours. C'est si difficile à comprendre ?

— En fait, oui, soupira Carrie. Mais cela ne me regarde pas.

— Merci pour ta compréhension, Carrie.

— Si j'ai le sentiment que tu as des problèmes, je ne pourrai pas rester sans rien dire, tu le sais.

— Et ce sera tout à ton honneur, ironisa Olivia. Mais en attendant, dis-moi, ont-ils pu identifier ton patient ?

— Pas encore. Ils ont trouvé un numéro de série sur la plaque d'acier incrustée dans son crâne et cherchent de ce côté. En fait, une première requête a renvoyé l'identité d'un type mort depuis des années. Les chiffres visibles sur la radio sont flous et difficiles à interpréter, mais la police espère recevoir d'ici demain des nouvelles de l'éditeur de Westhaven. Il pourra donner une réponse ferme et définitive sur l'identité de notre inconnu. Si c'est bien Westhaven, en tout cas.

— Parfait.

Aaron l'observait pendant qu'elle parlait. Elle avait gardé les yeux rivés sur le téléphone, semblant parfois plongée en elle-même, mais, à cet instant précis, elle le fixait, lui, comme attentive à la façon dont il réagissait à la conversation.

— Olivia, je dois de nouveau te demander pourquoi tu ne veux pas que l'officier Kendall sache où tu es.

— Il le faut, c'est tout.

— Pourquoi ?

Elle croisa de nouveau le regard d'Aaron, qui l'examinait avec attention et curiosité.

— C'est une petite ville, Carrie. Si une seule personne venait à apprendre que j'ai levé un bel inconnu dans un bar et que je pars en week-end romantique avec lui, tout Shadow Falls sera au courant avant même mon retour.

— Un bel inconnu ? Olivia, tu ne mets jamais les pieds dans les bars.

— J'ai fait une exception ce soir. Fais-moi confiance. Bon, je dois y aller, Carrie. Mais souviens-toi, pas un mot à Bryan au sujet de la voiture. Je m'arrangerai avec le Pr Mallory plus tard, je te le promets. Je ne veux pas gâcher mon escapade à cause de cette histoire d'amnésique.

— Entendu, Olivia. D'accord. Amuse-toi bien.

— Oh ! j'en ai bien l'intention, dit-elle d'un ton qu'elle essayait de rendre le plus convaincant possible.

Il la regarda, surpris. Elle gardait les yeux rivés sur les siens, les lèvres légèrement entrouvertes, avec, dans le regard, un mélange de défi et d'anxiété.

Elle coupa la communication et glissa le téléphone dans la boîte à gants.

— Satisfait ?

— Ravi. Maintenant… allez-vous me raconter la fin de votre histoire, oui ou non ?

— Je crois que oui, dit-elle en croisant les bras.

7

Autour de midi, ils trouvèrent un endroit discret où garer la voiture au bord de la rivière Winooski, près d'une rampe qui servait à la mise à l'eau des embarcations. Ils firent quelques pas pour se dégourdir enfin les jambes et, tandis que Freddy s'ébrouait dans l'eau scintillante, ils déjeunèrent de quelques hamburgers achetés au drive-in d'un fast-food.

— C'était un revendeur, commença Olivia.

— J'imagine que vous ne parlez pas de voitures d'occasion.

Elle acquiesça.

— Rien de très important, poursuivit-elle. De l'herbe, du hasch, pas de drogue dure. Mais c'était aussi un flic, alors…

— Votre ex-mari, le type qui vous battait était flic ?

— Nous n'étions pas mariés. Nous vivions ensemble. Mais oui, il était flic. Voilà pourquoi je n'ai pas pu porter plainte contre lui, la première fois qu'il m'a battue. Personne ne m'a crue. Il avait pris ses précautions, et j'ignorais à ce moment-là que, depuis un certain temps, il me faisait passer pour instable et infidèle auprès de ses collègues. Alors, quand je leur ai demandé de l'aide, ils ne m'ont pas prise au sérieux. Mais je n'allais pas rester les bras croisés, ce n'est pas mon genre ; j'ai dû trouver un autre moyen de m'en sortir. Je me suis dit que les flics pouvaient bien m'ignorer, moi, mais qu'il leur serait difficile de fermer les yeux sur une demi-douzaine de kilos de substances illégales. C'était suffisant pour garder Tommy à l'ombre, le temps que je prenne le large.

— Je comprends, dit-il en hochant la tête. Et les disquettes ?

Elle prit une profonde inspiration et le regarda avec intensité. Elle cherchait à savoir si elle pouvait lui faire confiance, pensa-t-il, en s'efforçant de se montrer aussi rassurant et compatissant que possible.

— Des noms, des dates, les quantités achetées, les sommes versées et les photos des transactions, répondit-elle enfin.

— Des photos ?

— Quand il le pouvait, Tommy photographiait chaque transaction. Il fumait un peu de hasch devant le client pour l'inciter à en faire autant, puis il prenait les photos en cachette. Notre maison était truffée de caméras, jusque dans les pots de fleurs. Un jour, je lui ai demandé ce qu'il comptait faire de tout ça. Il a parlé d'investissement, arguant que ces photos prendraient de la valeur avec le temps et qu'elles finiraient par valoir une petite fortune. Je me suis dit que s'il me trouvait un jour, je pourrais utiliser ces disquettes pour le… pour le payer…

— En échange de votre vie, poursuivit-il comme s'il avait lu dans son esprit.

Elle acquiesça.

— C'était probablement une idée stupide. Mais, à ce moment-là, elle m'avait paru tenir la route.

Freddy gambada vers sa maîtresse, le pelage gorgé d'eau. Il déposa une grosse pierre ronde devant elle.

— Merci, dit-elle avec un enthousiasme qui n'aurait pas été plus grand si la pierre avait été un diamant. C'est un très joli caillou que tu as là. Que veux-tu en échange ?

Freddy émit un jappement pour toute réponse.

— Oh ! d'accord.

Elle découpa son sandwich en deux et lui tendit une moitié. Puis elle lança la pierre aussi loin que possible et le chien bondit à sa suite. Il s'arrêta net, subjugué par la vision d'une barque qui descendait le courant de la rivière. L'homme à son bord regardait l'eau, immobile. Il se contentait de sourire et d'apprécier la promenade.

— Voilà ce que j'aimerais faire un jour, dit-elle d'une voix mélancolique.

— Descendre la rivière en barque ?

Elle baissa la tête, comme embarrassée.

— Vous devez trouver ça nul, n'est-ce pas ? Moi, ça m'attire, ça me fascine. Je ne l'ai jamais fait et je n'imagine rien de plus apaisant, de plus… spirituel.

Il la regarda, troublé. Plus que jamais Olivia le fascinait, l'attirait. Irrésistiblement, chaque aspect de son caractère, de sa personnalité, sensible et forte à la fois, le séduisaient. Elle était si touchante lorsqu'elle lui confiait, presque honteuse, son rêve de descendre simplement une rivière en barque. Elle l'était plus encore quand elle parlait à son chien et que le gros toutou buvait ses paroles comme s'il la comprenait vraiment. Comme elle l'aimait, ce chien. Quel couple étonnant ils formaient tous les deux !

Il parvint à s'extraire du flot de pensées qui le submergeait et revint à la réalité.

— Vous tenez absolument à ce que j'appelle votre ex ?

— Je veux savoir avec certitude s'il a envoyé ce type à ma poursuite ou si quelqu'un d'autre est responsable.

Il faudra essayer de le faire parler, l'air de rien. J'ignore encore comment on s'y prendra. Qu'en pensez-vous ?

— Je pense que vous oubliez le principal.

— C'est-à-dire ?

— Les disquettes. Quand avez-vous consulté leur contenu pour la dernière fois ?

— Le jour où je les ai copiées, il y a seize… presque dix-sept ans.

— Que diriez-vous d'y jeter un œil avant de décider d'une stratégie ?

— Oui, ça, c'est une bonne idée. Mais il nous faut un ordinateur équipé d'un lecteur et d'un système capable de lire des archives aussi anciennes. Ça ne doit pas courir les rues.

— Nous trouverons. Mais finissons notre déjeuner d'abord. Freddy semble apprécier la pause.

Ils reprirent la route et, grâce au GPS et aux renseignements téléphoniques, ils trouvèrent bientôt ce qu'ils cherchaient. La chaîne SmartBiz possédait treize magasins à travers le Vermont, ouverts vingt-quatre heures sur vingt-quatre et sept jours sur sept. Elle annonçait avec fierté que ses centres d'affaires figuraient parmi les plus sophistiqués du nord-ouest du pays. Sous le logo de l'entreprise, un slogan promettait : « Vous en avez besoin, nous l'avons. »

— A nous deux, SmartBiz, lança Olivia tandis qu'Aaron garait la voiture sur le parking.

Epuisé par son bain de midi, Freddy somnolait à l'arrière, répandant à travers l'habitacle une odeur de chien mouillé. Olivia devrait se fendre d'un bon ménage avant de restituer le véhicule à son propriétaire légitime, pensa Aaron.

Ils pénétrèrent de concert dans le bâtiment, laissant derrière eux tourner le moteur et la climatisation pour

Freddy. Aaron repéra les caméras, comme par réflexe. A sa grande surprise, il sut d'instinct qu'elles étaient reliées à un ordinateur et non à un simple magnétoscope.

C'était certainement à cause des recherches pour les thrillers, se dit-il afin de se rassurer.

Il soupira et, chassant toute pensée préoccupante de son esprit, se concentra sur le jeune homme derrière le comptoir. Le sourire béat que ce dernier adressait à Olivia ne parvenait pas à dissimuler qu'il était complètement subjugué par la poitrine de la jeune femme.

— Puis-je vous aider ?

— Oh ! j'espère bien, dit Olivia en lui tendant une disquette. Avez vous toujours le matériel pour lire ceci ?

— Oui, mais j'ai aussi besoin que vous me disiez avec quel programme on a créé les fichiers qu'il contient.

— Word, probablement. Par contre, j'ignore quelle version. Ça remonte à seize ans, à peu près.

— Pas de problème. Venez de ce côté.

Aaron répondit par un sourire au regard joyeux que lui adressa Olivia. Il faillit s'étrangler de rire en voyant l'employé, toujours hypnotisé, se perdre dans la contemplation du postérieur de la jeune femme lorsqu'elle passa devant lui. Comment résister à ce délicieux spectacle ? Par défi, il se refusa le plaisir de suivre le subtil balancement de ses hanches lorsqu'il l'accompagna dans l'arrière-salle où s'alignaient des rangées d'ordinateurs.

— Le troisième sur la gauche devrait vous donner satisfaction, dit l'employé. Si vous souhaitez faire des copies, des CD et DVD vierges sont à votre disposition sur les étagères du fond. C'est un dollar pièce. Les tirages sortent de l'imprimante numéro cinq, ajouta-t-il en désignant une rangée d'imprimantes disposées dans la pièce principale. Trente-cinq cents pour des sorties couleur. Les photocopieurs sont là, le fax…

— Ça ira, merci, l'interrompit Aaron, qui, d'un geste, le poussa fermement vers la pièce voisine. On a compris. Merci, l'ami.

L'employé demeura un instant interdit, l'air perplexe.

— Oh ! Bien, je vous laisse alors, dit-il, comme s'il venait seulement de comprendre qu'Aaron voulait être tranquille.

— Merci.

Aaron le suivit du regard jusqu'à ce qu'il ait rejoint son poste au comptoir du magasin. Puis il se tourna vers Olivia, qui le regardait avec un air aussi surpris que réprobateur.

— Quoi ?

— Vous avez été plutôt brutal avec lui. Ce n'était pas nécessaire, vous ne trouvez pas ?

— Nous avons une urgence et nous avons besoin d'être seuls, pas vrai ?

Elle acquiesça, prit place sur la chaise face au bureau qu'avait désigné l'employé et tira une disquette de son sac. Elle l'inséra dans le lecteur de l'ordinateur, qui fit entendre un ronflement mécanique. En un instant, l'écran afficha, dans une présentation désuète, la liste des documents enregistrés sur le support.

Ils portaient des noms incompréhensibles composés de chiffres et de lettres, probablement générés au hasard par le programme qu'utilisait Tommy.

Elle ouvrit le premier, un tableau où s'alignaient noms, dates et, classés par colonnes, différentes informations personnelles ainsi que des listes d'achats de drogues effectués des années auparavant.

Olivia déroula la liste et lut les noms les uns après les autres.

— Oh, mon Dieu ! s'exclama-t-elle en s'arrêtant net sur l'un d'entre eux, qui lui parut familier.

Aaron s'approcha de l'écran.

— Phil Gainsboro. Vous croyez qu'il s'agit du *sénateur* Philip Gainsboro ?

— Regardons les photos. Mais si c'est bien le cas…

— On dit qu'il se prépare pour l'élection présidentielle, expliqua Aaron. Selon les experts, il est favori dans la course aux prochaines primaires du Parti républicain.

— Certes, mais quel genre d'homme était-il dix-sept ans auparavant ? En tout cas, si c'est bien de lui qu'il s'agit, à l'époque, il se fournissait chez mon ex. C'était un très gros client, si j'en juge par ce que je vois là, dit-elle en désignant un chiffre sur l'écran.

— Il ne se contentait pas de consommer, regardez. C'était aussi un dealer. Et si ce type sait que vous détenez cette information, il aura tout intérêt à vous voir réduite au silence.

— C'est donc lui ou Tommy.

— Pas si vite. Pour l'instant, rien ne permet d'être aussi catégorique. Et puis il ne s'agit pas que de lui. Cette liste pourrait mettre pas mal de gens dans l'embarras. Imprimons-la.

— Je suis d'accord. Postez-vous près de l'imprimante et veillez à ce que personne ne voie ça.

— Il n'y a personne ici, Olivia.

— Cet endroit est ouvert au public. N'importe qui pourrait entrer à tout instant. Vous tenez vraiment à attirer l'attention en courant comme un dératé lorsqu'un petit curieux viendra regarder ce que nous imprimons ?

Surpris par son ton, il la fusilla du regard.

— Vous savez, dit-il après un instant, vous n'aimez pas que je vous donne des ordres, mais moi, je n'aime pas…

— Veuillez m'excuser. Voulez-vous bien aller prendre les feuilles à mesure qu'elles sont imprimées, s'il vous plaît ? Je me sentirais mieux.

— Bien sûr, aucun problème. Vous voyez, ça n'était pas si difficile que ça.

Et il se dirigea vers les imprimantes.

Aaron revint auprès d'Olivia lorsque la dernière page fut imprimée. Pendant que l'ordinateur travaillait, elle avait rapidement parcouru les documents que contenaient les cinq disquettes dont elle avait discrètement gravé le contenu sur un DVD. Par prudence, elle en avait fait trois copies supplémentaires. Plus tard, elle trouverait à les remettre à une personne de confiance, avec pour instruction de les transmettre à la presse et à l'attorney général si elle venait à disparaître. De quoi tenir en respect Tommy ou le sénateur Gainsboro, s'il leur prenait l'envie de la menacer. Il était difficile d'évaluer l'efficacité de telles précautions. Mais si ces copies pouvaient présenter une chance même minime de lui sauver la vie, elle ne devait pas la négliger. Elle fourra avec un léger frisson les documents au fond de son sac, à côté du revolver qu'elle avait pris dans son coffre.

Le contact froid de l'arme la fit frissonner et la rassura en même temps. Si son agresseur revenait à la charge, elle pourrait riposter. Quant à Aaron, il connaissait maintenant l'importance du contenu des disquettes. Elle ne voulait pas penser à l'éventualité qu'il puisse se retourner contre elle et les lui dérober, mais la vie lui avait appris à se méfier. Elle avait en lui une confiance encore bien fragile, et même s'il était pour l'instant son meilleur allié, il était imprévisible et surtout armé. Elle le serait donc aussi.

Malgré sa défiance, elle s'en voulait pourtant, de ne

pas être tout à fait sincère avec lui. Mais, après tout, elle le connaissait si peu… Et même si elle le voyait parfois comme un ami longtemps perdu de vue, il demeurait un total étranger.

Un étranger qu'elle voulait mieux connaître. Bien mieux.

Elle ferma les yeux un instant. Que lui arrivait-il ? Après toutes ces années, elle baissait enfin sa garde. Mais comment pouvait-elle s'autoriser à éprouver des sentiments pour un homme à qui elle ne parvenait pas à se fier ? Etait-elle en train de reproduire le schéma qu'elle pensait avoir abandonné il y a longtemps, en se laissant séduire par un homme qui pourrait la faire souffrir ?

Aaron la rejoignit, chargé d'une pile de feuilles de papier imprimées, qu'il avait rangée dans une chemise bleue frappée du logo de Smart-Biz.

— Prête ?

— Prête, dit-elle en éjectant la dernière disquette du lecteur. Vous avez regardé les photos ?

— En vitesse. Avez-vous vu celle de la fille tirant sur cette gigantesque pipe à eau ?

Elle acquiesça.

— Pas terrible, hein ?

— Oui mais je ne pense pas que ce soit pour celle-ci qu'on cherche à vous tuer

— J'ai vraiment l'impression de la connaître, dit-elle. Mais pas moyen de la replacer.

— Eh, bienvenue au club, lança-t-il en grimaçant. Bon, où allons-nous, maintenant ?

— Vous me le demandez ?

— C'est vous le chef.

— Depuis quand ? demanda-t-elle, surprise.

— Depuis que nous avons décidé de nous occuper de vos problèmes avant les miens. De toute façon, je ne saurais pas par où commencer. Je n'ai même pas l'amorce d'une piste, à part une montre gousset et une clé. Et, maintenant, j'ai envie de trouver vos réponses autant que les miennes, ajouta-t-il.

Méfiante, elle s'efforça de ne pas se laisser attendrir par cette déclaration à peine voilée.

— Pourquoi ?

— Je l'ignore. Peut-être que je me laisse prendre par le mystère. Ou peut-être que je commence à vous apprécier un peu.

D'une main, il caressa les cheveux d'Olivia, écartant délicatement une mèche qui recouvrait son front.

— Cet enfoiré vous a laissé quelques bleus en souvenir. Et je ne peux m'empêcher de penser à cet ex qui vous battait et qui rôde peut-être dans les environs. Je dois vous avouer, cher professeur, que tout ça me met hors de moi.

— Votre nature chevaleresque commence à transpirer, dit-elle en souriant doucement.

— Grâce à vous. Tout cela me déplaît fortement, et j'y mettrai un terme si j'en ai le pouvoir. Je suis sincère.

Elle n'en doutait pas.

— Si vous êtes en manque d'inspiration, je propose que nous trouvions un endroit sûr où nous reposer. Nous pourrions étudier toutes ces informations en sécurité et réfléchir à ce que nous ferons ensuite.

— D'accord. Cherchons un refuge. Mais un refuge qui accepte les chiens.

Elle chargea son sac à main sur l'épaule. Aaron empoigna la sacoche de la banque, y glissa le dossier contenant les impressions, puis ils prirent tous deux la direction de l'accueil. L'employé adressa un large sourire à Olivia et consulta son écran.

— OK. Voyons. Vous avez imprimé vingt-deux pages en noir et blanc et deux douzaines en couleur…

— On sait, dit prestement Olivia en l'interrompant avant qu'il ne la trahisse en mentionnant les DVD…

Elle commençait à bien s'entendre avec Aaron et ne voulait pas compromettre leur fragile équilibre avec un mensonge.

— Donnez-nous simplement le total. En fait, non. Tenez, ajouta-t-elle en lui tendant vingt dollars. Gardez la monnaie, d'accord ?

— Oh… euh… merci. Vous voulez votre reçu ?

La cloche de la porte du magasin retentit soudain. Du coin de l'œil, Olivia vit Aaron pivoter pour regarder par-dessus son épaule. Comme au ralenti, son visage se crispa, comme s'il avait reconnu l'homme qui venait d'entrer dans la boutique. Brusquement, il amorça un geste pour dégainer l'arme qu'il avait prise à l'intrus la nuit précédente.

Un frisson parcourut l'échine d'Olivia, qui, comme mue par un automatisme, saisit dans son sac la crosse du .38. Leurs gestes furent simultanés et ils braquèrent leurs armes au même instant sur le nouvel arrivant.

L'homme qui s'encadrait dans l'ouverture de la porte ne parut pas troublé le moins du monde. Il sourit en levant les deux mains.

— Je ne veux pas de problèmes, dit-il calmement.

— Dans ce cas, lança Aaron, il fallait vous abstenir de frapper une femme seule et de droguer un chien innocent, l'ami.

— Je ne vois pas de quoi vous parlez… l'ami. Vous devez me prendre pour quelqu'un d'autre..

— C'est lui, dit Olivia, qui comprenait enfin. Je reconnais sa voix.

— Sa voix ? Moi, je reconnais ses chaussures.

Les chaussures en question n'avaient rien de particulièrement remarquable. Mais, décidément, Aaron ne manquait aucun détail.

— Reste tranquille, mon garçon, reprit-il en s'adressant à l'employé. Tu n'as rien à voir là-dedans. Reste en dehors de tout ça et il ne t'arrivera rien, d'accord ?

— Je ne bouge pas, monsieur.

— Parfait, dit Aaron en s'approchant de l'homme sur le seuil. Gardez les mains bien en évidence. Olivia, tenez-le en joue.

— Faites-moi confiance. Au moindre frémissement de sa part, je lui fais un troisième œil.

Il fouilla l'inconnu de haut en bas.

— Je ne suis pas armé.

— Foutaises. Où sont les clés de votre voiture ?

— Poche droite de ma veste.

Aaron tira un trousseau.

— La marque du véhicule ?

— Blazer. Rouge.

— Allons-y, dit Aaron en lui indiquant la sortie.

L'homme pivota sous la menace, ouvrit la porte et marqua une pause.

— Inutile d'appeler la police après notre départ, dit-il en s'adressant au garçon derrière le comptoir. J'ai la situation en main.

Olivia se tourna à son tour vers le jeune homme et, soulevant ses cheveux, elle lui montra les bleus qui la marquaient du front à la mâchoire.

— C'est lui qui m'a fait ça. Et il a presque tué mon chien. Le criminel, c'est lui, et nous devons simplement nous assurer qu'il cesse de nous suivre. Juré.

L'employé se contenta de hocher la tête, l'air terrifié.

— Allons-y, dit Aaron en se positionnant derrière l'inconnu. Donnez-moi le sac, Liv.

Elle ramassa le sac qu'il avait laissé tomber pour empoigner son arme et le lui tendit. Aaron y fourra sa main qui tenait toujours l'arme et continua de tenir discrètement l'individu en joue. Olivia glissa son revolver dans le creux de ses reins et le dissimula sous les pans de sa chemise de soie. La cachette était peu discrète, mais c'était le mieux qu'elle pouvait faire.

Elle gagna l'extérieur du bâtiment à la suite des deux hommes. Ils tournèrent à gauche puis suivirent le trottoir. L'inconnu, dont la tête étroite et les tout petits yeux rapprochés lui donnaient un air de fouine, commença à siffler un air faux et méconnaissable.

— Arrête, lui ordonna Aaron d'un ton menaçant.

Lorsqu'ils atteignirent l'extrémité du bâtiment, quelque chose se précipita depuis l'allée et vint heurter la tête d'Aaron, qui s'affaissa comme un poids mort en lâchant arme et sac. L'homme à tête de fouine se pencha pour récupérer ses clés tombées à terre, tandis que son complice fonçait vers le sac. Olivia bondit en avant et dégaina son arme.

— Arrière ! cria-t-elle en plongeant littéralement sur les deux individus.

De tout son poids, elle bloqua le sac au sol tandis que, d'un puissant coup de pied parfaitement ajusté, elle envoyait le trousseau de clés disparaître dans une grille d'égout. Fermement campée sur ses jambes, elle pointait d'un air décidé son arme sur les deux hommes.

Celui qui avait drogué son chien fit volte-face et s'enfuit à toute allure. Son complice demeura les bras en l'air et recula nerveusement en traînant les pieds.

— Pour qui travaillez-vous ? demanda-t-elle tandis

qu'il continuait de reculer. Ne bougez pas, bon sang ! Qui vous envoie ?

Il se contenta de secouer la tête et, considérant sans doute qu'il était suffisamment loin d'elle pour pouvoir s'enfuir en toute sécurité, il pivota et fila à son tour dans la direction qu'avait prise son complice. Une seconde plus tard, il avait disparu à l'angle du bâtiment. Le bruit de ses pas se fit entendre quelques secondes encore avant de s'éteindre tout à fait.

Olivia s'assura que leurs agresseurs étaient hors de portée et glissa le revolver dans son pantalon. Elle se pencha sur Aaron tout en surveillant d'un œil les alentours.

— Ça va, Aaron ?

Il leva la tête et posa sur elle un regard quelque peu embrumé.

— Vous saignez, dit-elle en découvrant une estafilade sous les cheveux qui masquaient le front de son compagnon.

La manivelle de cric avec laquelle l'inconnu l'avait frappé gisait près d'eux sur le trottoir.

— Encore la tête, décidément… Mon Dieu, on va sûrement devoir vous faire des points de suture.

— Ça ira. Ils ont pris les disquettes ?

— Non, mais ils nous ont échappé. Dans dix minutes, cet endroit va grouiller de flics et de curieux. Levez-vous, Aaron.

Il prit appui sur ses mains et Olivia l'aida à se remettre debout. Elle gardait un œil sur la rue où quelques badauds commençaient à s'aventurer dans leur direction.

— Nous allons bien, merci, ça va, dit-elle, agitant la main pour les maintenir à distance.

Depuis le seuil de la porte de sa boutique, l'employé de Smart-Biz n'avait rien perdu de la scène qui s'était déroulée sous ses yeux. Aucun doute, il avait donné l'alerte. Olivia jeta son sac à main par-dessus son épaule, mit la sacoche de la banque en bandoulière et, de sa main libre, guida Aaron, qui s'était relevé en titubant. Ils retrouvèrent leur véhicule garé de l'autre côté de la rue. Olivia ouvrit la porte du passager aussi vite qu'elle le put, aida Aaron à s'asseoir, puis courut du côté du conducteur. Elle se pencha par la portière, jeta le sac frappé du logo de la banque à l'arrière et se cala dans son siège en posant son sac à main à ses pieds.

A l'arrière, dressé sur ses pattes, Freddy s'agitait. Il s'approcha du siège d'Aaron et commença à lécher la blessure qui s'ouvrait sur son front. Olivia plaqua sa main sur le poitrail du chien pour le faire reculer d'un mouvement doux mais ferme. Puis elle tendit à son compagnon un paquet de mouchoirs en papier et démarra en trombe.

L'excitation de l'attaque retombait peu à peu, mais Olivia ne retrouva son calme qu'au bout de quelques minutes.

— Je n'ai pas l'impression que nous soyons suivis.

— Nous ne l'avons pas été de toute la journée, dit-il en pressant le mouchoir sur la plaie qui s'ouvrait sur son front. Ça ne les a pas empêchés de nous trouver. Nous avons besoin d'équipement et de provisions.

— Ce qu'il vous faut, à vous, ce sont des points de suture.

— Ils savent quel type de véhicule nous conduisons. Ils nous ont suivis jusqu'ici. Mais je n'arrive pas à comprendre comment. J'aurais dû les repérer, pourtant.

— Oh, bien sûr ! Les écrivains sont des spécialistes en filatures, c'est bien connu.

— Attendez, je crois que j'ai compris. Arrêtez-vous une minute.

— Rien du tout ! Nous devons aller aux urgences ou trouver une clinique.

— Une pharmacie. Vous pourrez me panser aussi bien qu'un médecin. Mais, d'abord, rangez-vous sur le côté, je voudrais voir quelque chose.

— Vous attendrez que je sorte acheter de quoi vous soigner, objecta-t-elle. Qui sait, je trouverais peut-être une trousse spéciale pour soigner les trous dans la tête.

Ils échangèrent un regard complice qui les réconforta tous les deux.

— Vous vous en êtes bien tirée. Dégainer votre flingue et tenir ces types en respect comme vous l'avez fait, c'était très surprenant venant d'une prof d'anglais.

— Vous ignorez encore beaucoup de choses à mon sujet, Aaron.

— Et j'ai hâte d'en savoir plus, ajouta-t-il doucement.

— Ça va, votre tête ?

— Oui. Mais, vraiment, vous devriez vous arrêter.

— Vous pensez que c'est prudent ? Ils ne vont pas nous tomber dessus ? J'ai envoyé leurs clés dans les égouts, mais…

— Oh ! j'ai manqué ça. Vous ne seriez pas une sorte de Jane Bond, par hasard ?

— Vous ne croyez pas qu'ils soient en train de nous suivre ?

— Sans voiture, aucune chance. Et s'ils se montrent de nouveau, je tire d'abord et pose les questions ensuite.

Marquée sans doute par la violence de son propos, Olivia lui jeta un regard un peu effrayé. Il tenta de l'apaiser en posant une main réconfortante sur son épaule.

— Je crois que nous avons un peu de temps devant nous. Même s'ils ont un double des clés, on a une longueur d'avance. Arrêtons-nous, je vous prie.

— Justement, je vais là, dit-elle en désignant du menton l'immense enseigne d'une pharmacie.

Elle engagea la voiture sur le parking et contourna le bâtiment, jusque dans une ruelle à l'abri des regards, où les camions de livraison venaient décharger leur marchandise.

— Je file à l'intérieur acheter deux ou trois trucs pour vous retaper. Faites ce que vous avez à faire mais, surtout, gardez un œil ouvert. OK ?

— Faites vite, Olivia. On ne sait jamais. Je me trompe peut-être en disant qu'on les a semés.

— Je me dépêche. Je vous fais confiance. Votre intuition s'est souvent révélée juste, jusqu'à présent, dit elle en se retournant pour donner une caresse furtive à Freddy. Garde un œil sur lui, mon gros.

Elle descendit du véhicule. Aaron, qui pressait toujours le mouchoir sur son front, fit de même. Olivia traversa le magasin comme une tornade, attirant sur elle quelques regards intrigués. Deux minutes à peine lui furent nécessaires pour rassembler ce qu'elle cherchait. Elle en passa cinq autres à pester contre la lenteur de la caissière qui prenait tout son temps pour enregistrer et emballer ses achats. Sans attendre son reçu, elle ressortit en courant, munie d'un sac rempli de bandages, gaze, crème antibiotique, sparadrap, ainsi que d'une petite paire de ciseaux. Elle buta presque sur la voiture qu'Aaron avait stationnée devant l'entrée. Il avait repris le volant. A l'arrière, Freddy paraissait aussi excité que sa maîtresse, comme s'il comprenait que la situation n'avait rien de normal. Lui aussi semblait pressé de prendre le large.

Aaron tendit le bras pour ouvrir la porte côté passager. Olivia était à peine assise qu'il démarrait en trombe.

— D'accord, donc j'imagine que vous avez trouvé

ce que vous cherchiez ? demanda-t-elle en bouclant sa ceinture de sécurité.

— Oui. Le mouchard était dissimulé dans une cavité du volant.

— Un mouchard ? On nous suivait à distance ?

— Oui, répondit-il avec un air de dégoût, comme s'il se sentait responsable de ce qu'il leur arrivait. Je m'en suis occupé. Mais ils ont sans doute eu le temps de nous pister jusqu'ici. Il faut filer, et vite.

Elle acquiesça et s'agrippa à son siège tandis qu'il accélérait.

— Hé, je ne peux pas m'occuper de votre blessure si vous foncez comme ça !

— Je vais me caler sur la vitesse maximale autorisée pour éviter d'attirer l'attention. Ça ne sera pas long.

Elle se cramponna en soupirant tandis qu'il conduisait avec assurance à travers la ville. Elle gardait un œil sur les véhicules qui croisaient leur route, scrutant avec attention leur habitacle à la recherche de « la Fouine » ou de son complice qu'elle avait baptisé « le Cochon ». Aucune trace de leurs poursuivants, mais cela ne signifiait pas pour autant qu'ils les avaient semés. La police était sans doute en train de passer le centre d'affaires au peigne fin et d'interroger l'employé. Leur avait-il donné la description de leur voiture ? Les flics auraient-ils le temps de déployer des barrages sur les routes avant qu'ils ne quittent la ville ?

Olivia sentit son estomac se nouer. Comme s'il avait perçu son trouble, Aaron lui effleura le genou de la main. C'était un geste réconfortant, sans aucune connotation érotique.

— Détendez-vous. Ils ne peuvent plus nous suivre, désormais. En plus, nous avons gagné un peu de temps.

— Comment ça ?

— J'ai fourré le mouchard dans le réservoir d'un fourgon garé dans la ruelle.

— Pas mal, pour un type dont la tête est pleine de trous, dit-elle avec admiration. Mais… s'ils tiraient sur ce pauvre chauffeur ? Vous y avez pensé ?

— Ce sont des pros payés pour trouver des disquettes, et les pros ne tirent pas avant de poser des questions. C'est le meilleur moyen de perdre leur objectif de vue et de perdre l'argent promis par leur employeur.

Elle le regarda, bouche bée.

— Quoi ? osa-t-il demander en constatant du coin de l'œil qu'elle l'observait. Les romanciers savent ce genre de choses, non ?

— Oui, on dirait bien, en effet.

Il haussa les épaules, tandis qu'Olivia riait toute seule de sa propre remarque.

— Et, maintenant, que proposez-vous ? demanda-t-elle, redevenant sérieuse. Vous avez la tête en sang et vous devriez encore être à l'hôpital pour soigner votre blessure. Je suis sûre que, dans votre état, vous ne devriez jamais conduire.

— Prenons le large. Il faut quitter la région.

— Je préférerais un moyen plus radical de me débarrasser de ces types.

— Vous êtes remontée, on dirait.

— Ah, oui ? Sans blague ! Ecoutez, que Tommy envoie des types à mes trousses est une chose, et j'étais prête à passer toute ma vie avec cette épée de Damoclès au-dessus de la tête. Mais qu'il drogue mon chien et blesse les gens que j'apprécie…

Elle se mordit la lèvre pour se forcer à ne pas en dire plus.

— Vous m'appréciez un peu, donc.

Ce n'était pas une question.

— Vous m'avez sauvé la vie, la nuit dernière, répondit-elle en haussant les épaules. Et… Freddy vous aime bien.

Ce n'était pas vraiment une réponse non plus, mais il allait devoir s'en contenter.

— C'est parce que vous êtes persuadée que je suis votre auteur préféré ?

— Je l'ignore. D'ailleurs, à vous entendre, vous semblez douter vous-même d'être cet auteur.

Il ne répondit pas.

— Quand nous serons loin d'ici, il faudra trouver un magasin, dit-il en changeant de sujet. Une grande surface, de préférence.

— Toujours ces fournitures dont vous ne cessez de parler. Vous avez une liste, Aaron ? Parce que je vois mal de quoi nous pouvons bien avoir besoin, à part d'une chambre pour la nuit.

— Aucun hôtel ne sera suffisamment sûr. C'est une tente qu'il nous faut, avec deux sacs de couchage, une lanterne…

— Attendez, rassurez-moi, vous ne pensez tout de même pas à…

Elle chercha la réponse dans se yeux et reprit, avec une pointe d'inquiétude :

— Allons… vous me faites marcher. Vous ne pensez pas sérieusement à… camper ?

— Si. Mais dites-moi, avant que nous nous arrêtions et que vous vous occupiez de mes blessures, il y a autre chose que je souhaiterais vous demander.

— Quoi ? s'enquit-elle, légèrement inquiète.

Il la regarda, un sourire au coin des lèvres.

— « Je vous fais un troisième œil », c'était quoi, ça ?

— Je ne sais pas, c'est sorti tout seul.

— C'était plutôt violent, non ?

— Je suis d'accord, dit-elle, contenant difficilement le fou rire qui montait.

— *Je vais te percer un troisième œil, mon gars*, répéta-t-il, avec une voix de fausset censée imiter celle d'Olivia.

Elle était jusque-là parvenue à garder son sérieux mais, n'y tenant plus, elle éclata d'un rire franc, bientôt repris par Aaron.

— Vous exagérez : je n'ai jamais dit « mon gars » !

— Non, mais le ton que vous avez employé voulait bien dire ça, croyez-moi.

Elle en pleurait presque, à présent, et se demandait par quel miracle il parvenait à la faire rire en pareille situation. Il riait tout aussi fort et s'essuya les yeux de sa manche.

— J'ai vraiment failli perdre mon sérieux à ce moment-là, dit-il.

— Une chance que ce sale type ne se soit pas fichu de moi, dit-elle en reprenant son souffle. Ah, c'est si bon de rire comme ça…

— Oui. Vous en aviez bien besoin, on dirait. Ça fait longtemps, non ?

— Je ne me souviens même plus de la dernière fois.

— Vous devriez faire ça plus souvent. Vous méritez mieux que cette traque perpétuelle.

— Vous n'en savez rien, murmura-t-elle en hochant la tête.

— Sans doute. Mais je me fie à ce que me souffle mon instinct.

— Vous dites toujours ça.

8

L'immense hypermarché offrait tout ce dont ils pouvaient rêver, et plus encore. Grâce à l'argent de la réserve secrète d'Olivia, Aaron put se procurer la plus grande partie de l'équipement qu'il avait mentalement inscrit sur sa liste. Une tente, des sacs de couchage, des lanternes et du combustible pour les recharger, ainsi qu'une grosse bouilloire métallique bleue, une cafetière, une casserole, de la nourriture et un sac de glace.

Pendant qu'il parcourait les rayons de l'hyper en remplissant son Caddie d'accessoires de camping, Olivia faisait ses emplettes de son côté. Lorsqu'ils se retrouvèrent devant les caisses, il découvrit qu'elle s'était constitué une véritable panoplie de randonneuse comprenant une veste chaude, un jean supplémentaire, d'épaisses chaussettes, des chaussures de marche en daim, ainsi que des tongs en plastique. Des choix tout aussi judicieux que les siens.

— Il vous faut des vêtements, releva-t-elle en le détaillant des pieds à la tête. Les vôtres ne sont pas adaptés, et qui sait le temps qu'il nous faudra pour découvrir où vous habitez et quand vous pourrez vous changer enfin…

— Bien vu.

Et il plongea de nouveau dans le dédale des rayonnages dont il ressortit bientôt, chargé d'un jean, de T-shirts, d'un sweat à capuche et de quelques accessoires qui lui avaient paru utiles.

Tout en enregistrant les achats, la caissière jetait par intermittences de furtifs regards à la tête bandée d'Aaron et au visage meurtri d'Olivia.

— Vous devriez essayer un sport moins dangereux que le camping, dit-elle en leur tendant la facture avec un léger sourire.

Le montant atteignait la coquette somme de trois cents dollars et des poussières. Olivia n'en manifesta aucun trouble. Elle semblait consciente de la nécessité de leur nouvel équipement.

— Il n'y a pas plus sûr que le camping, répondit Aaron en rendant son sourire à la caissière. Nous rentrons tout juste d'un stage d'escalade. Ça ne nous a pas réussi.

— Vous êtes tombés ?

— D'une douzaine de mètres à peine, renchérit Olivia avec un air malicieux. Mais ne vous en faites pas, c'est moins grave qu'il n'y paraît.

Aaron attrapa au vol le regard complice qu'elle lui jetait en coin.

Bon sang, cette femme lui plaisait vraiment…

Une heure plus tard, ils sillonnaient de nouveau les routes de la région, à la recherche d'un endroit où planter leur tente. Un lieu isolé, mais suffisamment proche de Shadow Falls, d'où ils pourraient surveiller discrètement les mouvements en ville. Tandis qu'Aaron conduisait, Olivia se débattait avec le GPS.

— J'ai compris, lança-t-elle enfin. Ce truc est capable de nous indiquer les terrains de camping des environs.

— Essayez dans un rayon de quatre-vingts kilomètres autour de la ville. Un peu à l'écart.

— D'accord.

— Trouvez-nous l'endroit le plus reculé !

— Pas facile. Voyons voir…

Elle manipula l'appareil quelques instants.

— Il m'indique un tas de campings dans cette zone. Certains appartiennent à des particuliers, on dirait.

— En général, ce sont les plus petits et les plus bondés. Regardez plutôt ce que proposent les parcs nationaux.

Elle ajusta les paramètres et lança une nouvelle recherche.

— Voilà. Le parc national de Niquette Bay. C'est à quarante minutes d'ici. Ç'a l'air charmant et plutôt vaste.

— On tente le coup.

— Etes-vous certain qu'un hôtel ne ferait pas tout aussi bien l'affaire ?

— Vous croyez-vous que j'aurais perdu une heure à acheter du matériel de camping, sinon ? dit-il en lui lançant un regard sévère. J'essaie de nous garder en vie, Liv. Vous comprenez ça ?

— Bien sûr, finit-elle par lâcher après un long soupir.

— Alors, guidez-moi, copilote.

— Prenez la direction de l'autoroute. Nous allons vers l'ouest.

— D'accord.

— Que diriez-vous d'un peu de musique ? Voilà qui nous ferait le plus grand bien, non ?

— En effet.

Elle alluma la radio, dont elle consulta le minuscule écran.

— Oh ! mon collègue Mallory est vraiment à la pointe de la technologie, déclara-t-elle avec un accent de surprise mêlé d'admiration.

— Comment ça ?

L'expression qui venait de se peindre sur le visage

d'Olivia l'intéressait cependant beaucoup plus que la réponse qu'elle s'apprêtait à lui donner. Elle souriait, et lorsqu'elle souriait, Dieu qu'elle était différente !

— Radio par satellite dernier cri. Quel genre de musique aimez-vous ?

Il ouvrit la bouche pour répondre, mais resta interdit.

— Je n'en ai aucune idée. Si ce n'est pas malheureux ! Je ne sais même pas quelle musique j'apprécie.

— Ça n'est pas grave, allons, dit-elle en montant d'un cran le volume. Je vais faire le tour des stations et vous m'arrêterez quand quelque chose vous inspirera. Vous verrez, dans quelques minutes, vous saurez exactement ce qui vous plaît.

— Vous faites preuve d'un optimisme rare, Olivia, dit-il en glissant un regard vers elle. C'est une réminiscence de ce que vous êtes vraiment dans le fond, ou est-ce que vous découvrez tout juste ce trait de votre personnalité ?

Pensive, elle marqua une pause.

— C'est nouveau. En général, je suis plutôt quelqu'un de réaliste, certains me qualifient même de pessimiste, mais je ne suis pas du tout d'accord avec eux. J'aime simplement voir les choses telles qu'elles sont et appeler un chat un chat.

— Hum… Et que vous inspire notre situation actuelle, dans ce cas ?

Il la fixa, attendant sa réponse. Elle avait l'air tellement… vivante. Ses joues avaient gagné en couleur, et dans ses yeux dansaient bien plus d'étincelles que lorsqu'il l'avait vue la première fois. Elle était animée, volubile, mais pas joyeuse pour autant. Bien sûr, leur position n'avait rien d'enviable. Ils étaient en fuite et toute gaieté de sa part aurait paru stupide, voire déplacée, en pareille circonstance. Mais elle vivait chaque instant avec enthousiasme.

— Notre situation actuelle ? s'interrogea-t-elle avec hésitation. Eh bien, de toute évidence, on ne peut pas dire qu'elle soit brillante… Nous ne savons pas qui vous êtes. Mais nous savons que quelqu'un cherche à vous tuer et que des types veulent me voler mes disquettes et, j'imagine, m'éliminer dans la foulée. Au passage, ils n'hésitent pas a s'en prendre à mon chien, ce qui est une preuve ultime de leur cruauté, s'il en fallait encore une.

— Quoi, que quelqu'un s'en prenne à un chien ?

— Oui.

— Ah bon ? Parce que pour vous, un type qui défonce le crâne d'une femme à coup de revolver, c'est moins grave ?

— Oui.

Surpris par la réponse d'Olivia, Aaron jeta un œil dans le rétroviseur où un mouvement avait attiré son attention. Freddy s'était levé comme s'il avait compris qu'on parlait de lui. Gueule entrouverte, deux filets de bave au coin des bajoues, il posait alternativement son regard sur lui et sur Olivia.

A la vue de ce spectacle grotesque, Aaron ne put s'empêcher de sourire, ainsi que s'y résignait quiconque regardait Freddy.

— Il appréciera beaucoup plus le camping que le motel, dit doucement Olivia.

— Freddy ? Et vous ?

— Je me sentirais plus en sécurité en pleine forêt. Ne dites rien, ça me surprend autant que vous d'arriver à penser ça, mais plus j'y pense, plus je me dis que le camping, ce n'est peut-être pas si mal, après tout. C'est sans doute très amusant, en plus.

— Amusant ? Pas de doute, vous allez mieux, vous. Il faudra que vous m'expliquiez comment vous faites, parce que notre situation a plutôt empiré, non ? Ou alors, j'ai manqué un épisode…

— Je n'y comprends rien, Aaron. Je me sens bizarre, comme soulagée.

Il réfléchit quelques instants.

— Je crois que j'ai compris : pendant des années, vous avez vécu avec la peur que votre ex vous retrouve. Et maintenant que c'est arrivé, la crainte n'a plus lieu d'être et vous en êtes débarrassée. Place à l'action.

— Oui, c'est exactement ça. Maintenant, je ne peux plus me contenter de rester cachée. Tommy ne me laisse qu'une seule option, en m'obligeant à lui faire face une fois pour toutes. Et si je m'en tire, je n'aurai plus jamais à avoir peur. J'aurais peut-être dû l'affronter il y a longtemps, conclut-elle en secouant lentement la tête.

— Au moins, on sait pourquoi vous vous sentez subitement mieux.

Elle le regarda, puis détourna de nouveau les yeux.

— Pour être franche, je vous avouerai que mes compagnons y sont peut-être aussi pour quelque chose.

Aaron accueillit l'aveu avec surprise. Jamais elle ne lui avait parlé ainsi ! C'était le plus inattendu des compliments. D'un seul coup, sans même qu'il l'ait vue venir, il sentit une vague de chaleur bienfaisante submerger sa poitrine, et ne put que laisser s'épanouir le large sourire qui lui vint aux lèvres.

Elle le lui rendit, puis alluma la radio et commença à parcourir la bande FM. Très vite, les doux accents musicaux qui emplirent l'habitacle s'emparèrent de lui. Comme convenu s'il venait à reconnaître un morceau, il leva la main pour signifier à Olivia qu'il identifiait quelque chose.

— C'est Sammy Gold, dit-elle. Vous avez bon goût. C'est une légende de la musique country.

Elle continua à faire défiler les stations.

— Le reste ne me dit rien, fit-il remarquer d'une voix lasse, après quelques minutes d'exploration des stations de radios.

— Patience, Aaron. Ça viendra, dit-elle avec une pointe de tendresse dans les yeux.

Elle paraissait si sûre de ce qu'elle avançait... Comment ne pas la croire ?

Quatre-vingt-dix minutes plus tard, Aaron garait la voiture à l'orée d'une forêt profonde, dans une clairière qui s'ouvrait sur les eaux scintillantes du lac Champlain. Ils se lancèrent sans attendre dans le montage de leur tente. Bientôt, ils contemplaient, perplexes, les multiples éléments composant leur abri. Des piquets de tente gisaient par terre, comme autant de baguettes de mikado, et, sur la toile dépliée à même le sol dormait un mastiff anglais bien décidé à ne pas bouger de ce lit aussi inattendu que confortable.

Olivia était plongée dans la notice de montage qu'elle disputait aux rafales de vent ; elle essayait, tant bien que mal, d'en déchiffrer les secrets.

— Je pense qu'il faut d'abord insérer les longs bâtons, dit-elle en désignant les armatures. Il faut les croiser au milieu. Allez, Freddy, sors de là. Viens ici, maintenant !

Le chien obtempéra sans protester et vint se caler tout contre sa jambe. Même assis, il arrivait à la hanche d'Aaron.

Ce dernier enviait l'animal. Il aurait, lui aussi, aimé avoir le privilège d'être au contact de la jeune femme.

Mais pour l'instant, à genoux, au milieu des piquets disposés en vrac sur le sol, il tentait de les introduire dans les passants de fixation de la tente.

Bientôt, un grand X s'étalait devant eux.

— Maintenant, dit-elle en se concentrant sur la notice, il faut glisser l'extrémité des armatures dans les anneaux accrochés aux angles.

Elle cala le document à l'aide d'une pierre circulaire et entreprit de joindre le geste à la parole.

— J'ai la nette impression que le camping ne faisait pas partie de mes hobbies, lança Aaron, qui, à l'autre bout de la toile, se débattait avec son bout d'armature.

— En tout cas, ça n'a jamais été le mien. Allez, courage, on va y arriver.

Après plusieurs minutes passées à manœuvrer, plier et planter, un dôme modeste, mais qui leur apparut confortable et tout à fait apte à jouer son rôle d'abri, se dressa devant eux.

— OK, il ne nous reste plus qu'à planter les sardines, à fixer le double toit et ce sera fini, annonça Olivia en consultant de nouveau les instructions.

Elle jeta un œil en direction du 4x4 dont le hayon ouvert laissait voir leur équipement empilé en vrac à l'arrière.

— Vous savez quoi ? lança-t-elle. Cette partie du montage a l'air plutôt facile, j'en fais mon affaire. Si vous voulez, commencez à décharger le reste de… hum… du matériel de survie.

— Vous êtes sûre de pouvoir vous en sortir ?

— Oui, oui, allez-y.

— D'accord, dit-il en se dirigeant vers le véhicule.

Quelle sens pratique ! pensa-t-il avec admiration. Olivia était tout sauf une femme vulnérable et dépendante. Comment, d'ailleurs, aurait-elle pu survivre si longtemps dans la clandestinité sans avoir été capable de se prendre en main ? Pendant toutes ces années, elle n'avait pu se reposer que sur elle-même. Et si la vie qu'elle avait bâtie à Shadow Falls était un peu morne, elle semblait lui convenir à merveille. Elle s'en était bien tirée, cela ne faisait aucun doute.

Mais à quel prix ? Avait-elle dû violer des lois pour changer de nom et préserver sa nouvelle identité ? Qui était la véritable Olivia Dupree ? Où était-elle, à présent ? L'histoire d'Olivia était encore entourée de bien des mystères.

Aaron sortit du coffre de la voiture une paire de chaises de camping pliantes et les débarrassa du film plastique qui les recouvrait. Puis il les disposa de part et d'autre d'un petit cercle de pierres destiné à abriter leur feu de camp. Un gril métallique était posé contre le tronc d'un pin tout proche. Les bâtiments du camping et les sanitaires s'élevaient plus loin, à deux kilomètres au bout de la route de terre battue qui zigzaguait en direction de l'entrée. Ici, ils étaient à l'abri.

Ils s'étaient enregistrés sous les noms d'emprunt de Jeff et Judy Jones. Des identités banales qui ne devraient leur attirer aucun soupçon. Ils avaient réglé en liquide et, en remplissant le registre, Aaron avait même, par précaution, légèrement altéré d'un chiffre le numéro de plaque d'immatriculation de leur véhicule. Juste au cas où.

Pendant qu'Olivia achevait de monter la tente, de disposer à l'intérieur leurs vêtements et de dérouler les sacs de couchage, Aaron avait déchargé le 4x4, récolté suffisamment de petit bois et de branches pour alimenter toute la nuit le feu réconfortant qu'il avait allumé dans le foyer cerclé de pierres. Dans une petite marmite posée sur le gril, une eau frémissante réchauffait au bain-marie deux sachets de nourriture de randonnée. Lorsque Olivia s'assit enfin sur la chaise vide auprès de lui, il lui tendit la timbale en fer blanc qu'il avait préparée à son attention.

La nuit était tombée. Criquets et crapauds buffles composaient un chœur nocturne si bruyant qu'Aaron imagina que beaucoup, ce soir, parmi les usagers du camping, auraient du mal à trouver le sommeil. Pas lui, cependant. Le concert agirait comme une berceuse, il en était certain. Tout comme le contenu du gobelet qu'il était en train de siroter en savourant la douce quiétude de la nuit. Olivia fronça les sourcils lorsque l'odeur du liquide ambré contenu dans son verre vint lui chatouiller les narines. Un léger sourire aux lèvres, il lui montra l'étiquette de la bouteille posée près de lui.

— J'ai trouvé ça dans la voiture, dit-il. Votre collègue a du goût.

— « Rhum des Caraïbes », lut-elle en buvant une gorgée, puis une autre. Je préfère quand même avec du Coca.

— Eh bien nous n'en avons pas ! On pourra en acheter demain, si vous voulez.

— Oh ! demain, la bouteille sera finie.

— Professeur ! s'exclama-t-il d'une voix ironiquement surprise et faussement réprobatrice.

— Ce fut une rude journée, pas vrai ?

Elle descendit cul sec le contenu de son gobelet et le lui tendit afin qu'il la serve de nouveau.

— Euh… oui, mais…, balbutia-t-il en lui versant une solide rasade, puis en se servant lui-même. Allez-y doucement, tout de même.

— Non. Voilà trop longtemps que je vis entre parenthèses, en tout cas ces seize dernières années. Alors, qu'avons-nous pour le dîner ?

— Du ragoût de bœuf. Mais je pense qu'avant de nous jeter sur notre festin, nous devrions aborder la question de… vous savez… notre configuration pour la nuit, comment nous allons nous installer. Enfin, avant que vous ne soyez trop… pompette.

Elle lui sourit doucement, se renversa sur sa chaise et contempla les étoiles.

— Je vous écoute, mais parlez vite, alors. Parce que la bouteille ne va pas survivre longtemps.

Elle vida son verre d'un trait et se resservit elle-même, cette fois.

« Elle est d'humeur plutôt étrange », pensa-t-il en la regardant.

— Que voulez-vous dire par « entre parenthèses » ? demanda-t-il.

— J'avais tellement peur qu'il me tue…, commença-t-elle en sirotant son verre, les yeux fixés sur le feu de camp, comme hypnotisée. Alors, j'ai fait tout ce qu'il fallait pour rester en vie. Je me suis cachée, je me suis préservée. Et, au bout du compte, j'ai tout simplement arrêté de vivre. Vous comprenez ?

— Non.

— Je veux dire… me voilà maintenant, seize ans plus tard. Pas d'enfants. Aucun homme dans ma vie. Juste mon boulot et un chien. Ne vous méprenez pas. J'aime mon chien. Et j'aime aussi mon travail. Beaucoup. Mais je n'ai pas… vécu.

Elle termina son verre, se pencha en avant pour le poser au sol et resta un instant ainsi à l'observer.

— Hou là… Ça, c'est une boisson d'hommes, ça ! dit-elle en sentant monter en elle les effets de l'alcool.

— En effet.

Freddy, qui reposait près d'eux allongé, la tête entre

les pattes, leva le museau et lança à sa maîtresse le plus langoureux des regards. Puis il reprit sa position initiale en soupirant.

— C'est beau, ici, dit-elle en se relevant pour remplir de nouveau son gobelet. C'est magnifique. Et nous sommes à l'abri. Rien ne peut nous arriver.

— Pour le moment.

— Voilà ce que j'aurais dû faire pendant toutes ces années.

— Quoi ? Passer votre temps à fuir des tueurs ou à vous soûler au rhum ?

— Non, du camping. Avec Freddy. Et… vous. Avec un type bien, en tout cas.

— Oh… Vous aviez donc aussi renoncé aux histoires d'amour ?

— Oh non, ça n'a pas été un renoncement. Toute ma vie, j'ai haï les hommes. Aucune confiance, vous voyez ? Même si la partie la plus pragmatique de mon cerveau sait qu'ils ne sont pas tous aussi crétins que Tommy. Vous voyez, je travaille avec des types bien, par exemple. Mais je me tiens à l'écart. Trèèèès loin d'eux. Vous savez depuis quand je n'ai pas fait l'amour ?

— Euh… non, bredouilla-t-il doucement, la gorge subitement asséchée.

— Des années !

— Oh…

Il ne voyait pas vraiment où elle voulait en venir, mais il était très curieux de le découvrir. Et très impatient.

— Etes-vous en train de me dire que… vous voulez…

Elle prit une autre gorgée.

— Je dis que si cela arrivait à venir… venait à arriver… Hihi, c'est drôle ! lança-t-elle, riant de son propre lapsus. Où en étais-je ?

— Si cela venait à arriver…

Elle rit de nouveau.

— Si cela venait à arriver, ça ne me dérangerait pas du tout. Et vous ?

— Je… Non, cela ne me gênerait pas non plus.

— Chouette. Alors profitons de la nuit et des étoiles et du bon air frais et du rhum, et voyons ce qui arrivera.

In vino veritas, pensa-t-il. Une boule d'angoisse lui serra la gorge au moment où il déglutit. Dans le tréfonds de son esprit, il savait qu'une aventure avec elle ne lui apporterait rien de bon. De plus, Olivia était bien trop soûle pour savoir ce qu'elle voulait vraiment. Mais il y avait autre chose. Il sentait confusément que faire l'amour avec elle violerait une règle tacite et mystérieuse, un principe sacré enfoui profondément dans son subconscient, qu'il avait jusque-là toujours respecté.

Il tomba dans la contemplation de sa propre main qu'il ouvrait et refermait machinalement.

— A quoi songez-vous ? demanda-t-elle en le tirant de ses pensées. Vous avez l'air pens… pens… préoccupé.

— Je me demandais si j'étais marié ou si… vous savez, si j'avais une amie. Je ne parviens pas à me souvenir.

— Ça m'étonnerait, Aaron.

Leurs regards se rencontrèrent.

— Vous ne me connaissez même pas ! s'écria-t-il. Comment osez-vous me dire ça ?

Elle se raidit, comme mue par réflexe, mais il la vit se reprendre aussitôt…

— Je le sais, parce que pour décrire les relations humaines comme vous le faites dans vos livres, vous ne pouvez pas vivre en couple, dit-elle en haussant nonchalamment les épaules.

— Votre raisonnement tient uniquement si je suis

réellement Aaron Westhaven — ce dont je commence à douter, croyez-moi. Et, dans ce cas, j'écris des livres de fiction, pas des traités de psychologie. Vous croyez vraiment que tous les romanciers parlent de ce qu'ils connaissent ? Réfléchissez un peu. Croyez-vous que les auteurs de polar soient tous des meurtriers ou qu'ils passent leur temps à résoudre des crimes ? Moi pas. Alors pensez-vous qu'un type qui écrit ce que j'écris vit lui aussi une existence remplie de… de…

— Frustrations.

— Oui, voilà.

— Vous marquez un point, dit-elle en regardant la main gauche d'Aaron. En tout cas, vous ne portez pas d'alliance.

— Ça ne signifie pas que je n'ai personne dans ma vie.

Il pouvait voir son propre reflet dans ses yeux tandis qu'elle le dévisageait. Dans l'obscurité, les flammes dansantes du feu soulignaient d'une lueur ambrée le visage d'Olivia. Ses cheveux tombaient en cascade de son chignon défait. Elle était magnifique.

— Pourquoi vous posez-vous précisément maintenant la question d'une éventuelle compagne ? lui demanda-t-elle doucement. Pourquoi ne pas y avoir pensé plus tôt ?

— J'imagine que c'est parce que vous avez mis la question du sexe sur le tapis.

— Et ?

— Je sens que… vous et moi… ce serait une erreur. Je le ressens d'instinct. Je ne vois pas d'autre façon de vous l'expliquer.

— Oh… OK. C'est… ça veut dire qu'il doit y avoir une bonne raison, alors.

— C'est ça.

Elle avait l'air déçue. Son regard se perdit dans les

étincelles qui tournoyaient au-dessus du feu. Elle poussa un grand soupir et leva son gobelet d'un geste las et résigné.

— Compris. Pas de sexe alors… Dites, il est bientôt prêt, ce ragoût ?

Au même instant, à Shadow Falls, Bryan Kendall pénétrait dans la salle d'interrogatoire de son propre poste de police. Il vint s'asseoir sur la chaise réservée d'ordinaire aux suspects. De l'autre côté de la table, la place qui était normalement la sienne était occupée par le directeur adjoint du FBI Bruce Modine, assis devant un épais dossier et un bloc-notes. Pas de magnétophone, contrairement à ce qu'exigeait le protocole d'interrogatoire des fédéraux. Impossible de savoir si l'absence d'enregistreur était de bon ou mauvais augure.

Une heure auparavant, Bryan avait reçu un appel de son supérieur, McNamara, lui ordonnant de regagner son bureau au plus vite. Il avait accouru sans attendre, pour se retrouver face à ce personnage en costume qui l'attendait pour « discuter ».

— Parfait, commença l'agent fédéral. Si j'en crois ce dossier, vous êtes l'officier Bryan Kendall, des services de police de Shadow Falls. Est-ce exact ?

— Pourquoi tout ce cinéma, Modine ? Vous savez parfaitement qui je suis. Arrêtez de faire le coup de l'interrogatoire officiel, vous n'enregistrez même pas notre conversation.

— J'en déduis que la réponse à ma question est « oui ».

Penché sur ses notes, l'agent inscrivit quelques mots dans son calepin. A l'exception de la main qui tenait son stylo, il était parfaitement immobile. On dirait un berger allemand prêt à bondir, pensa Bryan.

— Votre dossier est loin d'être vierge, poursuivit l'agent.

— Le votre l'est, j'imagine ?

— Vous avez été suspendu pour avoir abattu un suspect au cours d'une prise d'otages.

— J'ai été suspendu le temps de l'enquête. C'est la procédure normale lorsque quelqu'un tire des coups de feu au cours d'une opération. Mais je n'ai pas besoin de vous le rappeler, n'est-ce pas ? On m'a blanchi et j'ai repris mes fonctions. Je ne peux pas croire que je doive aussi vous rappeler ça.

— Vous avez été blanchi, admit Modine en parcourant ses notes. Après plusieurs semaines de traitement pour des troubles de stress posttraumatique.

— Pour les éliminer, pas pour les traiter. Et je m'en suis débarrassé. Etes-vous en train de me provoquer, Modine ?

— Je ne fais que passer les faits en revue. Maintenant, d'après ce que je vois, juste avant de reprendre vos fonctions, vous avez été le principal suspect dans une autre affaire, des meurtres en série, cette fois, c'est bien ça ?

— On a voulu me faire porter le chapeau. Le véritable tueur a été démasqué… et il est mort.

— C'est ce que je vois. Il s'agissait de votre… euh… *mentor*, c'est bien ça ?

— Oui. Nick et moi étions bons amis, aussi. Ou, plutôt, je croyais que nous l'étions. Mais, encore une fois, j'ai été disculpé. Totalement.

L'agent Modine releva la tête et le transperça littéralement de son regard bleu pâle. Immobile sur sa chaise, le pied droit posé sur son genou opposé, l'homme baissa de nouveau les yeux et se replongea dans le dossier posé devant lui.

— Il est écrit ici qu'il est mort. C'est bien pratique, reprit-il au bout de quelques instants.

— Aucune importance. J'ai été blanchi. Tout est dans le dossier.

— Mmm… très bien. Donc. Que pouvez-vous me dire sur le Pr Olivia Dupree ?

Surpris, Bryan ouvrit grand les yeux.

— Vous êtes ici pour Olivia ?

Le directeur adjoint leva la tête et le fixa avec intensité.

— Pourquoi elle ? poursuivit Bryan. Le chef m'a dit que vous suiviez le dossier de la victime par balle qui nous a été amenée hier.

— C'est tout à fait exact. Mais, puisque le professeur est la seule personne en ville à avoir un lien avec lui, il est tout naturel que je cherche à apprendre tout ce qu'il est possible de savoir sur elle. Je vous avoue avoir été très surpris par l'épaisseur de son dossier. A quel point la connaissez-vous ?

— A peine, répondit Bryan en soutenant sans sourciller le regard de son interlocuteur.

— Et, pourtant, vous l'appelez familièrement par son prénom.

— Nous avons tous les deux fait face à une situation délicate, il y a de cela quelques semaines. Nick DiMarco a tenté de nous tuer. On s'en est tirés, ça crée des liens.

— Vous êtes liés, mais vous la connaissez à peine. Je dois me contenter de cette version ?

— C'est la vérité.

— Je vois, dit Modine en couchant quelques mots dans son carnet. Donc vous ignorez qu'Olivia Dupree est un nom d'emprunt ?

Bryan allait de surprise en surprise.

— Son véritable nom est Sarah Quinlan, poursuivit

son interlocuteur. Elle a quitté Chicago il y a presque dix-sept ans maintenant, pour fuir un amant violent. Mais, avant, elle s'est arrangée pour le faire condamner en dénonçant son petit trafic de marijuana. Elle a pris la tangente avec son argent ainsi que quelques documents de grande valeur.

— Pourquoi aurait-elle volé ces documents ?

— Elle se doutait probablement que son ex la tuerait s'il la retrouvait. Elle aura pensé à couvrir ses arrières en emportant de quoi le faire chanter. Mais, dites-moi, elle en a eu de la chance, d'atterrir à Shadow Falls, où personne ne la connaissait… Je vois qu'elle a habité pendant un temps avec une colocataire qu'on a retrouvée assassinée. Et il semblerait qu'un flic doté d'un solide réseau l'ait aidée à échanger son identité avec celle de la morte. Si vous voyez ce que je veux dire…

— Comment avez-vous appris tout ça ?

— Ça n'a pas été difficile. Vous savez, les secrets ne tiennent pas longtemps, quand on s'adresse aux bonnes personnes. Elle a mené une vie bien calme, ici, j'ai l'impression.

— Vous ne voulez pas la laisser un peu tranquille ? Elle en a suffisamment bavé et mérite de vivre en paix.

— Je n'ai rien contre, mais, voyez-vous, elle a disparu, répliqua Modine en le fixant. Et avec elle, notre inconnu.

— Oui, *votre* inconnu, parlons-en ! Parce que j'aimerais bien savoir qui est ce type et pourquoi le FBI s'intéresse autant à lui !

— Je ne suis pas habilité à vous en parler.

— Dites-moi au moins s'il s'agit d'Aaron Westhaven.

— Je ne peux rien dire, et j'en suis bien désolé, croyez-moi. Mais revenons au sujet qui nous occupe.

Cette Mlle Dupree, que pouvez-vous me dire à son sujet qui nous permettrait de la retrouver ?

— Tout ce que je pourrais vous dire vous est déjà connu, croyez-moi.

Modine fronça les sourcils. Peut-être avait-il compris que Bryan choisissait soigneusement ses réponses afin de lui cacher ce qu'il savait sans lui mentir directement.

— L'ex d'Olivia pense qu'elle est morte, c'est bien ça ? demanda Bryan.

— Il l'a cru jusqu'à présent. Mais nous pensons qu'il a finalement découvert la vérité.

— Qu'est-ce qui vous fait penser ça ?

— Je ne suis pas…

— … habilité à me le dire. J'ai compris.

— J'en suis navré.

— Soyez franc avec moi, agent Modine. Est-ce qu'Olivia court un danger avec ce type ?

— C'est *directeur adjoint* Modine. Et la réponse est oui. Si elle est actuellement avec notre amnésique, elle est dans un sacré pétrin. C'est pourquoi, si vous connaissez un moyen de la retrouver, je vous prierai de ne pas le garder pour vous.

Bryan acquiesça et sentit son estomac se nouer. Que risquait vraiment Olivia ? Qui était réellement ce type que l'on s'était empressé de prendre pour Aaron Westhaven ? Il voulait en savoir plus, mais cet enfoiré distillait les informations avec autant de parcimonie que Nate Kelly, la grippe-sou légendaire de Shadow Falls, dépensait ses dollars.

— Vous savez, je vais bientôt découvrir son identité, dit Bryan en risquant le tout pour le tout.

Modine le regarda, les sourcils levés.

— Vous voulez dire grâce à la radio que vous avez

envoyée au laboratoire de police scientifique ? Celle sur laquelle on peut voir le numéro de série de la plaque d'acier fixée au crâne de notre inconnu ?

Comment était-il au courant ? Cette information aurait dû rester secrète ! Ce type devait bénéficier d'un solide réseau d'informateurs. En tout cas, il avait une bonne longueur d'avance sur lui.

— Oui. Dès que nous aurons amélioré la qualité de l'image, il nous suffira d'entrer le numéro de série dans la base de donnée d'un site internet spécialisé, et nous obtiendrons l'identité de son propriétaire.

— Parfait. Continuez à travailler là-dessus, dit l'agent fédéral en faisant apparaître sa carte de visite dans sa main avec la dextérité d'un prestidigitateur. Appelez-moi si vous pensez à quelque chose ou si vous avez des nouvelles de votre amie Olivia.

Bryan poussa mentalement un soupir de soulagement. Le pénible entretien tirait à sa fin.

— Je le ferai, répondit-il en pensant le contraire.

Modine se leva, referma le dossier et le cala sous son bras.

— Parfait, dit-il. J'ai demandé à McNamara de maintenir la presse en dehors de cette histoire. Et de votre côté, autant que possible, évitez les fuites. Je resterai en contact avec vous, conclut-il en se dirigeant vers la porte.

« Quelle plaie ! » pensa Bryan. Il se leva et regarda l'agent fédéral sortir de la pièce.

Avant même que les portes du poste de police ne se soient refermées derrière Modine, McNamara avait fait irruption dans la salle d'interrogatoire.

— Dites-moi que vous vous êtes retenu, que vous ne vous êtes pas compromis et que vous ne l'avez pas foutu en rogne, Kendall.

— Alors, dans l'ordre : oui, non, peut-être.

— Qu'a-t-il dit ?

— Il n'a rien lâché, pas la moindre information. Nous devons absolument identifier notre inconnu, chef. La seule chose que j'ai pu tirer de Modine, c'est que ce type représente un danger pour Olivia Dupree. Je crois que nous avons sur les bras un poisson bien plus gros que nous l'avons cru jusqu'à présent. Où en est le labo avec l'analyse de la radio ?

Les sourcils blancs et broussailleux de son supérieur dessinèrent deux arcs soucieux.

— Il ne vous l'a pas dit ?

— Dit quoi ? demanda Bryan, qui craignait de deviner ce qui allait suivre.

— Modine l'a confisquée. Il a même pris la copie du Dr Overton.

Affligé, Bryan leva les yeux au ciel. Puis il regarda McNamara, une lueur d'espoir dans le regard.

— On aura des nouvelles de l'éditeur d'Aaron Westhaven demain, dit-il. On pourra enfin savoir qui est ce type.

— Si c'est bien de l'écrivain qu'il s'agit. Sinon, l'éditeur ne nous sera pas d'un grand secours. Alors, quel genre d'informations ce bâtard chauve a-t-il tenté de vous soutirer ?

— Il m'a questionné au sujet d'Olivia Dupree, répondit Bryan en prenant une grande inspiration.

Le moment de révéler qu'il savait tout de l'histoire d'Olivia était arrivé. Longtemps, il l'avait redouté. Mentalement, il commença à élaborer le discours qu'il allait servir en privé à son supérieur, dans le secret d'un bureau du poste de police. Il lui faudrait expliquer pourquoi il l'avait, lui, le chef de la police de Shadow Falls, tenu dans l'ignorance du cas d'Olivia.

Les prochaines heures allaient être difficiles.

Mais une lueur d'espoir le traversa soudain.

Le mutisme affiché par Modine devenait tout à coup un atout. L'agent était le seul à tout savoir sur Olivia, et il y avait fort à parier qu'il garderait jalousement ses informations. McNamara n'avait aucune chance d'apprendre ce qu'on lui avait caché.

Bryan poussa un soupir de soulagement. Il n'avait plus besoin de passer aux aveux.

— Que lui avez-vous dit ? demanda enfin son supérieur.

— Qu'est-ce que j'aurais bien pu dire ? Il savait déjà tout, et bien plus que j'en savais moi-même. Ecoutez, chef… Rentrons chacun chez nous et essayons de dormir un peu. Je suis épuisé.

— Ouais… C'est probablement la meilleure chose à faire. Je vous revois ici demain matin, Kendall. Soyez à l'heure.

— Très bien.

9

Assis autour de leur feu de camp, Aaron et Olivia dînèrent d'un ragoût tandis que, près d'eux, Freddy dévorait à grand bruit son propre repas. Olivia constata qu'Aaron semblait s'apaiser à mesure que la soirée avançait. Elle n'arrivait toujours pas à croire qu'elle ait pu être aussi directe et explicite avec lui. Ce n'était pas son genre. Ou peut-être était-ce vraiment elle, après tout, et qu'elle avait passé des années à refouler sa vraie nature. Elle avait toujours tenté de limiter autant que possible ses rapports avec les représentants les plus séduisants du sexe opposé. Sa relation avec Tommy l'avait tellement meurtrie qu'elle n'avait pas, depuis, retrouvé le courage ni le désir de faire de nouveau confiance à un homme.

Jusqu'à aujourd'hui.

L'homme qui se tenait devant elle ne lui inspirait nulle crainte. Et, même si cela lui paraissait tout à fait ridicule, elle avait l'impression de bien connaître cet Aaron Westhaven, d'être en communion avec son esprit, celui-là même qui transparaissait dans son œuvre. Ses écrits étaient dotés d'une véritable grâce, et reflétaient une totale compréhension des sentiments humains. Le romancier explorait dans ses livres les affres de la passion non partagée, de la trahison et de l'amour à jamais perdu. Il fouillait les recoins de l'âme humaine comme aucun écrivain n'était parvenu à le faire depuis *Roméo et Juliette*. Et même si l'homme qu'elle découvrait se révélait bien plus complexe que dans ses rêves, chaque minute passée en sa compagnie apportait son lot de découvertes. Il se situait, en réalité, bien au-delà de ce qu'elle avait pu imaginer.

Il avait l'air si réservé… Bien plus qu'elle, en tout cas. Sans doute parce qu'au fond il la considérait encore comme une étrangère.

A moins que… à moins qu'il n'ait lu les lettres qu'elle lui avait envoyées il y a des années, et dans lesquelles elle se livrait par bribes, certes, mais surtout sans retenue.

Et quand bien même il aurait lu ses lettres, comment pouvait-elle imaginer qu'il puisse les avoir remarquées, parmi les centaines qu'il devait recevoir chaque jour ? De toute façon, la question ne se posait pas. Il était amnésique, désormais…

L'idée de faire l'amour avec elle l'avait manifestement rendu plus que nerveux. Elle avait pu constater son trouble à l'éclat de ses yeux, au ton de sa voix, jusque dans son corps, qui paraissait secoué de légers frissons. Elle devait désamorcer la situation, trouver le moyen de l'apaiser. Aussi décida t elle de changer de sujet.

— Vous savez, dit-elle en lui tendant sa gamelle afin qu'il lui serve un peu de ragoût, je n'ai jamais fait de camping de toute ma vie. Pas même lorsque j'étais enfant.

— Jamais ?

— Jamais. Chicago n'est pas très propice à ce genre d'activité.

— J'imagine.

Elle écrasa d'un geste vif le moustique qui s'était posé sur son avant-bras.

— J'ignorais que je passais à côté de quelque chose. Des insectes et de la fumée par exemple, dit-elle en tirant sa chaise de côté pour s'écarter de la fumée qui l'enveloppait.

Freddy s'arrêta de manger et la regarda se lever, inquiet sans doute qu'elle ne s'éloigne un peu trop de lui. Rassuré de la voir s'asseoir de nouveau, il revint à son repas.

— C'est drôle, fit remarquer Aaron, la fumée d'un feu de camp suit toujours la même personne, quoi qu'elle fasse. A peine avez-vous bougé qu'elle vous revient dans la figure.

Il n'avait pas fini sa phrase que le panache ondoyait dans la direction d'Olivia et lui inondait de nouveau le visage.

— On dirait qu'il ne m'aime pas ! lança-t-elle en agitant sa main à la manière d'un éventail.

Elle se leva pour changer de place et s'interrompit.

— En revanche, on dirait que vous, vous avez déjà fait du camping. Vous vous souvenez de cette histoire de fumée et…

Le regard d'Aaron s'anima.

— Oui, en effet. Je me souviens de tentes, d'un trou d'eau avec une corde suspendue au-dessus. Je me souviens d'histoires de fantômes autour du feu et de types… en uniforme.

— Des scouts ! Vous avez été scout, dit-elle en se rasseyant.

— Sans doute. Que pensez-vous de notre ragoût en sachet ?

— C'est délicieux, répondit-elle en avalant une cuillerée.

Elle finit en silence le contenu de son assiette, raclant

ses moindres recoins jusqu'à ce qu'elle soit immaculée. Elle se leva, ramassa le bol d'Aaron et se dirigea vers le lac où elle entreprit de faire une rapide vaisselle. Freddy abandonna son écuelle pour la suivre, mais elle le retint au moment où il s'apprêtait à entrer dans l'eau.

— Non, Freddy, pas maintenant.

Il obéit en poussant un gémissement contrarié.

Aaron était resté près du brasier, mais elle pouvait sentir son regard sur elle tandis qu'elle regagnait la tente pour y ranger les récipients. Quand elle ressortit, elle le trouva immobile et perdu dans ses pensées près de sa chaise, comme s'il avait décidé de la rejoindre dans la tente et qu'il s'était finalement ravisé.

— Euh… je vais faire un brin de toilette et me préparer pour la nuit, dit-elle. Nous avons une grosse journée demain.

— Ah ?

— Oui. Un pacte avec le diable en personne.

— Oh ! vous voulez parler de votre ex… Vous n'avez pas changé d'avis à son sujet ?

— Non. Mais il est dangereux, Aaron. Je l'ai quitté pour rester en vie, rien de moins. Si vous préférez que je m'en charge moi-même, je comprendrais, vous savez ?

— Je ne vous laisserai pas tomber, Liv. Ne vous inquiétez pas.

— Personne ne m'appelle Liv, dit-elle en souriant.

— Ah ? Ça vous ennuie si je continue ?

— Non. J'aime bien.

Elle pivota sur ses talons et marcha en direction du lac, faisant tournoyer autour de sa main le petit sac en résille qui contenait ses affaires de toilette. Freddy lui emboita le pas.

— N'allez pas vous mettre à l'eau. Vous avez un peu trop bu, je crois.

— Ne vous en faites pas, je serai prudente. Voulez-vous garder Freddy avec vous ? demanda-t-elle en considérant le chien, qui la suivait toujours. Je ne tiens pas à passer la nuit dans une tente avec un chien mouillé.

— Bien sûr, si vous pensez que j'ai suffisamment d'autorité sur lui. Viens là, Freddy. Viens, mon gars.

Freddy tourna la tête du côté de sa maîtresse, puis regarda dans la direction d'Aaron.

— Allez, Freddy, vas-y, l'encouragea-t-elle. Mettez plus de conviction dans votre voix, Aaron !

— Freddy, viens !

Freddy obéit instantanément et Olivia en éprouva une grande fierté. Quel chien épatant ! Aaron partageait son avis et ne cessait de lui répéter tout le bien qu'il pensait de lui. Puis elle reprit sereinement la direction de la berge.

Elle se déshabilla dans la pénombre, sous un ciel piqueté d'étoiles. Et tandis qu'elle se laissait glisser dans l'eau fraîche du lac, elle se demandait si Aaron l'observait. Elle l'espérait, en tout cas.

Le bain de minuit l'avait tout à fait réveillée et quelque peu dégrisée. Elle s'essuya en grelottant et comprit, en enfilant sa chemise de nuit, qu'il lui faudrait se couvrir davantage pour affronter la fraîcheur nocturne. Elle ramassa ses vêtements éparpillés au sol, revint en trottinant pieds nus vers la tente, et s'y précipita pour se réfugier dans son sac de couchage. En un clin d'œil, elle s'y trouva blottie en chien de fusil.

— Vous ne pensiez pas qu'il ferait aussi froid ? demanda Aaron.

Elle rouvrit les yeux et le découvrit assis dans un coin de la tente, d'où il la regardait, l'air amusé. Il avait remplacé le bandeau qui couvrait son front par un petit morceau de sparadrap ajusté à sa blessure. De son côté, Freddy était étalé de tout son long sur le sol, la tête posée sur la cuisse d'Aaron.

— Non, en effet, répondit-elle. Ça m'a frappé quand je suis sortie de l'eau. Où avez-vous trouvé un sac de couchage de cette taille ?

— J'en ai assemblé deux. Nous aurons plus chaud.

Elle le fixa avec intensité.

— Je croyais que vous ne vouliez pas coucher avec moi ?

— Ce n'est pas *exactement* ce que j'ai dit.

— Vous en avez envie ?

— Je ne dis pas ça non plus. Je veux seulement que nous ayons chaud, tous les deux. Si ça vous met mal à l'aise, alors…

— Ça me va.

Elle vit qu'il était en train de manipuler un objet rond, en or, apparemment. Il le faisait tourner en tous sens entre ses doigts.

— Qu'avez-vous là ?

— Une montre à gousset. Je l'avais sur moi lorsqu'on m'a trouvé. Les flics me l'ont rendue après l'avoir examinée sans rien pouvoir en tirer.

Elle se redressa pour mieux voir l'objet. Aaron se glissa auprès d'elle et déposa la montre dans la main qu'elle lui tendait.

Comme s'il se sentait de trop, Freddy poussa un soupir et se leva. Il alla piétiner son lit, comme pour l'assouplir, fit trois tours sur lui-même et se coucha.

Olivia approcha la montre de son visage et entreprit de l'examiner avec attention. Le couvercle était gravé d'un trèfle disposé au centre d'un entrelacs de style celtique.

— Ça pourrait vouloir dire que vous êtes irlandais.

— Il y a autre chose.

— Quoi ?

Elle fit jouer le fermoir qu'elle sentait sous ses doigts. Le clapet de la montre s'ouvrit.

— Je ne vois rien d'autre, déclara-t-elle après un rapide examen.

— Moi non plus. Mais je *sens* qu'il y a quelque chose.

Elle prit une longue inspiration, referma la montre, puis la tourna en tous sens, encore et encore. En vain.

— Je ne vois rien qui pourrait nous être utile. A moins que les entrelacs ne soient un message codé, ou quelque chose dans ce genre.

Elle se concentra sur le motif celtique et s'efforça d'y reconnaître le dessin de lettres. Sans succès.

Perplexe, elle lui rendit l'objet.

— Ça vous reviendra peut-être, conclut-elle. Comme le reste.

— Mouais, dit-il d'une voix grave. Mais je dois vous avouer que rien de ce qui ne m'est revenu jusqu'à présent n'a de rapport avec les livres ou le métier d'écrivain…

— Que voulez-vous dire ? Vous avez eu d'autres flashes que le camping et le fait de savoir conduire ?

Il se mordait la lèvre, le regard absent,.

— Pas du tout, c'est à cela que je faisais allusion.

« Il ment », pensa-t-elle. Il avait prononcé ces dernières paroles d'une voix différente, caverneuse, presque en prenant soin d'éviter de croiser ses yeux.

— Attendez une minute, dit-elle doucement, en se redressant tout à fait pour scruter son visage. Quelque chose d'autre vous est revenu. Avouez.

— Je viens de vous le dire.

— Et vous mentiez.

— Vous êtes experte en mensonges ?

— Ce doit être ça. Ou alors, vous êtes un piètre menteur.

— Dormez, Liv, dit-il d'un air las. Séparez les sacs de couchage, si vous voulez. Je vais me rafraîchir dans le lac.

— D'accord.

Il sortit. Olivia déposa la montre sur les vêtements empilés d'Aaron et se blottit dans le sac en quête d'un peu de chaleur. Il lui cachait quelque chose, c'était certain. Elle devrait l'interroger une nouvelle fois plus tard.

Mais il y avait peut-être une raison simple à ces mensonges, après tout. Aaron n'avait sans doute jamais été très satisfait de sa vie d'écrivain. La renommée d'un auteur de best-sellers devait représenter une bien maigre consolation, lorsque le prix à payer était la solitude et l'isolement. Chacun a besoin de quelqu'un sur lequel il peut se reposer en cas de coup dur, quelqu'un de fiable, sans jugement ni arrière-pensée.

L'harmonie dans l'amour était une réalité. Elle l'avait déjà constaté en observant les couples qu'elle avait rencontrés au cours de son existence. Oh, pas souvent, il est vrai… Et, chaque fois, elle avait ressenti un pincement de jalousie. Elle enviait la relation particulière qu'entretenaient ces couples au-delà du mariage, du sexe et même des enfants, elle enviait ce qu'ils partageaient. Des gens se marient tous les jours, c'est vrai. Mais rares sont les âmes sœurs qui trouvent leur prolongement et leur épanouissement l'une dans l'autre.

Une telle plénitude était possible, elle en avait été le témoin émerveillé, mais elle avait passé presque toute sa vie à l'attendre en secret pour elle-même. En vain. C'était, au fond, un rêve inaccessible. Parce qu'elle ne pouvait laisser qui que ce soit pénétrer son intimité. Comment être proche de quelqu'un lorsqu'on ne peut partager ses secrets ? Comment pourrait-elle entretenir une relation avec un homme à qui elle ne pourrait même pas avouer son véritable nom ?

A cette question, elle avait apporté une réponse définitive en décidant de renoncer à toute implication. Et elle s'était résignée à vivre sans amour. Mais, dès lors, il ne s'était pas passé un soir, ni même un matin, sans qu'au fond de son cœur elle ne déplore l'absence d'un homme à son côté.

Aaron éprouvait sans doute les mêmes sentiments. Inconsciemment, il savait peut-être que la vie qu'il menait avant son amnésie était empreinte de solitude, et que désormais il voulait passer à autre chose, prendre un nouveau départ. Et chaque bribe de souvenir le blessait, peut-être, comme une épine, en lui rappelant ce qu'il haïssait le plus dans sa vie passée.

Mais si tel était vraiment le cas, s'il avait depuis si longtemps souffert du manque de contacts humains, d'une relation profonde, pourquoi était-il si réticent à l'idée de faire l'amour avec elle ?

Elle poussa un profond soupir. Son expérience des hommes était trop limitée pour qu'elle puisse imaginer comprendre un jour leur fonctionnement. Et qui pourrait en avoir suffisamment pour pénétrer l'esprit d'un romancier génial et solitaire ?

Elle se retourna. A présent, elle avait presque trop chaud, et elle glissa un bras hors du sac de couchage. C'était une nuit magnifique. A travers l'ouverture de la tente, elle jouissait d'une vue dégagée sur l'extérieur plongé dans la pénombre. Les pins majestueux au milieu desquels ils avaient installé leur campement distillaient dans l'air nocturne de délicieux arômes qui stimulaient ses sens. Et dans le ciel d'un noir de velours brillait une multitude d'étoiles pures comme des diamants. Ses paupières se firent lourdes et, malgré la bruyante symphonie des grillons — ou peut-être grâce à elle —, elle finit par s'assoupir.

Lorsqu'elle se réveilla, elle découvrit Aaron couché près d'elle. Elle avait donc dormi plus qu'elle ne l'avait cru. Allongé sur le côté, il la dévorait du regard.

Elle lui faisait face, dans la même position, et, émergeant peu à peu du sommeil, elle esquissa un sourire. C'était elle, désormais, l'indécise. Serait-elle assez audacieuse pour se jeter de nouveau à l'eau, après avoir été repoussée ? Alanguie, elle cherchait en elle le courage de faire le premier pas. A moins qu'il ne prenne, cette fois, l'initiative.

Il restait immobile à la contempler. Qu'avait-il en tête ? Quelles pensées se bousculaient dans son esprit ? Mais il demeurait impénétrable.

Après quelques instants qui lui parurent durer une éternité, Aaron se décida enfin à glisser doucement sa main vers elle. Du bout des doigts, il dessinait la courbe de son visage, repoussant délicatement au passage une mèche de cheveux derrière son oreille.

Quelque chose en elle l'incitait à détourner les yeux, mais elle s'obligea à soutenir son regard. Enfin, il se pencha légèrement, lèvres entrouvertes, et l'embrassa. Submergée par le désir que fit monter en elle ce délicieux contact, elle poussa un soupir qu'il recueillit délicatement entre ses lèvres. Il l'enveloppa de ses bras, roula sur le dos, et, tout en l'embrassant, la hissa sur sa poitrine. La bouche légèrement ouverte en une muette supplique, elle reçut un long baiser aussi intense que fougueux. La langue d'Aaron allait et venait, s'immisçant dans les moindres recoins de sa bouche en un va-et-vient frénétique. Un avant-goût, pensa-t-elle, de leurs ébats imminents.

Mais d'ébats, il n'y eut point.

Le regard brûlant, Aaron mit subitement fin à leur baiser. Avec une infinie délicatesse, il la fit glisser de sa poitrine et roula sur le côté. Ils se retrouvèrent dans leur position première, comme si rien ne s'était passé.

— Bonne nuit, Olivia, dit-il dans un souffle.

— Bonne nuit.

Elle n'avait rien trouvé d'autre à répondre.

Quelle déception ! gémit-elle intérieurement. En rester là après un baiser si prometteur ! Il ne la toucherait pas cette nuit, c'était certain, désormais. Il la désirait, pourtant. Comment expliquer, en effet, la puissance érection qu'elle avait sentie contre sa cuisse ? Son revirement soudain n'en fut que plus incompréhensible, et elle en conçut une frustration intense. Une grande colère, même.

Elle lui tourna le dos. Ainsi, il ne pourrait voir les larmes d'amertume et de désarroi qui lui brûlaient les yeux. Il lui faudrait sans doute quelques verres de rhum supplémentaires pour espérer trouver le sommeil.

Aaron dormit d'un sommeil agité, peuplé de cauchemars dont il tentait en vain de s'extraire. Il se sentait comme le passager impuissant d'un train lancé à pleine vitesse vers un précipice prêt à l'engloutir. Il se crispa, craignant les révélations que lui réservait le rêve qu'il sentait se matérialiser devant ses yeux.

Il se vit en compagnie d'un homme à la peau bronzée, un chauve dont le crâne au teint hâlé était orné qu'une couronne de cheveux coupés court. L'inconnu portait des lunettes à fine monture métallique derrière lesquelles brillaient deux yeux marron surmontés d'épais cils noirs. Svelte et bien bâti, il avait les lèvres charnues, et Aaron sut que sa chemise blanche ornée d'une cravate enserrait un torse large et des bras puissants.

— Vous devriez vous raser entièrement le crâne, mon vieux, s'entendit-il dire. Vous auriez l'air d'un vrai dur.

— L'important, c'est de l'être, pas d'en avoir l'air, fils, répondit le chauve. Et crois-moi, c'est un avantage de ne pas dévoiler son jeu.

— Je vois.

— Tu peux honorer un dernier contrat pour nous ?

Il se sentit acquiescer.

— Ils offrent un million. La moitié maintenant, le reste quand tu auras fini le travail.

— Un million ? Elle a dû emmerder quelqu'un d'important.

— Quelqu'un de très important, mais tu n'as pas besoin d'en savoir plus. Tu as rendez-vous avec ton contact cette nuit. Il te donnera cinq cent mille dollars et un dossier sur la cible. Mais, comme d'habitude, nous avons une longueur d'avance sur le client.

Il prit l'enveloppe que le chauve lui tendait et en tira une photo couleur au format 8x25 cm. Une photo d'Olivia Dupree. Inexplicablement, il sentit sa poitrine se serrer, sa respiration s'emballer.

Le chauve, qui lui avait repris la photo, la glissait à présent dans l'enveloppe qu'il déposa sur une table à côté des pièces d'un .44 Magnum en partie démonté. L'arme était équipée d'une visée laser et d'un silencieux. Il était manifestement en train de la nettoyer lorsque Bruce était entré dans la pièce.

Bruce. Le chauve s'appelait Bruce.

— Va au rendez-vous cette nuit. Accepte le contrat et

prends l'argent, dit Bruce. Puis rends-toi dans le Vermont et fais disparaître cette Olivia Dupree une bonne fois pour toute. C'est compris, Adam ?

— Adam ? s'exclama-t-il.

Aaron sursauta. Le son de sa propre voix l'avait instantanément tiré de son rêve. Il était dans une tente, allongé dans un sac de couchage, auprès d'une femme magnifique.

Une femme qu'il avait reçu pour mission d'assassiner.

10

Olivia dormait toujours d'un sommeil profond lorsque Aaron se leva. Il s'habilla et se prépara pour la journée, puis il entreprit de la réveiller. Ce qui ne fut pas une mince affaire. Il dut l'appeler à plusieurs reprises, avec une insistance croissante, et ne reçut qu'un grognement de protestation pour seule réponse. Olivia roula sur le dos, entrouvrit les paupières et les referma aussitôt, éblouie par la lumière intense du soleil matinal qui filtrait par l'ouverture de la tente.

— Fermez l'auvent !

— Non. Il est temps d'ouvrir les yeux, ma jolie. Levez-vous, il faut partir.

— Mais qu'elle heure est-il, enfin ? gémit-elle.

— Déjà 7 heures passées.

Elle le regarda, les yeux plissés et la main en visière pour se protéger du soleil.

— D'accord, d'accord... Mais donnez-moi un petit quart d'heure.

Elle s'interrompit en remarquant le gobelet bleu tacheté de blanc qu'il avait à la main.

— C'est du..., commença-t-elle en reconnaissant l'arôme du breuvage.

— Du café. Préparé à l'instant et tout droit sorti de

notre cafetière toute neuve. Ça, c'est le mien, mais une tasse vous attend là-bas.

— D'accord. Cinq minutes. Et ne le laissez pas refroidir.

Il eut une légère grimace et laissa retomber l'auvent.

Olivia se débattit un instant avec son sac de couchage, dont elle parvint à s'extraire en grommelant. Le rêve de faire l'amour dans ce petit nid douillet avec son auteur favori s'était évanoui en fumée. Après tout, c'était sans doute la plus stupide des idées qu'elle ait jamais eue. Aaron n'était pas une rock-star, elle-même n'avait rien d'une ado transie, et, de toute façon, les écrivains n'ont pas de groupies.

En plus, elle avait dû passer pour la dernière des idiotes.

Elle s'habilla dans la semi-pénombre qui baignait l'intérieur de la tente. La toile laissait filtrer une lumière diffuse qui n'avait pas suffi à troubler son sommeil. Elle avait dormi comme une masse, assommée par le rhum et la fatigue des émotions de la veille. Et elle n'était pas très contente d'avoir été réveillée aussi tôt.

Elle s'habilla et ajusta soigneusement ses cheveux en une queue-de-cheval. Puis elle chaussa une paire de lunettes noires et sortit affronter l'éclat intense du soleil de cette matinée d'été.

Il l'attendait debout, une tasse de café à son intention dans la main. A ses côtés, Freddy, enthousiaste et la queue frémissante, la regardait, langue pendante. Plus loin, le feu jetait quelques flammes tandis que, dangereusement posé en équilibre sur une souche, l'attendait un plat de nourriture assez grand pour satisfaire trois personnes.

— Petit déj ? lança-t-il en la voyant loucher sur l'assiette fumante.

— On attend des invités ? dit-elle, surprise par la copieuse ration qu'il lui avait servie.

Aaron leva les yeux au ciel, retourna s'asseoir sur sa chaise de camping et attaqua joyeusement l'assiette pleine à ras bord posée devant lui.

Elle ramassa sa gamelle en soupirant et vint s'installer près de lui, sur la chaise qu'il lui avait réservée. Elle avala quelques bouchées du solide mélange composé d'œufs brouillés, de bacon et d'autres ingrédients impossibles à identifier.

— Comment vous êtes-vous débrouillé pour cuisiner ça en pleine forêt ? demanda-t-elle en prenant une gorgée de café.

— Rien de plus simple. On n'est pas en pleine jungle, non plus. Après une toilette rapide, j'ai pris quelques protéines que j'ai mélangées dans une poêle. Allez, mangez. Nous en aurons besoin, aujourd'hui.

Elle regarda son assiette à peine entamée. Elle n'avait presque rien mangé et se sentait déjà rassasiée.

— Ce n'est pas la première fois que vous campez, dit-elle en le fixant longuement, la tête de côté. Maintenant, j'en suis tout à fait sûre.

— En effet. Et contrairement à ce que j'ai dit hier, j'ai dû le faire assez souvent, même. Ça me paraît aussi naturel que de respirer.

Elle se retourna.

— Le reste est pour toi, Freddy, annonça-t-elle en se levant et en posant son assiette devant lui.

Le chien aurait souri s'il avait pu, mais il se contenta de fondre sur l'assiette qu'il vida et nettoya en un éclair. Olivia revint s'asseoir et sirota son café tout en étudiant

Aaron. Plongé dans son repas qu'il savourait en hâte, il semblait éviter son regard.

— Quel est le programme ? demanda-t-elle.

Il la regarda en avalant sa dernière bouchée.

— Vous pensez toujours que c'est votre ex qui a envoyé ces types ?

— Oui.

— Je ne demande qu'à vous croire, mais il y a aussi d'autres noms dans ces fichiers. Pourquoi pas l'un d'eux ?

— Personne ne sait que j'ai ces disquettes, et, surtout, personne ne sait où me trouver, assura-t-elle en hochant la tête. Bon, je ne sais pas comment Tommy lui-même s'y est pris, cela dit…

Elle se tut et baissa les yeux.

— Je n'aime pas parler de lui, conclut-elle.

— Je comprends. Bon, imaginons qu'il vous ait trouvée et qu'il ait envoyé quelqu'un pour vous tuer…

— Pour me tuer ? l'interrompit-elle brusquement en frissonnant. Vous croyez que le type d'hier soir serait allé jusque-là ? On n'en sait rien, il voulait peut-être juste les disquettes et rien de plus.

Aaron semblait hésiter. Les yeux plantés dans les siens, il paraissait sonder son esprit.

— En effet, murmura-t-il enfin en détournant le regard

— Je veux absolument tirer ça au clair. Appelons Tommy. J'ai vérifié, il est toujours dans l'annuaire.

— Et qu'allons-nous lui dire ?

— Qu'est-ce que *vous* allez lui dire, plutôt.

— Oui, j'avais bien compris. Mais ça ne me dit pas comment je vais m'y prendre avec lui.

— Je n'ai pas arrêté d'y réfléchir, répondit Olivia. La question est de savoir s'il est mouillé ou non dans cette affaire. S'il ne l'est pas et qu'en plus il ignorait que je suis toujours en vie, je me trahis en l'appelant. Ce sera donc à vous de passer ce coup de fil, pour protéger ma couverture.

— D'accord, je comprends.

— Une fois que vous l'aurez en ligne, vous devrez le sonder pour voir ce qu'il sait à mon sujet.

— D'accord, vous l'avez déjà dit. Mais qu'est-ce que je dis ? Qu'est-ce que je lui raconte ?

— Dites-lui que… vous travaillez pour quelqu'un qui détient les disquettes et que cette personne veut les lui restituer. Attendez sa réponse.

— Et… s'il sait déjà que vous êtes vivante ?

— Je suis pratiquement sûre qu'il est déjà au courant, répliqua-t-elle en hochant la tête. Je sens qu'il est derrière tout ça. Il acceptera peut-être de me laisser tranquille en échange de ces satanées disquettes.

Elle attendit sa réaction, mais il demeurait plongé dans ses pensées.

— Vous avez vraiment l'intention de faire confiance à ce type ?

— Je l'ai suffisamment fréquenté pour bien le connaître ; je vois immédiatement quand il me ment.

— C'est un plan foireux, Olivia.

— Peut-être, mais c'est le seul que nous ayons. On devra s'en contenter. A moins que vous n'ayez mieux à proposer ?

— Rien du tout, avoua-t-il en contemplant son gobelet dont il jeta le fond dans le feu. Bon, d'accord… Levons le camp. Allez ranger vos affaires, nous prenons le large.

— Et où irons-nous ce soir ?

— Pas ici, en tout cas. Il ne faut jamais rester deux nuits consécutives au même endroit, Olivia. C'est un coup à se faire repérer.

— Bon, très bien.

Elle le regarda rincer son assiette et son gobelet dans un seau d'eau qu'il avait puisée dans le lac. Il vida puis nettoya la cafetière, et rangea le tout en hâte avec le reste de leur matériel. Comprenant le message qu'il semblait lui envoyer, elle s'empressa de terminer son café et vint lui prêter main-forte.

Une heure plus tard, la tente, les sacs de couchage, les chaises et les derniers ustensiles étaient rassemblés en un volumineux paquetage qu'ils s'employaient à fixer sur la galerie de toit de la voiture. Le coffre arrière était désormais tout entier le domaine de Freddy, qui en frétillait d'aise.

Tout en conduisant, Aaron tendit à Olivia l'un des téléphones prépayés qu'ils avaient achetés. Ils étaient en principe difficiles à localiser, mais Aaron avait décidé qu'ils utiliseraient le premier un jour ou deux, avant de s'en débarrasser et d'utiliser le deuxième. Olivia espérait pouvoir prendre des nouvelles de la situation à Shadow Falls. Elle devait absolument appeler Bryan et l'interroger sur la progression de son enquête. Avait-on découvert qui avait tenté d'assassiner Aaron et pourquoi ? Pourrait-elle le ramener à Shadow Falls en toute sécurité, quand ils auraient réglé le cas de Tommy ?

Le tueur rôdait peut-être toujours dans les environs, pressé d'achever son travail.

Anxieuse, elle fixait le téléphone dans sa main.

— Dès que vous accrochez un signal, arrangez-vous pour trouver le numéro de votre ex. Débarrassons-nous de cet appel au plus vite.

Nerveuse, elle acquiesça, l'œil rivé sur le cadran. Un signal s'afficha soudain ; ils étaient entrés dans la zone de couverture d'un réseau téléphonique. La gorge serrée, elle composa un numéro.

Cette action anodine en soi la replongea dans la période la plus sombre de son passé. L'ombre menaçante de Tommy Skinner sembla se matérialiser devant elle. Avec le temps, son esprit en avait fait une sorte de monstre. La peur qu'il lui inspirait jadis et à laquelle elle s'était soumise était toujours présente, malgré les années. Elle était là, tapie en elle. Elle avait même grandi à son insu et, dans l'ombre, elle l'avait tout simplement empêchée de vivre pleinement sa nouvelle vie. Comme si elle attendait patiemment le moment opportun pour lui porter le coup de grâce. Tommy lui-même ne s'y serait pas pris autrement pour lui gâcher aussi sournoisement l'existence. Il était devenu à ses yeux un véritable démon contre lequel elle était certaine de n'avoir aucune chance.

Il restait un espoir, cependant. Un seul. Aaron. Grâce à lui, elle avait une chance, même infime, de terrasser enfin l'homme qui hantait ses cauchemars. Elle allait affronter Tommy Skinner, une fois pour toutes.

Avant qu'il soit 9 heures du matin, Bryan avait déjà passé, en vain, trois coups de fil à l'éditeur d'Aaron Westhaven. On le rappela enfin à 9 h 15. En décrochant, il était à deux doigts de pousser un cri de soulagement.

— Bonjour. Cynthia Rayne, directrice de la publication à Obsidian Press, dit une voix à l'autre extrémité de la ligne. Je souhaiterais parler à l'officier Bryan Kendall.

— Lui-même. Merci de me rappeler, mademoiselle Rayne. Nous avons un problème, ici, à Shadow Falls, dans le Vermont. A première vue, il implique l'un de vos auteurs.

Cependant, nous devons encore confirmer l'identité de l'individu en question.

Son interlocutrice demeura un long moment silencieuse.

— Etes-vous en train de me dire qu'un de mes auteurs est *mort* ? demanda-t-elle enfin.

Il se reprocha intérieurement son manque de tact, qui avait fait craindre le pire à son interlocutrice.

— Non, non, pas du tout, rassurez-vous. Je voulais dire qu'il n'avait pas de papiers et qu'une blessure à la tête affectait sa mémoire. Néanmoins, comme il devait donner une conférence dans notre ville et qu'il devait arriver le jour même où nous avons retrouvé ce… blessé, nous sommes quasiment certains qu'il s'agit de lui. Nous devons simplement en avoir la confirmation.

— Je vois, déclara-t-elle d'une voix qui disait le contraire. De qui pensez-vous qu'il s'agit ?

— Aaron Westhaven.

Il y eut un bruit étouffé à l'autre bout de la ligne. Comme si l'éditrice avait manqué de s'étrangler.

— Mademoiselle Rayne, ça va ?

— Décrivez-moi l'auteur, voulez-vous ? demanda-t-elle après s'être éclairci la gorge.

— Bien sûr. Il mesure à peu près un mètre quatre-vingts, il a la carrure de quelqu'un qui vit au grand air, brun, yeux noirs, pas de barbe ni…

— Cette personne n'est pas Aaron Westhaven, coupa-t-elle. Je suis désolée.

— Comment pouvez-vous en être aussi sûre ? Je peux peut-être vous faxer une photo ou…

— Monsieur Kendall, je ne peux pas vous dire pourquoi, mais ce n'est pas lui.

— Pardonnez-moi d'être aussi insistant, mademoiselle, mais il s'agit d'une enquête de police. On a tiré sur cet homme, et je crains que vous ne deviez me dire comment vous pouvez être aussi persuadée que ce n'est pas Aaron Westhaven.

Elle soupira et, d'après le bruit que transmettait la ligne, elle devait être en train de tapoter nerveusement le combiné du bout des ongles.

— Je voudrais que vous me promettiez de ne répéter à personne ce que je vais vous dire. Jamais. Puis-je avoir votre parole ?

— Bien sûr, mentit-il.

Il ne pourrait rien cacher à son supérieur, et devrait probablement mettre Olivia dans la confidence. Quant aux fédéraux, qu'ils aillent se faire foutre. Ils ne partageaient pas leurs informations, il n'allait pas leur servir les siennes sur un plateau. Et, à tous les coups, ils devaient avoir de l'avance sur lui, et être déjà au courant.

— Aaron Westhaven est en réalité *Erin* Westhaven. Une femme.

— *Quoi* ?

A l'autre bout du fil, l'éditrice poussa un profond soupir.

— C'est notre secret le mieux gardé, monsieur Kendall. Voilà pourquoi Westhaven n'apparaît jamais en public, et c'est aussi la raison pour laquelle elle n'aurait jamais accepté de se rendre où que ce soit. Quelqu'un vous a mené en bateau.

— Mais… Je ne comprends pas. Pourquoi ?

Au fond, cette question n'avait plus aucune espèce d'importance, désormais. Seul comptait le fait que ce type, qui n'était pas Westhaven, se trouvait actuellement avec Olivia. Voilà qui n'était pas pour le rassurer.

L'éditrice se lança dans un exposé sur les défenseurs des romans sentimentaux écrits par des hommes et les adeptes de ceux qu'écrivent des femmes. Il la laissa parler un instant et profita d'un moment où elle reprenait son souffle pour la remercier, l'assurant que son secret était entre de bonnes mains. Puis il raccrocha.

— Je dois absolument trouver Olivia. Il faut que je la prévienne, murmura-t-il, la tête enfouie dans ses mains.

Adam. Il répétait ce prénom en portant une grande attention à l'effet qu'il produisait sur lui. Dans le rêve, la vision ou le souvenir, c'était ainsi que Bruce l'avait appelé.

Si seulement il pouvait lui paraître aussi étranger à son oreille que l'était Aaron ! Malheureusement, il lui était tout à fait familier et lui allait, pour ainsi dire, comme un gant. Cette constatation le rendit nerveux. Elle le terrifia, même. En aucun cas, il ne voulait être cet Adam. Encore moins si cet homme était un tueur à gages. Hélas, cette hypothèse apparaissait désormais comme la plus probable.

Plusieurs fois, des flash-backs s'étaient imposés à lui. Une succession de visions fugitives, fragmentées, comme un assemblage confus de vieux bouts de films en noir et blanc. Il s'était vu tenant une arme à la main. L'instant d'après, il en pressait la détente. Il avait vu plusieurs de ses victimes probables s'affaisser devant lui. Il s'était vu marcher vers elles avec le calme et la décontraction d'un promeneur longeant les berges d'une rivière un après-midi ensoleillé.

Et que penser de ce rêve dans lequel on lui offrait un million de dollars pour qu'il supprime Olivia Dupree ?

La situation prenait une tournure déplaisante. Quelles que puissent être les explications imaginables, tous les indices convergeaient logiquement vers une seule et unique conclusion. Il restait cependant une chance pour qu'il se trompe. Il aurait aimé demander son avis à Olivia. Mais cela revenait à admettre qu'il puisse réellement être un tueur à gages envoyé pour l'éliminer. Il était évident qu'elle réagirait mal à la nouvelle. Elle se sentirait d'autant plus trahie qu'elle semblait à présent le vénérer comme le héros qui lui avait sauvé la vie et allait la débarrasser de ses fantômes.

Mais il fallait être lucide. Ce n'était pas vraiment lui qu'elle admirait, mais l'homme qu'elle croyait voir en lui — et qu'il était presque certain de ne pas être. Elle lui avait montré on ne peut plus explicitement combien elle le désirait. Sous l'emprise de l'alcool, certes, mais avec une sincérité certaine.

Voilà où était le problème.

A ses côtés, Olivia mordillait sa lèvre inférieure en regardant son téléphone, comme s'il s'agissait d'une bombe à retardement. Comme elle était désirable ! Elle lui avait plu dès le premier instant, depuis qu'il l'avait vue passer le seuil de sa chambre d'hôpital.

Mais plutôt être damné que de faire l'amour avec une femme qui le désirerait en le prenant pour un autre ! Cette détermination sonnait comme un mantra, une règle qu'il respectait depuis longtemps. Comme s'il était habitué à se faire passer pour un autre.

— Je capte un réseau, dit soudain Olivia.

Il arrêta la voiture dans un endroit dégagé. Ils avaient atteint les collines qui dominent Shadow Falls, à la limite de la zone qui pouvait représenter un danger pour eux. L'agglomération était hors de vue, mais Adam pouvait deviner au loin les néons de l'enseigne de l'Alley's Ice Cream Parlor, qui s'élevait à la lisière de la Route 6. Elle marquait la limite de la banlieue dont il ne voulait pas s'éloigner. Les réponses à toutes leurs questions se trouvaient à Shadow Falls.

— Bon. Allez-y, passez ce coup de fil.

La peur qu'il vit dans les yeux d'Olivia déclencha en lui de nouveaux flashes. Il vit défiler une quantité incalculable de regards pétrifiés par la même frayeur. Tant de gens l'avaient craint de la façon dont elle craignait Tommy…

Bon sang ! Il avait été bien inspiré de s'abstenir de coucher avec elle. Si les choses entre eux tournaient mal, le visage de la jeune femme rejoindrait la sinistre galerie de portraits et le hanterait le restant de ses jours.

Sans compter que cela te rendrait le travail plus difficile encore, crétin !

La voix qui s'était manifestée dans son esprit n'était autre que la sienne. Un peu différente, cependant. Il jeta un regard de côté en direction d'Olivia, qui consultait les renseignements téléphoniques, à la recherche d'un Thomas Skinner domicilié à Chicago. Non. Jamais il ne pourrait lui faire de mal, encore moins la tuer. Par-dessus tout, il serait tout à fait incapable de tuer qui que ce soit, comme ça, de sang-froid. Et elle moins que quiconque. Et, pourtant, il en doutait de moins en moins, à présent : c'était ainsi qu'il gagnait sa vie. Du moins jusqu'à ce que quelqu'un tente à son tour de l'exécuter.

Mais il restait toujours un espoir. Même s'il avait jadis été un assassin, tout ce pan de sa personnalité avait été effacé par l'agression. Il savait que jamais plus il ne tuerait. Pas même si la mémoire lui revenait complètement, et avec elle la preuve qu'il était bien l'assassin qu'il craignait d'être. Il avait… changé.

— J'ai peur, dit doucement Olivia en écartant le téléphone de son oreille.

— Vous avez trouvé le numéro ?

Elle acquiesça.

— Que ferons-nous si ça tourne mal, Aaron ?

Elle le regardait de ses grands yeux, où il lisait aussi bien de l'inquiétude que de la confiance.

— Que ferons-nous si nous n'arrivons pas à me tirer de ce guêpier ?

Elle pleurait, désormais. Il lui caressa lentement les cheveux, puis sa main vint délicatement épouser la courbe de sa joue en un geste de réconfort.

— Je ne vous laisserai pas tomber. D'accord ?

Le visage triste, elle baissa les yeux. Freddy tendit le cou entre leurs deux sièges et vint lécher la larme qui roulait le long de la joue de sa maîtresse.

— Qui s'occuperait de Freddy ? demanda-t-elle d'un air accablé.

— Vous. Qui d'autre ?

— Mais si je ne suis plus là ?

— Vous serez toujours là, je vous en fais le serment.

— Arrêtez de me dire que je vais m'en sortir, Aaron. Je n'ai pas besoin de ça, et nous savons tous les deux que vous me mentiriez en me le promettant. Et je ne veux pas que vous me mentiez. Jamais. J'ai simplement besoin de savoir que Freddy ne manquera de rien s'il m'arrive malheur. Est-ce que… est-ce que vous le prendriez ? Il vous aime beaucoup, vous savez ?

Il la fixa un long moment. Sans savoir pourquoi, il ne parvenait pas à lui faire cette promesse. C'était une décision importante, un serment qu'il ne se sentait pas en position de prêter. Elle exigeait de lui la franchise, et il ne voulait pas risquer de la trahir.

Il regarda le chien par-dessus son épaule et prit une grande inspiration.

— Je ne sais même pas où je vis. Comment faire si j'habite un appartement en plein centre-ville ?

— Tout le monde sait qu'Aaron Westhaven vit dans une ancienne pépinière de sapins perdue quelque part dans l'Etat de Washington.

— Oui, d'accord, mais si ce n'était pas vrai ? demanda-t-il, la gorge nouée. Si, après tout, je n'étais pas Aaron Westhaven ?

Un éclair de panique traversa le visage d'Olivia.

— Ou bien imaginez que cette histoire de pépinière ne soit qu'une couverture, poursuivit-il pour tenter de l'apaiser. Un leurre pour égarer les fans les plus tenaces.

— Et même si vous habitez en appartement, dit-elle d'un air soulagé, je suis sûre que vous vous mettrez à la recherche d'une maison plus adaptée à mon chien. Et qu'en dernière extrémité vous vous plierez en quatre pour trouver quelqu'un qui prendrait soin de lui. Quelqu'un qui l'aime autant que moi. Je ne peux supporter l'idée que Freddy puisse être maltraité, ni même qu'on lui crie après.

— Pas même qu'on le regarde de travers ?

— Non.

Il soupira et regarda le chien, qui le fixait, l'air suppliant, comme s'il comprenait exactement l'enjeu de la conversation. Il avait des attitudes tellement humaines, parfois…

— D'accord, dit-il enfin. Je vous promets de prendre soin de lui.

— Vraiment ? demanda-t-elle, surprise.

— Oui. Maintenant, composez ce numéro avant que vous ne l'oubliiez.

Elle pressa une à une les touches du clavier et, sans attendre que la première sonnerie ait retenti, lui tendit le téléphone.

Il porta le combiné à son oreille et fut accueilli par le message d'accueil d'un répondeur.

— Je cherche à joindre Thomas Skinner, déclara-t-il en articulant le plus distinctement possible. Il peut me rappeler à ce numéro au cours des quatre prochaines heures, pas plus tard. C'est au sujet de certaines disquettes qu'il a perdues il y a seize ans. Je les ai retrouvées et je suis prêt à les lui restituer à certaines conditions. Si je n'ai pas de ses nouvelles avant midi aujourd'hui, elles iront au plus offrant. Bonne journée.

Il raccrocha. Olivia le dévisageait, surprise.

— Quoi ?

— Votre ton. Il était si différent…

— Comment ça ?

— Je ne sais pas. Effrayant. Menaçant. Vous étiez vraiment sûr de vous.

— J'imagine que c'est la meilleure façon d'aborder un type comme votre ex. Je serais surpris qu'il soit sensible aux bonnes manières ou à une petite discussion courtoise. D'après ce que j'ai compris, c'est le genre de type à envoyer un homme de main régler ses problèmes par la force, pas par le dialogue.

— C'est que…

— C'est que quoi ?

Les yeux baissés, elle secoua la tête.

— Je… je comprends que vous ayez dû vous montrer ferme et déterminé, mais je ne m'attendais pas à ce que vous soyez si… convaincant. J'aurais pu croire que c'était votre véritable personnalité qui s'exprimait.

Il soupira. Elle avait raison. Le naturel avec lequel il s'était comporté l'avait également surpris. Il avait désarmé l'intrus dans la maison d'Olivia avec la même aisance. Des signes à rapprocher de l'évidence avec laquelle s'imposait la litanie qui tournait dans sa tête et le dissuadait de « s'impliquer avec une cible ».

Car c'était bien ce qu'était Olivia. Une cible. C'était désormais une certitude. Mais il ne se sentait plus lié par le contrat qu'on avait mis sur la tête de la jeune femme, et en aucun cas il ne pourrait l'honorer. C'était au-dessus de ses forces. Il en avait peut-être même décidé ainsi depuis le début. Et cela pourrait expliquer pourquoi on avait essayé de l'assassiner.

Le téléphone sonna soudain. Olivia avait bondi sur son siège. Il aurait juré que sa tête avait heurté le plafond de l'habitacle.

— Calmez-vous, dit-il en saisissant l'appareil. Ça va aller.

L'écran indiquait « Numéro masqué ». Il s'y attendait.

— Vous êtes rapide, lança-t-il en activant le haut-parleur.

— Je préfère ne pas laisser traîner les choses, répondit une voix masculine. Vous comprendrez que je n'aie pas de temps à perdre. Dites-moi qui vous êtes et comment vous êtes entré en possession de ce qui m'appartient.

— Pourtant, là, vous êtes en train de le perdre, votre temps, l'ami. Ces questions sont hors sujet. Une seule chose compte : j'ai les disquettes, vous les voulez. Combien êtes-vous prêt à en donner ?

— Elle est avec vous, pas vrai ?

Adam jeta un regard de côté en direction d'Olivia. Elle était complètement figée dans son siège, les yeux rivés sur le téléphone. Elle semblait acculée comme un lapin coincé par une meute de chiens de chasse.

— Je croyais qu'il était question de vos disquettes, ici. Je suis seul, de toute façon.

— Menteur. Elle est avec vous, en ce moment ?

— Je suis seul.

— Passez-lui ce putain de téléphone.

— Il n'y a personne d'autre, je vous dis.

Il y eut un long silence.

— Vous mentez. Peu importe. Que voulez-vous ?

— Je veux savoir si vous avez envoyé quelqu'un retrouver ces disquettes avec l'ordre de régler son compte au type qui les détenait.

— Vous voulez dire la femme qui les détenait, c'est ça, hein ?

L'homme au bout du fil se racla horriblement la gorge, comme s'il s'apprêtait à cracher.

— Ecoutez-moi. Je suis prêt à vous donner dix mille dollars pour ces disquettes.

— Je veux aussi que vous me garantissiez que la personne qui les détient n'aura plus jamais rien à redouter de vous ni de vos éventuels complices.

— Il n'y a que deux ans que je sais qu'elle est toujours en vie, mon gars. Si j'avais voulu m'en prendre à elle, je l'aurais fait il y a longtemps, croyez-moi.

— Et vous pensez que je vais avaler ça ?

— Vous voulez que je donne ma parole que je vais la laisser tranquille, mais ça ne vous intéresse pas de savoir si je suis impliqué dans ce qui lui est déjà arrivé ? Et pourquoi pas vous dire qui a fait le coup, aussi ?

— Rajoutez ça dans mes conditions, tiens.

Adam fulminait. Bon sang, comme il haïssait cet enfoiré ! Sa voix, ses manières, sa vulgarité. Et plus encore quand il voyait l'effet que la conversation avait sur Olivia. On aurait dit qu'elle était sur le point de vomir de dégoût.

— Je vais vous payer. Et je vais aussi vous promettre

que ni moi ni aucun de mes hommes ne l'importunera. Mais j'ai quelques conditions.

— Je vous écoute.

— Nous procéderons à l'échange face à face, et vous allez m'apporter toutes les copies que vous avez faites. *Toutes*, vous m'entendez ? Et vous allez l'emmener avec vous, *elle* aussi.

— Pourquoi ?

Le téléphone resta silencieux un long moment.

— Je veux la revoir. Je veux voir ce que j'ai perdu. Ou à quoi j'ai échappé. Voilà mes conditions. Si vous ne les respectez pas, non seulement vous n'aurez rien, mais en plus je me ferai un plaisir de faire tout le contraire de ce que je vous ai promis. Nous sommes d'accord ?

Aaron soupira. D'un regard, il fit comprendre à Olivia que la décision lui appartenait, maintenant.

Elle s'approcha du téléphone.

— Où et quand, Tommy ? demanda-t-elle.

11

— Sarah, espèce de garce, j'aurais dû te buter il y a seize ans ! s'écria Tommy.

Olivia sentit son sang se glacer. Son estomac se noua exactement comme lorsque, seize ans auparavant, elle entendait la voiture de Tommy venir se garer dans l'allée devant chez eux. Son angoisse était plus grande encore quand il rentrait bien après la fin de son service. Cela signifiait qu'il s'était arrêté en route pour boire quelques bières au pub. Ou, pis, du whisky.

— Sarah ! lança-t-il à l'autre bout de la ligne, tandis qu'elle restait silencieuse.

Elle sursauta, comme par réflexe, et se recroquevilla dans son siège.

A l'arrière, ses gros yeux rivés sur le téléphone, Freddy émit un profond grognement.

— Merde…, marmonna Aaron.

Olivia vit qu'il la regardait. Elle s'en voulait d'être aussi terrifiée par une simple voix sortant d'un haut-parleur de téléphone. Elle se redressa et releva fermement le menton. Mais il était trop tard. Elle s'était trahie et avait révélé à quel point elle craignait Tommy.

— C'est ça, ne dis rien. Soyez à Chicago dans une semaine. Rendez-vous à…

— Va te faire foutre, Tommy ! cria Olivia, les yeux fixés sur le téléphone. Je n'irai pas à Chicago. Si tu veux ces disquettes, il va falloir que tu viennes ici.

Elle avait prononcé ces mots avec une fermeté retrouvée. Tommy était loin, il ne pouvait rien contre elle. Et le temps avait fait son œuvre. Désormais, elle n'était plus la jeune fille sans expérience qu'il terrorisait jadis.

— Je croyais que tu voulais que je te laisse tranquille, salope.

Aaron coupa net le haut-parleur et colla le téléphone contre son oreille.

— Vous allez devoir venir dans le Vermont, Skinner, poursuivit-il. C'est à prendre ou à laisser.

Il s'interrompit et, la main sur le combiné, il se tourna vers Olivia.

— Qu'est-ce qu'on lui donne comme point de rendez-vous ? demanda-t-il à Olivia.

Elle extirpa de son sac un vieux ticket de caisse et un stylo, et écrivit quelques mots. C'était l'adresse d'une ancienne exploitation agricole, la vieille ferme des Campbell. L'endroit était aujourd'hui abandonné et servait de repaire aux jeunes de la région qui s'y retrouvaient pour faire la fête. Il n'y avait pas de lieu plus isolé ni plus discret.

— Prenez l'avion pour Burlington puis louez une voiture, expliqua Aaron. Oui, cette nuit. Envoyez-moi votre numéro de portable. Je vous ferai parvenir l'adresse exacte et l'heure du rendez-vous.

Il fit une pause pour laisser Tommy parler.

— Oui, cette nuit, reprit-il.

Puis, après une autre pause :

— Non, c'est hors de question. Je vous apporterai les disquettes, mais je viendrai seul.

Olivia se pencha pour tenter de capter des bribes de la conversation. C'était superflu, cependant. Il était évident que Tommy demandait qu'elle soit aussi au rendez-vous.

— Non, répéta Aaron. Non, vous m'entendez, c'est à prendre ou à laisser.

— Il insiste pour que je sois là, c'est ça ? murmura Olivia en posant une main sur la sienne.

Il acquiesça.

— D'accord, lança-t-elle fermement. Dites-lui que je viendrai.

Il secoua la tête. Elle pouvait distinctement entendre Tommy dicter ses propres termes en vociférant à travers le haut-parleur du téléphone.

— Je dois l'affronter, Aaron. Il le faut.

De nouveau, il secoua la tête.

— Elle ne viendra pas. Vous ferez affaire avec moi. Sinon, j'envoie les disquettes aux médias. Vous m'avez compris ?

La voix de Tommy se tut.

— A ce soir.

A l'instant où Aaron raccrocha, l'atmosphère lourde et électrique qui baignait l'habitacle tout au long de la conversation se dissipa. A l'arrière, Freddy laissa échapper un grand soupir de soulagement.

— C'est fait, lâcha Aaron, l'air satisfait.

Olivia hocha la tête.

— Je vous remercie d'être aussi protecteur. Mais vous savez, ce sont mes problèmes. C'est à moi de les résoudre.

— En seize ans, vous n'avez pas vraiment fait de miracles, on dirait.

— Tout marchait très bien jusqu'à votre arrivée ! s'exclama-t-elle, furieuse. On dirait bien que mes ennuis sont arrivés avec vous, Aaron. Avant, tout allait bien.

J'avais une vie parfaite, une carrière prometteuse, une petite maison confortable, mon chien, mes amis et mon jardin.

— Ah, c'est comme ça ? Désolé d'avoir gâché votre petite routine en me faisant tirer dessus. Enfin, je le serais si vous ne me mentiez pas avec autant d'aplomb. Il m'a semblé, hier soir, qu'elle vous cassait un peu les pieds, votre petite vie. Ça vous revient ? Ou alors c'était le rhum ?

Découragée, elle laissa tomber la tête dans ses mains et lâcha un long soupir venu du plus profond de son être.

Elle sentit à peine la main qu'Aaron venait de poser sur sa nuque.

— Je ne suis pas votre ennemi, Liv, dit-il d'une voix rassurante.

— Je le sais bien. Pardonnez-moi.

— Ça va aller. Je comprends combien ç'a dû être difficile pour vous de l'entendre, après tout ce temps. Il n'y est pas allé de main morte, en plus, pas vrai ?

— Je ne veux pas en parler.

— Mais vous voulez l'affronter.

Elle acquiesça.

— Pourquoi ? insista-t-il.

Elle renifla et releva la tête. Par-dessus son épaule, elle regarda Freddy, qui était allongé à l'arrière, la tête posée sur ses deux gigantesques pattes.

— On va faire un petit tour, Fred ? Mmm… ?

Il lui répondit par un aboiement approbateur.

Elle sortit de la voiture et ouvrit le hayon. D'un bond, Freddy descendit à son tour. Elle le caressa et se pencha pour déposer un baiser sur son museau. Puis, tous deux, il partirent marcher le long de la route poussiéreuse.

Derrière eux, le bruit d'une portière que l'on ferme lui fit comprendre qu'Aaron venait se joindre à eux.

— Je viens d'envoyer le SMS. Le rendez-vous est pour ce soir, minuit.

— Bien.

— Qu'y a-t-il, à cette adresse ?

— La vieille ferme des Campbell. Les jeunes de la ville viennent y faire la fête. C'est juste après Sugar Tree et le chalet de Nate Kelly. L'endroit devrait être désert, à cette époque de l'année. A plus forte raison un lundi soir.

— Pourquoi voulez-vous le voir, Olivia ?

Elle ne répondit pas.

— Vous ne lui mettez pas de laisse ? reprit-il en désignant Freddy pour changer de sujet.

— Pour quoi faire ? Essayez d'arrêter un chien de cette taille… S'il reste avec moi, c'est qu'il le veut bien. Et puis il est bien entraîné, il ne s'éloignera pas.

— Même pas si un lapin vient détaler sous son nez ?

— Non.

— C'est un bon chien.

— Le meilleur. Il fait tout ce que je lui demande. Enfin, la plupart du temps.

— Il ne reste plus qu'à lui expliquer qu'il ne faut pas se jeter sur de la viande droguée aux tranquillisants.

— Inutile. Je parie vingt dollars qu'on ne l'y prendra plus.

— Il est si malin que ça ?

— Plus que vous, en tout cas.

— OK, je me réserve un droit de réponse pour plus tard. Et à propos de mon autre question ?

Elle s'arrêta. A quelques pas devant elle, Freddy reniflait un bouquet d'herbe qu'il arrosa consciencieusement.

— Je regrette de vous avoir parlé aussi sèchement,

dit-elle en le regardant dans les yeux. J'ai peur et je n'ai pas honte de l'avouer. Vous aviez raison. Qu'est-ce qui me dit que Tommy ne me tuera pas, une fois qu'il aura les disquettes ?

— Voilà pourquoi je ne veux pas que vous veniez à ce foutu rendez-vous. Comme ça…

— Comme ça, il devra me courir après s'il veut me faire la peau. Et il y arrivera tôt ou tard, croyez-moi. Ecoutez. Nous n'avons aucun moyen de savoir s'il tiendra sa parole, rien pour faire pression et le contraindre à respecter ce marché. Et je me dis qu'au moins, si je l'ai en face de moi, je saurai du premier coup d'œil s'il a l'intention de me laisser en paix ou non. J'ai besoin d'en être sûre. Je n'ai plus la force de vivre dans cette incertitude, de surveiller sans cesse mes arrières et de me demander ce qui m'attend chez moi. Comme cette nuit. J'en ai assez. Je dois le regarder en face. J'ai besoin de savoir.

Aaron soupira.

— Il y a un autre moyen, vous savez ?

Elle scruta attentivement le regard de son compagnon, qui était soudainement devenu dur et glacial.

— Non, je ne sais pas. Quel moyen ?

— Je me rends au rendez-vous et… je le tue, suggéra-t-il en détournant les yeux.

Elle crut d'abord qu'il plaisantait, mais son air déterminé était on ne peut plus sérieux. Le cœur d'Olivia se glaça et, lentement, un frisson se propagea dans chaque parcelle de son corps, comme un sentiment de dégoût. Elle fit un pas en arrière. Instantanément, Freddy vint s'interposer dans l'espace qui la séparait d'Aaron. Ce dernier recula sous la charge de l'animal.

— Les mastiffs ont une manière bien à eux d'attaquer, dit Olivia. Ils utilisent leur masse pour intimider l'adversaire ou contrer la menace.

— Je ne crois pas que Freddy pense que je suis un danger pour vous.

— Non. Ça, c'est ce que moi, j'ai ressenti à l'instant, et il l'a immédiatement compris. Et je n'aime pas du tout ce sentiment, Aaron.

— Arrêtez de m'appeler ainsi.

— Quoi ? demanda-t-elle en fronçant les sourcils de surprise.

— Je… j'ignore encore si je suis bien cet Aaron.

La tête penchée de côté, Olivia le dévisagea.

— Qui pensez-vous être, sinon ?

— Je n'en ai aucune idée. Mais ce prénom, je ne le sens pas.

— Et cela a un rapport avec le fait que vous soyez prêt à tuer pour moi ?

— Non. Peut-être… Je ne sais pas, répondit-il, en proie à la plus grande confusion. Ecoutez. Ce type est un criminel et représente une menace pour vous. Il est dangereux. Et il n'y a aucun moyen de s'en débarrasser. Je… j'imagine que je devais voir comment cette option résonnait en moi.

— Et donc ? Qu'avez-vous ressenti ?

— Elle m'est apparue comme une issue logique et parfaitement plausible, admit-il en cherchant en lui.

— Mais comment l'avez-vous perçue ?

— Comme une nécessité, je crois.

— Je vous parle de sentiments, Aaron. Je vous demande de me parler de vos émotions.

— Je ne me suis pas senti très à l'aise en disant ça. Ce n'était pas quelque chose que je voulais vraiment faire.

— Mais que vous pourriez faire, cependant.

— Si je croyais que ce type pourrait vous tuer ? Oui, je pense que je le pourrais.

— C'est un aspect de vous que je n'aime pas beaucoup, Aaron, murmura-t-elle en baissant la tête.

— Moi non plus. En tout cas, voilà une idée qu'on imagine mal dans la bouche d'un écrivain solitaire, n'est-ce pas ?

— En effet. A moins qu'il n'écrive des polars.

Aaron acquiesça. Il regardait le chien, à présent assis aux pieds de sa maîtresse, qui lui caressait la tête d'un geste affectueux.

— Jamais je ne vous ferai de mal, Liv. Croyez-moi, je vous en prie. Je suis un peu perdu, vous savez…

— D'accord. Mais, que vous le vouliez ou non, j'irai à ce rendez-vous. Et, de votre côté, il est hors de question que vous tuiez Tommy Skinner. N'y pensez même pas.

— Vous devez croire que je suis aussi mauvais que lui, pour avoir eu une pareille idée, dit-il, un peu penaud.

Olivia se dirigea vers la voiture. Gambadant à sa suite, Freddy semblait surveiller les arrières de sa maîtresse et tenir Aaron à distance.

— Je hais la violence, murmura-t-elle après un instant. Probablement parce que j'en ai été moi-même la victime. Je hais les hommes violents pour avoir été battue. Mais j'aime mon chien. Et je suis certaine qu'il tuerait pour me protéger.

— Je ne suis pas certain de comprendre où vous voulez en venir, fit-il remarquer d'un air perplexe.

— Moi non plus. Ecoutez, j'ai un secret à vous confier. Je n'en suis pas très fière. Moi aussi, j'ai pensé à tuer Tommy. J'y ai pensé avant de le quitter, parce que je savais que s'il me surprenait en train de fuir, ce serait lui qui me tuerait. J'y ai aussi pensé après avoir fui, car j'en avais assez de vivre dans la hantise qu'il me retrouve. Et j'ai aussi pensé à vous accompagner à ce rendez-vous pour lui faire la peau moi-même. Comme vous, ça m'a traversé l'esprit l'espace d'un instant. Simplement, vous l'avez formulé et pas moi. Mais… ce qui nous différencie, vous et moi, d'un type comme lui, c'est qu'on ne fait pas tout ce qui nous passe par la tête. Nous savons nous contrôler, nous. Nous sommes des êtres humains, pas des monstres qui tuent ce qui les menace ou simplement les contrarie. Sinon, nous ne vaudrions pas mieux que des animaux sauvages.

— Je comprends.

— Bien, conclut-elle en fermant les yeux.

Elle était perplexe. Que pouvait bien penser et ressentir Aaron ? Qu'avait-il bien pu se rappeler qui avait assombri son regard ? C'était comme si quelque chose s'était produit en lui la nuit précédente. Un déclic, une révélation. Il était différent, au réveil. Il semblait préoccupé et faisait tourner dans sa main la montre à gousset qu'il lui avait montrée la veille au soir.

— Que voulez-vous faire d'ici au rendez-vous ? demanda-t-elle. Nous avons toute une journée à tuer.

Elle se tut un instant, un rien gênée.

— Pardon, désolée pour ce mauvais jeu de mots, reprit-elle.

— Tuer le temps n'est pas un crime. Et cela n'a rien d'inhumain. Pas que je sache, en tout cas.

— Eh bien, vos blagues ne valent pas mieux que les miennes. Bon, que diriez-vous de trouver des outils et de voir ce que cache cette montre ? suggéra-t-elle en désignant l'objet qu'il tenait en main.

Il fronça les sourcils. Une ride apparut juste au milieu de son front.

— Vous me disiez hier que quelque chose clochait à son sujet, mais que vous ne parveniez pas à vous rappeler quoi, vous vous souvenez ? Et là, vous passez votre temps à la triturer, à la retourner et à l'examiner comme si elle renfermait un secret. Alors pourquoi ne pas l'ouvrir et voir ce qu'elle contient ?

Il regarda l'objet puis fixa Olivia dans les yeux.

— Je crois que vous marquez un point.

Elle ouvrit le hayon de la voiture.

— Il nous faut aussi établir un camp de base quelque part. Je commence à en avoir assez de cet engin, et Freddy va devenir fou, à force de rester là-dedans.

— Je ne vois pas trop ce que nous pouvons faire d'autre.

— Moi, je sais. Je veux rentrer chez moi.

— Je sais, Olivia, dit-il en la regardant d'un air compréhensif. Mais pas tout de suite, d'accord ? Là, ce serait tout sauf prudent.

— Et pourquoi pas ? Tommy a dit qu'il n'avait rien à voir avec mon agression. En plus, nous le voyons ce soir et il sait que je serai là. Sans parler de Bryan, qui nous protégera, quoi qu'il arrive.

— Et qui nous protégera de Bryan ?

— Personne, c'est inutile.

— C'est un flic.

— Oui, et les flics sont de notre côté, affirma-t-elle, surprise.

— Exact. Dit par une femme qui a jadis été battue par l'un d'entre eux… Combien de temps, déjà ?

— Une année.

— Une année.

— Le temps qu'il m'a fallu pour échafauder le plan grâce auquel j'ai pu m'en tirer vivante, dit-elle, légèrement sur la défensive. C'était un salaud et un mauvais flic, l'exception, pas la règle. Même moi, je sais faire la différence

Elle ferma le hayon derrière Freddy puis, lassée de se laisser conduire, elle vint s'asseoir dans le siège du conducteur.

— Vous croyez que vous aussi, vous avez pu avoir eu une mauvaise expérience avec un flic ? demanda-t-elle.

— Je l'ignore.

Elle éprouva un élan de sympathie en le voyant chercher dans le brouillard de son esprit. Combien cela devait être frustrant, d'explorer ainsi les recoins de son cerveau pour tenter d'y retrouver des traces de son passé !

Il était temps de changer de sujet mais, décidément, elle en savait bien peu sur son compagnon. Il s'agissait bien d'Aaron Westhaven, elle en était persuadée. Il avait sa carte de visite, et était venu en ville le jour même où Aaron devait se présenter chez elle. Et s'il n'était pas Aaron, le véritable écrivain se serait manifesté. En tout cas, il aurait appelé.

Aaron était Aaron. Il n'y avait aucun doute. Certes, comme elle l'avait remarqué, les romans qu'il écrivait ne reflétaient pas vraiment la personnalité qu'elle avait cru déceler en lui à travers ses livres. Il était surprenant, mais aussi déroutant, de l'entendre parler de meurtre comme il l'avait fait, de voir comment il savait se battre et manier les armes. Sans parler de la méfiance qu'il éprouvait à l'égard de la police. Non, décidément, il ne ressemblait pas du tout à l'image qu'elle s'était faite de lui.

— Peut-on au moins passer rapidement devant ma maison ? Pour voir ce qui s'y passe ?

— Ce serait bien trop risqué.

— Pourquoi ? Personne ne cherche notre voiture.

— Oui, sauf si quelqu'un l'a remarquée au cours de l'incident au magasin de photocopies.

— D'accord, mais comment voulez-vous qu'on fasse le lien avec nous ?

— Regardez cet engin, Olivia, rétorqua-t-il en désignant l'imposant véhicule. Il se voit comme le nez au milieu de la figure. Essayez de vous montrer un peu patiente, d'accord ?

— D'accord, admit-elle avec un grand soupir de résignation.

Ils s'arrêtèrent dans le drugstore d'une ville proche pour acheter un ensemble de tournevis de précision. A l'aide de ses nouveaux outils, Aaron tentait de percer les secrets de la montre pendant qu'Olivia conduisait. De nouveau, le besoin d'utiliser son téléphone la démangea. Jusque-là, elle n'avait pas pensé à consulter ses messages, et avait hâte à présent de le faire. Mais, pour cela, elle devait trouver un moyen de s'éloigner d'Aaron sans éveiller ses soupçons.

Peut-être était-elle trop méfiante, voire paranoïaque. A moins qu'elle ne veuille pas prendre le risque de ne plus pouvoir lui faire confiance, s'il venait à refuser de lui laisser consulter ses messages. Au fond d'elle-même, elle savait peut-être déjà qu'il n'était pas l'homme auquel elle s'attendait. Mais qu'il soit Aaron Westhaven ou pas n'avait, au fond, aucune importance. L'homme qui habitait ses pensées était le pur produit de son imagination et de ses fantasmes féminins. Il n'existait tout simplement pas. Alors que celui qui était assis à son côté était, lui, bien réel. Et maintenant qu'elle savait qui il n'était pas, elle était impatiente de découvrir celui qu'il était. Non sans crainte, d'ailleurs. Parce que, pour des raisons inconnues, il l'attirait toujours. Différemment. Et peut-être même davantage.

— Je veux dormir dans un vrai lit, cette nuit, annonça-t-elle.

Elle avait repris la direction de Shadow Falls, pressentant qu'Aaron avait l'intention de passer de nouveau la nuit dans la forêt.

— Je ne pense pas que ce soit une bonne idée.

— Ça m'est complètement égal. Je vais me confronter à mon pire cauchemar, cette nuit, et je voudrais m'y préparer dans un endroit où je pourrais prendre un vrai bain chaud et revenir me coucher dans un bon lit. Si toutefois je sors vivante de ce guêpier. C'est vraiment trop demander ?

Aaron soutint son regard. Elle vit dans ses yeux une lueur inhabituelle. Comme une étincelle de… désir.

— Non, répondit-il. Vous avez raison. Vous risquez votre vie, après tout. Vous avez bien droit à un peu de confort. Nous allons prendre une chambre dans un motel. Vous aurez votre bain chaud et un bon repas avant le rendez-vous. Nous laisserons nos armes dans la voiture et pourrons nous détendre. Personne ne nous menace, aujourd'hui. Ça vous va ?

— C'est une perspective aussi réjouissante que si je rentrais à la maison, dit-elle avec un large sourire. Merci, Aaron.

— Je vous en…

Il s'était interrompu. Le dos de la montre qu'il n'avait pas cessé de manipuler venait de s'ouvrir subitement. Il la retournait, à présent, et examinait avec attention l'ouverture qui venait d'apparaître. Un minuscule petit bout de papier en tomba et vint se poser sur sa cuisse.

— Je le savais, murmura-t-il. Je vous l'avais bien dit, n'est-ce pas ?

— En effet. Vous voyez, votre mémoire n'est pas perdue, assura-t-elle en comprenant qu'il avait besoin d'encouragement. Ça commence à revenir, Aaron.

Elle était tout excitée par cette découverte et parvenait à peine à se concentrer sur la conduite.

— Quoi ? Vous n'allez pas regarder ce qu'il y a dessus ?

— A vrai dire, ça m'effraie un peu, admit-il avec un sourire nerveux.

— Allez-y. Avant que je n'arrête la voiture et que je regarde moi-même.

Il la considéra un instant puis acquiesça en dépliant le fragment de papier qu'il lut d'un air perplexe.

— Quoi ? Qu'y a-t-il ? demanda Olivia.

— C'est une adresse. A Philadelphie.

— C'est tout ?

Il hocha la tête.

— C'est tout. 528 Sycamore Lane, appartement P. Et… il y a aussi un P là-dessus, ajouta-t-il en tirant une clé de sa poche.

Olivia la lui prit des mains et freina en même temps. Pendant qu'il regardait derrière eux, inquiet qu'une voiture les heurte par l'arrière, elle examina avec attention la clé dorée avant de la lui rendre.

— Vous habitez peut-être un loft, ou quelque chose comme ça. Donc vous seriez suffisamment riche pour être Aaron Westhaven.

— Mais vous disiez qu'il vivait dans une pépinière dans l'Etat de Washington ?

— Ce devait être une couverture, comme vous le disiez si justement. A moins que vous n'ayez plusieurs pied-à-terre, comme pas mal de gens riches.

— Ou, plus simplement, je ne suis pas Westhaven.

— J'ai l'impression que ça vous arrangerait. J'ai une théorie là-dessus. En fait, je crois qu'au fond vous rêvez d'être un aventurier, mais que vous vous sentez coincé entre vos romans et votre vie d'ermite. Donc cette amnésie vous convient tout à fait parce qu'elle vous permet de vous réinventer. Si vous admettez être Westhaven, vous replongez dans cette existence qui vous lasse. Et comme vous n'aspirez qu'à devenir quelqu'un d'autre…

Il rumina cette hypothèse pendant un moment.

— Ou alors, je ne suis pas lui, répéta-t-il en la regardant.

— Peut-être, soupira-t-elle. J'ai faim. Arrêtons-nous pour manger un morceau.

— Je suggère que nous trouvions d'abord notre motel. On trouvera de quoi manger dans ses environs. Nous sommes trop près de Shadow Falls. Il vaudrait mieux que nous ne nous fassions pas remarquer par ici. Et où sommes-nous, d'ailleurs ?

— Maple Valley. Le paradis des skieurs. Mais c'est la basse saison. Nous ne devrions pas avoir de difficulté à trouver une chambre, à cette période de l'année. La meilleure. Avec une baignoire et tout, vous vous souvenez ?

— J'ai parlé d'un motel, Olivia. On ne peut pas utiliser de carte de crédit, on devra payer en liquide. Ils ne nous laisseront pas…

— Bien sûr que si. Nous avons suffisamment d'argent pour leur donner en liquide le dépôt de garantie qu'ils pourront exiger, quelle qu'en soit la somme. On les laissera imaginer que nous avons une aventure et qu'on ne veut pas laisser de traces.

Tout en parlant, elle engagea la voiture sur un parking qui s'étendait au bord de la route devant un gigantesque chalet de bois. L'entrée était surmontée d'une arche qui évoquait une moitié de roue de chariot de pionnier. Cloués sur ses rayons, deux panneaux indiquaient « Chalet Sugar-Shack » et « Chambres et bungalows à louer ».

— Ce n'est pas du tout à cela que je pensais, murmura-t-il.

— Ecoutez. Je vais me confronter…

— … à votre pire cauchemar cette nuit. J'ai compris.

— Bien. Alors, s'il vous plaît, taisez-vous et faites-moi plaisir, dit-elle en garant la voiture.

Elle se regarda dans le rétroviseur et constata que quelques mèches de ses cheveux s'étaient libérées du chignon qui les enserrait. Elle considéra sa tenue. Pas mal, se dit-elle. Le jean lui allait comme un gant et sa chemise, légèrement déboutonnée, lui donnait un air décontracté plutôt agréable. Elle se sentait bien. La jeune femme qu'elle voyait dans le miroir aurait très bien pu être une de ses élèves.

— Liv ?

— Je reviens tout de suite, dit-elle en quittant la voiture et en claquant la portière derrière elle.

« Décidément, cette femme est très douée pour obtenir ce qu'elle veut », pensa Adam.

Une heure plus tard, ils étaient confortablement installés dans un bungalow situé au pied d'une magnifique montagne. Non loin coulait un ruisseau dont le bruit cristallin leur parvenait. Olivia avait commandé à un restaurant des environs un repas qu'on devait leur livrer d'un instant à l'autre. Elle louchait avec envie en direction de la baignoire qui semblait n'attendre qu'elle. Il ne faisait aucun doute qu'elle s'y précipiterait sitôt leur déjeuner terminé. Elle avait tout l'air de vouloir profiter à fond de son après-midi. Etait-elle persuadée que ce jour pourrait être son dernier ? Elle avait donc peur à ce point ?

On frappa à la porte. Olivia, qui préparait une grande écuelle de pâtée pour Freddy, lui laissa le soin d'aller ouvrir.

— L'argent est dans mon sac, lança-t-elle dans son dos.

— Entendu.

En fouillant dans son sac, il tomba sur le petit automatique noir qu'Olivia y avait glissé. Son sang se glaça. L'arme était la preuve, s'il en fallait une encore, de la crainte que lui inspirait l'homme qu'ils allaient rencontrer cette nuit.

Adam se perdit dans ses pensées. Tommy Skinner était peut-être son mystérieux commanditaire, après tout. Ce nom ne lui rappelait absolument rien, cependant, et Tommy, de son côté, n'avait pas réagi à sa voix au téléphone. Cela ne signifiait rien, mais c'était toujours ça. Le rendez-vous de ce soir dissiperait les doutes à ce sujet. Il ne restait plus qu'à espérer que Tommy ne reconnaîtrait pas en lui Adam, l'assassin qu'il avait engagé pour tuer Olivia.

Il préleva quelques billets dans le porte-monnaie et ouvrit la porte sur un gamin qui lui tendait les quelques sacs en papier qui contenaient leur repas. Il le paya et lui glissa un pourboire puis, après l'avoir regardé un instant s'éloigner, il referma la porte et fit jouer le verrou. Il posa les sacs sur la table basse de bois, et tendit la monnaie à Olivia, qui l'empocha. Leur dîner se composait d'un poulet rôti à l'ancienne, accompagné de purée, de petits pois et de sauce brune. Le traiteur avait ajouté quelques petits pains encore chauds ainsi qu'un petit pot de beurre. Une tarte aux pommes complétait ce repas qu'Olivia avait voulu simple, copieux et, il l'espérait, savoureux.

D'un coup d'œil lourd de sens, il attira l'attention de la jeune femme sur le sac à main qu'elle venait de déposer près d'elle sur la table. Elle comprit immédiatement son trouble.

— Ecoutez, j'avais complètement oublié que ce pistolet était là, d'accord ? assura-t-elle.

— Peu importe, répondit-il en sortant des assiettes d'un placard.

La minuscule cuisine équipée contenait tout ce dont ils pouvaient avoir besoin, provisions mises à part. Il y avait même un torchon propre et un flacon de liquide vaisselle sous l'évier.

— N'allez pas croire que cette arme signifie que je me méfie de vous. J'ai simplement pensé que, compte tenu des circonstances, je ferais mieux de ne pas m'en séparer.

— C'est parfaitement clair.

Il disposa les assiettes et les couverts sur la table, avec une précision digne d'un maître d'hôtel.

— Je hais les armes. Vous n'imaginez pas ce que ça me coûte d'avoir celle-ci avec moi.

— Ça va, Olivia. Je ne suis pas fâché mais affamé, dit-il en s'asseyant et en se servant copieusement.

Elle fit de même, prenant un peu de tout.

— Ça vous a blessé, je l'ai bien vu dans vos yeux, dit-elle.

— Je ne crois pas que vous me connaissiez suffisamment pour savoir ce que je ressens.

— Je vous ai déjà vu en colère, répliqua-t-elle en haussant les épaules. Lorsque vous vous battiez contre l'intrus, chez moi. Quand vous parliez à Tommy, aussi.

— Et je vous ai donné l'impression d'aimer ça ?

— Pas vraiment. Mais, à l'instant, vous vous êtes tu

et soudain votre regard est devenu glacial. C'est quelque chose que je vois parfois dans vos yeux.

— J'étais sans doute furieux de comprendre à quel point ce type vous terrorise, dit-il en haussant les épaules. Mais que pourrais-je bien reprocher à une femme dont la vie est en jeu, et qui tente de s'en sortir avec les moyens dont elle dispose ? Si vous m'aviez confié vos craintes, je vous aurais dit de garder votre arme.

Il huma le contenu de son assiette. Son estomac fit entendre un gargouillement sonore.

— Pour finir, Olivia, quand bien même vous m'auriez mis en colère, ce repas que je devine excellent m'aurait aussitôt calmé.

Elle souriait. Il était ravi de la voir se détendre un peu. Personne ne devrait affronter le danger ainsi, tendu et le ventre vide. Le péril était grand, il le savait. Elle risquait réellement sa vie, et il était bien déterminé à ne pas la laisser se faire tuer.

— Aaron, ne croyez pas que je ne vous fais pas confiance…

— Mais c'est pourtant le cas, insinua-t-il en la fixant. Disons que vous vous méfiez un peu de moi. Le contraire serait stupide de votre part, je ne vous blâme pas.

Elle baissa les yeux.

— Ecoutez, poursuivit-il, il n'a jamais été question de tout nous dire. Mais les choses étant ce qu'elles sont, cela pourrait nous faire le plus grand bien de nous ouvrir un peu et d'être un peu plus honnêtes l'un envers l'autre.

— Jusqu'à quel point ? demanda-t-elle.

— Totalement.

Un éclair de perplexité le traversa. Olivia avait détourné les yeux comme l'aurait fait quelqu'un qui se sentirait coupable. De quoi ? Lui cachait-elle quelque chose ?

Cela dit, de quel droit pouvait-il lui en vouloir ? Lui-même ne lui avait-il pas caché les rêves et les visions qui l'obsédaient, ainsi que les flashes qui suggéraient qu'il pouvait être un tueur à gages ? Il avait, certes, de bonnes raisons pour le faire. Car si ces informations s'avéraient exactes et qu'elle venait à les apprendre, c'en serait fini de leur histoire. Jamais plus il ne la reverrait. Cette pensée était insoutenable. Désormais, Olivia lui était devenue indispensable, au moins d'un point de vue pratique. Il avait besoin d'elle pour reprendre pied dans sa vie. Que ferait-il, si elle venait à l'abandonner ? Sans voiture, sans argent, sans aucun indice sur son passé et son identité sinon une adresse glissée dans une montre ? *Mais il y a plus et tu le sais bien*, lui souffla une petite voix, tout au fond de lui.

Tôt ou tard, elle finirait bien par tout découvrir, de toute façon. Par ailleurs, il y avait fort à parier que son ami le flic savait déjà tout à son sujet. Il songea un instant à appeler Bryan Kendall pour lui demander franchement ce qu'il savait. Mais c'était vraiment trop risqué.

Il ne restait plus qu'à espérer qu'elle ne le percerait pas à jour avant qu'ils n'aillent à Philadelphie, où devait, selon toute vraisemblance, se trouver le secret de son identité.

— Y a-t-il quelque chose que… vous souhaitez me dire ? demanda-t-il.

Elle le fixa d'un regard éloquent, puis poussa un long soupir.

— Je ne vous ai pas dit d'où je tiens mon nom, dit-elle.

— En effet. Et j'avoue que je me suis posé la question.

— Mes parents m'ont abandonnée à la naissance. Je ne les ai jamais connus. J'étais une enfant fragile, souvent malade, c'est pourquoi je n'ai jamais été adoptée.

— Qu'est-ce qui n'allait pas ?

— Je souffrais d'asthme et de diverses allergies. J'étais atteinte au point que personne ne pouvait dire si je survivrais. Mais, lorsque je me suis finalement débarrassée de tout ça, j'étais déjà grande et… Vous savez quoi ? En fait, tout ça n'a aucune importance. Pour résumer, j'ai passé des années à être ballottée de foyer d'accueil en foyer d'accueil, sans jamais savoir si j'avais encore de la famille quelque part. Des cousins, oncles ou tantes… J'avais rencontré la véritable Olivia Dupree dans l'un de ces foyers. Elle aussi était seule. Nous nous sommes… liées.

Quelle surprise ! Jamais il n'aurait imaginé qu'elle puisse être orpheline.

— Nous n'avons été ensemble que quelques mois. Puis on nous a séparées. Chacune a été envoyée dans une direction différente. Puis, des années plus tard, lorsque je suis venue dans le Vermont, j'ai répondu à une annonce. Quelqu'un cherchait un colocataire. C'était elle. Nous avons emménagé ensemble. Deux semaines plus tard, je l'ai retrouvée morte, en rentrant, un soir. On l'avait étranglée.

— Mon Dieu !

Il s'était attendu à tout sauf à ça.

— J'ai cru que Tommy était derrière tout ça. J'ai imaginé qu'il avait envoyé quelqu'un pour me tuer et que l'assassin nous avait confondues, Olivia et moi. Je me suis confiée à un officier de police. Il a eu pitié de moi et m'a dit qu'il valait mieux laisser croire à Tommy que j'étais bien morte. Et, comme elle et moi n'avions aucune famille et que j'étais nouvelle en ville, il a suggéré que je prenne son identité. Aux yeux du monde, Sarah Quinlan est morte. Devenue Olivia Dupree, je n'aurais plus à me soucier de Tommy.

— C'était très habile, admit-il en hochant lentement la tête.

— Il m'a aidée à m'en sortir. J'ai gardé mes cheveux décolorés quelque temps avant de reprendre ma vraie couleur. Je croyais que je ne faisais de tort à personne, mais je me trompais. J'avais fait quelque chose de mal, et ça allait me retomber dessus d'une façon que j'aurais pu difficilement prévoir.

— Comment ?

— Eh bien, pour commencer, le flic qui m'avait aidée s'est révélé être le véritable assassin. Il a tué de nombreuses femmes avant d'être finalement arrêté. J'ai même peut-être involontairement court-circuité, l'enquête avec mon changement de nom. On cherchait un lien entre les victimes, et il y avait dans la liste une femme qui n'était pas celle qu'elle paraissait être, Sarah Quinlan. Enfin, vous voyez…

— C'est incroyable !

— Et puis, plus tard, j'ai appris par les résultats de l'autopsie qu'Olivia avait mis au monde un enfant environ six mois avant sa mort. C'était un mois avant mon arrivée en ville. Jamais je n'aurais imaginé une chose pareille. Et personne ne sait ce qu'il est advenu de cet enfant.

— Elle ne vous en avait jamais parlé ?

— Non. La police a entrepris des recherches mais ils étaient partis sur la piste du bébé de Sarah Quinlan, pas sur celui d'Olivia Dupree.

Aaron était stupéfait par ce récit. Jamais il n'aurait imaginé qu'Olivia ait pu traverser autant d'épreuves. Et, malgré tout, elle était parvenue à s'en tirer, à survivre, à entreprendre des études et à se créer une vie, une carrière professionnelle.

Tout à coup, la jeune femme paraissait prendre une

nouvelle envergure. Elle était, en effet, bien plus que le simple professeur d'anglais qu'il avait vu au départ. Elle était étonnante, et cachait bien son jeu.

— Quoi qu'il en soit, je préfère m'arrêter là, si vous n'y voyez pas d'inconvénient, conclut-elle. Trop de mauvais souvenirs.

— Voilà quelque chose dont je n'ai pas à m'inquiéter, les mauvais souvenirs.

— Je ne vous ai pas non plus confié combien j'aime le poulet rôti accompagné de pommes de terre et de sauce brune, dit-elle avec un léger sourire qu'il lui rendit.

— Je m'en suis douté en voyant l'air gourmand avec lequel vous avez passé la commande.

Le sourire d'Olivia vacilla, et ses yeux furent bientôt noyés de larmes. Elle devait lutter depuis longtemps pour les contenir, mais ne pouvait plus les retenir. Dans un geste de réconfort, il prit sa main dans la sienne.

— Hé, ce ne sera pas votre dernier repas, je vous le promets ! affirma-t-il.

— Nous n'en savons rien.

— Moi, j'en suis persuadé.

Elle renifla, puis avala quelques bouchées.

— Comment pouvez-vous être aussi catégorique ?

Elle aurait tout aussi bien pu dire : « Persuadez-moi que je ne vais pas mourir ce soir. Enlevez-moi ce doute horrible. » Et plus que tout, il voulait la rassurer, sans trop savoir pourquoi c'était là son vœu le plus cher.

— Je pense à quelque chose, Liv. Cette nuit, quand nous aurons réglé tout ça, nous pourrons prendre la route de Philadelphie et aller voir ce que cache cette adresse. Nous trouverons peut-être des indices sur ma propre histoire.

— Nous n'en sommes pas encore là. Il faut qu'on survive à la rencontre avec Tommy.

— On s'en tirera. Détendez-vous et croyez-moi, je suis plus que décidé à vous garder en vie. Sinon, qui me conduira à Philadelphie ? conclut-il avec un sourire malicieux.

Elle ouvrit grand les yeux et s'enfonça dans sa chaise.

— Ah, eh bien merci…, dit-elle en croisant les bras sur sa poitrine.

— Et je perdrais aussi ma seule amie, murmura-t-il avec tendresse.

— C'est très gentil, Aaron.

— C'est la vérité. Ecoutez, vous avez encore des doutes à mon sujet, vous avez raison. Et c'est vrai que je n'ai pas plus de piste que vous pour découvrir qui je suis vraiment, et encore moins quel genre d'homme je suis. Mais là, maintenant, vous êtes la seule amie que j'ai en ce monde. Bien sûr, vous êtes aussi mon chauffeur, ma source d'argent, ma confidente, ma conseillère, sans parler de ma seule alliée dans cette situation chaotique. Ça signifie beaucoup, à mes yeux. Et je sais bien que je ne vous l'ai jamais dit, Liv, mais je vous en suis aussi infiniment reconnaissant.

Elle parut se détendre un peu sur sa chaise. Son visage s'adoucissait, tout comme son regard.

— Merci, lui dit-elle.

— Je vous en prie. Bon, essayons d'oublier un instant ce qui nous attend et faisons honneur à ce délicieux repas. Et tant que nous y sommes, ne nous arrêtons pas en si bon chemin, et savourons aussi le reste de cette journée comme si nous étions des gens ordinaires qui passent ensemble des moments agréables. Qu'en pensez-vous ?

— Je pense qu'il me sera vraiment difficile de ne pas penser à ce qui vient.

— Alors, il ne nous reste plus qu'à essayer très fort de nous amuser.

Le sourire d'abord timide d'Olivia s'épanouit sur ses lèvres. Elle arborait pour la première fois un air espiègle qui le prit par surprise, une étincelle qui lui procurait une indicible émotion.

Comme il aimait cette femme… Et comme elle l'attirait…

— Alors, que faisons-nous ?

— Aucune idée. Mais je réfléchis mieux le ventre plein. Silence, femme, laisse manger l'homme !

Olivia, à présent, lui paraissait différente. Tout en savourant son plat, elle lui jetait des regards par intermittences. Dans ses profonds yeux noirs dansaient des étincelles qu'il n'y avait jamais vues, une forme d'excitation. Elle était manifestement impatiente de passer l'après-midi avec lui, de vivre ces instants comme le feraient des gens normaux. Il ne voulait pas la décevoir, et il s'emploierait à la satisfaire au mieux.

Mais ces regards le mettaient mal à l'aise parce que, lorsqu'il surprenait l'un d'eux, il avait juste le temps d'y percevoir une lueur intense, avant qu'Olivia ne détourne aussitôt les yeux. Une lueur qui suggérait qu'elle avait quelque chose en tête, des attentes moins innocentes auxquelles il s'était promis de ne pas répondre.

Mais il comprenait que l'esprit d'Olivia dérive vers ces rivages de douceur. C'était sans doute l'unique refuge où ne pouvait l'atteindre la pensée qu'elle pouvait mourir ce soir.

Aurait-il assez de volonté pour la repousser une nouvelle fois ?

12

Olivia savourait avec délice la douche chaude qu'elle avait si longtemps attendue, mais elle ne pouvait se défaire d'interrogations lancinantes. Aaron se doutait-il qu'elle lui dissimulait toujours quelque chose ? C'était probable. Il l'avait étrangement regardée en lui demandant si elle gardait d'autres secrets. Plus tard, il avait insisté avec une infinie précaution et un tact quelque peu suspect pour qu'ils s'ouvrent et se confient l'un à l'autre. Sans parler de l'insistance qu'il avait manifestée à rester auprès d'elle alors qu'elle n'avait qu'une envie : qu'il quitte la pièce, et qu'elle en profite pour consulter sa messagerie. Tous ces signes étaient éloquents.

Elle pouvait enfin profiter d'un moment bien à elle. La salle de bains lui apparut comme un havre de tranquillité, où elle n'avait malheureusement pu apporter le seul téléphone en état de fonctionnement.

Mais son esprit restait focalisé sur les appels qu'elle devait absolument passer sitôt que l'occasion se présenterait. A Bryan, tout d'abord, pour savoir si son enquête progressait, et s'il était enfin parvenu à arrêter l'agresseur d'Aaron. Puis à Carrie, pour s'assurer qu'elle n'avait rien dit à Bryan au sujet de la voiture. Elle voulait aussi son opinion sur la façon dont la mémoire d'Aaron réapparaissait, et sur le temps qu'elle estimait nécessaire avant qu'il ne la retrouve totalement.

Elle se sentait tiraillée. Elle devait agir pour elle-même, mais elle était tenue par la promesse faite à Aaron de ne pas prendre d'initiative qui pourrait les compromettre. Il avait toutes les raisons d'être prudent, mais son attitude était parfois à la limite de la paranoïa.

Quel mal y aurait-il à ce qu'elle consulte sa messagerie ? Elle commençait à se sentir nerveuse, coupée ainsi de sa vie et du monde extérieur. Un coup de fil serait peu de chose, et lui ferait tellement de bien… Mais Aaron ne la laissait pas seule un instant. Et même si cela lui pesait, elle devait bien reconnaître qu'elle commençait à apprécier sa compagnie.

Ils finirent de déjeuner, et les restes de leur repas, qui serviraient plus tard de dîner, rejoignirent le réfrigérateur géant de la petite cuisine. Après une rapide vaisselle, ils rangèrent assiettes et couverts à leur place dans le placard. Quant à la douche chaude à laquelle elle avait tant rêvé, c'était désormais chose faite.

Non sans mal, elle était parvenue à ne pas trop penser à ce qui allait arriver cette nuit. Elle s'était laissé emporter par les volutes de vapeur de la douche, et s'était concentrée sur le soin qu'elle avait apporté au séchage de ses cheveux, mais rien à faire : ses craintes étaient toujours là, bien présentes, et revenaient la harceler.

— Ah ! vous voilà, dit Aaron en la voyant entrer dans la chambre enveloppée dans une serviette de toilette.

Il était assis au bord du lit et paraissait frappé, comme devant une apparition.

Sa réaction la gêna un peu. Peut-être valait-il mieux qu'elle se replie dans la salle de bains, ou qu'elle lui demande de sortir, le temps qu'elle puisse s'habiller.

Elle était moins à l'aise à jeun que sous l'emprise de ce délicieux rhum. Mais elle décida de rester là, et sentit qu'il la contemplait à son aise, prenant son temps pour la détailler des pieds à la tête. Elle aurait pu trouver son attitude inconvenante s'il ne l'avait pas regardée avec un tel ravissement dans les yeux.

— Je devrais peut-être m'habiller, suggéra-t-elle en baissant les yeux.

— Peut-être que moi, je devrais me déshabiller.

Leurs regards se rencontrèrent.

— C'était très maladroit. Veuillez m'excuser, reprit-il.

Gênée, elle fit non de la tête.

— Vous êtes infiniment plus belle sans vêtements, poursuivit-il.

— Comment pouvez-vous dire ça ? Je suis complètement saucissonnée dans cette espèce de grande serviette, fit-elle remarquer, surprise.

— Serviette ou sac à patates, peu importe.

Elle ferma un instant les yeux, les rouvrit et se dirigea vers l'armoire. Ils s'étaient partagé les étagères dès qu'ils avaient pris possession des lieux, et elle y avait soigneusement rangé le contenu de son sac. Leur chambre était ainsi plus accueillante, et serait d'autant plus agréable à retrouver au retour de leur rendez-vous nocturne. Encore faudrait-il qu'ils en sortent vivants.

Elle ouvrit un tiroir et examina ses vêtements. Quelle tenue serait la plus adaptée à une rencontre avec Tommy ? Elle fixa, indécise, la robe et le jean posés devant elle.

— Le jean, suggéra Aaron.

Elle le regarda en clignant les yeux. Son intervention l'avait tirée de sa rêverie, et elle s'efforça d'oublier le sous-entendu coquin qu'il avait lâché quelques instants auparavant.

— Quoi ?

— Le jean. C'est un choix pratique, Liv. Portez quelque chose où vous serez à l'aise, et qui ne vous gênera pas si vous devez avoir à vous battre ou à courir.

— Je veux avoir l'air de quelqu'un dont la vie ne s'est pas arrêtée après lui, une femme qui a pris de l'assurance et qui a progressé. Je veux qu'en me voyant il découvre une femme accomplie, intelligente et belle.

— Et c'est ce qu'il verra quoi que vous portiez, Olivia. Parce que c'est ce que vous êtes.

— Merci.

— C'est la vérité. Quelle image a-t-il de vous, à votre avis ?

— Si je porte ça, il verra la fille qui a fui il y a des années, dit-elle en considérant le jean. En plus vieille.

— Non, Olivia, vous vous trompez. Qu'est-ce que vous croyez ? Que, pour lui, vous serez toujours la petite chose fragile et inoffensive que vous étiez jadis, c'est bien ça ?

Elle acquiesça.

— C'est bien ce que je pensais, reprit-il. Je peux vous assurer que vous vous trompez. C'est du passé, tout ça. Lorsque vous l'aurez envoyé derrière les barreaux sans qu'il s'y attende, il changera d'opinion à votre sujet. Par ailleurs, vous êtes particulièrement délicieuse dans ce jean.

— Oui, je suis devenue la garce qu'il veut tuer, lança-t-elle en ignorant le compliment.

— Non. Vous êtes devenue une femme qui n'accepte plus d'être une victime, la combattante qui s'est déjà dressée contre lui une fois. Comment croyez-vous qu'il vous considère ? Comme une adversaire à sa mesure, bien sûr. Vous l'avez eu une fois, vous n'êtes plus la pauvre fille qu'il martyrisait.

— Je n'avais encore jamais vu les choses ainsi.

— Vous devriez vous sortir ça de l'esprit, de toute façon. Ce qu'il pense de vous n'a aucune espèce d'importance.

Elle cligna les yeux et émergea des ombres du passé dans lesquelles ces pensées l'avaient replongée. Elle s'y était vue comme la femme qu'elle était jadis. Comme une victime. Sarah Quinlan.

— Je suis plus cette fille-là.

— Ça saute aux yeux ! Croyez-moi.

— Merci, dit-elle en considérant ses vêtements. Le jean, donc ?

— Le jean, soupira-t-il. Si vous tenez vraiment à vous habiller… Mais vous pourriez aussi reconsidérer ma première proposition.

— Attendez, vous me relancez alors que c'est vous qui m'avez repoussée, déclara-t-elle, surprise. Vous vous souvenez ?

— Sur le moment, ça m'a paru être la meilleure chose à faire. Je le pense toujours, mais je ne suis pas de bois. Vous croyez que je peux avoir une seconde chance ?

— Je vous ferais part de ma décision quand vous m'aurez dit comment nous allons passer les prochaines heures. Vous m'avez promis un après-midi agréable, et nous voilà à parler de… choses dont nous ne reparlerons pas, à moins que nous n'en ayons pas le choix.

— Vous avez raison, admit-il en souriant. J'ai pensé à tout ça pendant que vous preniez votre douche. Vous allez adorer, faites-moi confiance.

— Qu'allons-nous faire ?

— Surprise ! Je ne vous dis rien. Souvenez-vous qu'il s'agit de quelque chose à faire loin de la foule et du monde en général. Donc cela exclut la majorité des rendez-vous classiques.

— Un rendez-vous ? Vous voulez dire un rendez-vous amoureux ?

— Fort heureusement, j'ai de l'imagination, poursuivit-il en ignorant sa question.

— Vraiment ?

— Vraiment. Je viens juste de le découvrir et, pour tout vous dire, je suis particulièrement ravi de ce talent jusque-là caché.

— Je n'en doute pas.

Elle aimait ce côté, chez lui, cette capacité à injecter un peu d'humour dans les situations les plus tendues, cette façon qu'il avait aussi de la taquiner. Elle aimait la petite étincelle qui éclairait ses yeux dans ces moments-là. Il était tellement différent, alors, de l'homme des premiers instants. C'était comme si, les heures passant, il se sentait de mieux en mieux dans sa peau, comme si sa véritable personnalité émergeait peu à peu du tréfonds de son inconscient. D'une certaine façon, il devenait lui-même.

— Freddy peut nous accompagner ? demanda-t-elle.

— Ça ne serait pas drôle du tout sans lui.

Elle sourit un peu. Quelle surprise allait-il sortir de sa manche ?

— D'accord. Je marche.

— Super. Habillez-vous, alors.

Elle s'empara en souriant du jean et prit le chemisier et les sous-vêtements qu'elle avait disposés sur le lit avant de disparaître sous la douche. Puis elle disparut dans la salle de bains.

Trois heures plus tard, ils descendaient en barque le cours d'une rivière qui serpentait paresseusement au cœur des contrées sauvages du Vermont. Olivia avait pris place à la poupe du frêle esquif tandis que, assis face à elle sur une planche qui servait de banc, Aaron donnait des coups de rame réguliers. Perché à l'arrière de l'embarcation, Freddy contemplait, fasciné, le sillage qu'ils traçaient sur le plan d'eau. Il paraissait sourire de contentement.

Elle aussi souriait. Le visage tourné vers le ciel, elle profitait des rayons de soleil encore chauds de cette fin d'après-midi. Bientôt viendraient le crépuscule, puis l'heure de partir pour le rendez-vous avec Tommy. Elle y pensait pour la première fois depuis le début de cet après-midi idyllique, passé à ne rien faire d'autre que descendre lentement la rivière. Aaron avait bel et bien tenu ses promesses.

Le temps s'était écoulé dans un silence qu'ils avaient de temps à autre entrecoupé de conversations légères. Ils avaient évoqué leurs séries télévisées favorites, leurs plats préférés, et Olivia avait été heureuse de constater que, même si son nom lui échappait toujours, Aaron semblait se rappeler de plus en plus de choses. Seuls les épisodes les plus récents de son histoire se dérobaient encore.

— J'étais enfant, raconta-t-il. Je me souviens d'avoir grandi dans une banlieue, passant mon temps à faire du vélo ou à dévaler les rues en skate-board.

— Aucun souvenir relatif à cette plaque d'acier dans votre crâne ?

— Si, si ! dit-il avec surprise. Maintenant que vous le dites, je me rends compte que j'en ai plus que je ne le pensais. J'avais dix ans, je faisais de la luge avec des amis. On avait eu la brillante idée de verser de l'eau sur la neige de la colline pour que la luge aille plus vite.

— Oh, non ! s'exclama-t-elle en plongeant la tête dans ses mains.

— Si. On avait posté quelques camarades au sommet, chargés de verser l'eau régulièrement. Il faisait si froid qu'elle gelait instantanément. Très vite, on s'est retrouvés avec une magnifique piste verglacée. Et je me suis porté volontaire pour la tester le premier.

Olivia le regardait avec effroi.

— C'était super. Enfin, au début… Je volais, littéralement. Les ennuis ont commencé quand j'ai essayé de freiner. Impossible. Et je n'ai pas pu éviter le gigantesque érable devant moi, non plus.

— Mon Dieu ! Vous avez de la chance de vous en être tiré !

— En effet.

— J'imagine que vos amis ont dû avoir une sacrée trouille, dit-elle avec un sourire.

— Pendant que l'un d'eux partait chercher de l'aide, les autres essayaient de me réveiller. Enfin, c'est ce qu'ils m'ont dit. J'étais complètement dans le cirage, et je n'ai vraiment émergé que trois jours plus tard, la tête rasée et une sérieuse migraine qui me pilonnait le crâne.

Olivia contempla le décor de quiétude absolue qui les entourait. Le bleu du ciel, devenu plus sombre avec les heures, se détachait au-dessus des collines et se reflétait dans l'eau calme de la rivière.

— Merci, Aaron, dit-elle en souriant davantage encore. Je me sens vraiment bien. Plus que je n'aurais pu imaginer. C'était une très belle balade.

— Oh, ce n'était pas bien original, je suis tombé sur une brochure dans le chalet… Elle indiquait les plus beaux itinéraires pour descendre la rivière, ainsi que les endroits où attraper la navette pour rentrer au motel.

— C'est exactement ce dont j'avais besoin. On dirait bien que vous vous êtes souvenu de ce que je vous ai confié l'autre soir.

Haussant les épaules, il détourna le regard, comme

s'il ne voulait pas admettre qu'il l'avait en effet écoutée. Ou, peut-être, n'accordait-il pas à cette petite balade la même importance qu'elle.

— Cette brochure, vous l'avez avec vous ? reprit-elle.

— Poche de ma veste.

Olivia prit le document et le déplia. Son doigt suivit le tracé bleu de la rivière dessinée sur la carte.

— Après cette courbe, on devrait trouver un relais où laisser la barque.

— Déjà ?

— Voilà des heures que nous sommes dehors, Aaron. Dieu sait combien de temps il nous faudra pour rejoindre notre chalet avec la navette. Et puis nous avons un rendez-vous, ce soir.

Elle croisa son regard. Il paraissait comprendre qu'elle ne voulait pas gâcher ce moment de sérénité en prononçant le nom de Tommy. Il se retourna pour regarder par-dessus son épaule, dans la direction qu'ils suivaient.

— C'est le méandre dont vous parlez, là-bas ?

— Oui, le débarcadère doit être juste à côté.

— Très bien.

Il dirigea l'embarcation à tribord, vers la berge. Le courant les entraîna dans la boucle de la rivière.

— Je le vois, dit-il. Mais il semble n'y avoir personne. Vous voyez une date sur cette brochure ? Elle est peut-être périmée.

— Non. Allez vous amarrer au ponton. Il y a peut-être un panneau quelque part.

— D'accord.

L'embarcation glissait sur l'eau en silence. Aaron ramait si délicatement qu'en pénétrant dans l'eau les rames ne faisaient entendre qu'un léger clapotis. Voyant qu'ils approchaient de la rive, Freddy se dressa sur ses pattes.

— Doucement, Freddy, dit-elle en le caressant. Assieds-toi et attends que nous ayons accosté.

Il s'assit, mais se releva aussitôt brusquement.

— Freddy !

Visiblement impatient de regagner la terre ferme qu'il fixait avec insistance, il se précipita et sauta par-dessus bord. Mais il avait mal calculé son élan. Il trébucha et tomba à l'eau plus qu'il n'y plongea, et manqua de faire chavirer la barque, qu'Olivia et Aaron s'efforcèrent de stabiliser.

Quelques instants plus tard, Freddy s'ébrouait sur la berge.

Tandis qu'ils longeaient le rivage, Olivia observait le chalet qui s'élevait au bord de la rivière. C'était une sorte d'appentis au toit couvert de lames de bois. A part quelques insectes qui bourdonnaient dans la lumière de cette fin d'après-midi, l'endroit était totalement silencieux et parfaitement désert.

— On dirait bien qu'il n'y a personne, fit remarquer Aaron.

Olivia acquiesça. Un peu à l'écart, elle vit un téléphone public fixé à un poteau, un nombre incalculable de kayaks, des canoës et d'autres embarcations soigneusement rangées sur des râteliers. Un ponton de bois permettait d'accéder au site. C'était vers lui qu'Aaron manœuvrait leur embarcation avec une parfaite maîtrise.

— Vous paraissez tout à fait à l'aise dans ce genre d'exercice, souligna Olivia.

— Oui. En lisant la brochure, je me suis dit que c'était quelque chose que je savais faire. J'ai pensé que ça valait le coup de vérifier.

— Et ?

— En effet, je me souviens d'avoir déjà fait du bateau

quand j'étais enfant. Et, maintenant, je me souviens aussi des scouts et de tous les détails du camping.

— Vous voyez, Aaron, tout vous revient.

— Tout, à l'exception de ma vie d'adulte. Je me souviens de mon enfance, de mes parents. Je sais que mon père est mort d'une crise cardiaque quand j'étais en fin d'école primaire.

— Oh, je suis désolée…

— Je ne sais pas où est ma mère, maintenant. Le reste, les événements les plus récents de ma vie, je les sens, ils n'ont jamais été aussi près de moi. Je les ai sur le bout de la langue.

— J'en suis très heureuse.

— Moi aussi. Pour la première fois, je suis sûr que je finirai par retrouver la mémoire.

Aaron arrima la proue du navire au ponton à l'aide d'une corde qui pendait là. Olivia fit de même et enroula un filin à l'anneau de poupe. Freddy, qui s'était dirigé vers leur point d'arrimage, semblait hésiter à prendre pied sur le quai de bois.

— Tiens ! s'exclama Aaron. Le bon gros chien-chien est d'accord pour se payer une balade en bateau, sauter par-dessus bord et nager jusqu'à la rive, mais il a trop peur de grimper sur un simple ponton ?

Freddy aboya en guise de réponse.

— Tu es un gros bébé.

De nouveau, Freddy répondit. Mais il lança cette fois une série d'aboiements étrangement modulés, comme s'il essayait d'articuler des mots.

— Ne fais pas ta grande gueule avec moi, s'il te plaît.

Aaron grimpa sur le ponton et aida Olivia à faire de même. Elle saisit la main qu'il lui tendait, une grande main, forte et virile. Lorsqu'il la hissa hors de l'embarcation, elle eut tout le loisir de contempler les puissants muscles de son avant-bras. Elle tenta de refréner le trouble que lui causa cette proximité physique.

Trop tard. Il avait lu dans ses yeux. Il l'attira à lui pour l'aider à se stabiliser sur le ponton, et elle se sentit aspirée par son magnétisme. La main d'Aaron descendit sur sa taille, puis sur sa hanche. Un délicieux sentiment d'interdit la submergea. Ne sachant quoi en faire, elle lui posa sa main sur l'épaule. De loin, on aurait sans doute pu croire qu'ils dansaient au son d'une musique silencieuse. Ils devaient avoir l'air un peu étranges ainsi, engoncés dans leurs gilets de sauvetage. Elle sourit à cette idée, puis se figea lorsque ses yeux rencontrèrent ceux de son compagnon.

Il n'y avait aucun doute, il était sur le point de l'embrasser.

— Je… euh… Ce truc commence à me gratter, dit-elle en se libérant de son étreinte pour défaire les attaches de son gilet. Attendez que je l'enlève.

— Moi aussi.

D'un geste, il s'était débarrassé du sien, tandis qu'Olivia s'escrimait encore sur le premier nœud.

— Je vais au chalet voir s'il y a… Oui, je vois un écriteau ! s'exclama-t-il.

Tandis qu'il s'éloignait d'elle, elle parvint tant bien que mal à se libérer de ses liens. Elle se précipita à sa suite, jetant dans sa course son gilet à terre.

« VEUILLEZ TIRER VOTRE EMBARCATION HORS DE L'EAU, SUR LA BERGE, SUFFISAMMENT LOIN DU RIVAGE. DEPOSEZ LES RAMES ET PAGAIES A L'INTERIEUR. ATTACHEZ LES GILETS DE SAUVETAGE AUX RATELIERS PREVUS A CET EFFET. TELEPHONEZ A L'HOTEL QUI METTRA

UNE NAVETTE A VOTRE DISPOSITION. TEMPS D'ATTENTE ESTIME : 30 MINUTES. »

— Je vois, constata-t-il. Et comment fait-on si on n'a pas vingt-cinq cents avec soi ? Vous avez de la petite monnaie, vous ?

Olivia pointa du doigt un bout de papier scotché au téléphone sur lequel était écrit « Appel gratuit ».

— Tirons la barque hors de l'eau, d'abord, fit-il remarquer.

— D'accord.

Elle pivota sur ses talons et reprit la direction de l'embarcadère. Elle entreprit de détacher le filin de poupe tandis qu'Aaron, qui l'avait rejointe, s'affairait à la proue.

— Prête ? demanda-t-il.

— Prête.

Il commença à tirer l'embarcation sur l'herbe. Elle le suivit puis, sentant quelque chose de suspect sur sa cheville, elle remarqua que la boucle d'un cordage s'était refermée autour de sa jambe.

— Aaron, attendez, je…

Elle n'eut pas le temps d'en dire davantage. La corde la tira en arrière, ses bras battirent un instant l'air, puis elle tomba la tête la première dans la rivière.

Elle refit surface en toussant et essuya son visage. Elle avait pied mais, Dieu, que l'eau était froide !

— Liv, ça va ? lança Aaron, qui la regardait, accroupi au bord de la jetée.

Elle attrapa la main qu'il lui tendait.

— Je crois que oui, répondit-elle dans un frisson.

— Je vous tiens.

Mais, à l'instant où sa main se refermait sur celle d'Olivia, il se sentit basculer en avant. Elle l'avait délibérément tiré de toutes ses forces pour le déséquilibrer.

Lorsqu'il reparut à la surface, elle le regarda et partit d'un grand éclat de rire. Elle avait l'impression de ne plus pouvoir s'arrêter. Jamais elle n'avait ri ainsi au cours sa vie.

— Très drôle ! s'écria-t-il en tâchant de garder son sérieux.

Mais il ne put se retenir bien longtemps. Le rire d'Olivia était si franc, si pur, qu'il finit par se laisser gagner. Il s'approcha d'elle et tendit une main qu'il glissa autour de sa taille. L'attirant plus étroitement contre lui, il pressa ses lèvres contre les siennes.

Leurs rires s'étaient tus, désormais. Leurs langues virevoltaient dans leurs bouches et se mêlaient en un ardent baiser. Il empoigna ses hanches, et l'étreignit plus fort encore. Sentant monter en elle un désir brûlant, Olivia se cambra et se blottit contre lui. Elle le voulait, et peu importait qu'il considère une aventure entre eux comme la pire des choses !

Car elle se sentait infiniment bien avec lui. Après tout, il lui avait sauvé la vie, et, depuis, il avait été son indéfectible allié. Il avait même évoqué la possibilité de tuer un inconnu pour la protéger. Si elle ne pouvait pas faire confiance à cet homme, à qui pouvait-elle bien se fier ? La méfiance l'avait toujours emporté chez elle. Tout cela appartenait au passé. Elle était désormais une autre femme. Elle avait changé et, depuis qu'Aaron était à son côté, elle avait retrouvé la joie de vivre, la passion, le courage de faire face à l'adversité, qui l'avaient quittée il y a bien longtemps. A cette pensée, elle redoubla d'ardeur.

Aaron frissonnait de tous ses membres. Sa main libre se glissa le long des reins d'Olivia tandis qu'il se délectait de ses baisers. Puis il descendit, s'immisçant peu à peu entre ses jambes et, après avoir déboutonné son pantalon, il vint longuement goûter avec délectation le cœur même de son intimité. Empoignant fermement ses fesses, il remonta s'abreuver au miel de ses lèvres. Les mains désormais au creux de ses genoux, il noua les jambes d'Olivia autour de sa taille. Elle sentit alors contre elle une formidable érection que même la fraîcheur de l'eau ne semblait pouvoir altérer.

Tremblante de désir, Olivia s'agrippait à lui tandis qu'il se penchait pour saisir le filin accroché à la proue de la barque. Il ne perdait pas le nord et, tout en continuant de l'embrasser comme si sa vie en dépendait, il tirait l'embarcation hors de l'eau.

Olivia n'en pouvait plus. Si Aaron cessait de l'embrasser, elle était certaine de ne pouvoir y survivre.

Il la déposa sur un tapis moelleux d'herbe et de fleurs sauvage et s'allongea avec délicatesse sur elle. Brisant leur baiser, sa bouche s'attarda sur ses lèvres, puis descendit le long de sa joue, vers le creux de son cou, où il s'attarda en un long baiser passionné.

Olivia frissonna. Son corps faisait l'expérience simultanée de toutes les sensations imaginables, et d'autres qu'elle ignorait encore. Plongée dans un abîme de sensualité, elle perdait la conscience de ce qui était en train d'arriver. Elle sentit les mains d'Aaron s'insinuer sous ses vêtements, et un frisson de bien-être la parcourir lorsqu'il s'attarda sur la pointe durcie de son sein nu. Sa tête était sur le point d'exploser. Elle gémit de plaisir tandis qu'il la suçotait plus fort encore.

En un instant, ils avaient jeté autour d'eux leurs vêtements. Allongé nue sur le dos, Olivia contempla Aaron, qui se débarrassait de ses derniers vêtements. Son regard s'attarda sur son torse large aux muscles puissamment dessinés, puis sur ses abdominaux si sensuels, avant de découvrir avec émotion l'érection qu'il semblait lui offrir en hommage.

En retour, il la dévorait des yeux, comme hypnotisé. Mais aimait-il ce qu'il découvrait ? Elle n'avait jamais fréquenté les salles de gym, mais ne négligeait pas son corps pour autant. Cela dit, toute inquiétude semblait superflue, comme le montrait le sourire qui vint s'afficher sur les lèvres d'Aaron.

Il s'accroupit à ses côtés et la caressa d'une main délicate. Soulignant les courbes de ses reins, il descendit jusqu'à son entrejambe. Délicatement, il caressa la fleur entrouverte de sa féminité, glissant même un doigt ou deux à l'intérieur.

Alors, Olivia poussa un gémissement. Son corps se tendit, sa tête bascula en arrière. Elle ferma les yeux pour mieux se concentrer sur l'intense sensation qui montait en elle.

— Je te veux en moi, Aaron…, murmura-t-elle dans un souffle.

L'attente n'avait été que trop insupportable. Il se pencha sur elle et, d'un mouvement lent et continu, la pénétra enfin de toute la longueur de son sexe.

Le corps d'Olivia se tendit en frémissant quand il entra en elle. Et plus encore quand il entama un subtil et délicieux va-et-vient qui lui arracha un gémissement.

— Ça va ? demanda-t-il.

— Oui, mon Dieu, oui !

Il lui avait répondu d'un sourire qui l'excita de plus belle. Il allait et venait en elle d'un mouvement régulier, plus ferme et plus rapide chaque fois. Elle sentit son corps vibrer et se tordre, agité d'un flot de sensations presque intolérable tellement il était intense.

Soudain, Olivia se cabra. Tout sembla se brouiller sous

les assauts répétés des émotions que sa peau, devenue hypersensible, lui transmettait décuplées. Son corps tout entier tressaillit et fut comme pris de convulsions. Ses lèvres laissèrent échapper de brefs gémissements de plaisir venus du plus profond de son être. Le plaisir la submergea par vagues et l'envoya aux limites même de la conscience.

Peu à peu, elle reprit ses esprits à mesure que ses muscles se détendaient. Elle cligna les yeux et découvrit le corps d'Aaron haletant, lové contre le sien, comme terrassé par le plaisir qui l'avait submergé, lui aussi.

Elle lui caressa lentement les cheveux en lui massant délicatement le cuir chevelu du bout des doigts.

— Je ne me souviens pas d'avoir jamais ressenti autant de plaisir de toute ma vie, dit-il dans un souffle.

— Oh, merci. Je suis très touchée, monsieur l'Amnésique.

— Je suis très sérieux. Si j'avais déjà vécu quelque chose d'aussi intense, je peux te garantir que je m'en souviendrais.

— Tu as donc eu autant de plaisir que moi ? demanda-t-elle en souriant.

Il leva sa tête, qui reposait sur la poitrine d'Olivia, et la regarda dans les yeux.

— C'était… incroyable, Liv. Et je suis content que ça l'ait été pour toi aussi.

— Je suis désolée d'avoir à revenir à des considérations plus terre-à-terre, mais nous allons devoir y aller. Tu te souviens ? Le rendez-vous…

— Je sais. Nous sommes dans les temps ?

— Absolument. Le timing est parfait. Tout a été parfait, ajouta-t-elle le sourire aux lèvres.

Il lui rendit son sourire et vint déposer un léger baiser sur ses lèvres. Puis il laissa échapper un soupir.

— Tu as raison. Il faut y aller. Je dois prendre aussi une douche avant que nous ressortions.

Il roula sur le côté puis se leva pour s'habiller.

— Je prendrais bien un verre pour me donner du courage, poursuivit-il. Mais je tiens à garder l'esprit vif. Donc le verre sera pour une autre fois.

— Ce sera le verre de la victoire. Et je me joindrai à toi avec plaisir lorsque tout sera terminé.

Olivia fut surprise par ses propres paroles. Pour la première fois, la perspective de survivre à la rencontre avec Tommy lui parut possible.

— Et pour ce que cela vaut, reprit-elle, je peux te dire que, grâce à toi, je me sens presque invincible.

Puis elle s'habilla. Assis dans l'herbe, Aaron la regardait en riant. Il paraissait hypnotisé par chacun de ses gestes. Elle se sentit fort mal à l'aise d'être ainsi observée, mais ne parvint pas à se détourner. Elle était flattée qu'il la regarde ainsi.

Lorsqu'elle eut terminé, il se releva vivement, attrapa ses propres vêtements et les enfila en hâte. Puis il se dirigea vers elle et lui prit la main. Ils marchèrent tous deux vers le téléphone, et composèrent le numéro de la navette.

13

Aaron alla s'enfermer dans la salle de bains dès leur retour au chalet. Olivia put enfin saisir l'opportunité qu'elle attendait depuis longtemps. A peine avait-elle entendu l'eau de la douche couler qu'elle se rua sur le sac de son compagnon et en sortit le téléphone qu'il gardait avec lui. Un à un, elle pressa en hâte les touches du clavier qui émirent une série de bips discrets.

Le répondeur de son domicile se mit automatiquement en route. Elle entra les chiffres de son code secret et arpenta la chambre pendant qu'à l'autre bout du fil la voix enregistrée débitait son annonce. Puis l'appareil fit entendre le premier message.

« Olivia, c'est Carrie. Je me fais un sang d'encre. Je suis restée discrète à propos de ce dont nous avons parlé, et je le resterai autant que possible, mais appelle-moi, s'il te plaît. Et prends soin de toi, d'accord ? »

D'un geste, elle effaça le message et passa au suivant.

« Professeur Dupree ? Dean Cranshaw à l'appareil. J'ai cru comprendre que la soirée de levée de fonds avait été annulée à la dernière minute. Sachez que j'apprécie assez peu le manque d'explications à ce sujet et le fait d'en avoir été informé par un tiers. »

Qui avait prit l'initiative d'appeler ses invités ? Carrie ? Bryan ? En tout cas, celui qui avait fait ça lui avait tiré une sacrée épine du pied.

« J'imagine qu'il y a une excellente raison à cela, poursuivit la voix. Mais je suis extrêmement déçu que vous manquiez à tous vos devoirs et que vous n'ayez pas jugé utile de fournir la moindre explication. Rappelez-moi dès que possible. »

Le message subit le même sort que le précédent. Grâce au ciel, elle avait une bonne raison de leur avoir fait faux bond. La meilleure. Avec un peu de chance, l'université ne la congédierait pas et pardonnerait peut-être la légèreté apparente avec laquelle elle avait traité les donateurs.

Un troisième message suivait. Olivia se tendit lorsqu'elle reconnut la voix de Bryan.

« Olivia, c'est Bryan. Je n'ai pas le droit de te dire comment j'ai obtenu cette information, mais l'homme avec qui tu te trouves n'est *pas* Aaron Westhaven. Je répète, ce n'est pas Westhaven. Le numéro de la plaque qu'il porte à la tête est celui d'un type mort pendant la guerre en Irak. On a peut-être fait une erreur en la lisant, mais l'important est que ce type n'est pas Westhaven. Nous n'en savons pas plus à son sujet, mais il pourrait être un danger pour toi. Je ne sais pas dans quel pétrin tu es, Olivia, mais apparemment c'est quelque chose de gros. Le FBI est impliqué. Alors… surveille tes arrières, d'accord ? Et si tu es avec ce type, débarrasse-toi de lui et rentre aussi vite que possible. Au point où nous en sommes, je ne sais pas si je peux encore garder le silence sur tout ça plus longtemps, surtout si je n'ai pas de tes nouvelles. Appelle moi, pour l'amour de Dieu. »

Elle effaça ce dernier message. Frappée de stupeur, elle s'assit et demeura là, à fixer d'un regard vide le téléphone qu'elle tenait en main. Elle reprit progressivement ses esprits, réveillée par Freddy, qui tentait d'attirer son attention en lui léchant la main. Plus aucun bruit d'eau ne parvenait de la douche. Combien de temps était-elle restée là, perdue dans ses pensées, en état de choc, presque ?

Elle navigua dans les menus du téléphone et effaça les traces de l'appel. Puis elle éteignit l'appareil et se dépêcha d'aller le ranger à sa place, dans le sac d'Aaron.

Elle se redressait lorsque la porte de la salle de bains s'ouvrit. Elle eut juste le temps de prendre la pose la plus innocente qui soit et se mit à examiner ses ongles.

— Liv ?

— Tu as déjà fini ? demanda-t-elle en feignant la surprise.

— Non, mais j'ai besoin de mon rasoir. Il y a un petit sac dans le grand. Tu veux bien…

Elle s'était aussitôt tournée vers le sac et simula l'ouverture de la fermeture à glissière qu'elle n'avait pas eu le temps de refermer. Elle y prit la trousse d'Aaron et se dirigea vers la salle de bains pour la lui donner.

Debout dans l'embrasure de la porte, il la dévorait des yeux.

Elle eut un léger frisson. Après les révélations de Bryan, ce regard n'avait plus rien de rassurant. Si cet homme n'était pas Aaron Westhaven, il pouvait être n'importe qui, même un assassin envoyé pour la supprimer. Pour quelle autre raison serait-il venu la voir, ici, dans le Vermont ? Et comment était-il entré en possession de la carte qu'elle avait envoyée au véritable Aaron ? Pourvu que l'écrivain n'ait pas été la victime innocente, dans cette affaire !

Olivia sourit pour donner le change. Mais Aaron la regarda d'un air perplexe, comme s'il avait perçu un changement en elle.

— Dépêche-toi, veux-tu ? dit-elle en lui tendant sa trousse avec un sourire forcé. Je me sens un peu seule, ici.

Le cœur d'Olivia se déchira. Aaron s'était détendu, et il l'avait regardée avec un sourire qui la fit fondre. Elle ne pouvait plus continuer ainsi, tiraillée entre le doute et l'attirance qu'elle éprouvait pour lui. Elle devait savoir, sans attendre. Peut-être aurait-elle l'occasion de le sonder ce soir.

— Je ne serai pas long, promit-il en retournant dans la salle de bains.

— Je vais amener Freddy faire un petit tour pendant que tu finis, dit-elle à travers la porte.

— D'accord.

Elle se rua sur le sac et y prit de nouveau le téléphone. Puis, tout en pressant une à une les touches du clavier aussi vite qu'elle le pouvait, elle ouvrit doucement la porte et gagna l'extérieur. Ravi de sortir enfin, Freddy bondit à sa suite. Puis elle referma la porte derrière elle.

L'obscurité recouvrait maintenant les collines. On était en été, et il devait déjà être tard. Bientôt, elle affronterait Tommy. Sa nervosité atteignait son comble. D'autant qu'elle ne savait plus quoi penser de son seul allié.

Le silence de la nuit n'était troublé que par la sonnerie d'appel qui lui parvenait par l'écouteur du téléphone. Une voix familière lui répondit enfin.

— Kendall.

— Salut, dit-elle. C'est moi. Olivia. J'ai eu ton message. Tu crois vraiment qu'il est…

— Je ne sais pas, Olivia. Es-tu avec lui ? Dis-moi que non, je t'en supplie.

— Il est là, en effet, mais je vais bien, rassure-toi. Ecoute, il y a quelque chose que tu ignores. L'autre nuit, un type s'est introduit chez moi, après mon retour de l'hôpital. Il a drogué Freddy…

— Non ! Tu vas bien ? Olivia, ça va ?

— Oui.

— Et Fred ?

— Aussi. Ecoute-moi, ce type voulait quelque chose que j'avais pris à Tommy en guise… d'assurance. Et je crois qu'il n'aurait pas hésité à me faire du mal pour l'obtenir. Mais, avant qu'il en ait eu le temps, Aaron… enfin, peu importe qui il est vraiment… a surgi et m'a tiré de là. Il s'est battu avec mon agresseur, l'a désarmé et, pour faire court, il m'a très certainement sauvé la vie.

— Mouais… Dix contre un que ton intrus était aussi celui qui avait essayé de le tuer le jour même. Ecoute, je sais que tu ne veux rien savoir à ce sujet, mais imagine que celui qui a envoyé l'amnésique ait aussi envoyé l'autre à sa recherche.

— Pour le tuer ?

— Et aussi pour finir le travail que l'autre avait laissé en plan. Ces gens-là ne sont pas des enfants de chœur, Olivia.

— Admettons, mais pourquoi vouloir tuer Aaron ? Ta théorie ne tient pas. Il venait juste d'arriver et n'avait pas eu le temps de faire quoi que ce soit. Alors, l'accuser de ne pas avoir rempli son contrat avant même qu'il ait essayé… Non, il y a quelque chose d'autre.

— Il faut que tu reviennes, Olivia.

— Oui, j'en ai bien l'intention, mais pas tout de suite. J'ai une chance inespérée de pouvoir reprendre le contrôle de ma vie et je ne vais pas la laisser passer. Nous avons rendez-vous ce soir avec Tommy pour lui remettre des disquettes que je lui ai volées il y a seize ans. Il m'a donné sa parole de me laisser tranquille après ça.

— C'est de la folie, Olivia. Tu crois aux promesses de ce type ?

— Non.

— Alors pourquoi vas-tu là-bas ?

— Parce que je veux en finir avec tout ça. Ecoute-moi. Voilà comment je vois les choses. A tous les coups, Tommy viendra armé et essaiera de m'avoir ; ça, j'en suis certaine. Alors, je veux que tu viennes en avance à ce rendez-vous et que tu mettes en place une embuscade.

— Tommy s'est déjà fait avoir deux fois, Olivia.

— C'est exact. Et il se fera avoir une troisième. Et ce coup-ci, il prendra la perpétuité. Et je n'aurai plus jamais à avoir peur de le voir resurgir dans ma vie.

— Vous êtes brillante, professeur.

— Je sais, disons que c'est une déformation professionnelle.

— Tu as conscience qu'il faudra aussi que j'embarque ton… ami ?

— Il n'a rien fait d'illégal, Bryan.

— Pas que nous sachions, en tout cas.

— On n'arrête pas un homme sans raisons.

— Les fédéraux le recherchent, Olivia, expliqua-t-il en soupirant. Je n'ai aucun pouvoir en la matière.

— Sauf si tu ne les préviens pas. Ecoute… Si tu veux lui parler, d'accord. Mais ne le livre pas. Sinon, je romps notre accord.

— Je ferai ce que je peux, promis, mais je veux lui parler d'abord pour voir à qui on a affaire. Dis-moi où et quand vous devez rencontrer Tommy.

— A minuit, ce soir. A l'ancienne ferme des Campbell.

— Parfait, j'y serai. Sois prudente d'ici là, Olivia.

— Juré. Merci, Bryan. Attends, écoute… J'apprécie cet homme, tu sais ? Je pense que c'est un type bien. Peu importe qui il était avant. J'ai l'impression que le fait de se faire tirer dessus a changé énormément de choses chez lui.

— Les gens ne changent pas comme ça. Pour l'instant, tout a l'air de bien se passer, mais tu ignores comment il réagira quand il retrouvera toute sa mémoire.

— Je sais, je sais. Simplement… vas-y doucement avec lui, d'accord ?

— Olivia, tu n'es quand même pas amou…

— Je dois y aller avant qu'il ne se doute de quelque chose. Merci, Bryan.

Elle s'empressa de raccrocher avant que Bryan n'ait fini de poser la question qu'elle ne voulait surtout pas entendre.

Elle voulait éviter le sujet, ne pas même penser à ce qu'elle aurait pu lui répondre.

Elle reprit la direction du chalet, effaçant en route toutes traces de l'appel qu'elle venait de passer, puis, une fois à l'intérieur, elle glissa discrètement le téléphone dans le sac d'Aaron.

Elle se sentait terriblement coupable d'avoir trahi l'homme avec lequel elle avait fait l'amour à peine quelques instants auparavant. Mais elle savait aussi parfaitement combien il pourrait lui en coûter de se fier aveuglément à un homme violent, impitoyable et immoral. Elle avait failli en mourir, autrefois. Et même si elle refusait de penser qu'Aaron pouvait être le pire des monstres, elle devait prendre ses précautions. Elle avait trop longtemps lutté pour baisser sa garde maintenant.

Ils se rendirent en avance sur les lieux du rendez-vous. Olivia fut surprise de constater que l'endroit qu'elle avait choisi n'était pas aussi désert qu'elle l'avait cru. Plusieurs voitures occupaient un champ qui servait de parking. L'une d'elles, toutes portes ouvertes et la stéréo poussée au maximum, crachait une musique assourdissante. Plus loin dansaient les flammes d'un feu de camp autour duquel s'était réunie une dizaine d'adolescents dont les clameurs joyeuses leur parvenaient.

Des années auparavant, l'endroit avait été une ferme laitière. Il subsistait peu de traces de la maison qui s'élevait ici jadis, victime d'une tornade qui avait ravagé l'exploitation en 1995. La famille qui habitait les lieux depuis des générations s'était dispersée et, quelques années plus tard, le terrain avait été saisi par le comté pour solder des impayés. La grange et les dépendances cédaient peu à peu du terrain face aux éléments qui, lentement mais sûrement, finiraient un jour par les engloutir. On pouvait déjà voir la vigne vierge et le lierre à l'œuvre sur les murs de bois. Leurs branches enlaçaient les poutres des charpentes en une mortelle étreinte et rongeaient jusqu'aux tôles des toits.

Le chemin d'accès au site, dont on pouvait toujours deviner le tracé sous les herbes folles, n'était plus entretenu depuis longtemps. Un sentier menait, après une courbe, à la plus vaste des granges. Un autre s'en détachait, contournait le bâtiment et desservait l'antique passerelle de terre levée qui permettait jadis l'accès au grenier à foin situé à l'étage. Quelques autres vestiges de voirie étaient visibles çà et là. L'un d'eux serpentait à travers champs jusqu'à l'étang, qui s'étendait à une centaine de mètres de la route principale et des fondations de la maison aujourd'hui emportée. C'était à cet endroit que les adolescents avaient établi leur feu de camp.

La rencontre avec Tommy devait avoir lieu un peu plus près de la route, à proximité de la grange.

La proximité des jeunes inquiétait Olivia. Pourvu qu'ils soient assez loin pour rester en dehors de tout ça, si les choses venaient à mal tourner… Tommy était suffisamment tordu pour penser qu'ils étaient les éléments d'un piège destiné à le tromper. De hautes flammes jaillissaient du feu et semblaient atteindre le ciel. Leurs reflets dansaient, tel un feu follet, sur la surface lisse de l'étang. Le spectacle qui s'étendait devant ses yeux avait quelque chose d'irréel.

Celui qu'elle continuait, faute de mieux, d'appeler Aaron avait garé leur voiture à l'entrée du chemin qui partait de la route, le plus loin possible du lieu où la fête nocturne battait son plein et dont le son leur parvenait étouffé par la distance.

— Je croyais que l'endroit était désert. Tu es sûre de ne pas l'avoir choisi pour sa fréquentation, afin d'avoir des témoins ?

— Bien sûr que oui. Enfin, tu me vois mettre ces gosses délibérément en danger ? On est en pleine semaine, j'aurais mis ma main à couper qu'il n'y aurait personne.

— Certes, mais nous sommes au milieu des grandes vacances, lui rappela-t-il. Week-end ou pas, c'est la même chose, pour eux.

— J'aurais dû y penser.

Olivia était tendue, inquiète. Déjà, elle regrettait d'avoir mis Bryan au courant de leur plan. Mais après tout, il était son ami ou, du moins, il était, comme Carrie, l'un des habitants de Shadow Falls dont elle était le plus proche. C'était un type bien et un bon policier, et il lui avait promis de faire son possible pour Aaron, sauf si, bien sûr, ce dernier s'avérait être lui aussi un criminel. Mais le plus difficile était à venir. A coup sûr, son compagnon se sentirait trahi, blessé, même, lorsqu'il apprendrait qu'elle avait contacté Bryan à son insu.

Elle se redressa. Inutile de ressasser ces questions qui s'imposeraient d'elles-mêmes bien assez tôt. D'ici là, elle devait avant tout penser à elle. En aucun cas elle ne devait se mettre en danger simplement parce qu'elle avait le béguin pour cet homme.

Car c'était bien là ce qui lui arrivait. Elle était en train de tomber amoureuse d'un inconnu, un homme dont elle ignorait jusqu'au nom, mais que, pour une raison mystérieuse, elle avait le sentiment de connaître mieux que personne. Elle s'en méfiait, certes, mais éprouvait inexplicablement un lancinant sentiment de culpabilité quand elle agissait à son insu.

— Tu crois que les jeunes risquent quelque chose ? murmura-t-elle avec une pointe d'inquiétude dans la voix.

— Leur présence sert notre cause, mais elle les met en danger, c'est évident.

— Laissons tomber, alors. Partons. Appelons Tommy et…

— Du calme, ma chérie.

Olivia sursauta presque. Comment ça, « ma chérie » ? Suffisait-il qu'il lui ait fait l'amour pour s'imaginer des choses, pour se projeter avec elle ? Commençait-il lui aussi à… éprouver des sentiments pour elle ?

— Il ne tentera rien avec autant de témoins potentiels dans les parages, reprit-il à voix basse. S'il a l'intention de nous tuer et qu'il veut être… disons, efficace et discret jusqu'au bout, il devra les tuer aussi. J'ai beau avoir la pire opinion de ce type, je ne l'imagine pas en tueur en série. Tu as bien choisi l'endroit, finalement. Allons-y.

— Quoi ?

— Il est temps d'aller te cacher.

— Déjà ? Mais il est encore tôt.

— Crois-moi, c'est le moment.

— Ecoute, je vais venir avec toi, je veux le regarder dans les yeux. Et, de toute façon, il sait que j'ai insisté pour venir.

— Oui, et je vais lui dire que j'ai refusé de t'emmener. Je verrai bien s'il maintient le marché. Quant à toi, tu pourras observer sa réaction à ton aise, comme tu le souhaitais, mais depuis ta cachette.

— Il ne marchera jamais. Il se doute que je vais être là, assura-t-elle en ouvrant la portière pour descendre.

— S'il insiste et ne nous laisse pas d'autre choix, tu te montreras. Mais à cette unique condition. Entendu ?

— Entendu. Mon Dieu, j'ai l'estomac tout retourné…

— Tout sera bientôt terminé, promit-il en ouvrant sa portière de son côté.

Ils descendirent tous deux de voiture. Olivia se retourna pour caresser Freddy.

— Je suis désolée, mon vieux. Je serai plus tranquille si tu restes là. Ça va aller ?

Pour toute réponse, il gratta la portière en gémissant. Olivia lui embrassa le museau et laissa la fenêtre arrière légèrement entrouverte, suffisamment pour qu'il puisse humer l'air frais du soir, et pas assez pour lui permettre de fuir.

— Nous serons bientôt de retour, je te le promets. Je l'espère en tout cas, dit-elle dans un grand soupir.

Elle ferma la portière après avoir pris les disquettes dans la boîte à gants.

— Tu vas avoir besoin de ça, reprit-elle en les tendant à Adam.

D'un geste du menton, il désigna la grange qui s'élevait

à mi-chemin entre l'étang et l'endroit où ils avaient garé la voiture. Là-bas, les fêtards, qui avaient remarqué leur présence, commençaient à les regarder avec attention.

— Cache-toi dans la grange. Mais sois prudente. J'ai bien l'impression qu'il pourrait arriver d'un moment à l'autre. Mets-toi à couvert.

— D'accord.

Hésitante, elle soutint son regard. Un terrible sentiment de malaise l'étreignait. Avait-elle commis une erreur en avertissant Bryan ?

— Vas-y, il ne devrait plus tarder, maintenant.

— Très bien.

Dans un élan spontané, elle posa un baiser furtif sur les lèvres d'Aaron. Surpris sans doute, il ne réagit pas immédiatement. Mais, alors qu'elle se détachait de lui, il lui prit la taille, se pencha sur elle et lui rendit son baiser. Un baiser d'une intensité incroyable, digne d'une rencontre au sommet entre Humphrey Bogart et Lauren Bacall.

Lorsqu'il s'écarta enfin, Olivia demeura sans voix, le cœur battant la chamade tandis que ses yeux s'emplissaient de larmes.

Le temps pressait.

Aaron glissa l'arme qu'il avait prise dans le sac d'Olivia à l'arrière de son jean, où se trouvait déjà son propre revolver.

De son côté, Olivia courut vers la grange en ruine, où elle trouva sans peine une cachette parfaite près de la porte d'entrée. Au moment où elle se glissait à l'intérieur, son attention fut immédiatement attirée par le vol silencieux d'une forme imposante qui planait au-dessus de sa tête. Effrayée, elle se plaqua au sol, s'imaginant déjà attaquée par un vampire géant ou quelque autre créature de cauchemar. La silhouette blanche vint se percher sur une poutre et, levant les yeux, Olivia découvrit le masque fantomatique d'une inoffensive chouette qui, aussi surprise qu'elle, la regardait en clignant les yeux.

Rassurée, elle lâcha un bref soupir et s'accroupit près de l'entrée du bâtiment. La nuit était noire, mais elle voyait distinctement Aaron. Aaron. Bon sang, comment pouvait-elle l'appeler autrement, après ce qui s'était passé entre eux ? Devait-elle lui dire qu'il n'était pas Aaron Westhaven ? Il était tout de même le premier concerné !

Mais il le savait peut-être déjà. Après tout, c'était ce qu'il s'obstinait à lui dire depuis le début.

Depuis sa cachette, elle l'avait regardé s'éloigner de la voiture. Il s'était ensuite assis sur une souche, à quelques mètres du sentier qui menait à la grange. En regardant entre les planches qui obstruaient une ouverture dans le mur perpendiculaire à celui contre lequel elle était appuyée, Olivia pouvait aussi voir la fête qui battait son plein, à une centaine de mètres à sa gauche.

Quelques minutes plus tard, une Lincoln Navigator noire débouchait de la route et empruntait en cahotant le sentier qui menait à sa cachette. Elle s'arrêta tout près de la grange. Les quatre portes s'ouvrirent simultanément, livrant le passage à une poignée d'hommes. Le souffle court, elle en compta trois, plus Tommy. Ils avaient une heure d'avance et trois d'entre eux, au moins, étaient armés.

— Merde !

Elle sauta et courut vers le mur adjacent. A travers l'interstice qui séparait les planches, son regard fut aussitôt attiré par un mouvement. Elle finit par distinguer deux adolescents accroupis derrière un pommier au tronc noueux dont les branches courbées touchaient presque le sol. L'arbre au feuillage dense les dissimulait parfaitement à la vue des nouveaux arrivants. Olivia les examina attentivement ; elle reconnut l'un d'eux. Sam Overton, le fils de Carrie. Et il y avait fort à parier que son compagnon n'était autre que Kyle, le garnement avec lequel Sam s'était embarqué pour une virée à bord de la voiture du Pr Mallory.

— Ils sont armés, entendit-elle Sam dire à Kyle.

— Ouais, et tu as vu ? L'autre voiture, c'est celle du vieux Mallory. Ta mère n'avait pas dit qu'Olivia Dupree la gardait chez elle ?

— Mmm… oui. Et il paraît qu'elle a disparu depuis, tout comme le mec qu'on a trouvé dans le fossé. Ma mère est inquiète, et les flics aussi.

— Ouais, bon, je ne la vois pas, en tout cas. Mais je crois reconnaître notre type, là-bas.

— Oui, pas de doute, c'est lui, confirma Sam. Mais qui sont les autres ?

— Ça pourrait pas être la mafia ?

— Il se passe des trucs bizarres, ici, mec.

— Tu ne crois pas qu'on devrait appeler les flics ? suggéra Kyle.

— Encore ? Ma mère va finir par avoir une attaque. Approchons-nous.

— Ils sont armés !

— Tais-toi, ils parlent !

Olivia reprit sa position contre le mur avant de la grange et tira son arme, qu'elle gardait cachée à l'arrière de son jean. Accroupie dans l'ombre, elle observait et écoutait. Mais, surtout, elle priait.

***

— Thomas Skinner, je présume ? demanda Adam au seul des quatre nouveaux venus qui avait les mains vides.

L'homme n'avait pas d'arme visible, mais il était évident qu'il était armé.

— Lui-même. Où est-elle ?

Adam le détailla des pieds à la tête. L'homme qui se tenait devant lui était imposant, mais dans le mauvais sens du terme. Il était corpulent, relativement musclé, mais souffrait visiblement d'un excès de graisse ; il avait le visage bouffi de celui qui ne lésine ni sur l'alcool ni sur le tabac, et encore moins sur la nourriture. Il avait des cheveux d'un blond sale coupés en brosse, une cicatrice sur le menton et, sous son front, deux yeux bleu pâle brillaient d'un éclat étrange et dérangeant. Sa voix rauque et ses dents jaunâtres trahissaient une addiction au tabac que venaient confirmer son haleine et l'odeur de cendres froides qui le précédait.

— J'ai décidé qu'elle ne viendrait pas, lança Adam d'une voix ferme.

— Oh, *vous* avez décidé ? Et elle vous a obéi sans broncher ? Vous avez plus de pouvoir sur elle que je n'en ai jamais eu…

— Je n'ai rien du tout. Je la connais simplement depuis quelques jours et j'ai décidé de lui donner un coup de main.

— Voyez-vous, je suis venu avec l'espoir que vous comprendriez mon point de vue. Et là, je suis très déçu, d'autant plus que j'étais persuadé qu'elle se débrouillerait pour venir. J'ai pourtant été on ne peut plus clair. Pas de Sarah, pas de deal.

— Très bien. Je vais envoyer les disquettes à CNN, alors.

— C'est ce qu'on va voir, mon gars.

Tommy tourna les talons et parcourut quelques pas.

— Sarah ! hurla-t-il. Tu ferais bien de bouger ton cul et de te montrer, salope ! Sinon, je laisse mes gars buter ton petit ami.

Surpris, Adam se détourna et fit mine de marcher vers sa voiture. Il passa près d'un des complices de Tommy et, vif comme l'éclair, il bondit dans son dos et le saisit par la gorge. De son autre main, il pointa son revolver sur la tempe de l'homme, médusé, qui n'avait pas eu le temps de réagir.

— Jette ton arme. Je ne le répéterai pas, lui lança Adam.

Les deux autres hommes de main de Tommy l'avaient mis en joue, mais aucun ne fit feu. Ils n'auraient pu l'atteindre sans toucher leur complice qui, sous la menace, venait d'obtempérer.

— A vous, maintenant ! cria-t-il aux deux autres. Laissez tomber ou c'est lui qui prend.

— Allez-y, ils se fichent complètement de lui, fit remarquer Skinner.

— Un point pour vous, dit Adam en pointant son arme sur Tommy tout en se servant du complice comme d'un bouclier. Dites-leur de jeter leurs armes, sinon c'est vous qui prenez.

Skinner le fixait dans les yeux, comme s'il essayait de lire en lui. Aussi s'efforça-t-il de rendre son visage le plus inexpressif possible et de le fixer sans fléchir ni ciller. Ce salaud finirait bien par comprendre à qui il avait affaire.

— OK, dit Skinner. On se calme.

— Nous nous sommes mis d'accord sur un rendez-vous. Vous et moi, seuls.

Et Sarah.

— Non. Il n'a jamais été question d'elle, pas plus que de ces trois-là. Faites-les dégager ou bien je me tire. Et alors adieu, les disquettes.

Tommy adressa un signe de tête à ses hommes. Instantanément, ils lâchèrent leurs armes. Puis ses yeux se posèrent de nouveau sur Adam.

— Et maintenant ?

Adam libéra l'homme et le poussa en direction de ses complices.

— Vous trois, prenez la Lincoln et allez faire un tour. Repassez prendre votre chef dans vingt minutes exactement. Si je vous vois débarquer une minute plus tôt, je lui règle son compte.

Les trois hommes regardèrent Tommy.

— Allez-y, ordonna-t-il.

Ils amorcèrent un mouvement pour reprendre leurs armes, qui reposaient à terre.

— Attention, les prévint Adam. Vos flingues sont très bien où ils sont. Vous les reprendrez plus tard. Foutez le camp, maintenant.

Il les regarda se redresser comme un seul homme et se diriger vers la Lincoln. Ils avaient sans doute d'autres armes à l'intérieur, mais son instinct lui dit qu'ils ne tenteraient rien qui puisse mettre la vie de leur employeur en danger.

Il se sentit soulagé lorsque la voiture chargée de ses trois occupants s'éloigna, mais il tenta de ne rien en laisser paraître. Lorsque le véhicule eut disparu, il se tourna vers Skinner, qu'il tenait toujours en joue.

— Allez, posez votre arme, vous aussi. Je suis certain que vous en avez une sur vous.

— Et vous, rendez-moi mes putains de disquettes et dites-moi où se cache cette salope !

— Votre arme.

— Va te faire foutre, lança Tommy en pivotant sur ses talons. Alors, où peut-elle bien être… Dans la grange, peut-être ? Hé ho, Sarah ! Tu es là-dedans ? Je vais venir te chercher, tu sais ? Il va falloir que tu sortes et que tu me regardes bien dans les yeux, salope, parce que sinon notre joli petit accord tombe à l'eau.

Adam arma son revolver.

Tommy s'arrêta et lui fit face.

— Je dois la voir, exigea-t-il.

— Je veux vous l'entendre me le dire en face : avez-vous envoyé ce type l'attaquer chez elle ?

— Pas directement, non.

— Comment ça ?

Tommy haussa les épaules d'un air évasif.

— Expliquez-vous, dit Adam.

L'homme soupira. Visiblement, il n'était pas habitué à ce qu'on lui donne des ordres. Mais Adam savait d'instinct comment traiter avec des types comme lui. Il l'avait déjà fait. C'était chez lui comme une seconde nature.

— Ecoutez…, commença Tommy. Au début, je m'en foutais qu'elle ait pris ces disquettes. Après tout, si c'était pour protéger les trous du cul qui y sont mentionnés, c'était plutôt sympa de sa part.

— Exact. Elle savait que la police saisirait votre ordinateur et vos archives. Elle ne voyait aucune raison d'envoyer vos clients en prison en même temps que vous.

— Qu'elle ait balancé mon disque dur et se soit tirée avec mes disquettes de secours, pas de problème non plus. Je n'avais plus besoin de ces informations, de toute façon.

— Alors pourquoi revenir la harceler des années plus tard ?

— Vous avez vu les noms qui apparaissent dans ces fichiers ?

— Non, mentit-il.

— Eh bien il y a pas mal d'huiles parmi eux, vous pouvez me croire. A l'époque, quand ils m'achetaient de l'herbe, c'étaient des types normaux. Mais certains ont pris du poids depuis. Des personnalités publiques. Si les informations contenues sur ces disquettes venaient à être dévoilées, leurs carrières partiraient… pardon pour le jeu de mots… en fumée.

Il ricanait, à présent.

— Vous voulez les récupérer pour faire chanter ces gens ?

— Oh, ça fait un moment que je les fais cracher au bassinet…

— Attendez, vous les faites payer pour quelque chose que vous n'avez pas ?

— Non, vous ne m'avez pas compris. Ils me paient pour que je leur dise qui a les disquettes. Je dis à ces salauds de riches qu'elles existent, puis, s'ils veulent savoir où elles se trouvent, je monnaye l'information. Et je leur donne en pâture l'adresse de la soi-disant Olivia Dupree.

— Depuis quand savez-vous, pour Olivia ?

— Mes gars l'ont repérée deux ans après sa mort supposée. Elle avait pris l'identité de sa colocataire assassinée quelques semaines à peine après son arrivée dans ce trou du cul du monde. Vous saviez ça, vous ?

— Non, mentit de nouveau Adam.

— A l'époque, je ne pouvais rien faire. J'étais coincé en prison. Quand je suis sorti, la vengeance, je m'en foutais.

— Foutaises. Vous n'avez fait que ça, vous venger. A combien de personnes avez-vous parlé d'elle ?

— Trois, quatre types, dit Tommy en haussant les épaules.

— Il y a longtemps ?

— Tous dans les derniers mois. J'avais besoin d'argent. La crise, vous savez…

— Lequel d'entre eux a envoyé cet enfoiré chez elle ?

— Comment voulez-vous que je le sache ?

— Je crois que vous le savez très exactement.

— Donnez-moi mes disquettes et je vous garantis que je ne vous poserai plus jamais de problèmes.

— Ah, oui ? Vous pouvez me promettre que personne ne la harcèlera ni ne tentera de la tuer ? Personne ne la pourchassera ?

— Ça, c'est au-delà de mes possibilités. Mais si je leur dis que j'ai retrouvé les disquettes, qu'elle ne les a plus, ça devrait les convaincre d'arrêter de la poursuivre.

— Je ne crois pas. Ils pourraient s'imaginer qu'elle a consulté les fichiers.

— Je n'y peux rien, et qu'est-ce que vous voulez que ça me fasse ? demanda Tommy en levant les mains en l'air en signe d'impuissance. Je ne peux rien faire. Putain, en ce moment, il doit bien y avoir une douzaine de personnes dans la nature qui voudraient bien faire la peau à cette garce. Bien plus que ceux que j'ai envoyés sur ses traces. Tous les types qu'elle a baisés, quoi.

— Vous savez ce que j'attends de vous ?

Tommy lâcha un grand soupir.

— Que je fasse en sorte d'avertir les types à qui j'ai dit qu'elle avait les disquettes que c'est moi qui les ai, maintenant. J'imagine que vous voulez aussi que je m'abstienne de parler d'elle dans mes futures tractations. Ça vous convient ?

— Et je veux que vous promettiez de la laisser tranquille à l'avenir, ajouta Adam. Et jamais vous ne révélerez le secret de son identité à qui que ce soit. Jamais.

— Je suis prêt à accepter jusqu'à la dernière de vos conditions si elle se montre et me le demande elle-même.

— Ça n'arrivera pas.

— Pas de Sarah, pas d'accord, dit-il en secouant lentement la tête.

— Je suis là, dit Olivia en émergeant de l'ombre qui la dissimulait.

Son regard croisa celui d'Adam.

— Sarah, murmura Skinner en la détaillant de la tête aux pieds. Eh bien, même maintenant, tu n'as pas du tout l'air d'une sale petite pute qui donne des coups de couteau dans le dos.

— Ah, oui ? Par contre, toi, tu as tout à fait la tête d'un connard de raté. On dirait que je suis meilleure en camouflage que toi.

— Tu l'as toujours été.

Olivia rassemblait ses forces. Tête baissée, elle avait fait un pas en direction de Tommy, mais restait à une distance respectable, hors de portée de ses poings. Puis elle le fixa de nouveau.

— Je pense que toi et moi savons tous les deux que je n'avais pas d'autre choix que de faire ce que je t'ai fait, Tommy.

— Tu l'avais, ce putain de choix.

— Ah, oui ? Et si je t'avais dit que je te quittais, qu'aurais-tu fait ?

Pour toute réponse, il haussa les épaules.

— Allez, Tommy, reprit-elle. Une fois, tu m'as cassé le bras parce que j'avais brûlé un toast. Tu te souviens ?

L'espace d'un instant, il parut honteux et détourna

les yeux. Il se reprit en un clin d'œil, l'air plus combatif que jamais.

— Tu m'aurais tuée, reprit-elle. Et tu le sais. Je n'avais pas le choix.

— Tu aurais pu choisir de rester, de faire preuve d'un peu de fidélité, bordel.

— Et te laisser me battre quand ça te chantait ? Quelle vie j'aurais menée ! Tu vivrais comme ça, toi, Tommy ? Si une ordure te cassait le bras pour un toast brûlé, tu réagirais comment ?

— Je tuerais ce salaud. Mais je suis un homme, c'est différent.

— Et tu crois que je n'aurais pas pu en arriver là, peut-être ? J'avais une arme, elle était chargée. Une nuit que tu avais trop bu, je l'ai braquée sur ta tempe, presque à bout portant. J'ai posé mon index sur la détente et, je te le jure, Tommy, j'étais à deux doigts de le faire. J'ai failli te brûler la cervelle, tellement je ne voyais pas d'autre moyen de m'en sortir.

Tommy avait pâli. Il paraissait avoir été frappé par la foudre.

— Je ne te crois pas.

Mais, de toute évidence, il n'en était rien.

— Tu devrais. Tu serais mort à l'heure qu'il est, et moi probablement en prison, si je n'avais pas été interrompue. J'étais prête à le faire, Tommy. Tu vois maintenant à quel point je voulais fuir loin de toi ? Mais, juste au moment où j'allais presser la détente, quelqu'un est arrivé. Un de tes clients qui venait chercher sa dose. Et c'est à ce moment que j'ai eu l'idée d'aller voir les flics, plutôt. Pas pour leur parler des coups que tu me mettais, ça, j'avais déjà essayé, en vain. En plus, tu étais l'un d'entre eux, et tu passais ton temps à leur dire combien j'étais à moitié folle et désespérée. Alors, ils ne m'ont pas crue. Mais, cette fois, j'y suis allée avec la preuve de tes sales petites combines. Ça, je pouvais le prouver. Et, cette fois, il a bien fallu qu'ils m'écoutent.

— Tu es vraiment pire que ce que j'imaginais.

— Tu devrais remercier le ciel d'avoir fini en prison ! cria-t-elle en faisant un pas vers lui. C'est grâce à elle que tu es toujours en vie.

Olivia fulminait. Elle paraissait ne plus pouvoir s'arrêter, comme si des années de rage contenue trouvaient enfin à s'exprimer.

— Ecoute-moi bien maintenant, Tommy. Si tu recommences à me pourrir la vie, cette fois, je te tue, sans hésitation. Je le jure devant Dieu, tu m'entends ?

Tommy la regardait, comme assommé. C'était la première fois, sans doute, qu'il la voyait ainsi.

— C'est presque drôle de te voir me menacer comme ça, maugréa-t-il en ricanant. Tu crois vraiment que tu me fais peur, Sarah ?

— Continue à me chercher, connard ! lança-t-elle en se tendant vers lui, menaçante. Et là, je te jure que tu vas me trouver.

Tout se passa alors très vite. En un éclair, Tommy l'avait saisie par les cheveux et collée, visage en avant, contre sa poitrine. Levant son arme, Adam avait aussitôt réagi. Mais, d'un geste vif, Tommy fit tourner Olivia sur elle-même. Il se servait d'elle à présent comme d'un bouclier humain. Il la maintenait, tête droite contre la sienne. Adam ne pouvait prendre le risque de tirer. Il toucherait à coup sûr la jeune femme.

— Maintenant, dit Tommy, fini le mélo. Passons aux choses sérieuses. Donnez-moi ces putains de disquettes.

Adam sentit monter en lui un sentiment de panique

qu'il n'avait jamais éprouvé jusque-là. Ce salaud pouvait la tuer à tout moment. Il devait agir, trouver une fenêtre de tir. Le regard suppliant d'Olivia plongeait dans le sien.

— Holà, holà, doucement, Skinner… Vous savez très bien que je ne les ai pas avec moi.

— Si c'est vrai, tu viens de signer l'arrêt de mort d'*Olivia*. Qui d'ailleurs n'a jamais vraiment existé, n'est-ce pas ?

Adam le gardait en joue.

— Ne faites rien de stupide, Tommy, personne ne serait venu à ce rendez-vous avec ces disquettes, dit-il.

— Un amateur, si. Mais vous n'êtes pas un amateur, n'est-ce pas ? Vous êtes un pro. Alors, Sarah, on dirait bien que tu t'es déniché un nouveau petit copain encore moins fréquentable que ton ex ? Tu tapes dans les criminels professionnels, maintenant ? Tu croyais vraiment qu'il pourrait te protéger ? Combien il te prend, pour ses services ?

Immobilisée comme elle l'était par Tommy, elle ne put même pas esquisser un geste de déni.

— Je ne le paie pas, siffla-t-elle entre ses dents. Ce n'est pas un mercenaire ni une petite crapule de bas étage comme toi.

— Foutaises ! Je l'ai vu en action. Et je peux t'assurer que je n'hésiterais pas à l'engager si la situation était différente, lança-t-il en fixant Adam droit dans les yeux. Vous vous imaginiez quoi, qu'on allait s'arranger gentiment et décider entre gens civilisés d'un endroit où je pourrais récupérer mon bien ?

— En effet.

— Eh bien vous vous fourriez le doigt dans l'œil, répliqua-t-il en regardant Olivia avec une expression terrible qui fit frissonner Adam. Cette façon de faire est dépassée.

Il embrassa sans ménagement Olivia sur le sommet du crâne, et commença à bouger lentement la main qui tenait son arme.

— Au revoir, bébé.

Il était sur le point de tirer ! Adam devait agir et faire feu le premier, même si le risque de toucher Olivia était grand. Et il devait le faire maintenant. D'un geste assuré, il leva son arme et visa le front de Skinner.

« Vas-y », lui disait le regard qu'Olivia fixait sur lui.

14

Olivia soutint le regard d'Aaron, qui avait pâli. C'était peut-être la dernière vision qu'elle emporterait de ce monde. Seigneur, tant de choses se bousculaient dans les yeux de cet homme ! Peut importait qui il avait été par le passé : elle savait maintenant qu'il tenait à elle et qu'il était révolté à l'idée que Tommy l'abatte d'une balle dans la tête. Et, malgré la tension, il parvenait à rester concentré. La main avec laquelle il tenait son arme ne tremblait pas.

Aurait-il assez de sang-froid pour atteindre Tommy en pleine tête sans la toucher ? Il était sa seule chance de survie. Et, de plus, le temps pressait. Il était à peine plus de 23 h 30, et les policiers n'arriveraient pas avant minuit.

Soudain, Olivia perçut un mouvement juste à la périphérie de son champ de vision. Ce ne pouvait être que Bryan, à qui elle avait suggéré de venir en avance pour mettre en place son embuscade. La silhouette était tapie dans l'obscurité, juste entre la grange et la route. Elle ne l'aurait pas remarquée si elle n'avait pas bougé. Elle émergea lentement de l'ombre, leva un bras dans une attitude indiquant qu'elle était prête à tirer.

Mais, soudain, Olivia fut heurtée par quelque chose qui avait jailli à sa gauche d'un buisson. Tommy, qui sous le choc avait lâché son arme, fut projeté avec elle, et tous deux vinrent s'écraser au sol. Le revolver alla se perdre plus loin dans les hautes herbes.

Olivia parvint à se dégager et rampa en direction d'Aaron. Non loin d'elle, le mystérieux agresseur se relevait péniblement. C'était un adolescent. Sam Overton venait de lui sauver la vie ! Plus loin, son ami Kyle, toujours tapi dans les buissons, observait la scène les yeux écarquillés par la surprise.

— Police ! Plus un geste ! hurla Bryan, qui bondit de sa cachette. Ne bouge même pas d'un poil, Skinner. Tu es cerné.

Tommy, toujours étendu à terre, s'immobilisa. Sam et son ami firent de même. De son côté, Olivia continua de ramper en direction d'Aaron. Il lui saisit le bras et l'entraîna à couvert. Elle aurait voulu s'assurer que les garçons allaient bien et le suivit à contrecœur.

Les policiers qui accompagnaient Bryan émergèrent un à un de l'obscurité, telle une armée de spectres. Arme au poing, ils tenaient le petit groupe en joue.

A couvert dans une zone d'ombre, Aaron et Olivia regardait les policiers refermer leur cercle autour d'eux. Concentrés sur Tommy, ils ne semblaient pas les avoir vus, cependant. Elle sentit la main de son compagnon autour de sa taille tandis qu'il l'entraînait loin du lieu de l'affrontement.

— Que fais-tu, Aaron ? murmura-t-elle.

— On se tire d'ici tant qu'il en est encore temps. Ils sont occupés, profitons-en.

— Mais pourquoi ?

Des coups de feu éclatèrent soudain. Aussitôt, Aaron plaqua Olivia au sol et lui fit un rempart de son corps. Tout autour d'eux, la fusillade faisait rage.

— Que se passe-t-il ? demanda-t-elle.

— Les hommes de Skinner sont de retour. Je parie qu'ils s'étaient cachés dans les environs et qu'ils nous ont observés tout ce temps. J'aurais dû m'en douter. Reste couchée.

Les coups de feu redoublaient. Olivia parvint à se dégager un peu d'Aaron, qui la maintenait au sol, et observa le théâtre de la fusillade. Terrifiée, elle vit Sam Overton recroquevillé à terre. Au niveau de l'épaule, sa chemise était noircie de sang.

— Sam ! Oh, mon Dieu, Sam est blessé !

— Olivia, il faut nous mettre à l'abri ! insista-t-il en la tirant en arrière.

— C'est le fils de Carrie !

Elle pleurait, à présent, tandis qu'Aaron l'attirait en rampant loin de ce qui était devenu un champ de bataille.

— On ne peut pas les laisser là !

— Je suis certain que ton copain Kendall a déjà appelé des renforts. Les hommes de Tommy sont complètement dépassés, de toute façon… Ça ne durera pas longtemps.

— Mais il y a des blessés ! Le garçon qui vient de me sauver la vie est aussi celui qui t'a trouvé inanimé dans ce fossé. C'est le fils de Carrie, Aaron, et il est blessé !

— J'ai vu. Il est touché à l'épaule. Je t'assure qu'il ira bien.

Ils étaient à présent près de leur voiture, à couvert sous les arbres. Freddy aboyait, pris de panique. Il se débattait dans l'ouverture étroite de la fenêtre, qu'il essayait de toutes ses forces de franchir, et se calma un peu en sentant la présence toute proche de sa maîtresse.

De leur observatoire, ils entendirent bientôt les détonations s'espacer. Puis Aaron l'aida à se remettre sur pied.

— Plus besoin de fuir, maintenant, dit-elle, le souffle

encore coupé par l'émotion. Je crois que la cavalerie a gagné. Allons les retrouver, inutile de rester caché.

— Parle pour toi. Je te rappelle que je suis un fugitif. Reste, si tu veux. Moi, je dois partir.

Olivia le considéra, puis elle regarda dans la direction où, malgré l'obscurité, elle pouvait apercevoir Bryan et ses hommes passer les menottes aux malfaiteurs. Quelques policiers prenaient soin des blessés, tandis que d'autres tenaient en joue les buissons où les derniers complices de Skinner résistaient toujours.

Olivia prit une grande inspiration. Elle devait agir vite, maintenant, prendre la décision de suivre son compagnon ou celle de rejoindre les autorités. Alors lui revint à la mémoire l'intensité avec laquelle Aaron l'avait regardée lorsque Tommy avait menacé de la tuer. Ce regard lui avait appris tout ce qu'elle avait besoin de savoir sur l'homme qu'elle côtoyait depuis quelques jours. Elle savait qu'elle pouvait se reposer sur lui.

Quel bouleversement ! En seize ans, elle n'avait accordé ce privilège à aucun homme. Elle s'était même, un temps, méfiée de Bryan. Et voici qu'elle remettait entièrement sa vie entre les mains d'un homme dont elle ignorait même le nom.

— Je pars avec toi, dit-elle enfin.

— Alors, allons-y.

Adam conduisit sur quelques centaines de mètres. A l'arrière, adossée à son siège, Olivia étreignait Freddy, qu'elle parvenait avec peine à apaiser. Alors que la fusillade faisait rage, dans un mouvement de panique, il avait même lacéré le revêtement intérieur de la porte arrière.

Adam s'immobilisa devant la Lincoln Navigator noire garée un peu plus loin en bordure de route.

— Pourquoi t'arrêtes-tu ? demanda Olivia d'une voix blanche.

Il la regarda. Il ne l'avait jamais vue aussi livide. Rien d'étonnant, vu qu'elle venait d'échapper a ce qui avait sans doute été sa première fusillade. Quant à lui, il se sentait parfaitement calme, comme s'il était habitué aux escarmouches et aux embuscades. Il avait tout de suite su comment se comporter, repérant sans difficulté les tireurs embusqués grâce aux éclairs sortant du canon de leurs revolvers. Il avait même reconnu les modèles d'armes et leurs calibres aux sons qu'elles émettaient. Tout cela lui était familier. Plus encore, il s'était senti parfaitement à l'aise, *chez lui*.

— Pourquoi t'arrêtes-tu, Aaron ? répéta-t-elle.

Adam la regarda. Tout à coup, elle ne paraissait plus si sûre de sa décision, comme si elle regrettait de l'avoir suivi. Les derniers événements avaient peut-être fini par la convaincre qu'il n'était peut-être pas Aaron Westhaven.

— Les policiers ont vu notre voiture, expliqua-t-il. Je suis sûr qu'ils ont relevé le numéro d'immatriculation et qu'ils ne tarderont pas à installer des barrages sur les routes. Si nous continuons avec cet engin, nous n'avons aucune chance de passer inaperçus. Nous allons prendre la Lincoln.

— La voiture de Tommy ?

Il acquiesça.

— Tu veux vraiment lui donner une autre raison de nous poursuivre ?

— Oh, il en a suffisamment comme ça ! Et puis qu'est-ce que tu crois ? A l'heure qu'il est, il est probablement mort ou entre les mains de la police.

Il descendit du véhicule et ouvrit le hayon.

— Allez, Freddy, sors de là.

Le chien, qui semblait s'impatienter, ne se fit pas prier pour descendre. Il partit gambader vers le sous-bois, dont il renifla nerveusement les arbres, et revint en courant lorsque Olivia ouvrit sa portière. Elle descendit à son tour, mais ses jambes se dérobèrent et elle s'affaissa

D'un bond, Adam vint l'aider à se relever. Elle se blottit en tremblant contre sa poitrine tandis que Freddy sautait en jappant autour d'eux.

— Ça va aller. Nous sommes hors de danger, à présent. Quant à Tommy, son compte est bon. Flagrant délit de menaces de mort, résistance armée aux forces de l'ordre, association de malfaiteurs. Et je suis sûr que ses armes, avec lesquelles il a franchi plusieurs frontières d'Etats, proviennent du trafic. Il va rester en prison un bon bout de temps, crois-moi.

— Et Sam ? demanda-t-elle en le regardant dans les yeux. Il a été touché. Je l'ai vu à terre, il saignait.

— C'était une blessure à l'épaule. Tout ira bien pour lui.

— Je veux en être certaine.

— D'abord, nous devons filer d'ici.

Il la prit dans ses bras et l'entraîna aussi vite qu'il était possible jusqu'à la Lincoln, dont il ouvrit la portière du passager. Puis il l'aida à s'installer dans son siège.

— Boucle ta ceinture.

— Tu crois qu'ils ont laissé les clés quelque part ?

— J'en suis sûr. Tout comme je savais que la voiture ne serait pas fermée.

— Comment ?

— Imagine que le type qui garde les clés soit touché. Comment veux-tu que ses complices s'en sortent, en cas de repli en catastrophe ? Crois-moi, ces types ne prennent pas ce genre de risques. La clé doit se trouver quelque part, pas loin.

Il se dirigea vers l'arrière de la voiture, dont il ouvrit le hayon. A quelques mètres de là, Freddy mâchonnait une branche tombée au sol. Il paraissait tout à fait calme et rassuré, à présent.

— Dépêche-toi, Freddy. Nous partons.

Le chien courut à sa rencontre, comme s'il avait parfaitement compris ce qu'on attendait de lui.

— Allez, Freddy, dit Adam en désignant l'intérieur du véhicule. Saute !

Le chien se contenta de poser ses pattes avant sur le plancher. Adam se pencha pour lui faire la courte échelle. Il eut autant de mal que la première fois à le hisser à bord et dut s'y prendre à deux reprises.

— Tu es monstrueusement lourd, tu le sais, ça ? lança-t-il en lui caressant la tête. Allonge-toi, maintenant. Tout ira bien.

Puis il ferma le coffre. Après un rapide examen, il trouva la clé de contact, fixée à l'aide d'un aimant, sur la partie intérieure de l'aile avant gauche de la voiture.

— Tu vois, dit-il en tendant fièrement son trophée à Olivia. Installe-toi pendant que je vais cacher l'Expedition dans les bois.

— Mais nous n'avons pas de temps à perdre…

— Si les flics le découvrent, ils se douteront que nous avons changé de voiture. Il vaut mieux brouiller les pistes autant que possible, et leur laisser croire que nous avons toujours le véhicule de Mallory.

— Tu as raison. Tu penses vraiment à tout. C'est rassurant.

— Attends-moi là, dit-il avec un sourire.

Adam conduisit l'Expedition au plus profond des bois. Sans recherches délibérées et approfondies, il serait impossible de la repérer depuis la route ou de la trouver par hasard. Il revint en courant et se précipita au volant de la Lincoln. Au loin retentissait déjà le hurlement des sirènes de police.

— Baisse-toi ! souffla-t-il à Olivia en en faisant autant. Freddy, couche-toi !

Le ton de sa voix était ferme, et Freddy obéit instantanément. Quelques secondes plus tard, plusieurs véhicules hurlants filaient sur la route qui passait non loin d'eux, lardant l'obscurité de la nuit des rayons de leurs gyrophares rouge et bleu. Des voitures de police, essentiellement, mais aussi des ambulances.

— Dans peu de temps, ils auront installé des barrages sur les routes, affirma-t-il en se relevant. Il faut absolument déguerpir et être très vigilants sur la route.

Sans attendre, il mit le contact et s'engagea dans la direction opposée à celle qu'avait suivie le bruyant convoi.

— Essaie de trouver une carte. Tommy n'est pas du coin, il en a certainement apporté une.

Il pouvait très bien s'en passer, mais Olivia se détendrait sûrement plus facilement si elle était occupée. Comme lui, elle devait scruter avec anxiété le paysage montagneux qui servait de décor à leur fuite. Qui pouvait dire quel danger y était tapi ?

Olivia avait fini par trouver un plan de la région et lui indiquait maintenant la direction de l'autoroute la plus proche. Ils y parvinrent en suivant un itinéraire complexe de routes secondaires où ils ne croisèrent âme qui vive. Une fois sur la quatre-voies, il prit la direction du sud.

— Philadelphie ? demanda Olivia.

— Oui. Je me sentirai un petit peu mieux une fois qu'on aura quitté le Vermont.

— Quand pourra-t-on se considérer à l'abri ?

— Je l'ignore, mais ça devrait aller si on ne perd pas de temps. Ce truc est équipé d'un GPS ?

— Je crois que toutes les voitures le sont, de nos jours.

— Tu te souviens de l'adresse qui était dans la montre ?

— Non, ça ne me revient pas. Donne-moi le papier.

Il fronça les sourcils, fouilla un instant dans sa poche et en sortit le minuscule document qu'il donna à Olivia. D'une main désormais experte, elle entra l'adresse dans l'appareil et consulta l'écran pendant quelques instants.

— Nous en avons pour sept heures et vingt minutes. Nous y serons normalement demain matin.

— Alors mets-toi à l'aise, et relaxe-toi.

Elle se cala dans son siège en soupirant, ferma les yeux et les rouvrit presque aussitôt.

— Pas moyen de me détendre. Mais, dis-moi… pourquoi continuer à fuir ?

— Je ne sais toujours pas qui je suis et ce que j'ai fait. Je ne peux pas prendre la moindre décision sans le savoir.

— Je comprends, dit-elle en regardant droit devant elle. J'ai consulté ma messagerie pendant que tu prenais ta douche.

— Et ? demanda-t-il, un peu surpris.

— Il y avait un message de Bryan.

— Il a découvert qui je suis, pas vrai ?

— Pas exactement. Disons qu'il sait de source sûre qui tu n'es pas. Il affirme que tu n'es pas Aaron Westhaven et que le numéro de série de la plaque de ton crâne renvoie à un militaire tué en Irak pendant l'opération « Tempête du désert ». Les chiffres étaient flous, ils ont peut-être mal lu, mais il n'a aucun moyen d'en savoir plus, parce que le FBI s'est emparé du dossier.

— Le FBI, martela-t-il, incrédule, en la regardant brièvement dans les yeux.

— Si tu n'es pas Aaron, je t'avoue que je ne suis pas très rassurée. Il n'y a pas trente-six mille raisons pour qu'un étranger vienne me trouver.

Il avait déjà envisagé la question.

— Alors, pour toi, je suis un assassin envoyé par Skinner ?

— Je suis bien obligée d'envisager cette possibilité.

— Et cela expliquerait mes surprenants talents cachés.

— En effet. Mais je ne pense pas que ce soit Tommy qui t'ait envoyé. Il est évident qu'il ne te connaissait pas.

— Exact. D'après lui, il faut chercher parmi les noms que contiennent les disquettes.

— Le sénateur ?

— Ou n'importe quel autre riche et puissant personnage. Pas forcément quelqu'un dont le nom nous aurait frappé. En tout cas, quelqu'un m'a engagé pour faire le sale boulot.

— Je n'y crois pas une seconde, soupira-t-elle. Je ne crois pas qu'on t'ait envoyé pour me tuer. Ça ne se peut pas. Je sens quelque chose qui nous échappe… Tu ne m'aurais fait aucun mal, c'est certain.

Adam, lui, n'avait aucun doute. Il en conçut un immense sentiment de culpabilité qui lui noua l'estomac.

— J'avais prévenu Bryan du rendez-vous, poursuivit-elle. Je me suis dit qu'il arrêterait Tommy, qu'il te ramènerait à Shadow Falls et qu'on pourrait enfin tirer cette affaire au clair.

Tête baissée, elle demeura un instant silencieuse.

— Je suis désolée, dit-elle. Je m'en veux tellement…

— Je dois t'avouer que je n'ai pas non plus été tout à fait honnête avec toi.

— Comment ça ?

— Euh… Liv, j'avais perdu confiance en toi, tu sais ?

Je t'ai dit que nous avions décidé d'un rendez-vous à minuit, mais c'était faux. Skinner n'était pas en avance. Il était pile à l'heure. J'ai écrit « 23 h 30 » sur le message. Je n'étais sûr de rien. Je ne savais pas si tu viendrais, si tu tenterais de régler ça toi-même en faisant cavalier seul.

Il l'entendit pousser un soupir de soulagement. Elle avait l'air plus sereine.

— Je crois qu'on a tous les deux fait n'importe quoi, conclut-elle. Mais moi, j'ai bien failli nous faire tuer. Cela dit, en ce qui me concerne, je t'ai tout avoué. Tu sais tout de moi.

Puis elle se tut.

Il comprit, à son silence, qu'elle attendait qu'il lui dise la même chose, qu'il lui avait également tout confié. Mais il ne le pouvait tout simplement pas. Comment lui parler des rêves et des visions fugitives qui le tourmentaient ? Comment lui avouer qu'il était presque certain d'être un tueur à gages envoyé pour l'éliminer ? Elle croyait en lui, et il voulait qu'il en soit ainsi. Toujours.

En ouvrant son cœur, elle attendait la même franchise en retour. Mais il était encore trop tôt. Avant de se confier, il devait en savoir plus sur lui-même.

Il s'était passé quelque chose d'important, là-bas, dans cette ferme sous les étoiles. Quelque chose avait changé en lui lorsqu'il avait vu Skinner malmener Olivia et menacer de la tuer. Il n'avait alors pensé qu'à une seule chose : la protéger, la sauver. L'idée de la perdre était insoutenable.

— Est-ce qu'il y a autre chose que tu ne m'as pas dit ? demanda-t-elle devant son silence.

Il acquiesça.

— Et tu as l'intention de m'en parler ?

— Oui. Mais pas tout de suite. Je peux juste te dire

que mon vrai nom est Adam. C'est ainsi qu'un homme m'a appelé dans un rêve.

— Et ce nom te paraît familier ?

— Très.

— Adam… C'est joli.

— Merci.

— Et il y avait autre chose, dans ce rêve ?

— Non.

Elle pencha la tête de côté d'un air inquiet.

— Quelque chose me fascine, Adam. Tu sais ce que c'est ?

— Non, quoi ?

— Eh bien, on se connaît depuis un temps ridiculement court, et j'arrive déjà à voir quand tu mens.

Elle prit une grande inspiration puis lâcha un soupir. Elle inclina son siège et s'y allongea confortablement, les yeux fermés.

— Comment te sens-tu ? Quelle journée éprouvante…

— Je me sens… soulagée, dit-elle en se redressant légèrement. Tommy va retourner en prison, je n'ai plus rien à craindre de lui. Je l'ai affronté et j'ai gagné. Bon, je sais qu'un type est peut-être encore à mes trousses, que Tommy essaiera sans doute de se venger depuis sa prison, et qu'on risque de dévoiler tous mes petits secrets, mais je me sens capable de faire face à tout ça. Je suis confiante, je sais que tout ira bien. Je suis de nouveau maîtresse de mon destin. Grâce à toi. Merci… Adam.

Les yeux fermés, elle s'allongea.

« Quelle femme ! » pensa-t-il. De son côté, la situation n'était pas aussi simple. Il avait échappé à la police, certes, mais le FBI était désormais sur ses traces. La plaque dans son crâne appartenait à un mort, et s'il avait retrouvé son prénom, il ignorait toujours tout de sa véritable identité et de sa personnalité. Il savait seulement qu'il était habitué à la violence, aux armes, à la dissimulation, à la fuite et… à tuer.

Quelle horrible vérité allait-il découvrir à Philadelphie ?

Olivia, qui avait dormi plusieurs heures durant, émergea lentement du sommeil en sentant la voiture ralentir. Elle ouvrit les yeux lorsque le moteur s'arrêta. Le silence, que troublaient seulement les petits gémissements de Freddy endormi, emplissait l'habitacle. Elle tourna les yeux vers Aaron. Non, c'est Adam qu'elle devait l'appeler, désormais. Question d'habitude.

— Nous y sommes ? demanda-t-elle en s'étirant.

— Pas encore. Nous sommes passés devant un motel qui accepte les animaux, et j'ai pensé que c'était un signe du destin. Et puis je voudrais me reposer un peu.

Elle acquiesça, et fut un peu surprise d'être parvenue à s'endormir si facilement, après tous les événements qu'ils avaient traversés. Dehors, le ciel commençait à blanchir. L'aurore n'était plus loin, à présent.

— Quelle heure est-il ? Où sommes-nous ?

— Nous ne sommes plus très loin, à présent. Quelques heures, tout au plus. Je n'ai pas cessé de réfléchir en conduisant, et j'ai pensé que les fédéraux surveillaient peut-être aussi l'adresse de Philadelphie.

— Ne vaudrait-il pas mieux arriver de nuit, dans ces conditions ?

— On ne verrait rien, de nuit. De plus, si effectivement ils ont posté des sentinelles, l'avantage est de leur côté. Ils nous attendent et n'auront plus qu'à nous cueillir. Je suggère que nous y allions en plein jour. Ce sera plus facile pour observer discrètement les lieux et voir s'ils sont surveillés.

— Tu dis tout ça avec une telle assurance…

— Oui, je me fie à mon instinct. Je t'en ai déjà parlé. Pour l'instant, il a plutôt été de bon conseil.

— Un instant, j'ai pensé que d'autres souvenirs t'étaient revenus.

— Ce n'est pas le cas.

Il se tourna vers elle et vit le regard dur qu'elle posait sur lui, comme si elle avait compris qu'il lui mentait.

— Vraiment ? Tu ne te rappelles rien de plus ?

— Non.

Après tout, il ne lui mentait pas vraiment. Un rêve n'est pas vraiment un souvenir. Pas plus que ne l'est une vision.

— Je vais nous réserver une chambre. Nous paierons en liquide cette fois aussi.

— Ça tombe bien, nous avons ce qu'il faut.

Il hocha la tête. Il s'apprêtait à descendre de la voiture lorsque Olivia le retint en posant une main sur son épaule.

— Tu sais que j'ai totalement confiance en toi… Adam.

— Je sais, dit-il en soutenant son regard. Et je suis conscient de ce que ça te coûte, de t'en remettre à un homme. Je ne le prends pas à la légère.

— Prends deux chambres. Mais seulement si tu peux les avoir l'une à côté de l'autre et reliées par une porte.

Sans mot dire, il accusa le coup. Ainsi, l'intérêt, y compris sexuel, qu'elle lui avait jusque-là manifesté, s'était dissipé aussitôt qu'elle avait découvert qu'il n'était pas le romancier qu'elle admirait tant. Mais pour qui se prenait-elle ? C'était à lui qu'elle s'était offerte au bord de la rivière, c'était lui qui lui avait sauvé la vie.

Pensif et un peu agacé, il se dirigea vers la réception,

dont il ressortit quelques instants plus tard muni de deux clés frappées des chiffres 3 et 4. Il les jeta sur le tableau de bord et vint garer la voiture face à la chambre dont la porte était marquée d'un 3.

— Tu es fatigué ? lui demanda-elle.

Adam doutait qu'elle s'en soucie vraiment.

— Oui, répondit-il d'un ton qu'il voulut sarcastique.

Il ne lui adressa même pas un regard lorsqu'elle le fixa, et ne réagit pas quand elle haussa les épaules d'un air résigné. Elle s'empara des clés et quitta la voiture pour en faire descendre Freddy.

— Viens là, mon gros. Mon pauvre, enfermé pendant tout ce temps… Allez, viens.

Freddy se dressa, étira ses longs membres et descendit. Imitant sa maîtresse, il jeta un regard circulaire sur les alentours. Il n'y avait pas grand-chose à voir à part l'étendue sombre du parking et le trottoir qui desservait les chambres. Devant chacune d'elles, un arbre jaillissait d'un foisonnant buisson de fleurs, où Olivia reconnut des pétunias et des pensées, dont les couleurs vives lui réchauffèrent le cœur.

— Qu'elles sont belles ! s'exclama-t-elle.

Elle sourit en voyant que Freddy, une patte arrière en l'air, s'apprêtait à leur rendre hommage à sa façon.

De son côté, Adam ne partageait pas son amusement. Il se contenta d'ouvrir la porte de *sa* chambre, puis revint à la Lincoln prendre le peu de bagages qu'ils possédaient encore. Le reste était resté dans l'Expedition.

Olivia vint le rejoindre et, à sa grande surprise, entra d'autorité dans la chambre qu'il avait ouverte. Il haussa les épaules, en songeant que les femmes ne savent vraiment pas ce qu'elles veulent.

— Regarde ! dit-elle, enthousiaste. Il y a un lit pour le chien, et même une écuelle !

— Ouais, se contenta-t-il de lancer, en considérant le tapis matelassé, bien trop petit pour contenir ne serait-ce que le quart de Freddy.

« De toute façon, le chien ira sans doute dormir sur le lit avec sa maîtresse », pensa-t-il.

Olivia passa dans la chambre d'à côté.

— Et il y a une porte pour lui ! l'entendit-il s'extasier. Oh, c'est parfait… Viens là, Freddy.

Il entendit le bruit d'une porte qu'on ouvre, puis Freddy, qui poussait un jappement ravi.

Curieux de voir ce qui avait rendu le chien tellement heureux, il rejoignit Olivia dans la seconde chambre. En tout point semblable à la précédente, elle était équipée de lits jumeaux. Olivia était appuyée contre le montant de la porte ouverte et regardait à l'extérieur. Une vaste pelouse clôturée s'étendait derrière le motel. Une poubelle et une pelle étaient disposés dans un coin, à côté d'un panneau indiquant : « Merci de nettoyer derrière votre animal ».

Freddy parcourait en galopant son nouveau terrain de jeux. Il sautait et virevoltait, s'arrêtait par moment pour renifler les endroits où ses congénères avaient sans doute laissé quelques souvenirs odorants de leur passage.

Adam ne put s'empêcher de sourire à la vue de ce spectacle. Il se détendit un peu, et jeta un regard à Olivia, qui contemplait son chien d'un air enamouré.

Si seulement elle pouvait le regarder avec autant d'affection…, pensa-t-il.

Il se secoua, surpris par la pensée qui venait de lui traverser l'esprit.

— Je pense que cette seconde chambre sera tout à

fait superflue, après tout, dit-elle doucement. Freddy sera très bien dehors.

— La seconde chambre était pour Freddy ? demanda-t-il, étonné.

Elle le regardait comme si elle venait tout à coup d'avoir une illumination.

— Oh ! Tu croyais que je voulais faire chambre à part ?

Il hocha la tête, puis la regarda. Elle lui adressait un doux sourire aguicheur, dans le dessein évident de le faire fondre. Mais il n'était pas homme à se laisser ainsi amadouer.

— Tu crois que j'ai couché avec toi uniquement parce que j'étais persuadée que tu étais mon auteur préféré ? Et, maintenant, tu t'imagines que je ne m'intéresse plus à toi ? Mais enfin ! Pour qui me prends-tu ? demanda-t-elle en enroulant sa main autour de sa nuque.

Les doigts d'Olivia couraient à présent sur sa peau. Il luttait de toutes ses forces pour ne pas fermer les yeux, et s'efforça de ne pas gémir sous les caresses.

— Je suis un peu perdu…, avoua-t-il. Pour moi, c'est ce type qui t'intéressait, pas moi.

— Mais non, c'est toi que je veux, répondit-elle avec assurance, en plantant son regard dans le sien pour appuyer ses paroles. Et, pour cette nuit, j'ai voulu offrir un peu d'espace à Freddy, qui a été enfermé trop longtemps. Je me suis dit qu'il apprécierait d'avoir une chambre tout à lui avec un lit, puisque nous avons laissé le sien dans l'autre voiture. Voilà tout.

Elle se pencha légèrement vers lui et commença à promener ses lèvres sur les siennes.

— Et, poursuivit-elle, j'ai aussi pensé que si Freddy avait son espace, nous serions tranquilles pour ce que nous avons à faire.

Soulagé, il sentit un grand sourire se former sur ses lèvres. Un sourire un peu mièvre sans doute, mais il ne s'en soucia guère. Pour une fois, il parvint à laisser de côté ses éternels principes relatifs à ce qu'il était sage ou non de faire. Et il s'abandonna dans les bras qu'Olivia lui ouvrait. Avec un soupir de satisfaction, il l'attira plus étroitement contre lui. Sa bouche chercha la sienne et, bientôt, leurs langues se mêlèrent en un long et langoureux baiser. Alors, à la manière sensuelle dont elle se cambrait en se lovant dans ses bras, il sut que c'était bien lui qu'elle voulait.

Il tendit la main pour fermer la porte menant au jardin, mais elle retint son geste.

— Je veux que Freddy puisse rentrer quand il le souhaite.

— Ne t'inquiète pas.

— Il ne connaît pas cet endroit, il va avoir peur…

Il rit intérieurement. De quoi pourrait bien avoir peur un chien de cette taille ? Il s'abstint de formuler cette pensée pour ne pas briser le charme. Après tout, les désirs d'Olivia étaient des ordres, du moment qu'elle le laissait savourer son corps délicieux.

Il l'entraîna en titubant vers le lit, tout en continuant de l'embrasser. Puis il basculèrent ensemble et s'étreignirent avec la fougue de deux adolescents.

Ils en étaient encore aux baisers et aux caresses lorsque, vingt minutes plus tard, Freddy fit irruption dans la pièce et se précipita d'un bond vers eux. Une patte posée sur le rebord du lit, il restait là, à les regarder d'un air interrogateur.

— Au lit, Freddy, dit Olivia en indiquant du doigt la pièce voisine.

D'un geste précis, elle envoya un oreiller contre

le battant de la porte extérieure, qui se ferma dans un claquement. Surpris, Freddy bondit en jappant puis, avec un grand soupir résigné, rejoignit sa chambre et sauta sur son lit.

Dix secondes plus tard, ses ronflements rythmaient le silence

Adam partit d'un grand éclat de rire, aussitôt imité par Olivia. Jamais il n'avait ri en faisant l'amour. Il s'en serait souvenu. C'était si bon… Différent de l'acte en lui-même, mais tout aussi délicieux.

Ils étaient seuls, désormais. Freddy ne les dérangerait plus. Les préliminaires n'avaient que trop duré. Olivia, qui s'était déshabillée en un clin d'œil, se penchait sur lui et s'attaquait à présent à son jean. En un instant, ils furent nus et s'étreignirent passionnément. Il la découvrit déjà moite et offerte, et se glissa cn cllc sans effort. Un flot de sensations l'envahit aussitôt, si intense qu'il en perdit la notion de l'espace et du temps.

15

Olivia reposait dans les bras d'Adam, la tête lovée sur sa poitrine. A travers la puissante musculature, elle percevait les sourdes palpitations du cœur de son amant, qui résonnaient jusqu'au plus profond de son âme. Elle le connaissait depuis quelques jours à peine, et n'aurait jamais imaginé éprouver quelque chose d'aussi fort en si peu de temps. Et pourtant, depuis le début, d'incontrôlables élans de tendresse la poussaient vers lui. L'homme blessé, amnésique et traqué, qu'elle avait découvert avait attiré sa sympathie, car elle-même avait vécu les mêmes expériences. Elle connaissait ce genre d'épreuves et s'était sans peine identifiée à lui. Et, surtout, elle était persuadée qu'il était l'auteur des romans qui, depuis des années, nourrissaient et vivifiaient son âme solitaire.

Mais, à présent, la situation était tout autre. Non seulement Adam n'était pas Westhaven, mais il avait sans doute une large part de responsabilité dans ce qui lui arrivait. Tout ce qu'elle venait d'apprendre aurait dû la détacher de lui, et même l'inciter à fuir le plus loin possible. Malgré tout, inexplicablement, les sentiments qu'elle éprouvait avaient encore gagné en intensité. Il se passait quelque chose d'étrange en elle, quelque chose dont elle avait oublié jusqu'à l'existence. Après seize années de sommeil, son cœur pétrifié par la peur, la méfiance et la solitude, s'était enfin attendri.

Elle se blottit contre Adam pour mieux s'imprégner de sa chaleur, et caressa délicatement ses jambes de la pointe du pied. Quel délicieux contact que celui de sa peau, adoucie par cette pilosité toute masculine…

D'un geste du bras qu'il avait posé sur son épaule, Adam l'attira plus près de lui encore.

— Je t'aime, murmura-t-elle dans un soupir.

Les mots avaient jailli spontanément. Elle se mordit la lèvre de surprise. Adam s'était imperceptiblement tendu, et elle regretta aussitôt cet aveu qui n'en était peut-être pas un, après tout. Mais il était trop tard. Il n'y avait pas de retour possible. Les mots ne pouvaient être rattrapés.

— Ça ne marchera pas, tu le sais bien, finit-il par dire, après un silence qui parut interminable à Olivia.

— Je… je n'y suis pour rien. Ça m'a échappé, comme… un spasme.

— Un spasme…

— Oui, comme quand ta paupière palpite toute seule, tu vois ?

— Je vois, comme quand on a le hoquet.

— Exactement. Oublie ça, tu veux bien ?

— Ça ne va pas être facile. Mais, comme je le disais, ça ne marchera pas. Ecoute… Tu ne sais rien de moi, et moi non plus.

Elle s'éclaircit la gorge et planta son regard dans le sien.

— Je sais qui tu es, murmura-t-elle.

Elle en était convaincue, voilà tout. Elle ignorait tout des détails de sa vie, certes, mais elle savait qui il était fondamentalement. Quand elle le regardait, elle voyait un homme bon, honnête, courageux, prompt à se mettre en colère aussi, qui pouvait se laisser aller à une certaine violence. Une violence qu'il savait néanmoins canaliser et qu'il ne dirigerait jamais contre un innocent, elle en était certaine. Depuis le début, elle avait l'intuition qu'il n'avait rien fait d'autre que veiller sur elle et la protéger.

Et, surtout, Freddy l'aimait. Ce dernier l'aurait déjà réduit en pièces s'il avait senti qu'il constituait une menace pour sa maîtresse. Et Freddy ne pouvait pas se tromper.

Rassurée, elle se lova plus étroitement encore contre lui. Il avait accueilli sa déclaration avec une apparente sérénité. C'était bon signe.

— Dors encore un peu, dit-il enfin.

— J'imagine que tu ne veux plus parler de sentiments, qu'il n'y a que du sexe entre nous, que je ne devrais pas espérer plus, et que tu as besoin de temps pour digérer la stupide déclaration qui m'a échappé ? C'est bien ça ? lança-t-elle d'un trait.

Il la fixa un long moment dans les yeux.

— Pas du tout. Je te suggérais simplement de te reposer, rien de plus. Une grosse journée nous attend demain, et nous ne devons pas rester ici plus longtemps que nécessaire.

— Donc tu veux qu'on évite le sujet, à l'avenir ?

— Je ne sais pas ce que nous pourrions en dire. Nous avons fait l'amour, c'était merveilleux, mais à part ça…

— Ah, c'est comme ça alors ?

— Quoi ? Qu'est-ce qui est comme ça ? Que veux-tu que je te dise ? Je ne sais même pas qui je suis, Liv, ni même ce que je fais de ma vie, où j'habite ! Je suis peut-être marié et père de six gamins !

— Qu'est-ce que ç'a à voir avec ce que tu ressens ?

— Ç'a quelque chose à voir avec ce que je suis, en tout cas.

— Mais toi, que ressens-tu ?

Elle n'aimait pas le pousser ainsi dans ses retranchements mais elle sentait qu'il le fallait.

— Je me sens bien, satisfait et détendu.

— Mais que ressens-tu pour moi ? insista-t-elle.

Il prit une grande inspiration.

— Je t'apprécie. Tu es magnifique, intelligente et très courageuse. Je crois aussi que tu as passé trop de temps enfermée dans ta coquille, et que c'est la première fois depuis un bon moment que tu t'autorises à en sortir pour vivre pleinement. Et quelle aventure ! Des tueurs d'un côté, de l'action et du sexe de l'autre. Ça doit être très excitant, mais je crois qu'au fond, quand tout cela sera terminé, tu retourneras à ta petite vie et que tu m'oublieras.

Elle l'avait écouté avec attention, soulignant certains de ses arguments d'un hochement de tête.

— Mais tu éprouves bien quelque chose pour moi, non ? reprit-elle.

— Dors, Olivia. Et tiens tes sentiments à distance, au moins le temps que nous découvrions qui je suis. C'est mieux pour toi. D'accord ?

— Je n'y peux rien, Adam, c'est comme ça. Je n'ai pas décidé de tomber amoureuse de toi, tu sais ?

Elle poussa un soupir résigné. Adam la regardait, les sourcils froncés, comme s'il ne comprenait pas ce qu'elle essayait de lui dire. Il roula de son côté, lui fit face et l'enlaça. Puis il ferma les yeux.

Dix minutes plus tard, il ronflait presque aussi fort que Freddy. Perdue dans ses pensées, Olivia ne parvenait pas à trouver le sommeil, retournant sans cesse dans sa tête l'aveu qu'elle avait fait bien malgré elle à Adam. Il n'avait paru avoir aucune signification pour lui. Mais en avait il seulement pour elle ?

*
* *

Adam fixait le plafond de la chambre. A 5 heures du matin, il était encore éveillé. Il avait fait semblant de dormir pour écourter cette pesante conversation sur les sentiments. Puis Olivia avait sombré dans le sommeil et, depuis, il n'avait cessé de se retourner dans le lit, prenant garde de remuer délicatement afin de ne pas la réveiller.

Il se sentait perplexe. Comment expliquer qu'une femme qui pendant seize ans s'était soigneusement tenue à l'écart des hommes tombe ainsi amoureuse d'un total étranger ? Comment elle, qui avait toujours gardé ses distances, y compris avec ses amis proches, s'était-elle laissé séduire par le premier venu ? Comment pouvait-on passer de la plus absolue méfiance à la confiance la plus aveugle, et probablement la plus mal placée ?

Olivia montrait tous les signes d'un comportement autodestructeur.

Et pourquoi lui-même était-il sensible au charme de la jeune femme ? Il lui aurait suffi de fermer les yeux sur cette excentricité toute féminine et de profiter de la situation. Après tout, Olivia était une grande fille, et elle avait tout à fait le droit d'aimer qui elle voulait et d'en assumer les conséquences. Même si cela devait lui briser le cœur.

Demain, ils seraient à Philadelphie. Il était relativement serein à l'idée de découvrir enfin toute la vérité à son sujet. Il était prêt à tout accepter. Et, de toute façon, il préférait savoir à quoi s'en tenir, plutôt que de rester dans une ignorance qui faisait tourner à plein régime son imagination.

Ce qui le préoccupait, c'était la manière dont Olivia réagirait à ces révélations, dont pour l'instant lui-même ignorait tout. Les hypothèses, toutes plus noires les unes que les autres, tournoyaient en permanence dans son esprit. Pourvu qu'en résolvant la question de son identité ils ne découvrent pas un nouveau problème, plus délicat encore. S'il s'avérait qu'il était bien un tueur à gages, l'étape suivante consisterait à découvrir l'identité de son commanditaire. Tommy Skinner n'était plus sur la liste des suspects. Qui donc pouvait bien vouloir tuer la femme qu'il s'était juré de protéger ?

Il se glissa hors du lit en prenant garde de ne pas réveiller Olivia. Dans son sommeil, elle s'était détachée de lui et lui tournait le dos. Pendant quelques instants, il la regarda dormir, et son cœur se serra. Il n'avait qu'une seule et unique envie : la rejoindre, l'enlacer et replonger avec elle dans les délices de l'amour.

Mais voilà… Une fois réveillée, Olivia reprendrait à coup sûr le fil de la discussion à laquelle il avait mis fin en feignant de s'endormir. Il était hors de question d'aborder ce sujet. En tout cas, tant que planait l'hypothèse qu'il pouvait avoir été engagé pour la tuer.

Il sentit un mouvement contre sa hanche. Baissant la tête, il aperçut Freddy, qui avait silencieusement pénétré dans leur chambre et le regardait à présent d'un air impatient. On aurait dit que le chien, qui avait compris combien il était amoureux d'elle, le pressait de réveiller Olivia et de lui déclarer sa flamme. Mais, plus probablement, Freddy essayait de lui faire comprendre qu'il voulait sortir. Adam lui ouvrit la porte et s'en alla prendre une douche.

Deux heures plus tard, ils roulaient en direction de Philadelphie.

Adam aurait voulu partir plus tôt, mais Olivia en avait décidé autrement. Il avait fait les cent pas pendant qu'elle se prélassait sous la douche, puis elle avait insisté pour acheter de la viande fraîche et préparer à Freddy un repas digne de ce nom. Elle avait ensuite passé trois bons quarts d'heure à jouer avec le chien dans le jardin. Enfin, elle avait manifesté une irrépressible envie de café, qui les avait fait s'arrêter dans un Dunkin'Donuts pour une bonne tasse fumante et quelques sandwichs.

Ils avaient fini par prendre la route, guidés par la voix suave du GPS, avalant un à un la dernière centaine de kilomètres qui les séparaient de Philadelphie. Au fur et à mesure qu'ils approchaient, Adam s'agitait. Les paysages qu'ils traversaient lui étaient familiers. La fébrilité qu'il manifestait n'échappa pas à Olivia.

— On dirait que ça te rappelle quelque chose… Je me trompe ? demanda-t-elle.

La question lui parvint à travers le flot de sensations qui tournoyaient sous son crâne. Les trottoirs bien dessinés, les bâtiments, les odeurs, il connaissait tout cela.

— J'habite ici, répondit-il, un léger sourire aux lèvres. Il y a un bar au coin de la rue. Paulie's Pub. Tu vas voir.

C'était bien le cas, en effet.

— Oh, mon Dieu, c'est ça ! s'exclama-t-elle. Ça revient ! Ça revient !

— Pas si vite… Je sais que j'y suis déjà venu, que j'aime bien cet endroit parce que les gens y sont discrets, mais je ne me souviens de rien de plus.

— Ah ? Tu pourrais décrire l'intérieur ?

Adam sentit quelque chose se débloquer en lui. A peine Olivia avait-elle posé sa question que l'agencement intérieur du pub se matérialisa dans son esprit. Les globes d'ambre des lustres qui diffusaient une ambiance feutrée, le cuir bordeaux des tabourets sur lesquels les clients s'asseyaient pour s'accouder au comptoir en forme de fer à cheval. Il revit le miroir derrière le bar et les étagères garnies de bouteilles d'alcool.

— Vous êtes arrivé à destination, indiquait le GPS, interrompant sa vision.

Les yeux d'Adam allèrent de l'écran du navigateur où s'affichait un plan du quartier aux immeubles qui s'élevaient devant eux. L'un d'eux attira son regard. Contrairement aux autres, il n'était pas de brique, même si le crépi qui le recouvrait en affectait la teinte rouge foncé. Deux lions de ciment gardaient la porte d'entrée, devant laquelle s'élevait une fontaine.

— Voilà, c'est chez moi.

— On dirait un hôtel, fit-elle remarquer, perplexe.

— Ce sont des appartements. J'occupe celui du dernier étage.

Elle le regarda les yeux écarquillés.

— Je visualise très bien l'intérieur, dit-il.

— Ça ne te dit pas d'y aller ? Tu as la clé. Tu te souviens ?

Il acquiesça. Il longèrent lentement en voiture le bâtiment sans s'arrêter, attentifs aux autres véhicules garés dans la rue. Aucune trace d'éventuels guetteurs du FBI. Les environs étaient calmes et déserts. Il serait facile de repérer tout individu suspect.

— Je ne vois personne qui me paraisse louche, murmura-t-elle en continuant à scruter attentivement les alentours.

— Moi non plus. Pas de voiture banalisée *a priori*, ni de type planqué derrière son journal.

— Ils pourraient être à l'intérieur, ou dans un immeuble de l'autre côté de la rue.

Adam leva les yeux et détailla les étages supérieurs. Rien à signaler.

— Pas moyen de savoir si on nous attend. Mais je crois que personne ne sait que j'habite ici.

— Personne ? Qu'est-ce qui te fait dire ça ?

— Une règle que j'ai toujours scrupuleusement suivie, je crois. Ne donner son adresse à personne.

Une autre règle dont il se souvenait. Avec cette autre : « Ne jamais sympathiser avec une cible. »

— OK, je vois l'entrée du parking souterrain. Mais nous n'allons pas nous y garer tout de suite. Trop dangereux.

Il continua dans la rue et gara la voiture quelques immeubles plus loin. Il prit dans la boîte à gants un bandana qu'il noua sur sa tête ainsi qu'une paire de lunettes de soleil.

— Prête ? demanda-t-il.

— Je crois, oui, dit-elle en prenant quelques pièces de monnaie sur le tableau de bord. Allons-y.

Ils descendirent, chacun de son côté, puis libérèrent Freddy du coffre. Adam sentait la tension l'envahir. Son passé se trouvait là-haut, à portée de main. Bientôt, c'était certain, sa mémoire allait revenir, d'un seul coup, comme explose un feu d'artifice. Il était à la fois impatient et terrifié par ce qu'il pouvait découvrir. A son côté, Olivia glissait des pièces dans le parcmètre devant lequel leur voiture était stationnée. Puis elle revint vers lui, se plaça à sa droite et, à sa grande surprise, lui prit la main. Freddy s'avançait à sa gauche. La femme et le chien qui l'aimaient tous deux, chacun à sa manière, formaient une escorte bien décidée à le soutenir dans l'épreuve à venir.

Cette sensation d'être ainsi entouré était nouvelle pour lui. Peut-être, après tout, ressemblait-il à Harvey, le personnage libre et solitaire des romans d'Aaron Westhaven dont Olivia lui avait parlé.

— Ça va aller, dit Olivia. Je sais ce que tu ressens.

— Je l'espère, répondit-il en serrant un peu plus fort la main de la jeune femme.

Ils descendirent l'allée en direction de l'immeuble. La porte d'entrée ne comportait ni tableau pour clé magnétique, ni Digicode, ni même de serrure. Comment faire ? A peine s'était-il posé la question qu'elle s'ouvrit devant eux sur un portier en uniforme qui les accueillit avec un grand sourire.

— Bienvenue chez vous, monsieur Adams. J'espère que vous avez fait bon voyage.

Stupéfait, Adam s'immobilisa.

— C'était un voyage… mouvementé, finit-il par dire.

— Vous devez être content d'être rentré, j'imagine. Madame, c'est un très beau chien que vous avez là, dit le portier en remarquant Olivia et Freddy.

— J'espère que vous ne voyez pas d'inconvénient à ce qu'il entre, demanda-t-elle. Il est très bien élevé.

— Je vois cela. Si M. Adams est d'accord, c'est parfait, précisa-t-il en envoyant un clin d'œil complice à Adam.

Olivia hocha la tête en souriant. Elle indiqua d'un signe à Adam les ascenseurs dont l'un portait un écriteau marqué « Privé ».

— Je m'appelle Olivia, reprit-elle à l'intention du portier. Et voici Freddy. Et vous êtes ?

— Billy.

— Ravie de vous rencontrer, Billy. Cet ascenseur privé est le nôtre ?

Adam frissonna un peu en entendant « le nôtre ». Puis il fit semblant d'être occupé à chercher quelque chose dans sa poche pour ne pas trahir son amnésie et forcer Billy à répondre.

— Oui, madame. Avez-vous votre clé, monsieur ?

Adam sortit la clé de la poche de son pantalon et la lui tendit. L'homme la regarda sans y toucher.

— Non, monsieur. Je veux parler de la clé magnétique de l'ascenseur. Tout va bien, monsieur ? demanda-t-il en scrutant le visage d'Adam.

— M. Adams a eu un accident, intervint Olivia. Il a été un peu secoué, et il est un peu désorienté depuis. Je pense que cette carte est perdue pour de bon.

— Pourquoi ne pas l'avoir dit plus tôt ? dit le portier en ouvrant grand les yeux.

Puis il sortit plusieurs cartes de la poche de sa veste, trouva celle qui était marquée « P » et la glissa dans le lecteur de l'ascenseur.

Un léger tintement se fit entendre et la porte s'ouvrit. Le visage souriant, Billy leur céda le passage et ils s'engouffrèrent dans l'ascenseur.

— N'hésitez pas à me faire savoir si vous avez besoin de quelque chose, monsieur. Ce que vous voudrez. Veuillez croire que je suis bien désolé pour cet accident.

— Je voudrais que vous ne disiez à personne que je suis rentré, dit Adam.

— Absolument, monsieur. Vous pouvez compter sur ma discrétion, comme toujours.

— Merci. Quelqu'un est-il venu me demander ou poser des questions à mon sujet ?

— Non, monsieur. Personne.

— Prévenez-moi si cela se produit, d'accord ?

— Bien sûr, monsieur, immédiatement. Comme toujours.

— Merci pour votre coopération, dit Adam en glissant d'un geste automatique la main vers la poche de son pantalon.

Il se ravisa en se souvenant qu'il n'avait pas d'argent sur lui.

— Inutile, monsieur, dit Billy, qui avait noté son geste. Allez vous reposer. J'espère que vous retrouverez bientôt tous vos esprits, monsieur.

— Merci, Billy.

Billy tendit le bras pour presser le bouton marqué « P » sur le tableau de contrôle de la cabine, et le retira au moment où la porte se fermait. Le trajet vers les étages supérieurs fut rapide. Freddy émit un gémissement inquiet en direction d'Olivia. L'ascenseur s'immobilisa en douceur, puis les portes s'ouvrirent sur un palier garni d'une table flanquée de deux chaises recouvertes de brocard. Un bouquet de fleurs fraîches y était déposé et se reflétait dans un miroir orné accroché au mur.

Soulagé que l'ascension ait prit fin, Freddy bondit hors de la cabine et fit volte-face en jappant. Adam avançait à pas lents et s'arrêta pour contempler longuement la porte d'entrée de son appartement. D'un bois verni sombre aux fines nervures, elle était plus sobre qu'il ne l'avait imaginé.

Il sursauta lorsque les portes de l'ascenseur se refermèrent derrière lui et le tirèrent de sa contemplation. Face à lui s'élevait la barrière qui, dans un instant, allait s'ouvrir sur son passé, sa vie, ses souvenirs, et sur toutes les réponses qu'il avait si longtemps espérées. Et, soudain, un courant glacé qui le laissa un peu étourdi et nauséeux le transperça jusqu'aux os.

Il sentit la main réconfortante d'Olivia remonter le long de son bras et se poser sur son épaule.

— Tu as peur, je le vois bien, fit-elle remarquer.

— Je ne veux pas entrer là-dedans et découvrir que je suis une ordure.

— Une ordure s'en ficherait pas mal.

— Il va falloir que tu me traduises ça.

— Je veux dire que si tu étais vraiment une ordure, tu ne te poserais pas ce genre de cas de conscience. Tu te ficherais bien de ce que tu vas découvrir. Et le simple fait que tu espères être quelqu'un de bien me prouve que tu l'es vraiment…

— Peut-être que je le suis devenu, et que j'étais vraiment un salaud avant de te rencontrer.

— Je ne crois pas que les gens puissent changer du tout au tout. Tu es ce que tu es, avec ou sans mémoire.

— J'ai bien peur que tu ne te trompes. Penses-tu que tu serais toujours toi-même, sans tes souvenirs ? C'est ton passé qui a forgé ta vie, jusqu'à ton identité.

— Adam, tu retardes l'inévitable, déclara-t-elle en soutenant son regard.

— J'ai compris.

Il hésita un instant avant de marcher droit vers la porte. Il tira la clé de sa poche, la glissa dans la serrure avec la précaution d'un dompteur qui s'apprête à libérer la plus sauvage de ses bêtes. Pourquoi était-il si incertain de ce qu'il allait trouver derrière ? Les indices dont il disposait ne laissaient guère planer de doutes. Quoique… peut-être les avaient-ils mal interprétés, après tout. Et même si tous les éléments convergeaient vers la même conclusion, il restait une chance infime pour qu'il ne soit pas le tueur à gages qu'il craignait d'être. Car s'il l'était, il perdrait Olivia à tout jamais, et il ne pouvait rien imaginer de pire au monde.

Il fit lentement jouer la serrure et tourna le bouton de la porte. Puis il la poussa avec une précaution mêlée de crainte et l'entrebâilla de quelques centimètres.

— Quoi que nous découvrions ici, Olivia, je veux que tu sache que je te… que je t'apprécie beaucoup.

— Tu m'apprécies ? Waouh, merci !

— Je tiens à toi. Ton bien-être et ta sécurité m'importent plus que tout. Et je veux que tu saches aussi que jamais je ne te ferai de mal. Pas volontairement, en tout cas. Quoi que j'aie pu être par le passé, quelles que soient les choses que j'aie pu faire… ou que j'aie pu projeter de faire… Je tiens à toi et je n'ai jamais été aussi sérieux qu'en disant cela. D'accord ?

— D'accord, répondit-elle, l'air intriguée.

Il s'immobilisa, leva le menton d'un geste décidé et pénétra dans l'appartement.

Olivia était nerveuse mais essayait de ne rien laisser paraître. En pénétrant dans l'appartement, elle s'attendait même à voir une somptueuse blonde vêtue d'une chemise d'Adam venir à leur rencontre.

Dieu merci, cela n'arriva pas.

Elle eut tout le loisir d'observer les réactions d'Adam, qui marchait prudemment devant elle, comme s'il avançait en terrain miné. De son côté, Freddy s'était lancé dans l'exploration des lieux, dont il parcourait les pièces l'une après l'autre.

Le plafond du couloir était percé de puits de lumière par lesquels les rayons du soleil pénétraient en cascade. D'une certaine manière, le flot lumineux lui rappelait les chutes d'eau des environs de Shadow Falls. L'appartement était décoré de pièces d'art tribal africain. D'authentiques masques et des photographies dépeignant la vie sauvage subsaharienne jalonnaient les murs. On y voyait des lionnes veillant sur leur progéniture, de gracieuses girafes buvant l'eau rare de la savane. Dans un coin, des fauteuils entouraient une table basse constituée d'un tam-tam sur lequel était posée une plaque de verre. L'un des murs était couvert d'une grande bibliothèque. Du vestibule, on gagnait un salon dont les meubles de cuir marron étaient recouverts de tissus orange et vert. Des oreillers apportaient une touche de jaune au décor. Olivia pouvait apercevoir, plus loin, une vaste cuisine équipée de meubles et éviers en Inox. Les plans de travail étaient faits d'un granit noir d'une grande sobriété. Un comptoir central séparait la cuisine de la salle à manger. Entre les deux pièces, un escalier en colimaçon menait à l'étage.

Où pouvaient bien mener ces marches ? se demanda-t-elle. Sur le toit ? Elle se retourna vers Adam et vit qu'il était littéralement plongé dans la contemplation du moindre détail de son appartement. Il inspectait attentivement la pièce et paraissait sonné, comme s'il subissait l'assaut d'une foule de souvenirs et d'émotions mélangés.

— Adam…, dit-elle posant sa main sur son torse.

— Tout me revient. C'est… trop d'un coup, dit-il en parcourant d'un regard fébrile l'univers qui l'entourait. Cette cuisine est parfaitement équipée parce que j'adore cuisiner, et que ça me détend.

— C'est fantastique, Adam ! s'exclama-t-elle, un large sourire aux lèvres.

— Oui, Adam, répéta-t-il en jetant un œil rapide dans sa direction. C'est bien mon nom. J'en suis certain à présent. Adam Selkirk. Je te le confie à toi, mais surtout ne le révèle à personne. Pour tout le monde, je suis « M. Adams ».

— Pourquoi ?

— Mon travail. Si certaines personnes pouvaient me trouver, je serais… un homme mort. Mais pourquoi, je l'ignore.

— Continuons, mais doucement. Viens, fais-moi visiter, dit-elle en s'accrochant à son bras.

Elle le dirigea vers la cuisine, admira la panoplie du parfait cuisinier, les équipements dernier cri et les réserves d'ingrédients et d'épices soigneusement sélectionnés et rangés.

— Où mène cet escalier ? demanda-t-elle.

— A la terrasse. C'est là que j'aime prendre mon petit déjeuner.

— Oh ! s'exclama-t-elle, surprise.

Suivie par Adam, elle entreprit l'ascension des marches et déboucha sur une plate-forme fermée par une porte d'acier qu'elle ouvrit. Dehors, une légère brise odorante vint lui caresser le visage tandis qu'elle clignait les yeux, éblouie par le puissant rayonnement du soleil. Elle venait de prendre pied sur le toit. Une petite table entourée de deux chaises semblait émerger des plantes en pot disposées çà et là sur la terrasse. Dans un coin reposait un parasol fermé rayé de rouge et de blanc. Partout, des fleurs diffusaient leur parfum dans l'air piquant de ce début de journée.

— C'est un vrai petit paradis que tu as là…

— Oui.

Elle reprit seule le chemin de l'escalier, laissant Adam en arrière. Il devait avoir besoin de se retrouver un peu seul, afin d'assimiler le flot de souvenirs et d'informations qui le submergeait sans doute. Elle parcourut un instant la cuisine, revint dans le salon, puis franchit la porte du mur opposé. Elle pénétra dans un petit réduit qui ouvrait par un passage voûté sur une chambre à coucher. Les murs du réduit portaient quelques étagères couvertes de livres. Un ordinateur était posé sur un bureau. Quelques photos représentant une faune sauvage ornaient les murs au-dessus d'un placard à double battant. Jusqu'à présent, Dieu merci, aucune de celles qu'elle avait vues ne montrait de scène de chasse ou d'animaux tués.

Puis elle pénétra dans la chambre. Aux fenêtres pendaient des rideaux d'un blanc immaculé qui prolongeaient les murs peints d'une teinte bleu ciel. Le lit, immense, était parfaitement fait, comme s'il attendait le retour du dormeur. Le couvre-lit portait lui aussi des motifs tribaux composés de lignes anguleuses aux couleurs vives. Et au milieu était couché Freddy.

— Freddy ! Descends de là !

Il poussa un grand soupir, obéit sans broncher et vint se lover sur l'épaisse descente de lit. Il la regarda de ses grands yeux implorants.

Elle vit, au fond de la pièce, une porte qui pouvait bien être celle de la salle de bains, mais le réduit qu'elle avait visité précédemment l'intriguait. Elle y retourna et en examinait le bureau lorsque Adam, revenu de la terrasse, la rejoignit.

— Alors, de quoi d'autre te souviens-tu ?

— C'est comme si j'avais été pris dans un raz de marée. Bien plus de flashes que je ne peux…

La main levée, il s'était interrompu. Il était entré dans la chambre et commença à l'arpenter en tout sens.

Olivia explora les tiroirs du bureau, ne découvrant rien d'autre que des agrafes et des trombones, des cartouches d'imprimante et quelques feuilles de papier blanc. Elle alluma l'ordinateur et, le temps qu'il démarre, s'en fut examiner le placard.

— La salle de bains a deux portes. La seconde mène dans le salon, expliqua-t-il depuis la chambre.

— C'est vraiment un très bel endroit, Adam.

Elle ouvrit l'une des doubles portes du placard. Il était

plus profond que large, équipé d'étagères et de tringles où suspendre les vêtements. Une unique robe de chambre était accrochée à une patère. Le placard ne montrait pas de traces d'une garde-robe féminine, non plus. A vrai dire, elle n'avait jusque-là repéré aucun signe de l'éventuelle présence d'une femme dans tout l'appartement.

Elle fronça les sourcils. Ce placard avait quelque chose d'étrange, cependant.

— Où es-tu, Liv ? appela-t-il.

Elle entendit ses pas se rapprocher.

— Olivia, poursuivit-il. Non, attends…

Elle pivota dans sa direction d'un mouvement mal assuré, perdit l'équilibre et se retint à la robe de chambre. La patère pivota sous la traction, révélant une ouverture. Avant qu'il ait pu la rejoindre, Olivia avait basculé dans le passage, déclenchant automatiquement l'allumage d'une lampe qu'on avait sans doute couplée à un détecteur de présence.

Elle regarda autour d'elle en se relevant. La pièce était minuscule, formant un léger rectangle d'un mètre dans sa plus petite largeur. Mais ce n'était pas là le plus étrange. Elle venait de pénétrer dans un véritable arsenal. Fusils et armes de poing de toutes tailles et de tous calibres étaient suspendus au mur. L'un d'eux était si gros qu'elle se demanda quel genre d'animal il était destiné à tuer. Des boîtes de munitions comblaient le peu d'espace encore libre, à l'exception d'une niche où s'élevait un petit bureau.

— Olivia, s'il te plaît, sors de là ! implora Adam, qui était resté sur le pas de la porte.

— Non ! lança-t-elle d'une voix tremblante.

Ses yeux glissèrent sur le bureau où était posée une photo d'elle en couleur à côté d'une feuille de papier aux bords abîmés. Quelques lignes étaient tracées au marqueur en travers de son visage, une sorte d'équation mathématique :

« 500000 dollars tout de suite
+ 500000 dollars une fois le travail accompli
= 1000000 dollars »

Son sang se glaça dans ses veines. Il n'y avait qu'une seule et unique façon d'interpréter ce qu'elle venait de découvrir. Elle se trouvait dans le repaire d'un tueur à gages engagé pour la supprimer. Et, à en croire l'inscription sur la photo, il avait déjà perçu la moitié de la somme qu'on lui avait promise.

Ainsi, la réponse ultime à ses interrogations était bien la pire qu'elle aurait pu imaginer. Adam était bien venu à Shadow Falls pour la tuer. Les yeux toujours fixés sur son portrait, elle sentit un immense sentiment d'impuissance l'envahir. Les larmes commençaient à embuer ses yeux lorsque son regard tomba sur une pile de documents posés sur un coin du bureau. C'étaient des lettres, les lettres qu'elle avait, pendant toutes ces années, écrites à Aaron Westhaven.

Ainsi, l'écrivain ne les avait jamais reçues. Elles avaient été interceptées par cet imposteur, cet assassin qui s'en était servi pour l'approcher et la manipuler.

Elle pivota lentement sur ses talons et planta ses yeux dans ceux d'Adam.

— Qui t'a engagé, Adam ? demanda-t-elle dans un souffle.

— Je l'ignore.

— C'était Tommy, hein ? Depuis tout ce temps, il savait où je me cachais. Et ces lettres ? Comment les as-tu obtenues ? Certaines remontent à des années !

— Je ne me souviens pas.

— Tu ne te souviens pas ?

— J'essaie, bon sang…, assura-t-il en se prenant la tête à deux mains.

— Fais un effort, alors !

Elle se tourna de nouveau vers le bureau, s'empara de la pile d'enveloppes et les agita sous le nez d'Adam.

— Tu vois ça ? Combien de fois les as-tu lues, ces lettres ? Hein ? Combien de fois ? Tu m'as analysée, hein, c'est ça ? Et c'est là-dedans que tu as trouvé le moyen de m'approcher, en te faisant passer pour l'homme que j'admire ? C'est grâce à ça que tu as réussi à me manipuler, à gagner ma confiance, à coucher avec moi et à faire en sorte que je tombe amoureuse de toi ?

— Olivia, je…

— Qu'est-ce qui va se passer maintenant, Adam ? Tu vas terminer ton sale boulot, j'imagine, et empocher le reste de ton fric ?

— Je…, commença-t-il en détournant le regard vers la chambre.

Ses yeux fixaient une sacoche posée sur le lit. Il venait sans doute de la trouver. Olivia pouvait voir des liasses de billets qui s'en échappaient par la fermeture Eclair ouverte.

— Vas-y, prends ton arme préférée, tu dois bien en avoir une, et finissons-en ! sanglota-t-elle. Tu veux peut-être que je la choisisse à ta place ! Tiens, pourquoi pas celle-ci ?

Elle désignait le mur derrière elle.

— Vas-y, Adam, fais ton boulot !

16

Adam ne répondit pas. Il ne savait que dire. C'était purement et simplement inconcevable. Tous les éléments qui lui étaient jusque-là revenus à la mémoire, les indices découverts dans l'appartement, formaient un tout cohérent, mais l'idée qu'il puisse être un assassin n'y avait pas sa place. C'était impossible, il ne pouvait pas être un tueur ! Et même s'il l'avait été jadis, c'était du passé.

Olivia sortit de la minuscule pièce en le bousculant au passage, et gagna la chambre à coucher.

— Je reprends tout ce que m'a coûté cette cavale insensée, dit-elle en prélevant une liasse de billets dans le sac posé sur le lit. Je devrais même tout prendre, tiens ! Après tout, ce n'est que la moitié du prix de ma vie.

— Ne touche à rien.

Elle avait fait volte-face et le fusillait à présent d'un regard débordant de haine.

— Rien ne doit manquer, poursuivit-il. Je vais annuler le contrat… dès que j'aurai trouvé le commanditaire. Et pour cela, j'ai besoin de pouvoir rendre la totalité de l'argent.

— Bonne chance alors, répliqua-t-elle en jeta les billets sur le lit. Viens, Freddy. Adieu, Adam.

Puis elle se dirigea vers la porte d'entrée, suivie par

Freddy, qui s'était levé d'un bond. Il avait l'air un peu triste de partir si peu de temps après leur arrivée.

— Olivia, bon sang, quoi que j'aie pu être avant, je te jure que j'ai changé ! Et quelles qu'aient pu être mes intentions…

Il l'avait rattrapée puis, la saisissant par les épaules, il la fit pivoter vers lui.

— Je ne te ferai aucun mal. Jamais, Liv, je te le jure.

Déboussolée, Olivia le dévisagea. Même à travers les larmes qui lui brûlaient les yeux, elle vit ceux d'Adam, magnifiques, qui la fixaient avec intensité. Comment un salaud pareil pouvait-il feindre aussi bien la sincérité ?

— Ça fait un moment que tu le sais, pas vrai ?

— Je m'en doutais, oui, avoua-t-il en hochant la tête. J'ai essayé de te le dire.

— C'est vrai. Et je n'ai pas voulu te croire.

— Moi non plus, je n'y croyais pas. C'était inconcevable. Je pensais… je pensais qu'il y avait nécessairement une autre explication.

— Comment est-ce que je peux encore te faire confiance, à présent ? demanda-t-elle en reniflant. Comment est-ce que je peux être sûre que toute cette histoire d'amnésie n'était pas un piège où je me suis jetée tête baissée ?

— Et dans quel but aurais-je fait ça ? Si j'étais venu pour te tuer, je n'aurais pas perdu mon temps à t'embarquer dans un scénario aussi rocambolesque ! Il m'aurait suffi de m'introduire chez toi, et de te tuer le plus simplement du monde.

— Je n'en sais rien. Mais tu comprendras que je ne peux pas m'attarder ici et continuer ce jeu épuisant de questions-réponses. Adieu, Adam.

Elle se libéra de son emprise mais il la rattrapa au

vol. Il l'enlaça soudain et l'embrassa. Elle sentit le sel de ses larmes se mêler au goût de leur baiser.

— Tu avais raison, Olivia, affirma-t-il en la regardant, les yeux embrumés. Quelque chose de fort nous lie, toi et moi.

— Tu tentes le tout pour le tout, hein ? Je n'arrive pas à croire que tu me dises ça maintenant. Tu t'imagines quoi ? Que ça va me faire rester, peut-être ?

— Ce n'est pas de ça qu'il s'agit, et tu le sais très bien.

— Je ne sais plus ce que je crois, tu sais ? dit-elle en se dégageant. Je prends la Lincoln.

Elle tendit la main et, après un instant d'hésitation, devant son air inflexible, il lui remit les clés.

— Viens, Freddy, appela-t-elle.

Le chien marcha à ses côtés jusqu'à l'ascenseur. Heureusement, aucune carte n'était nécessaire pour descendre. Elle pressa le bouton d'appel et les portes s'ouvrirent instantanément. D'un pas décidé, elle entra dans la cabine, suivie de Freddy, et poussa le bouton du rez-de-chaussée. Les portes se fermèrent, laissant Adam seul sur le palier.

Il ne tenta même pas de la rattraper. Il demeura là, dans l'encadrement de la porte de son appartement, la regardant partir. Qu'aurait-il pu dire ? Que pouvait-il faire, désormais ? Olivia était parvenue aux seules conclusions logiques que permettait de tirer tout ce qu'ils avaient découvert ces dernières heures. Les pièces du puzzle s'assemblaient parfaitement. Lui, Adam Selkirk, avait reçu pour mission de tuer Sarah Quinlan. Son client lui avait fourni des lettres envoyées pendant des années par la jeune femme à son idole. Il les tenait probablement de Skinner. Il avait reçu la moitié de la somme convenue pour l'exécution du contrat, puis il devait avoir passé quelque temps à étudier ce qu'Olivia confiait dans ses lettres à Aaron Westhaven, afin de mettre au point une stratégie pour l'approcher facilement. Voilà, c'était sans doute ainsi que les choses avaient dû se passer. Il avait fait tout cela dans le simple dessein de gagner de l'argent en tuant une femme innocente.

Il retrouva l'appartement avec, dans la bouche, un profond dégoût de lui-même. Quel sombre secret allait-il encore découvrir ? Il entreprit de fouiller méticuleusement toutes les pièces, l'une après l'autre. Dans un tiroir secret, il trouva tout un lot de faux permis de conduire et de passeports. Chacun portait un nom différent, mais tous portaient sa photo. Son apparence variait d'un document à l'autre. Sur l'un, il portait des lunettes, sur un autre, il paraissait plus enrobé. Ailleurs, il était affublé d'une moustache, de favoris, d'un bouc ou des trois à la fois. Parfois, ses cheveux étaient longs. Sur la photo d'une carte d'identité, il les portait même rasés. Les noms, en revanche, n'avaient aucune similitude entre eux, pas même avec son véritable prénom. Aaron était finalement le seul qui ait été aussi proche du sien. Mais ç'avait été une coïncidence.

Il referma le tiroir. Le temps pressait. Il restait maintenant à découvrir qui avait loué ses services et, si cela était encore possible, à annuler le contrat. A vrai dire, il ne savait trop comment s'y prendre. On avait envoyé un autre tueur s'occuper d'Olivia immédiatement après qu'on eut tenté de l'éliminer. Les deux agressions étaient liées, c'était désormais une certitude. Son client était devenu son ennemi. Voilà qui allait rendre les négociations difficiles.

Mais les faits n'expliquaient en rien les motivations. Beaucoup de questions restaient sans réponse. Et les réponses, seul son client pourrait les apporter. Il était urgent de retrouver sa trace.

Il fouilla en vain la chambre à coucher, le placard et les tiroirs qui s'y trouvaient. Pas de journal intime, aucune photo, rien qui puisse l'aider à rassembler les pièces du puzzle de son histoire.

Que faire, à présent ? Les souvenirs continuaient de remonter à la surface, en vrac, cette fois, mais la cadence s'était considérablement ralentie.

Perdu dans ses pensées, il remarqua soudain la lumière rouge qui clignotait sur son répondeur téléphonique.

Il pressa le bouton marqué « Lecture » et attrapa un crayon et un bout de papier.

L'appareil n'avait reçu qu'un seul message. Mais quel message !

« Adam, c'est Bruce. Je suis entré en contact avec les autorités de Shadow Falls, qui m'ont appris ce qui se passait là-bas. J'imagine que tu dois être un peu perdu, mais ne tire aucune conclusion avant que nous ne nous soyons parlé, toi et moi. Rappelle-toi, je suis la seule personne au monde à te connaître aussi bien que tu te connais toi-même, et la seule à détenir les réponses aux questions que tu dois te poser. Contacte-moi, Adam. Appelle-moi. Je ne laisse pas mon numéro sur ce répondeur, tu dois être capable de le trouver toi-même, je te fais confiance. Mais, surtout, ne prends aucune initiative avant de m'avoir parlé. »

Olivia rongeait son frein. Elle était impatiente d'arriver au rez-de-chaussée et de quitter enfin cet immeuble. Comment avait-elle pu être aussi stupide ? Elle avait bien senti, pourtant, qu'elle commettait une erreur en se fiant à un homme dont elle ignorait tout. Avec la plus grande désinvolture, elle avait en quelques heures enfreint sa règle la plus élémentaire, celle grâce à laquelle elle avait survécu pendant seize ans, loin du danger et des déceptions. Si encore elle avait fait confiance à un type bien !

Mais voilà, Adam n'était pas Aaron Westhaven, et son acharnement à voir en lui son romancier favori l'avait complètement aveuglée. Elle enrageait à la pensée que Westhaven n'avait même pas reçu ses lettres. Elle y avait mis toute son âme, dévoilé la moindre facette de ses aspirations, de ses rêves, confié à quel point ses romans occupaient une place importante dans sa vie. Et dire qu'Adam avait lu tout cela…

Olivia avait l'impression de revenir à son point de départ. Une fois de plus, les idées de Westhaven sur la vie et les rapports humains entraient en résonance avec l'expérience qu'elle venait de vivre. Ainsi, l'amour n'est qu'un vaste leurre, une tromperie qui ne mène qu'à la catastrophe. Dans les romans, chaque fois qu'Harvey baisse sa garde, il en paie le prix fort. La vie est ainsi, et pas autrement. En tout cas, c'est ainsi qu'était la sienne depuis qu'elle avait croisé le chemin des hommes. Elle avait aimé Tommy, jadis. Elle l'avait cru, en tout cas, et cet amour l'avait presque conduite à sa perte. Une expérience éprouvante, à l'issue de laquelle elle avait recouvré la liberté mais perdu jusqu'à son nom. Mais la leçon n'avait pas suffi, puisqu'elle venait de nouveau de se faire prendre. Quelle idiote ! Comment avait-elle pu se laisser attendrir aussi facilement ?

Elle sortit de l'ascenseur et traversa le hall d'entrée presque en courant. Trottant à ses côtés, Freddy levait vers elle de grands yeux interrogateurs. Il semblait parfaitement conscient de la peine et de la frustration qui affectaient sa maîtresse.

C'était exactement cela qu'elle éprouvait. Mais la peine avait pris le dessus. Plus que tout, elle souffrait d'avoir cru que cet homme pouvait éprouver quelque chose pour elle. Quelle idiote !

Elle salua le portier de la tête, mais resta sourde à ses questions courtoises. A présent, elle n'avait plus qu'une envie : rentrer chez elle. Tout simplement.

Mais elle savait déjà que sa vie à Shadow Falls n'aurait plus jamais la même saveur. Elle allait devoir réapprendre à vivre. Et qui sait, peut-être devrait-elle partir et entamer ailleurs une nouvelle existence ? Elle savait comment s'y prendre, maintenant. Un nouveau travail, un nouveau nom, une autre femme seule au monde fort opportunément assassinée dont elle pourrait voler l'identité…

Elle s'engouffra dans la voiture après avoir fait monter à l'arrière Freddy. Pour une fois, il n'avait eu aucune difficulté à se hisser tout seul à bord. Il devait en avoir assez d'être ainsi ballotté.

— Promis, mon vieux, je ne vais pas te trimballer à droite et à gauche pendant encore une semaine. Ah, Freddy, comme je t'aime, toi…, dit-elle en collant son nez contre son museau.

Pour toute réponse, elle reçut un grand coup de langue affectueux sur la joue. Puis elle se laissa aller et pleura tout son soûl, le visage enfoui dans le pelage du chien.

— Plus jamais, tu m'entends, plus jamais… Maintenant, c'est toi et moi pour la vie, et personne d'autre.

Elle ferma le hayon, monta à bord et démarra. Puis,

la tête contre le volant, elle pleura de nouveau comme si son cœur venait de se briser en mille morceaux.

Et c'était bien le cas.

« Rentre, disait le message, reviens chez toi. » Adam était perplexe. Revenir où ? Il n'en avait pas la moindre idée. Et qui diable pouvait bien être ce Bruce ?

Il poursuivit l'examen minutieux de l'appartement, fouillant tiroirs et placards. Mais, tout au fond de lui, il savait déjà qu'il ne trouverait nulle part trace d'un carnet d'adresses ni même d'un agenda. En revanche, il trouva un carton rempli de téléphones portables dissimulé dans un coin de l'arsenal. Les appareils devaient avoir été modifiés pour être indétectables. Il en aurait mis sa main à couper.

Il en prit un au hasard et parcourut le répertoire des contacts. Le nom et les coordonnées téléphoniques de Bruce s'y trouvaient.

Rempli d'espoir, il lança l'appel. Un homme répondit à la troisième sonnerie.

— Oui ?

— Je cherche à joindre… Bruce.

— Adam ? Adam, c'est toi ?

— Oui.

— Dieu merci ! Tu n'imagines pas le sang d'encre que je me suis fait ! Où es tu ?

— Ecoute, je ne sais pas si je dois te le dire.

— Tu ne sais toujours pas qui tu es, n'est-ce pas ? demanda Bruce après un instant de silence.

— J'ai une petite idée.

— J'en doute. Avec quel téléphone m'appelles-tu ?

— Un portable. J'ai un stock assez conséquent de ces petits engins.

— Bien sûr, c'est le moyen le plus sûr de communiquer, tu le sais. Bon, écoute-moi attentivement. Je n'ai pas le temps de rentrer dans les détails, mais je peux déjà te dire l'essentiel. Tu travailles pour le FBI, Adam. Tout comme moi. Et je suis ton supérieur.

— Le FBI ? répéta-t-il en fronçant les sourcils.

— Tu agis sous couverture. Ta mission consiste à te faire passer pour un tueur à gages. Tu prends des contrats, localises la cible et, au lieu de la supprimer, tu l'aides à disparaître dans la nature afin qu'elle entame une nouvelle vie sous une autre identité. Tu es le meilleur dans ce domaine.

— Donc je n'ai pas été envoyé pour tuer Olivia Dupree ?

— Seigneur, non ! Tu devais juste l'envoyer en lieu sûr.

— Qui voulait la faire disparaître ? Qui m'a engagé ?

— Une partie de ton travail consistait justement à découvrir l'identité du commanditaire. Tu n'as jamais eu de contact avec lui, un tiers s'occupait de faire le lien entre vous. Tu as commencé la mission en espérant découvrir qui tirait les ficelles en cours de route, mais ton principal objectif était de mettre Olivia en sécurité.

— Et quelque chose a mal tourné, c'est ça ?

— En effet. Tu as été percé à jour avant d'avoir atteint la cible. Le salaud qui t'a engagé a dû découvrir que tu étais un agent infiltré, et il aura envoyé quelqu'un pour te supprimer avant que tu ne puisses la prévenir. Le tueur devait ensuite s'occuper d'elle.

— Et ce type est toujours après moi ? demanda Adam. Et après Olivia aussi ?

— Exactement.

— Je dois la rattraper, il faut que je la protège.

— Surtout, n'y va pas seul. Tout ça, c'est terminé. Vous avez failli vous faire tuer, tous les deux, parce que tu as voulu jouer en solo, mon ami. Viens plutôt me retrouver. Le bureau s'assurera que tu es en sécurité, puis nous irons ensemble la chercher. Tout ira bien.

— On n'a pas le temps, Bruce. Je crains que ce fumier ne la trouve avant nous.

— Où est-elle, à présent ?

— Elle a repris la route de Shadow Falls.

— Je suis là-bas, actuellement. J'essaie de soutirer des informations à cette bande de ploucs. Quel genre de voiture conduit-elle ?

Adam hésita.

— Ecoute, poursuivit Bruce, je vais envoyer des gars de chez nous à sa rencontre, puis je la mettrai à l'abri en attendant que nous en ayons fini avec cette histoire. Mais, pour ça, on a besoin de pouvoir l'identifier sur la route.

— Une Lincoln noire, lâcha Adam.

— Parfait. On va la retrouver. De quelle direction vient-elle ?

— Tu ne sais pas où je vis ? demanda-t-il, surpris.

— Adam, enfin, c'est peut-être le secret que tu gardes le mieux ! Tu brouilles si bien les pistes qu'on ne sait jamais où te trouver. Bon sang, je n'arrive pas à croire que tu aies vraiment oublié tout ça…

Il n'avait donc jamais dit à son supérieur où il habitait ? Comme s'il ne lui faisait pas confiance…

— Ecoute, dit-il. Tu es peut-être mon chef, mais là, en ce moment précis, je ne sais pas qui tu es, d'accord ? Je ne dirais plus rien avant de le savoir. Voyons-nous. J'ai besoin que tu me prouves ce que tu avances. Je dois y voir clair. Compris ?

— D'accord, d'accord. Viens ici, alors. Combien de temps te faut-il ?

— Je n'ai pas de voiture, soupira-t-il.

— Quoi ? Tu t'es débarrassé de la Porsche ?

— La Porsche ? demanda-t-il en remarquant, au même instant, le porte-clé frappé d'un cheval suspendu près de la porte. Réflexion faite, je crois bien en avoir une.

— Parfait. Quand peux-tu être là ?

— A la tombée de la nuit.

— Bien. Je t'attends. Mais sois prudent, Adam, et ne parle à personne de tout ça. A personne, entendu ?

— Oui, oui, j'ai compris.

— Appelle-moi quand tu arrives et je te donnerai un point de rendez-vous.

— D'accord. A plus tard.

— Et, surtout, viens seul. J'insiste là-dessus, Adam. Défense absolue d'en parler à qui que ce soit, pas même à la cible.

— J'ai compris.

— Je suis sérieux.

— Je t'ai dit que j'avais compris.

— Bien.

Olivia conduisit toute la journée, ne s'arrêtant que pour prendre de l'essence ou lorsque Freddy manifestait le besoin de se dégourdir les pattes. A la nuit tombée, les phares de la Lincoln balayèrent enfin la porte de son garage et la façade de sa maison. Jamais elle n'avait été si heureuse de la revoir.

Fatiguée, elle coupa le moteur et se cala dans son siège. Elle se sentait ébranlée, comme si elle revenait de la guerre, Les jours précédents lui avaient paru des mois pendant lesquels elle avait chèrement défendu sa vie. Une lutte qui l'avait épuisée à la fois physiquement et mentalement. Son esprit, maintes fois trompé et déçu, avait une fois de plus été mis à rude épreuve. « Il n'y a pire aveugle que celui qui ne veut pas voir », songea-t-elle. C'était ainsi qu'elle s'était comportée, en prenant ses désirs pour la réalité. Maintenant, il allait falloir en payer le prix.

Mais chaque chose en son temps.

A l'arrière, Freddy fit entendre un soupir d'impatience.

— Je sais, mon gros, je sais, dit-elle en descendant de la voiture.

En enfournant les clés dans sa poche, elle eut une pensée pour Tommy, qu'elle remercia ironiquement pour la Lincoln. D'ailleurs, il faudrait plus tard qu'elle prenne le temps de s'occuper de l'Expedition, qui devait avoir besoin de quelques réparations. En particulier l'intérieur de la porte que Freddy, pendant la fusillade, avait déchiquetée en tentant de sortir. Elle frissonna en pensant à ce qui aurait pu arriver à son chien s'il était parvenu à s'échapper cette nuit-là.

Elle ouvrit le coffre et l'animal surgit en la bousculant au passage. Un instant plus tard, assis sur le parvis, la queue battante, il l'attendait avec impatience devant la porte de la maison. Il avait l'air aussi heureux qu'elle d'être enfin de retour chez eux.

Elle ouvrit la porte en soupirant. Freddy se précipita à l'intérieur et commença à s'adonner à son étrange rituel. Pour de mystérieuses raisons, chaque fois qu'il revenait à la maison, il en parcourait une à une les pièces, comme s'il se livrait à un examen en règle. Une fois son inspection achevée, il allait s'asseoir dans la cuisine, face aux portes menant au patio, jusqu'à ce qu'elle le laisse sortir. Il se livrait alors au même manège dans la cour.

Olivia s'abîma dans son sofa pendant que Freddy prenait la direction de la chambre. Que faire, maintenant ? Appeler Bryan semblait être l'option la plus évidente. Au moins, pendant ce temps, elle ne penserait pas à son cœur brisé et au chaos inextricable qu'était devenue sa vie.

Freddy poursuivait son exploration et se dirigeait désormais vers la chambre d'amis.

Avec un soupir de résignation, Olivia composa le numéro de Bryan sur le clavier de son téléphone fixe, dont la ligne avait été rétablie pendant son absence.

— Tu es rentrée ! lança-t-il immédiatement après avoir décroché.

Surprise, Olivia regarda le combiné de son téléphone. Le système de présentation du numéro l'avait trahie, visiblement.

— Oui.

— Bon sang, ce n'est pas trop tôt !

La voix et l'empressement de Bryan lui firent chaud au cœur.

— Oui, pardonne-moi d'avoir disparu comme ça. Je… Il le fallait.

— Tu es partie avec lui ? Qui est vraiment ce type, Olivia ?

— Quelqu'un qu'on a payé pour qu'il me tue.

— Comment as-tu découvert ça ?

— Grâce à ton message. Et puis…

Elle marqua une pause. Si, comme il le lui avait assuré, Adam avait vraiment changé, il méritait de pouvoir prendre un nouveau départ sans être inquiété. Après tout, une balle dans la tête vous change peut-être vraiment un homme. Mieux valait ne pas tout révéler à Bryan.

Une partie d'elle était plus critique à son égard. Adam était touchant et charmant, certes, mais c'était aussi un tueur. Après tout ce qu'elle avait découvert, comment pouvait-elle encore lui laisser le bénéfice du doute ?

— Olivia ?

— Pardon… Et Tommy ? Il est toujours derrière les barreaux ?

— Oui. Et pas de sortie sous caution pour lui. Imagine, toutes les armes en sa possession ont été illégalement acquises, et il a quitté l'Etat alors qu'il était en liberté surveillée. En plus, on a trouvé de la cocaïne dans ses poches. Sans parler de l'arme qu'il pointait sur toi et des menaces de mort. Une douzaine de flics pourront témoigner. Sans parler non plus du fait qu'il a tiré sur les autorités. Il va en prendre pour un sacré bout de temps. J'ai convaincu le juge qu'il représentait toujours un danger pour toi.

— Je crains que cela ne l'empêche pas d'envoyer des assassins à mes trousses. Les murs de prison sont perméables aux ordres.

— On a gelé tous ses comptes jusqu'à nouvel ordre et on fouille sa maison. Je ne vois pas avec quoi il pourra encore se payer les services d'autres malfrats. Dans les années à venir, il ne pourra pas faire un pet de travers sans que les autorités le sachent. Mais, maintenant que tu es rentrée, si ça peut te rassurer, je peux toujours envoyer une patrouille chez toi. Elle passera toutes les heures. C'est comme tu veux. On t'équipera d'un système d'appel d'urgence demain. Et… bon sang, je n'arrive pas à croire que je te suggère ça, mais tu devrais avoir une arme.

— Je n'ai pas attendu que tu me le dises, répondit-elle en contemplant le pistolet qu'elle avait tiré de son sac.

— Assure toi d'être tout à fait prête à t'en servir, si nécessaire. Ne sors jamais une arme sans être certaine d'avoir à l'utiliser.

— Ne t'inquiète pas. J'en ai assez de me faire avoir par des types qui me veulent du mal. Maintenant, c'est moi qui tire la première.

— Parfait.

— Comment va Sam ?

— Pas trop mal. La balle a traversé la chair de son épaule sans toucher l'os. Sa mère s'est occupée de lui aux urgences et l'a ramené chez eux.

— Merci, mon Dieu…

— J'aime bien quand tu m'appelles « mon Dieu ».

Olivia ne releva pas.

— Comment le savais-tu, Bryan ? Comment savais-tu que ce type n'était pas Aaron Westhaven ?

— Pardonne-moi mais je suis tenu au secret.

— Mais tu vas me le dire quand même, pas vrai ?

— En effet, répondit Bryan en pouffant. Mais, surtout, ne le répète pas. Ce serait idiot de ruiner la carrière de ton romancier préféré. Enfin, je ne crois pas qu'il soit menacé, cela dit. Il a encore de beaux jours devant lui. Bon, tu es prête ? En réalité, Westhaven… est une femme.

— Non !

— Si. Son vrai nom est Erin, avec un E. Elle l'a transformé en Aaron parce qu'elle était persuadée qu'une femme aurait moins de chance d'être prise au sérieux.

— Tu crois que c'est vrai ?

— Je n'en sais rien. Mais qu'est-ce que je connais, moi, aux gens de lettres ?

— Je ne m'en serais jamais doutée, avoua-t-elle doucement. Ça alors !

— Il t'a fait mal, Olivia ? demanda Bryan après un silence.

— Non.

— Est-ce qu'il a essayé ?

— Non. En aucune façon. Même quand il a eu découvert que… qu'il avait été engagé pour me tuer. Il m'a juré qu'il était différent, désormais. Il a dit que jamais il ne pourrait me faire de mal. Et, quant à moi, je n'ai jamais cru qu'il le pourrait.

— Enfin, Olivia !

— Quoi ? Je n'ai pas dit que je croyais ce qu'il me disait.

— Mais tu le crois.

— Vois-tu, là, je suis chez moi. Seule. A ton avis, si je l'avais cru…

— Mais tu le crois.

— Oui. J'en ai très envie, en tout cas, dit-elle, une larme au coin des yeux.

— Tu es tombée amoureuse de lui, c'est ça ?

— Comment le sais-tu ?

— Je l'ignore, soupira-t-il après un long silence. Peut-être parce que ta voix a les mêmes intonations que la mienne lorsque je suis loin de Dawn. Bon sang, Olivia…

— Tu as dit que le FBI le recherchait, dit-elle en changeant de sujet.

— Oui, et ils ne sont pas très bavards. Pas moyen de savoir pourquoi. Cette marque sur la plaque de son crâne… Le numéro renvoie à un certain Adam Selkirk, qui a eu un accident de luge quand il avait dix ans. Une bombe artisanale lui a coûté la vie au cours de l'opération « Tempête du désert » en Irak. On l'a décoré à titre posthume. C'est tout ce que dit le fichier. Je n'ai rien pu tirer des fédéraux. Mais j'ai ma petite idée. Ce type, qui était déjà un tueur à gages dans le civil, a profité de l'accident pour faire le mort, endosser une fausse identité et disparaitre dans la nature. Une fois rentré au pays, il a repris ses activités *incognito*. Pas très moral, mais je ne pense pas qu'il s'embarrasse de telles considérations.

Olivia ouvrit la bouche, prête à défendre Adam. Il n'était pas ce genre d'homme. Il lui avait maintes fois prouvé qu'il avait une morale et des principes.

Mais les révélations de Bryan la secouèrent. C'était vrai, au fond, elle ne savait vraiment rien de lui.

— Je suis vraiment navré d'avoir à te dire tout ça, reprit-il. Mais je crois que tu as le droit de savoir. Je ne noircis pas plus le tableau que je l'éclaircis. C'est la vérité brute, tu dois la connaître.

— C'est aussi mon avis.

— Accroche-toi, d'accord ? Tu es forte, tu t'en remettras.

— Comment ? Comment, Bryan, tu peux me dire ? Tommy va être jugé, et ça signifie qu'il va parler et dire à tout le monde qui je suis en réalité.

— Rectification : qui tu étais. Tu as changé.

Olivia soupira. C'était vrai, elle n'était plus du tout la même. Elle était la preuve vivante qu'un être humain pouvait faire une croix sur son passé, sur sa personnalité, même. Alors pourquoi Adam n'en aurait-il pas été capable ?

Cette idée venait soudain de lui traverser l'esprit. Mais pas question d'en faire part à Bryan. Il n'en serait que plus inquiet.

— Tu sais ce que ça signifie ? Ça veut dire que je vais perdre mon travail et, peut-être même, mon diplôme, reprit-elle. Ma carrière sera foutue. Et ce n'est pas celle que j'étais qu'on va me reprocher, mais ce que j'ai fait pour ne plus l'être. C'est un crime d'usurper une identité, tu dois le savoir mieux que personne. Et je ne vois aucune raison pour que l'université me maintienne en poste.

Bryan soupira à l'autre bout du fil.

— Et la voiture du Pr Mallory ? Je vais sans doute être accusée de l'avoir volée, reprit Olivia.

— On l'a retrouvée. Elle est en lieu sûr.

— Et je suis rentrée chez moi avec la Lincoln de Tommy.

— Il n'en a rien dit. Je ne pense pas qu'il l'ait acquise légalement, de toute façon, sinon, il en aurait parlé. Bon, quoi qu'il en soit, si tu le souhaites, je ferai mettre une voiture en faction devant chez toi, cette nuit. Aussi longtemps que tu le voudras. En tout cas, au moins jusqu'à ce que je sois certain que Tommy n'a envoyé personne après toi. D'accord ?

— D'accord.

— Parfait. Maintenant, je voudrais que tu me dises quelque chose.

— Bien sûr, Bryan.

— C'est quoi cette histoire de disquettes dont Tommy parlait pendant votre rendez-vous ? Qu'y a-t-il dessus ?

— C'est une longue histoire, répondit-elle, un peu hésitante. Peut-on en parler demain ?

— Les fédéraux te questionneront à ce sujet. S'ils savent que tu es rentrée, tu peux t'attendre à leur visite. Ils ne te lâcheront pas.

— Je ne peux pas m'occuper de ça maintenant, Bryan. C'est à toi que je veux en parler, pas à eux. Je suis sérieuse : pas question que je traite avec ces types.

— Alors, quand ils t'interrogeront, ne leur dis pas que tu étais avec l'amnésique. Dis que tu t'es enfuie toute seule après la fusillade, terrifiée à l'idée que Tommy te retrouve. Ne dis surtout pas que tu savais que « Westhaven » avait disparu. Prétends ne rien savoir à propos de cette histoire, à moins qu'ils ne te prouvent le contraire.

— Tu crois qu'ils sont au courant ?
— Je l'ignore.
— Je préférerais ne rien avoir à faire avec eux.
— Je comprends.
— Tu crois que je vais avoir besoin d'un avocat ?
— Ça pourrait être une bonne idée. Contactes-en un dès que possible, au cas où. Oh ! et autre chose… Surtout, et j'insiste, si Aaron-Adam tente d'entrer en contact avec toi…
— Hors de question que je lui adresse la parole, sois tranquille.
— Ça va, tu as bien retenu la leçon. Je t'envoie une voiture immédiatement. Essaie de dormir un peu, d'accord ?
— D'accord. Merci, Bryan. Tu es vraiment un ami.
— Je t'en prie.

Olivia l'entendit raccrocher. Elle replaça le combiné sur son socle en soupirant. Elle le fixa pendant de longues minutes avant de comprendre qu'au fond d'elle-même elle espérait qu'il se mettrait à sonner. Qu'Adam l'appellerait…

Il ne le ferait pas, bien sûr. S'il avait été un homme ordinaire réellement séduit par elle, comme il le prétendait, s'il avait éprouvé la profonde et sincère attirance qu'elle ressentait aussi pour lui, il aurait appelé depuis longtemps.

Mais, en réalité, Adam n'était qu'un menteur qui avait simulé l'affection, l'attirance, jusqu'au sexe. Simplement pour jouer avec ses sentiments, la rendre folle, avant d'en finir avec elle et de remplir son contrat.

En tout cas, c'est ce dont elle essayait de se persuader. Elle ferma les yeux et se mit en devoir de faire taire son cœur. Désormais, elle n'écouterait que sa raison et se fierait à son expérience. Il était temps de tirer les leçons du passé. Plus question de se perdre dans une relation pour finir blessée, humilié et déçue comme elle l'avait toujours été.

Plus jamais.

Bon sang, mais pourquoi n'avait-il pas appelé ?

17

— Tu me reconnais ? demanda le chauve.

Adam était arrivé en vue d'un bâtiment en brique depuis longtemps laissé à l'abandon. Sur la façade, on pouvait lire « Fromagerie » écrit en lettres passées. Devant lui se tenait Bruce. L'homme ne lui était pas inconnu, même s'il n'arrivait pas encore bien à le replacer dans le puzzle qui s'organisait peu à peu.

— Oui, confirma-t-il. Je te connais, Bruce… Modine. Tu es mon supérieur.

— Oui. Je suis ton contact et ton confident. Nous sommes liés, même si je n'ai repris que depuis un an le rôle laissé vacant par ton précédent chef quand il est parti à la retraite.

— Earl Baker, dit lentement Adam. Je lui aurais confié ma vie.

— Ravi de voir que tout cela refait surface, dit Bruce en lui donnant une tape affectueuse sur l'épaule. Je suis content que tu sois venu. Commençons par le début. Ta mission…

— Un échec. Olivia est toujours en danger, et de plus elle est seule, à présent. Mais, au moins, nous n'avons pas perdu notre temps, l'autre nuit. Tommy Skinner est désormais derrière les barreaux.

— Je me suis douté que tu étais « l'homme non identifié » qui était avec elle lors de la fusillade. Ce foutu flic de province nous avait caché l'opération. Sinon, tu penses bien que nous serions venus en renfort, Adam.

— Au moins, Skinner est hors d'état de nuire.

— Skinner n'était pas le commanditaire.

Adam leva un sourcil. Il n'était pas vraiment surpris, mais plutôt préoccupé. Si Tommy avait été le client, Olivia aurait été hors de danger, à présent. Mais ce n'était visiblement pas le cas.

— Donc c'est bien ce que je pensais, Skinner n'est pas celui qui m'a payé pour tuer Olivia ?

— Non.

— Mais tu as dit que nous ne connaissions pas le client ?

— C'est vrai, mais nous savions uniquement qui il n'était pas. Et ce n'était pas Skinner.

— Alors qui ?

— Sans aucun doute quelqu'un dont le nom figure en bonne place dans les disquettes qu'Olivia Dupree garde précieusement depuis des années. Apparemment, Skinner se serait contenté d'évoquer leur existence et d'extorquer des sommes exorbitantes pour révéler qui les détenait.

— Je sais déjà tout ça. Ils le payaient et, en échange, il leur disait où trouver d'Olivia.

— Oui, son domicile, son nouveau nom, tout. Il leur remettait même des photos récentes. D'après ce que nous savons, il la surveillait depuis des années. Il en a fait une cible vivante pour un nombre incalculable de gens qui ont de bonnes raisons de vouloir l'éliminer.

— Il ne reste qu'une chose à faire pour la sauver : rendre public le contenu des disquettes.

— Pardon ? demanda Bruce.

— Oui, publier les listings sur internet ou envoyer des copies aux médias. Ainsi, il deviendra inutile de la tuer. Plus personne n'aura rien à gagner à la faire taire.

— Oui, mais tous auront perdu. Et tout ça pour avoir acheté un peu d'herbe seize ans auparavant. Tu crois vraiment que c'est une solution, Adam ?

— Oui, si Olivia cesse d'être une cible.

— Que fais-tu de la vengeance ?

Adam fronça les sourcils d'un air perplexe.

— C'est bon, mon ami, dit Bruce. Je vois que tu te débats encore avec ta mémoire. Tes réflexes sont intacts, le reste ne tardera pas à revenir. Mais là, tu raisonnes comme un débutant. Essaie de te détendre et laisse-moi prendre les choses en main jusqu'à ce qu'on voie le bout de cette histoire. D'accord ?

— Disons que oui, répondit lentement Adam.

Etrangement, il se sentait mal à l'aise d'ignorer son propre avis au profit de celui de son supérieur. C'était comme s'il n'y était pas habitué.

— Alors, que faisons-nous à présent ? reprit-il.

— Tout d'abord, nous devons mettre la main sur ces disquettes et sur toutes les copies qui peuvent en exister. C'est notre priorité.

Bruce le regardait comme s'il attendait une réaction de sa part. Mais il resta muet. Tout cela sonnait faux. La priorité n'était-elle pas la sécurité d'Olivia ? C'était pour cette raison qu'il avait été envoyé, à l'origine.

— Avez-vous fait des copies ? demanda Bruce.

— Non. Ce n'était pas nécessaire. Notre plan consistait seulement à les céder à Skinner, contre la promesse qu'il laisserait Olivia en paix et ne révélerait pas son identité.

— Et vous étiez prêts à lui faire confiance ? Vous n'avez pas pensé qu'il serait plus prudent de garder quelques moyens de pression pour l'inciter à tenir ses engagements ?

— Ces disquettes ne représentaient aucun danger pour lui. Il en avait seulement besoin pour faire chanter ses anciens clients, pas pour se protéger. Il a déjà purgé sa peine pour ses trafics de drogue, on ne l'aurait pas jugé une seconde fois pour le même crime.

— Mais vous n'avez pas pensé à d'autres moyens de pression ?

— A vrai dire, à l'origine, je comptais simplement lui mettre une balle dans la tête. Mais Olivia s'y est opposée. Elle était persuadée de pouvoir deviner, en le regardant dans les yeux, s'il allait tenir parole ou non. Mais elle avait manigancé autre chose dans mon dos. Elle avait appelé son copain flic et s'est arrangée pour envoyer Tommy en prison une nouvelle fois. Là, il ne pourrait rien contre elle.

— Où sont les disquettes, alors ?

— Je peux les obtenir, dit Adam en détournant les yeux.

— C'est toujours elle qui les a, n'est-ce pas ?

— Je les aurai. Donne-moi jusqu'à demain et…

— Je croyais qu'on s'était mis d'accord, que je menais à présent les opérations, dit Bruce en passant la main sur son crâne chauve. Tout cela ne te ressemble pas, Adam. J'ai besoin de faits.

— Ecoute, dit Adam avec nervosité. Je t'apporterai les disquettes demain. C'est le mieux que je puisse faire. Vire-moi si ça ne te convient pas.

— Te virer ? Tout ce que je te demande, c'est de me faire confiance. Avant, tu m'aurais confié ta propre vie.

— Sans doute. Mais je ne peux pas te confier la sienne.

— Donc c'est elle qui les a.

— Je te retrouve demain ici même avec les disquettes, assura-t-il en tournant les talons.

— Je crains que cela ne soit pas suffisant.

Adam s'immobilisa. Il avait senti le contact froid d'un canon de revolver contre sa nuque. La forme de l'objet ne laissait aucun doute, pas plus que le cliquetis d'un chien que l'on arme.

— Je suis désolé, mais j'ai besoin de ces disquettes ce soir. Je ne peux pas prendre le risque qu'elle les montre aux flics d'ici demain. Une fois qu'elles auront été détruites et que les deux personnes qui connaissent leur existence, à savoir toi et Olivia, boufferont les pissenlits par la racine, mon travail sera terminé.

— Il n'y a pas que nous deux, dit Adam.

— Tommy Skinner mourra en prison. Et, à part lui et vous deux, personne n'a entendu parler de ces fichiers.

— Et toi ?

— Quoi ?

— Toi. Une fois que tu les auras en ta possession, rien ne t'empêchera de les consulter. Tu crois que la simple idée que tu puisses le faire va rassurer ton client ? Moi, je crois plutôt qu'il aura envie de te coller une balle dans la tête pour en finir avec tout ça une fois pour toutes.

Bruce partit d'un rire inquiétant.

— Pas mal essayé. Mais ton petit manège ne marche pas avec moi.

— Pour qui travailles-tu ?

— Tais-toi et marche.

— Où ?

— A ta voiture. Nous allons rendre une petite visite nocturne au professeur.

— Elle n'a pas les disquettes, Bruce. Et ce n'est pas comme ça que tu les récupéreras.

— On trouvera un moyen, pas vrai ?

— Tu crois peut-être que les flics ne surveillent pas sa maison… Elle a dû appeler son copain, à peine rentrée chez elle.

C'était le seul argument qu'il avait trouvé pour empêcher Bruce de s'approcher d'Olivia. Et, apparemment, il faisait son petit effet.

Bruce resta un moment immobile, visiblement perdu dans ses pensées.

— Tu as raison. Nous allons lui demander de nous apporter les disquettes ici.

— Elle ignore où elles sont.

— Alors tu lui diras où les trouver, bordel ! Sinon, je te tue et, ensuite, j'irai lui régler son compte moi-même.

Bruce le poussa dans une chaise et lui tendit une paire de menottes.

— Attache ça à ton poignet, reprit-il.

Adam prit les menottes avec réticence et hésita un instant.

— Allez, dit Bruce en le menaçant de son arme.

— D'accord, d'accord…

Il glissa sa main droite dans l'anneau de métal qu'il laissa un peu lâche. Il pourrait ainsi aisément se libérer dès que Bruce aurait le dos tourné.

Mais le chauve était plus malin qu'il ne l'avait cru. Il le bouscula et referma fermement le bracelet sur son poignet, puis il passa la chaîne entre les barreaux de la chaise et emprisonna sa main gauche. Il était à présent solidement attaché à la chaise, bras dans le dos, plus vulnérable qu'il ne l'avait jamais été.

— Qu'est-ce qui était vrai dans ce que tu m'as dit ? demanda-t-il.

L'autre, en ricanant, sortit un téléphone de sa poche et composa un numéro. Puis il le lui tendit.

— Parle, ordonna Bruce. Dis à ta copine ce que nous attendons d'elle.

Olivia décrocha après quelques sonneries. Sa voix était rauque, comme si l'appel l'avait tirée de son sommeil. A moins qu'elle n'ait été en train de pleurer.

— Allô ?

Adam ne répondit pas.

— Adam, c'est toi ?

Il demeura silencieux.

— Je t'ai dit de lui parler, connard, siffla Bruce en pressant le canon de son arme sur sa tempe.

— Que se passe-t-il ? demanda Olivia. Qui est à l'appareil ?

— Peu importe ce qu'il va te dire, Liv, ne le fais pas. Reste loin de tout ça…

Il n'eut pas le temps de terminer sa phrase. Bruce le repoussa et éloigna le téléphone. Il lui envoya un coup de crosse qui le fit chanceler et, toujours attaché à sa chaise, il roula à terre. Sa tête heurta le sol et résonna pendant quelques secondes, puis il sombra dans l'inconscience…

Olivia, en état de choc, fixait le téléphone qu'elle tenait à la main. Son esprit était encore embrumé de sommeil, l'appel l'avait réveillée en sursaut. Que devait-elle faire ? Le temps d'un éclair, elle avait entendu la voix d'Adam, puis celle d'un autre homme, et enfin, dans la plus grande confusion, elle avait cru reconnaître le bruit d'un coup, celui d'un cri de douleur et le fracas d'une chute. Et plus rien.

— Adam ? souffla-t-elle dans le combiné. Adam, es-tu toujours là ? Que se passe-t-il ?

— Adam est… comment dire… indisponible. Peu importe qui je suis. Finissons-en. Apportez les disquettes. Maintenant.

Elle se redressa dans son lit tandis que Freddy, couché sur le tapis, les oreilles dressées, levait vers elle un regard en alerte.

— Qui êtes-vous ?

A l'autre bout de la ligne, l'homme poussa un soupir agacé.

— Apportez les disquettes à la vieille fromagerie.

— J'ignore où se trouve cet endroit, mentit-elle en essayant de gagner du temps.

— Route d'Upham. Servez-vous de votre GPS et de votre cervelle, ma jolie. Quatre kilomètres sur la droite, un gros bâtiment en brique, fenêtres aux vitres cassées. Apportez les disquettes et toutes les copies que vous auriez pu en faire.

— Nous n'avons pas fait de copies, mentit-elle de nouveau, la gorge sèche.

— Oui, il paraît, mais je voulais avoir votre version. Vous êtes à une heure de ma position. Je ne vous laisse pas une minute de plus pour me rejoindre.

— Donnez-moi un peu de temps pour venir, je ne suis même pas habillée !

— Quel dommage que vous ne voyiez pas mon beau sourire à ce moment précis. Je suis ravi que vous me confirmiez que vous avez bien les documents avec vous, contrairement à ce que m'a soutenu votre ami. Vous avez cinq minutes pour vous habiller et cinq autres pour le cas où vous vous perdriez en route. Si dans une heure dix vous n'êtes pas là, je colle une balle dans la tête d'Adam. Dans le front, cette fois-ci.

L'homme raccrocha sans lui laisser le temps de répondre. Elle ralluma le téléphone. Elle devait appeler Bryan.

Mais elle se ravisa. L'homme avait peut-être placé sa ligne sur écoute et il n'apprécierait sûrement pas qu'elle mette la police dans le coup. A moins que… à moins que ce rebondissement ne soit le dernier épisode d'un plan tordu mis au point par Adam pour en finir avec elle ? Un coup de fil, un rendez-vous et, hop il mettrait un point final à sa mission et récupérerait les disquettes en même temps. A lui les cinq cent mille dollars restants.

C'était le pire scénario qu'elle puisse imaginer, celui qui la verrait finir l'histoire entre quatre planches.

Mais, étrangement, elle se sentait prête à risquer sa vie pour Adam. Etait-elle elle-même tordue à ce point ? Prête à se jeter dans la gueule du loup pour un homme qui l'avait trompée et risquait de la faire tuer ?

— Je sais que je t'ai fait une promesse, mais j'ai vraiment besoin que tu viennes avec moi, dit-elle en regardant Freddy. Prêt à reprendre la route ?

Le chien pencha la tête comme s'il se demandait quelle mouche avait encore piqué sa maîtresse. Mais elle savait qu'il serait toujours là, fidèle à ses côtés, jusque dans le danger. Freddy risquerait sa vie pour la protéger, mais jamais elle ne se pardonnerait qu'il lui arrive malheur

A eux deux, avec Adam en renfort, ils formeraient un trio invincible. Encore faudrait-il qu'il soit vraiment de leur bord.

En revanche, ils se passeraient de renfort. Hors de question de prévenir qui que ce soit, pas même Bryan. La sécurité d'Adam en dépendait.

Olivia se glissa hors du lit et jeta un coup d'œil au

réveil. Deux minutes, déjà, avaient passé. Il n'y avait pas urgence, cependant. Elle savait parfaitement où trouver la vieille fromagerie, qui n'était pas si éloignée que l'homme le croyait. Il était possible de s'y rendre en trente minutes par un raccourci.

Elle enfila un jean confortable, un soutien-gorge de sport, un débardeur et une veste. Des chaussures de jogging complétaient cette tenue tout à fait adaptée à l'action. Elle chargea le .38. Son barillet à six coups lui fit regretter de ne pas avoir sous la main un automatique au chargeur plus conséquent. Elle glissa quelques munitions supplémentaires dans ses poches et fixa un petit couteau à son mollet avec un peu de ruban adhésif.

Elle était aussi prête que possible.

En sortant, elle attrapa une lampe-torche et se retourna pour appeler Freddy. Mais le chien était déjà à la grille et la regardait de ses grands yeux graves.

— Je sais, dit-elle. Il me manque aussi. Allons le chercher.

Une fois dehors, elle ouvrit le coffre de la Lincoln, où Freddy sauta d'un bond. Sans aide, cette fois. Les alentours étaient déserts. La voiture que Bryan devait envoyer n'était, Dieu merci, pas encore arrivée.

Adam regarda Bruce d'un air de défi.

— Tu perds ton temps, assura-t-il. Elle ne risquera pas sa vie pour moi.

— Elle en a pourtant pris, des risques, en passant ces derniers jours avec toi.

— Oui, mais je te rappelle qu'elle est partie immédiatement quand elle a découvert que j'avais été envoyé pour la tuer.

— Ce n'était pas ça ta mission. Ce que je t'ai dit plus tôt est vrai. Je suis vraiment ton supérieur au FBI, et tu n'as pas été envoyé pour la tuer.

— Mais ça, elle ne le sait pas.

— Les femmes sont des créatures bizarres, tu sais, Adam. Elle ont tendance à se faire des idées sur les hommes et à persister dans l'erreur, même quand la vérité leur est offerte sur un plateau. Surtout quand elles se sont fait sauter une fois ou deux. Parce que tu l'as sautée, pas vrai ?

Adam ne dit rien mais fusilla Bruce du regard.

— Oui, c'est bien ça, reprit Bruce. Tu te l'es faite. J'espère qu'elle a joui, au moins ? Parce que, dans ce cas, ça arrangerait bien nos petites affaires. Elle ne pourra pas s'empêcher de venir. Les femmes prennent toujours les orgasmes qu'on leur donne pour d'ultimes preuves d'amour. Tu l'as léchée, aussi ?

— Là, tu vas trop loin, mon ami.

— Et que vas-tu faire ? Me frapper ? Inutile de me répondre. Si tu t'y es bien pris avec elle, elle viendra. Et si en plus tu l'as léchée, elle va rappliquer en courant.

— Dommage que tu n'aies pas su te taire, Bruce. Jusque-là, je comptais quand même te laisser filer, mais, maintenant, c'est hors de question. Tu es un homme mort et tu ne le sais pas encore.

— C'est toi l'homme mort, mon ami. Et ça, c'est vraiment dommage, dit Bruce avec un soupir de déception. Adam, tu serais déjà six pieds sous terre si j'avais été au courant, pour la plaque vissée sur ton crâne.

— Tu aurais dû mieux éplucher mon dossier, dit Adam en haussant les épaules. C'est pourtant écrit noir sur blanc.

— C'est vrai. J'aurais dû être plus attentif. Mais,

Dieu, que c'était assommant ! « Tempête du désert », toutes ces putains de médailles jusqu'à ta mort tragique en plein combat… Il paraît qu'il ne restait plus rien de toi à renvoyer au pays.

— J'aurais dû rester dans l'armée.

— Pourquoi ? Tu as bien bossé au FBI, sauvé beaucoup de vies, Adam. Tu as fait ton devoir envers ton pays et tu devrais en être fier. Moi, je m'en fous de tout ça. J'ai pris ce boulot parce qu'il y avait un bon paquet de fric à se faire. Mais assez parlé. Je ne vais pas jouer la tête de nœud qui se confie au prisonnier. Ce genre de truc vous revient toujours dans la figure.

— Je crois que tu commences à comprendre que tu m'as sous-estimé et que je risque bien d'être le seul à sortir entier de ce merdier, lança Adam avec défi.

Devant lui, Bruce sembla pâlir et s'immobilisa l'espace d'une seconde.

— Tu le sais, ça, Bruce.

— Je suis armé et tu es ficelé comme un jambon. Je ne suis pas inquiet.

— C'est moi, l'homme de terrain, ici. Toi, tu n'es qu'un bureaucrate. Tu n'as aucune chance, et tu aurais dû t'en rendre compte bien avant. Alors, dis-moi, qui te paie pour récupérer ces disquettes et nous envoyer au diable, Olivia et moi ?

— Ça ne te regarde pas.

— Allez, un bon geste ! Avant de tirer ma révérence, je veux savoir qui est responsable de ma mort. C'est le sénateur Gainsboro, c'est ça ?

Bruce avait sourcillé le temps d'un éclair.

— C'est lui, n'est-ce pas ? reprit Adam. C'est le sénateur ?

— J'ai bien peur que non, lança une voix de femme qui avait retenti à l'autre bout de la pièce.

Une brune aux jambes interminables émergea de l'ombre au rythme du claquement de ses talons aiguilles. Elle avait un corps absolument parfait et un visage si régulier qu'il paraissait artificiel. Comme celui d'une statue de cire ou d'un mannequin de grand magasin. Ses cheveux étaient noués de la manière la plus stricte qu'on puisse imaginer. Aucune mèche ne dépassait. Elle portait un tailleur coupé sur mesure composé d'une jupe aux genoux et d'une veste cintrée. Elle était tout de noir vêtue, des vêtements aux chaussures en passant par les bas. Comme pour des funérailles.

— Corinne, que diable fais-tu ici ?

— Tu devrais répéter mon nom, lança-t-elle en foudroyant Bruce du regard. Je crois que notre invité ne l'a pas bien entendu.

— Inutile, j'ai noté, lança Adam. Charmé de vous rencontrer, madame Gainsboro. Vous êtes la première épouse de président potentielle que je rencontre. Autant que je m'en souvienne, en tout cas. Mais je crains que vous ne dépassiez pas le stade de l'aspirante. Parce que, voyez-vous, votre mari est si gros et si chauve qu'il n'a aucune chance. Les gens ne portent plus de tels monstres à la Maison-Blanche. Vous n'aviez pas remarqué ?

— Ça, j'en fais mon affaire, assura-t-elle avec une moue.

— Oh, j'en suis persuadé ! On dirait que vous avez un bon chirurgien esthétique sous la main, à ce que je vois.

— Le meilleur. Assez d'amabilités, je veux ces disquettes.

— Je crois que vous auriez plutôt besoin d'un bon avocat. Un spécialiste des divorces.

La femme brune l'ignora et se tourna vers Bruce, dont le visage parut se troubler. C'était donc ça ! Le chauve en pinçait pour elle… Leurs liens étaient peut-être même plus étroits, à en juger par le petit sourire qu'il leur vit échanger.

— Et elle, tu la sautes, Bruce ? demanda Adam.

Bruce se figea et Adam vit Corinne pâlir.

— Attends, Bruce. Je viens juste d'avoir un flash. Tu m'as bien dit que tu étais membre des services secrets, avant de rejoindre le FBI, non ? Vous vous êtes rencontrés là-bas, j'imagine. Que faisais-tu, à l'époque ? Tu bossais pour son mari ? Ça s'appelle jouer avec le feu, ça.

— On peut dire ça comme ça, répondit Bruce en souriant de manière inquiétante.

La femme sourit aussi. Elle rejoignit Bruce au centre de la pièce, où ils s'enlacèrent et échangèrent un baiser torride. Cette femme avait l'air impitoyable et déterminée. Elle paraissait même bien plus dangereuse que pouvait l'être Bruce quand il était au meilleur de sa forme. Adam n'était plus aussi sûr de lui. Il croyait avoir un coup d'avance mais, apparemment, il n'était pas encore tiré d'affaire.

18

Olivia ne mit que vingt minutes à couvrir la distance qui la séparait de la vieille fromagerie. Elle était fière de constater que les petites routes des environs de sa ville d'adoption n'avaient plus de secrets pour elle.

Sa ville d'adoption. Jamais elle n'avait encore pensé à Shadow Falls en ces termes. La petite bourgade avait été son refuge, mais aussi, parfois, sa prison. Jamais elle ne l'avait considérée comme son point d'attache. Et pourtant, avec les années, c'était bien ce qu'elle était devenue.

Comme c'était bon d'avoir un chez soi…

Freddy, qui avait glissé sa tête entre les deux sièges avant, la rappela à la réalité. D'une main, elle lui caressa le museau.

— Bon, nous y sommes. Maintenant, tu vas être un bon chien, Freddy. Tu vas m'écouter bien attentivement et faire exactement ce que je te dirai, d'accord ?

Sans attendre la réaction du chien, elle ouvrit la portière et sauta sur le sol herbeux. Elle avait garé la voiture à l'écart de la route, dans un petit bois situé à une cinquantaine de mètres de la fromagerie abandonnée. Elle se souvint de la leçon d'Adam et déposa les clés du véhicule dans une crevasse de l'écorce d'un tronc d'arbre, tout près de la portière du conducteur. Ainsi, elle les retrouverait facilement. Puis elle se mit en route, Freddy trottant à son côté, aux aguets. Le chien sentait que quelque chose se préparait et lui donnait du courage. Malgré la peur, elle se sentait forte, galvanisée par l'action. De nouveau, elle prenait sa vie en main. Cela faisait tellement longtemps : depuis qu'elle avait fui Tommy, seize ans auparavant. Mais pour une fois, au lieu de choisir le moindre mal, elle agissait exactement comme elle l'entendait, créant elle-même ses propres opportunités d'action. Et tant pis si cela revenait à exposer au grand jour les secrets de son passé ! Et puis tant pis aussi pour Adam… Après tout, ce n'était pas pour lui qu'elle partait ainsi en guerre, mais pour elle seule, pour remettre les compteurs de sa vie à zéro et se donner les moyens de recommencer depuis le début, dépouillée de son trop lourd héritage, de ses mensonges et de ses peurs.

Ce soir, c'était à son propre secours qu'elle volait.

Elle se faufila furtivement en direction de la fromagerie, à travers les buissons et les ronces. Lorsque le bâtiment fut en vue, elle l'examina avec la plus grande attention. Les fenêtres portaient encore leurs montants, rouillés et dépouillés de leurs carreaux. Sur la façade, au-dessus de la porte d'entrée, le nom de l'établissement jadis florissant était peint en lettres rouge passé. Dans quelques années, elles auraient tout à fait disparu, rongées par le temps et les éléments. Devant elle, le chemin d'accès au site et l'ancien parking étaient la proie des herbes folles.

Elle passa quelques instants en observation derrière un arbre avant d'apercevoir la faible lumière émanant d'une fenêtre à l'arrière du bâtiment. Elle attaquerait par l'avant et tenterait de prendre l'adversaire à revers. Freddy toujours à ses côtés, elle replongea dans le bois puis se glissa le long d'un sentier couvert qui la mena à l'avant de la fabrique. A une quinzaine de mètres d'elle, au-delà d'une zone découverte, elle vit une trappe au pied du bâtiment. Elle ouvrait sans doute sur un escalier conduisant à la cave. Quelle meilleure approche qu'une approche souterraine ?

— Tu es prêt ? demanda-t-elle en empoignant la nuque de Freddy.

Elle lui jeta un regard et sursauta de surprise. C'était la première fois qu'elle le voyait ainsi. Tendu, légèrement penché en avant, les oreilles dressées, son poitrail paraissait plus large et plus puissant que jamais. Sa fourrure était hérissée tout le long de son épine dorsale. Il était à l'arrêt, tel un véritable chien de chasse.

— Calme-toi, Freddy… Ecoute-moi. Ecoute.

Il la regarda de ses yeux marron intelligents.

— Ecoute-moi… Nous allons courir, Freddy. Attention… Maintenant ! Cours !

Ils s'élancèrent de concert à découvert, dissimulés par la seule obscurité de la nuit. Freddy, dont le pelage sombre agissait comme un camouflage, paraissait presque invisible.

Lorsqu'ils atteignirent la trappe, Olivia s'accroupit et s'immobilisa.

— Freddy, baisse-toi, souffla-t-elle en lui faisant un signe de la main.

Il vint se positionner à côté d'elle et obtempéra aussitôt.

— Tu es un bon chien, dit-elle en lui étreignant le cou. Maintenant, tu vas rester là.

Aucun verrou ne vint arrêter son geste lorsqu'elle tira la porte qui s'ouvrit en grinçant puissamment. Le bruit la fit un instant paniquer, et elle s'immobilisa de nouveau. Blottie contre le chien, elle scruta l'obscurité alentour et tendit l'oreille.

Le concert des criquets lui apparut comme une épouvantable cacophonie nocturne. Le vent faisait chanter les feuilles des arbres et craquer les branches. Un animal, sans doute un raton laveur, se frayait un chemin dans un buisson proche. Mais aucun son d'origine humaine ne prenait part à ce concert sous les étoiles. Pas de bruit de pas, de murmures ou de cliquetis de pistolet qu'on arme.

Olivia poussa un soupir de soulagement. Elle attendit encore quelques instant avant de se pencher sur l'ouverture sombre. Le faisceau de sa lampe balaya les ténèbres, révélant une volée de marches en béton menant vers le sous-sol. Elle écarta le voile de toiles d'araignées qui obstruaient le passage à l'aide d'un bâton trouvé là et entama la descente. Freddy la rejoignit lorsqu'elle fut arrivée en bas.

La cave était immense et occupait la même surface que le bâtiment au-dessus. L'air sentait le renfermé, comme si l'endroit n'avait pas été aéré depuis un siècle. Fissuré et craquelé, le sol de béton portait les marques des outrages du temps. A la lueur de sa lampe, Olivia remarqua çà et là quelques caisses de bois vermoulu remplies de tuyaux et de divers objets que la poussière rendait méconnaissables. A l'autre bout de la pièce, elle repéra un vieil escalier de bois qui menait au niveau supérieur.

Elle traversa le sous-sol au pas de course. Freddy la suivait au rythme des gestes par lesquels elle lui indiquait que la voie était libre. Nul obstacle ne vint entraver leur progression, pas même la grosse araignée velue que craignait à chaque instant de voir surgir Olivia. Ils atteignirent rapidement les premières marches de l'escalier de bois. Quelques toiles, déchirées, pendaient aux murs, indiquant qu'elles avaient été dérangées récemment. En haut, après une petite plate-forme, une porte, elle aussi de bois, s'encadrait dans le mur.

A la lueur de sa lampe, Olivia repéra sur les marches des traces de semelles imprimées dans la poussière. Quelqu'un était descendu jusqu'ici.

Elle se tourna vers Freddy, lui intima d'un regard l'ordre de s'asseoir et commença l'ascension vers la plate-forme. Chaque pas lui demandait une attention infinie, afin de ne pas arracher au bois un craquement qui la trahirait. Elle se retourna après chaque marche pour mesurer sa progression et renouveler son ordre à Freddy. Tout irait bien tant qu'il pourrait la voir.

Elle mit le pied sur le palier supérieur, qui fit entendre un léger grincement. Le souffle coupé, elle s'immobilisa et écouta le silence qu'aucun bruit ne venait perturber. Au bout de quelques instant, cependant, elle perçut le son étouffé d'une conversation. Elle colla avec précaution son oreille contre la porte, dont les planches en mauvais état menaçaient à tout instant de se détacher, et identifia une voix masculine puis une autre, féminine, cette fois. Que se passait-il dans la pièce d'à côté ?

Elle prit une grande inspiration et manœuvra délicatement le bouton de la porte. Le battant joua d'un centimètre à peine. Alors, elle vit…

Adam parcourut du regard la pièce dans laquelle on l'avait enfermé, menotté sur une chaise. Autour de lui, les murs en parpaings nus étaient percés d'une unique porte fermée par deux verrous, l'un rouillé, l'autre flambant neuf. Il avait entendu Bruce verrouiller le second quand il eut quitté la pièce.

Peu avant, la femme du sénateur lui avait collé sans

ménagement sur la bouche et le nez une large bande adhésive. Craignant de ne plus pouvoir respirer, il avait paniqué un instant, mais, Dieu merci, la bande mal fixée laissait passer un peu d'air.

Désormais seul, faisant corps avec sa chaise, il était parvenu à s'approcher de la porte en sautillant. Le trou de la serrure ne permettait pas de voir ce qui se tramait dans la pièce voisine. Un rai de lumière sous la porte attira son attention. Il fit basculer la chaise et, le corps tendu, il se prépara à l'impact. Son épaule heurta durement le sol en même temps que se faisait entendre un claquement sec. La chaise aussi avait souffert de la chute.

Il ondula jusqu'à la porte, colla sa tempe au sol devant la fente horizontale et regarda par le minuscule interstice. De l'autre côté, Bruce et sa complice n'étaient visibles que des pieds à la taille. Ils se déplaçaient dans la pièce. Puis ils se figèrent.

— Regarde un peu ça, Bruce, murmura la femme.

Adam regarda dans la direction vers laquelle pointaient leurs pieds. A l'autre extrémité de la pièce, une porte pivotait lentement sur ses gonds. Ce n'était pas le vent qui la poussait ainsi, mais une silhouette qui se précisait peu à peu dans l'entrebâillement.

Olivia !

Le cœur d'Adam se mit à battre à tout rompre. Il aurait voulu savoir ce que les deux complices préparaient, mais certains de leurs gestes se déroulaient hors de son champ de vision. Ils semblaient attendre patiemment, à présent. Puis Bruce fit quelques mouvements et, lorsqu'il redevint visible, il tenait un pistolet dans sa main. A mesure que la porte s'ouvrait, il levait l'arme dans sa direction.

Hors d'haleine, Adam tenta de hurler, mais l'adhésif étouffait ses cris. Il ne restait qu'une chose à faire. Il tendit ses muscles et, de toutes ses forces, il précipita sa tête contre le montant de la porte. Deux puis trois coups sonores et douloureux suffirent à faire réagir les agresseurs. Bruce poussa un juron. Par la fente au sol, Adam vit la femme s'approcher de la porte de sa cellule.

— Calmez-vous, Adam, murmura-t-elle fermement. Tout ira bien pour elle si vous vous tenez tranquille. Croyez-moi.

Soulagé de constater le succès de sa tentative, il recommença avec plus de fureur encore. De l'autre côté, impressionnée, la femme avait reculé de quelques pas.

— Je ne plaisante pas, reprit-elle d'une voix moins assurée qu'auparavant.

Mais il ne l'écoutait pas. Toute son attention était mobilisée par ce qui se passait dans la pièce voisine. Bruce s'était discrètement déplacé en rasant le mur vers la porte qui continuait de s'ouvrir. Il était hors du champ de vision d'Olivia. Puis il fit volte-face, saisit la poignée et ouvrit le battant d'un geste brusque.

Olivia fut projetée dans la pièce, tête la première. Elle s'écrasa au sol et l'arme qu'elle tenait en main vint glisser hors de sa portée. Dans sa chute, son pied avait frappé la porte, qui s'était refermée d'un coup sec. Adam comprit qu'elle avait fait ce dernier geste volontairement. Freddy devait être en bas, et pour rien au monde elle n'aurait laissé soupçonner sa présence.

En un clin d'œil, Bruce était sur elle. Il la maintenait au sol, un genou plaqué dans son dos, et pointait son pistolet sur sa tête.

— Ne pensez même pas à bouger le petit doigt, dit-il.

— Qui êtes-vous ? Que voulez-vous ?

— Ça ne vous regarde pas, martela-t-il en l'empoignant par les cheveux.

Il se releva et la tira en arrière. Geignant de douleur, Olivia s'agrippa au bras de Bruce à deux mains. Puis il la lâcha brusquement. Sous le choc, elle fit quelques pas en arrière en titubant.

— Qui êtes-vous ? demanda-t-elle de nouveau. Où est Adam ?

— Et dire qu'il pensait que vous ne viendriez pas ! Je suis ravi de constater combien il avait tort. Vous avez apporté les disquettes, j'espère.

— Bien sûr que je les ai. Et j'ai aussi confié des copies à mon avocat. Et s'il m'arrive quoi que ce soit, elles finiront sur le bureau de l'attorney général.

— Et vous espérez que je vais gober ça ? Vous n'avez même pas eu le temps de vous organiser.

— J'ai eu plus de temps que nécessaire. J'ai ces disquettes depuis des jours, depuis ma fuite avec Adam.

— Et vous avez fait ces copies à son insu ?

— Vous n'imaginez tout de même pas que je faisais confiance à ce type ?

— Ah, oui ? Alors pourquoi êtes-vous là ?

— Vous croyez que je fais ça pour lui ? Non, pour une fois, c'est à moi que je pense. J'en ai assez de tout ça. Je veux en finir. Compris ?

— Très bien, dit Corinne, s'approchant d'elle en martelant le sol de ses talons hauts. Alors, dans ce cas, nous vous laisserons partir mais nous tuerons Adam. Ça vous convient ? Laissez les disquettes près de la porte en sortant.

Adam n'avait pas perdu une miette de l'échange. La tentative de bluff de Corinne devait avoir porté ses fruits, car il entendit Olivia pousser un petit cri de surprise. Mais la jeune femme parut rapidement reprendre son sang-froid.

— Hors de question que je parte sans lui, annonça-t-elle avec fermeté.

— Bon, ça suffit. Tue-les tous les deux, lança Corinne à l'attention de Bruce.

— Depuis le temps que je le dis. Donnez-moi les disquettes, demanda-t-il en se tournant vers Olivia.

D'après les bruits qu'il put percevoir, Adam jugea qu'Olivia s'était exécutée.

— Allez-y, tuez-nous, dit fermement Olivia. Et, bientôt, la presse et l'attorney général recevront de quoi occuper leurs prochaines années. Allez-y. Les disquettes partiront dès l'instant où on signalera ma disparition.

— Bien. Voilà qui me laisse un jour ou deux pour fouiller votre maison, trouver l'adresse de cet avocat et aller lui coller une balle entre les deux yeux. Même un bureaucrate n'aurait besoin que de quelques heures… C'est vraiment trop facile.

Adam vit Bruce tirer Olivia par le bras vers la porte de sa cellule. Corinne, qui était allée au devant d'eux, faisait déjà jouer le verrou. A force de contorsions, il parvint à s'écarter de la porte pour ne pas en entraver l'ouverture.

Juste à temps. La porte s'ouvrit et Olivia fut jetée rudement dans la pièce minuscule, puis la porte se referma. La scène avait duré une fraction de seconde.

La jeune femme mit quelques instants à reprendre ses esprits, écarta ses cheveux, qui recouvraient son visage, et le vit enfin.

Il esquissa un pauvre sourire lorsque leurs regards se rencontrèrent. Celui d'Olivia s'emplit instantanément de larmes.

— Oh, mon Dieu ! Qu'est-ce qu'ils t'ont fait ! s'exclama-t-elle en l'aidant à se redresser sur sa chaise.

Ses yeux riaient presque, à présent.

— Merci, mon Dieu ! reprit-elle en prenant le visage d'Adam entre ses mains et en l'embrassant à l'endroit exact où l'adhésif couvrait sa bouche.

Il poussa un cri de douleur lorsqu'elle lui retira d'un coup sec son bâillon.

Puis ils s'embrassèrent.

Lorsque leurs lèvres se séparèrent, Adam contempla Olivia. Les questions se bousculaient dans sa tête. Comment expliquer le revirement de la jeune femme ? Pourquoi était-elle revenue vers lui ? Il les lui poserait plus tard. Il fallait d'abord sortir de ce pétrin.

Mais, pour l'instant, seuls comptaient le soulagement que lui avait apporté ce baiser et le flot de désir qui l'avait envahi. Dieu, que c'était bon… Il comprenait à présent combien elle lui avait manqué. Leur position paraissait désespérée, mais il était avec elle, et sa présence l'apaisait, ainsi que chacun des mots qu'elle murmurait en l'étreignant.

Elle s'écarta un peu de lui, les yeux fermés, comme si elle n'arrivait pas encore à le regarder en face. Puis elle passa derrière lui. Il sentit qu'elle s'attaquait en tremblant à la serrure des menottes.

— Bon sang, qu'espérais-tu en venant ici, Olivia ? dit-il en tournant la tête pour la regarder dans les yeux.

Le regard profond d'Olivia lui avait tellement manqué… Il se sentait heureux et soulagé de la voir, car il n'avait pas soupçonné le bien qu'elle lui faisait. Mais la pensée que, peut-être, ils allaient mourir ensemble le terrifiait. Il avait bien imaginé finir ses jours avec elle, mais pas aussi rapidement, ni dans ces conditions.

— Ce salaud a dit qu'il te tuerait si je ne venais pas.

— Ah, oui ? Et tu es venue à la rescousse de ton assassin ? Pourquoi es-tu venue ?

Elle abandonna les menottes et se blottit contre lui. Il sentait son souffle contre son oreille.

— J'ai dû faire un choix, Adam. Croire ce que me racontaient les preuves dans ton appartement, ce que Bryan m'avait dit, ce que toi-même tu croyais, ou bien me fier à ce que me disaient mon cœur et mon âme.

— Alors Bryan sait qui je suis ?

— Il le croit. Mais il se trompe. Moi, je le sais, je le sens.

Elle renonça définitivement à vaincre les menottes et vint se positionner devant lui. Elle s'agenouilla au sol, les mains sur les cuisses, et le regarda intensément.

— L'homme que j'ai appris à connaître ces derniers jours est un homme bon. Ce n'est pas un meurtrier. Tu sais, chacun d'entre nous possède quelque chose d'essentiel, tout au fond de lui, qui détermine ses actes et oriente ses choix. Le cœur penche vers le bien ou le mal. J'ai vu ton cœur, Adam, je l'ai senti. Et il n'y a pas de doute, c'est au bien qu'il aspire. C'est cela que j'ai choisi de croire.

— C'est presque un acte de foi. Un risque immense que tu prends, en tout cas.

— Je n'en prendrai jamais de plus grand de toute ma vie. Si je me trompe, je ne m'en remettrai pas. Mais si j'ai vu juste, alors… Je n'ai pas cessé d'y penser, tu sais ? Toutes les preuves sont contre toi, mais plutôt risquer ma vie et mon cœur que de survivre sans jamais connaître l'amour.

La gorge d'Adam se serra.

— C'est vraiment de cela qu'il s'agit, tu sais ? reprit-elle en le fixant d'un air éperdu. Oui, tu le sais, n'est-ce pas ? J'ai choisi de croire en toi parce que je t'aime. Et comme je ne m'imagine pas tomber amoureuse d'un tueur, j'ai choisi de croire que tu étais un type bien. Et j'espère que je ne fais pas une grosse erreur.

La confession le frappa droit au cœur. Le regard d'Olivia indiquait qu'elle attendait une réponse, un signe de sa part, n'importe quoi, mais il ne put articuler aucune parole. Il vit ses yeux se mouiller de larmes, et elle les détourna. Elle se leva et revint derrière lui pour tenter de nouveau de le libérer.

— Je sais que ça fait beaucoup d'un seul coup, reconnut-elle en s'affairant dans son dos. Mais un signe de ta part me ferait un bien fou.

— Je... je ne sais pas quoi dire...

Non, parler était au-dessus de ses forces. Il se leva comme il put, se traîna vers le mur le plus proche et y précipita de toutes ses forces la chaise à laquelle il était toujours attaché. Le bois vola en éclats. Olivia l'aida à se débarrasser des fragments qui l'entravaient encore, puis il se contorsionna pour faire passer devant lui ses mains toujours attachées par les menottes.

— Ça va ? demanda-t-elle.

— Ça ira.

— Et maintenant ? Tu n'as rien à me dire ?

— « Merci » ne suffira pas, n'est-ce pas ?

Olivia ne disait rien mais, à en juger par le pli qui barrait son front, elle n'en pensait pas moins. Et lui ne savait quoi répondre. Elle avait tant fait pour lui qu'il ne savait pas comment exprimer le flot de sentiments qui le submergeaient.

— Tu as raison, ce n'est pas suffisant. Bon... Essayons de sortir de là, dit-elle en retournant vers la porte.

Adam massa ses jambes parcourues de fourmillements et se leva à son tour en titubant. Olivia palpait la porte comme si elle cherchait un loquet secret. Elle lui parut soudain hostile et prenait bien soin de ne pas croiser son regard.

Il s'approcha d'elle.

— Je ne suis pas un tueur à gages, c'était une couverture…, commença-t-il. Je veux que tu le saches, au cas où il nous arriverait quelque chose.

Elle se retourna et planta ses yeux dans les siens.

— Je sais que ça va te paraître un peu tiré par les cheveux, poursuivit-il, mais puisque tu crois en moi sans raisons, je voulais t'en donner une de valable. Je pourrais te montrer des preuves, Olivia. Si nous arrivons à sortir d'ici vivants.

— Je te crois, murmura-t-elle.

— Je suis un agent fédéral infiltré.

— C'est ça ! Un agent qui se fait passer pour un tueur ?

— Je sais que c'est difficile à avaler, mais, crois-moi, c'est la vérité. Mon nom d'emprunt est « M. Adams », et ce « M. Adams » a une certaine réputation dans le milieu. On me paie pour éliminer des cibles, mais, au lieu de les tuer, je les fais rentrer dans un programme gouvernemental de protection des témoins.

— Alors quelqu'un t'a bien engagé pour me tuer…

— C'est ce qu'on m'a dit.

— Qui ?

— Tu as reconnu la femme qui est avec Bruce ? demanda-t-il en désignant la porte. C'est l'épouse du sénateur Gainsboro. Il semblerait qu'elle ait très envie de devenir la première dame du pays. Un projet qui risque de tomber à l'eau si les photos où on les voit acheter et consommer de la drogue, elle et son mari, venaient à être diffusées.

— Je me disais bien que la fille sur la photo que tu

m'avais montrée au magasin me rappelait quelque chose. Mais qui est le type ?

— Bruce Modine, mon supérieur. Corinne et lui se sont rencontrés quand il travaillait pour les services secrets.

— Ils sont amants ?

Il acquiesça.

— Je n'ai pas plus de détails. Mais j'ai quelques idées.

— Moi aussi, dit pensivement Olivia. Mon charmant ex a du la faire chanter, elle ou son mari.

— Et elle s'est tournée vers son amant pour résoudre le problème.

— Si tu sors avec quelqu'un du FBI, c'est naturellement vers lui que tu te tourneras si on te fait chanter. Tommy a dû leur parler de moi. Il disait donc la vérité.

— Oui. Et Bruce se sera mis en quatre pour aider sa petite amie à trouver quelqu'un qui pourrait la tirer d'affaire. Mais quelque chose a dû aller de travers. Une fuite, sans doute. Quelqu'un au FBI a dû apprendre qu'il y avait un contrat sur toi et en a informé Bruce. Ç'aurait paru louche s'il ne m'avait pas envoyé te mettre à l'abri, comme d'habitude. Il m'a donc mis sur le coup et a envoyé son tueur m'éliminer pour avoir le champ libre avec toi. Il devait ensuite s'emparer des disquettes et libérer la voie pour le sénateur.

— Et sa femme aura un boulevard devant elle pour devenir première dame. Mon Dieu…

Adam poussa un soupir. Tout devenait clair. Olivia paraissait également soulagée, mais, à son regard, il était clair qu'elle attendait autre chose de lui qu'un résumé du complot dans lequel ils étaient impliqués.

— Tu me crois, maintenant, on dirait ? demanda-t-il.

— J'ai décidé de te faire confiance. Mais je ne suis pas stupide, que cela soit bien clair. Si tu me mènes en bateau, je le saurai bien assez tôt. Mais bon sang, Adam, sois certain que je ne demande qu'à te croire…

— Je te jure devant Dieu, Olivia…

— Ce n'est pas nécessaire. Adam, j'aimerais juste que…

Elle s'était brusquement interrompue.

— Quoi ?

— Oublie ça. Sortons d'ici, d'accord ?

— Tu as une idée ?

— D'abord, il faut que nous sortions de cette pièce. Ensuite, j'ai mon arme secrète. Il faut juste que je la… « déchaîne », pour ainsi dire.

— Freddy ?

Elle acquiesça.

— Où est-il ?

— Il est resté au sous-sol, calme et obéissant, comme je le lui ai demandé. Mais il risque de s'impatienter. Et s'ils le trouvent, ils pourraient…

Avant qu'elle n'ait fini sa phrase, Adam s'était jeté d'un bond sur la porte qu'il frappait du poing.

— Nous sommes d'accord pour négocier ! Vous m'entendez ? Nous vous remettrons les copies.

Pas de réponse.

— Corinne, allons ! cria-t-il en frappant de plus belle. En plus des copies confiées à l'avocat d'Olivia, d'autres doivent être envoyées demain au parti adverse de votre mari.

Des pas se firent entendre de l'autre côté.

— Bordel, qu'est-ce que vous racontez ? fit la voix de Corinne.

— Ouvrez la porte. Ecoutez, mon passé n'est pas des plus glorieux non plus, sans parler de celui d'Olivia. Vous avez fumé un peu d'herbe quand vous étiez jeunes ?

La belle affaire ! Ce n'est pas un crime. Trouvons un terrain d'entente.

— Je serais stupide de vous laisser en vie.

— Et vous le seriez encore plus de vous rendre coupable d'un double meurtre. Vous n'obtiendrez rien de plus et aurez tout à y perdre. Parce que la vérité éclatera au grand jour malgré tout, et tout ce que vous gagnerez, c'est au mieux un très long séjour en prison.

— Ne les écoute pas, Corinne, dit la voix de Bruce.

— Non, ne l'écoutez pas, lui ! cria Olivia. Si vous ne faites rien, vous aurez bientôt à faire face à un beau lynchage médiatique. Je serais curieuse de voir la tête de votre mari.

— Il bluffent, maugréa Bruce.

— J'imagine que le bon sénateur ignore l'existence des disquettes, pas vrai, Corinne ? Vous croyez qu'il appréciera que vous ayez démoli sa carrière dans son dos ? reprit Olivia.

La serrure joua et la porte s'ouvrit sur Corinne, qui pointait son arme vers la poitrine d'Adam.

Bruce entra en grognant dans la pièce, pistolet au poing.

— Recule, Adam, ordonna-t-il en le visant à la tête.

Adam recula docilement de quelques pas.

— Vous, dit Bruce à Olivia, venez par ici.

Elle s'avança vers lui. Il la saisit, la fit tourner et la maintint contre sa poitrine, pistolet sur sa tempe.

— Maintenant, parlons.

— Je ne crois pas, dit Olivia. Je n'ai vraiment pas envie de parler. Je sens plutôt que je vais crier.

Et, soudain, elle lâcha un hurlement strident.

L'instant de surprise passé, Bruce plaqua sa main contre la bouche d'Olivia et lui ordonna de se taire.

Pour toute réponse, elle lui mordit la main et hurla de nouveau de plus belle.

— Qu'est-ce qui vous prend, bordel ? demanda Bruce, tandis que Corinne, qui s'était avancée, giflait violemment la jeune femme au visage.

Olivia sut qu'elle n'avait plus besoin de crier. Son appel avait été entendu. Trois secondes plus tard, un énorme bruit sourd retentit dans la pièce voisine. On aurait dit qu'un bulldozer s'attaquait au bâtiment.

Les coups répétés ébranlèrent la porte du sous-sol, qui vola en une myriade d'éclats. Et Freddy surgit dans la pièce comme un fauve en furie tout droit sorti des fournaises de l'enfer.

19

Bruce, qui tenait toujours Olivia, fit volte-face. Corinne vint se placer devant eux et pointa son arme sur Freddy. Instinctivement, Olivia prit appui sur Bruce, se renversa en arrière et projeta ses deux pieds dans le dos de la femme, qui lâcha son arme et tomba lourdement au sol.

— Retenez votre chien ! Retenez-le ! hurla Bruce.

Détournant son pistolet de la tempe d'Olivia, il visait Freddy, qui s'avançait vers lui, menaçant. Mais Adam, qui avait bondi hors de sa cellule, le plaqua par le travers au moment où il pressait la détente. Le bruit de la détonation résonna en écho dans la pièce.

Puis il y eut un hurlement déchirant, une plainte qui brisa le cœur d'Olivia, toujours aux prises avec Bruce. Comme dans un rêve, elle vit Freddy s'effondrer, et bascula en pleine confusion. L'homme qui tentait de la maîtriser la menaçait d'une arme et hurlait quelque chose, des menaces, probablement, qu'elle ne comprit pas. Elle se débattit comme au ralenti, lançant bras et jambes au hasard, si bien qu'elle parvint à se dégager, non sans avoir donné un coup ou deux à son adversaire. Puis elle se rua vers l'endroit où Freddy gisait au sol.

Elle tomba à genoux tandis que, derrière elle, Adam, qui s'était jeté sur Bruce, luttait à présent avec lui. Mais elle était ailleurs, indifférente à ce qui se passait autour d'elle. Son attention était tout entière focalisée sur le trou béant dans la poitrine de Freddy, par lequel le sang jaillissait à gros bouillons.

— Non, non, non ! gémit-elle en appuyant de toutes ses forces sur la blessure pour tenter de contenir l'hémorragie. Accroche-toi, Freddy…

Mais, soudain, elle poussa un cri étouffé. Quelqu'un l'avait saisie par les cheveux et projetée en arrière. Elle se dégagea en titubant, puis envoya au jugé un puissant coup de poing qui atteignit Corinne de plein fouet. En un instant, elle l'avait renversée à terre et frappait sa tête contre le sol dans un élan de violence furieuse.

— Hé, hé ! entendit-elle Adam lui crier. Arrête, tu vas finir par la tuer !

L'air hagard, Olivia suspendit son geste et se tourna vers lui. Debout au centre de la pièce, il tenait en respect Bruce, acculé. A côté d'elle, Corinne gisait inanimée au sol. Ils avaient gagné.

Reprenant ses esprits, elle se rua auprès de Freddy.

— Il saigne, Adam ! Fais quelque chose !

— Je m'en charge.

Il avait tiré son portable et était en train d'appeler un numéro d'urgence.

— Allô ? Il y a eu une fusillade, un agent fédéral est à terre. Nous avons désarmé les agresseurs, mais il nous faut en urgence des renforts, une ambulance et un vétérinaire. Nous sommes à… Quelle est l'adresse de cet endroit ?

— La vieille fromagerie. Ils connaissent. Tout le monde connaît, en ville.

Adam transmit les coordonnées à son correspondant

et raccrocha. Puis il se marcha vers Bruce en le menaçant de son arme.

— La clé des menottes. Maintenant.

— Va en enfer.

— Tu as blessé mon amie et tiré sur mon chien, Bruce, et je ne sais pas ce qui me retient de te mettre une balle dans la tête. Alors ne me donne pas une bonne raison de le faire.

Plutôt que de prendre le trousseau que Bruce lui tendait, il braqua son arme sur son front.

— Libère-moi, ordonna-t-il.

Bruce obtempéra et, à l'instant même où les bracelets furent déverrouillés, Adam les fixa aux poignets de son adversaire. Puis il vint s'assurer que Corinne était bien hors de combat, avant de glisser son arme dans son jean et de rejoindre Olivia.

Allongé au sol, Freddy, le souffle court, clignait lentement les yeux. Il les maintenait fermés un peu plus longtemps chaque fois.

— On va le perdre…, répétait Olivia les yeux pleins de larmes. Freddy, mon bébé, je t'en prie, accroche-toi…

— Il ira bien, je te le promets, dit Adam d'une voix qu'il tentait sans succès de rendre convaincante.

Freddy avait été touché au pire endroit.

Olivia éclata en sanglots. Adam la regarda, impuissant. La voir ainsi lui fendait le cœur.

— Continue de maintenir une pression sur la blessure, Liv. Comme ça, oui, c'est parfait.

— Il… il tremble.

— Vous tremblez tous les deux.

Adam avisa dans un coin de la pièce une bâche qui dissimulait une caisse de matériel abandonné. Après l'avoir époussetée, il en couvrit le chien.

— Je suis navré, Olivia, dit-il en posant une main réconfortante sur l'épaule de la jeune femme.

— Je n'aurais jamais dû l'emmener.

— Il t'a sauvé la vie. Et la mienne aussi.

Freddy émit un soupir de souffrance.

— Oh, mon bébé, je suis tellement désolée… Accroche-toi, je t'en prie.

Pour seule réponse, le chien la regarda de ses grands yeux noirs où, avant qu'ils se révulsent, elle put lire tout l'amour qu'il lui portait. Puis il ferma les paupières.

Le cœur brisé, Olivia s'effondra en pleurs, indifférente aux hurlements des sirènes et aux lumières des gyrophares des véhicules d'urgence qui venaient d'arriver.

Adam vint la réconforter.

— Et Carrie ? demanda-t-il soudain, comme s'il venait d'avoir une illumination.

— Quoi ? demanda-t-elle, hébétée, en levant la tête.

— Elle habite loin d'ici ?

— A cinq ou six kilomètres, répondit-elle.

Elle venait de comprendre ce qu'il avait en tête.

— Parfait, dit-il en se redressant.

Il tira son arme de son jean et la posa loin de lui, sur une table, pour ne pas paraître menaçant aux yeux des policiers qui allaient arriver. Au même instant, la porte s'ouvrit brusquement et Bryan Kendall fit irruption, arme au poing.

— Nous ne sommes pas armés, dit Adam. Eux non plus. Mais Freddy a besoin de soins d'urgence, sinon nous allons le perdre.

— Ils lui ont tiré dessus, Bryan ! hurla Olivia. Ils ont tiré sur mon chien !

— Merde. D'accord, d'accord.

Bryan balaya le théâtre des événements d'un œil d'expert et rengaina son arme. Puis, tandis que les officiers de police faisaient irruption à leur tour, il aida Adam à soulever Freddy.

Avec peine, ils hissèrent le chien sur le siège arrière d'une voiture de police. Bryan donnait en même temps des ordres à ses hommes.

— Sécurisez le périmètre, emmenez ces deux-là en détention et… putain de merde ! s'exclama-t-il lorsque ses yeux tombèrent sur le visage de Corinne. C'est bien celle que je crois ?

— Oui, répondit Adam. Et l'autre est mon supérieur hiérarchique.

— Supérieur ? Attendez, ce type est du FBI !

— Moi aussi. Mais c'est lui le méchant, pas moi.

— Je savais que ce type avait quelque chose de louche. Je dois rester ici, mais j'ai besoin de votre déposition dans les plus brefs délais, précisa-t-il en lançant les clés de la voiture à Adam.

— Je suis à vous dès que Freddy sera entre de bonnes mains.

Adam sauta derrière le volant, mit le contact et lança la voiture sur la route sans aucune hésitation.

A l'arrière, Olivia pleurait, le visage enfoui dans l'épais pelage de Freddy. Malgré les cahots, elle maintenait d'une main la pression sur la blessure ensanglantée du chien.

— Quitte la route principale, Adam. Puis prends la seconde à droite. Vite !

C'est Sam qui leur ouvrit, alerté par les coups qu'Olivia avait frappés à la porte d'entrée de la maison des Overton. Torse nu, vêtu seulement d'un pantalon de pyjama, il les regardait hébété, les cheveux en bataille. Devant lui, Olivia, muette et en larmes, pointait un doigt fébrile vers Adam, qui tâchait tant bien que mal de sortir Freddy de la voiture.

— Maman ! cria Sam. Maman ! Dépêche-toi ! C'est Freddy !

Il se précipita en courant vers la voiture pour les aider. Carrie apparut quelques secondes plus tard, vêtue d'un peignoir. Avec Olivia, elles se précipitèrent pour aider les deux hommes. A eux quatre, ils parvinrent à porter le grand corps de Freddy jusque dans la cuisine, où il le déposèrent sur la table, qui gémit sous son poids. Tel un général en campagne, Carrie lançait des ordres qu'en parfait aide de camp Sam transmettait à chacun.

Elle s'affaira un long moment autour de la blessure. En se relevant, elle passa la main sur son front, où ses doigts laissèrent une traînée ensanglantée.

— Carrie ? Mon Dieu, Carrie, est-il…, demanda Olivia pétrifiée par l'angoisse.

— Non, non, Olivia, rassure-toi ! Mais j'ai fait tout ce que j'ai pu. Il faut l'opérer et le transfuser, mais je ne suis pas équipée, ici. Mais je crois que je suis parvenue à stabiliser son état. On devrait pouvoir le conduire sans risque à la clinique vétérinaire. Tu as bien fait de l'emmener ici. Je suis furieuse contre toi à cause de la blessure de Sam, mais quand même heureuse que tu sois venue. Il n'aurait pas survécu, sinon. Maintenant, il a une chance…

Carrie jeta un regard à travers la pièce et aperçut Sam, qui parlait au téléphone.

— On y va, disait-il. On y sera dans une dizaine de minutes.

Lorsqu'il eut raccroché, Olivia s'approcha de lui.

— Tu m'as sauvé la vie, dit-elle en l'étreignant.

— Oh, ce n'est rien, répondit-il en rougissant.

— Merci, Sam.
— Votre voiture ? demanda Carrie à Adam.
— Une voiture de police. Vous venez avec nous ?
— Bien sûr, hors de question que je quitte mon patient. Je reste avec lui jusqu'à ce qu'il soit confié à un médecin compétent. Mettons-le dans la voiture. Poussez le chauffage à fond et conduisez aussi vite que possible. Je m'habille et je vous suis.

Olivia faisait les cent pas dans le couloir de la clinique vétérinaire. Bryan les avait rejoints quelques instants à peine après leur arrivée. Armé d'un magnétophone, il avait longuement interrogé Adam dans un bureau isolé.

— A ton tour, maintenant, lui avait dit Bryan en la guidant dans la pièce minuscule.

Il lui apprit que, pour l'instant, le FBI n'était pas impliqué. Bruce avait agi seul, mais ils n'allaient pas tarder à entendre parler de ses collègues.

Elle raconta à Bryan tout ce qu'elle avait vécu, tout ce qu'elle avait appris au sujet d'Adam. Et tout en parlant, elle fixait la porte vitrée du bureau, par laquelle elle pouvait voir l'entrée du bloc opératoire, d'où sortiraient les vétérinaires, une fois l'opération de Freddy terminée.

Assis dans la salle d'attente, Adam, Sam et Carrie patientaient dans l'angoisse. Dawn, la fiancée de Bryan, était venue se joindre à eux

— Je suis navré d'avoir à te faire revivre tout ça, dit Bryan.

— Ne t'inquiète pas, ça rendra l'attente plus supportable. Freddy est toujours vivant, sinon les médecins seraient ressortis du bloc. Il est vivant…, murmura-t-elle comme pour s'en convaincre

— J'en suis sûr.

— Bryan, c'est vrai, tout ce qu'Adam m'a raconté ? demanda-t-elle en le regardant enfin dans les yeux. Tu crois qu'il est vraiment ce qu'il prétend, un agent infiltré ?

— Oui. Son agence envoie son précédent supérieur pour le débriefer. Il t'interrogera aussi, mais après je suis certain qu'il me mettra sur la touche. Voilà pourquoi je voulais te parler aussi rapidement.

— Mais pourquoi vouloir me parler, alors ?

— Je voudrais être au courant de tout afin de pouvoir t'aider plus tard, si nécessaire.

— Tu as raison. Il va falloir que je réponde de seize ans d'usurpation d'identité, pas vrai ? Tu crois que je me suis mise hors la loi ?

— Je l'ignore.

— Et Adam ?

— Adam ?

— Tu crois qu'il va retourner à son job comme si de rien n'était ? Tu crois qu'ils vont le laisser tranquille ?

— Je n'en ai pas la moindre idée. Il va falloir que tu lui poses la question toi-même.

Les portes du bloc s'ouvrirent soudain, livrant le passage à un vétérinaire en tenue opératoire, et, presque aussitôt, Olivia imita les personnes présentes dans la salle d'attente et se leva d'un bond.

— Comment va-t-il ? cria-t-elle à travers la porte.

Sa vision se troubla. Le vétérinaire avait pris un air solennel. Elle se sentit au bord du malaise. Les bruits autour d'elle lui parvenaient à présent étouffés. En un clin d'œil, Adam fut auprès d'elle et la prit dans ses bras.

— Nous avons fait tout ce qui était en notre pouvoir. Maintenant, il faut attendre. Il peu très bien succomber aux suites de l'intervention ou bien se réveiller. Mais chaque heure augmente ses chances de survie et lui redonne l'énergie nécessaire pour se battre. S'il est toujours vivant demain matin, il s'en tirera.

Olivia avait repris ses esprits, et poussa un soupir de soulagement.

— Il a survécu jusque-là, Liv, dit Adam, qui la tenait toujours dans ses bras. Il va s'accrocher.

— Je peux rester avec lui ? demanda-t-elle.

— Vous pouvez le voir, bien sûr. Mais soyez brève. Il est indispensable qu'il reste au calme. De toute façon, il est toujours inconscient. Nous allons le garder en observation jusqu'à demain matin. Le mieux est que vous rentriez chez vous pour vous reposer.

— Mais je ne peux pas l'abandonner !

— Quelqu'un le surveillera en permanence, vous n'avez pas à vous inquiéter, déclara le vétérinaire. Je vous promets qu'il ne restera pas seul. Et s'il se réveille, je vous appelle aussitôt. Entendu ?

— J'ai tellement peur de le laisser…

— Il n'y a aucune raison, murmura Adam à son oreille. Va le voir maintenant, puis nous partirons.

Elle acquiesça et s'essuya les yeux. Adam la confia à Sam, qui la prit par l'épaule et l'accompagna à la suite du médecin jusqu'à la salle de réveil.

Le vétérinaire ouvrit la porte et Olivia vit Freddy allongé sur une table en Inox. Un tube était introduit dans sa gueule. Il était couvert d'un drap, les yeux légèrement entrouverts. Le spectacle aurait été moins pénible s'ils avaient été fermés. Elle s'approcha doucement de lui et caressa son cou avec tendresse.

— Tout ira bien, mon vieux. Tu es un bon chien, Freddy.

Les larmes lui brûlaient les yeux, à présent. La porte derrière elle s'ouvrit, puis Sam s'éclipsa pour laisser sa place à Adam. Elle avait senti sa présence. Il posa sa main sur la sienne, et ils caressèrent le magnifique pelage de Freddy.

— Adam est là, lui aussi. Nous sommes là tous les deux. Nous allons bien, tu sais, grâce à toi. Maintenant, il faut que tu te reposes.

Son regard fut attiré par un mouvement imperceptible, puis par un deuxième. La queue de Freddy avait frémi.

Des larmes, de joie, cette fois, roulèrent le long de ses joues tandis qu'un grand sourire se peignait sur son visage.

— Tu as vu ? murmura-t-elle.

— Et comment !

— Il va s'en tirer, je le sais ! Mon Dieu, quel chien !

— Lui, il ira bien, mais sa maîtresse ?

— Je ne veux pas le quitter, dit-elle en le regardant d'un air éperdu.

— Tu peux rester là. J'ai promis à la clinique que je ferais un don pour leurs œuvres. J'avais un demi-million qui traînait et que personne ne réclamait. Je n'ai pas trouvé de meilleure façon de l'utiliser.

Elle se blottit contre lui et versa des larmes de gratitude.

— Merci, oh ! merci… Mais tu n'étais pas obligé, tu sais…

— En fait, je l'ai vraiment accomplie, cette mission, finalement. Je t'ai sauvée de ceux qui voulaient te voir disparaître. Il faut que tu saches quelque chose, Olivia, lui confia-t-il en lui faisant face, les deux mains sur ses épaules. Ma mémoire est revenue. Totalement. Il reste bien quelques zones d'ombre, mais globalement tout est là.

— Quelle merveilleuse nouvelle, Adam ! Je suis tellement heureuse pour toi !

— Moi aussi. Et devine quoi ? Tu étais mon dernier contrat.

— Ah, oui ? demanda-t-elle, perplexe.

— Oui, j'avais prévu d'arrêter après celui-là. J'ai envie de faire des trucs ennuyeux, maintenant.

— Des trucs ennuyeux ? Ça me va !

— Formidable ! Et puis j'ai découvert autre chose, un détail que je suspectais pendant tout ce temps. Il n'y a aucune femme dans ma vie. Pas de fiancée, pas même la moindre petite amie. Je n'ai jamais eu de relation sérieuse.

— Quoi, aucune ?

— Aucune. Personne n'a jamais bouleversé mon cœur… jusqu'à ce que je sombre dans tes yeux.

— Adam… Ecoute, j'ignore si tu seras inculpé. Si c'est le cas, je suis sûr que la justice sera indulgente. Tu en as suffisamment bavé. Mais quoi qu'il en soit… eh bien, j'ai aimé ce qui s'est passé là-bas.

— Où ?

— A la fromagerie. Quand tout allait mal pour nous, tu m'a appelé « ta femme » et Freddy « ton chien ». C'est vraiment ce que tu penses de nous ?

— J'aime tellement ce gros chien que ça me surprend moi-même ! dit-il en contemplant Freddy allongé sur sa table.

— Chut, il pourrait t'entendre…

— Mais c'est très différent de ce que je ressens pour toi.

— Vraiment ?

— Oui.

— Et donc que ressens-tu ?

— Oh ! eh bien, ma tête a pris quelques coups et j'ai encore mal aux poignets à cause des menottes, mais à part ça…

— Que ressens-tu pour moi, gros malin ? dit-elle en lui donnant un léger coup de coude.

— Je suis fou amoureux de toi.

Un grand sourire se peignit sur ses lèvres d'Olivia tandis qu'il l'enlaçait.

— Vraiment ?

— Tu sais, ces lettres, celles que tu avais écrites à Westhaven ? Bryan dit que Corinne les avait obtenues de Skinner, qui interceptait ton courrier depuis qu'il avait appris que tu étais toujours vivante. Il les a vendues à Corinne afin qu'elles les mènent jusqu'à toi. Puis elle les a données à Bruce, qui me les a confiées. J'avais besoin de te connaître un peu plus pour préparer ma mission. Il fallait que je puisse t'approcher pour te dire ce qui se tramait réellement ; et, pour cela, je devais faire semblant d'être Aaron et accepter ton invitation à cette conférence.

— Oh… Peut-on revenir au moment où tu avouais être amoureux de moi ?

Il sourit et l'embrassa sur le front.

— Ces lettres, reprit-il, je les ai lues encore et encore, jusqu'à les connaître par cœur. J'ai été frappé par la façon dont tu te mettais à nu, par ces épreuves que tu ne décrivais pas mais dont je sentais toute la violence. Je comprenais à quel point tu avais souffert. Et je comprenais aussi que tu ne croyais plus en l'amour, pas même au bonheur. Tu m'as touché et je n'avais qu'une hâte, c'était de te rencontrer. Je voulais te parler et te persuader que tu pouvais de nouveau être heureuse. Je voulais faire voler en éclats toute cette souffrance que je percevais dans chacun des mots que tu avais écrits.

Adam regarda longuement la grande silhouette immobile de Freddy.

— Et, au lieu de ça, je t'ai apporté plus de malheur encore, conclut-il.

— Tu n'y es pour rien, Adam. Tu es venu pour m'aider.

Tu ne pouvais pas savoir qu'on était en train de t'utiliser pour m'atteindre. Tu sais que je t'aime. Et, de plus, je n'ai pas très envie de rester seule ce soir.

— Alors, je reste avec toi.

— Mais pour combien de temps ?

— Au moins jusqu'à ce que Freddy se réveille. Et après, eh bien, aussi longtemps que tu voudras de moi, dit-il en lui prenant le menton.

Puis il se pencha vers elle et l'embrassa.

Olivia se laissa emporter par le flot de bien-être qui l'envahit au contact des bras puissants et protecteurs. Enfin, elle pouvait laisser toutes ses peurs derrière elle. Désormais, elle n'était plus seule. Et, pour la première fois en seize ans, elle osait baisser sa garde, faire confiance à un homme. Elle pouvait se reposer sur lui et assumer sa fragilité sans crainte qu'il ne s'en serve un jour contre elle.

Elle se détendit et prit une grande inspiration.

Elle était amoureuse.

Dire qu'il avait fallu si longtemps…
Jamais elle ne s'était sentie aussi bien, aussi légère. Elle se blottit dans les bras d'Adam et posa sa tête sur sa poitrine.

— Finalement, Westhaven écrit vraiment n'importe quoi. L'amour existe bel et bien, et c'est la plus belle chose qui soit au monde.

— La troisième plus belle, murmura-t-il. Toi, tu viens en second.

Il la fit pivoter.

— Et voici la plus belle chose au monde, reprit-il en désignant Freddy, dont les yeux vifs et ouverts les regardaient tous deux.

Main dans la main, ils vinrent à son chevet. Puis, avec

une tendresse infinie, ils l'inondèrent de caresses en lui soufflant à l'oreille des paroles de réconfort.

Tout irait bien, maintenant.

Et, pour la première fois depuis seize ans, Olivia le croyait vraiment.

Epilogue

Jamais l'arrière-cour de la maison de Carrie n'avait accueilli autant de monde. Parents et amis étaient venus en masse célébrer Sam, à qui le chef de la police de Shadow Falls avait décerné le titre de « Citoyen de l'année » pour acte de bravoure. La piscine remplissait parfaitement son rôle, en ce jour d'été particulièrement chaud. Quelques grincheux appréciaient modérément de partager le bassin avec un vieux mastiff anglais aussi joueur que turbulent. La plupart des baigneurs, cependant, s'en amusaient.

Freddy, en tout cas, était aux anges.

Adam et Bryan faisaient équipe autour du barbecue et peinaient à fournir de quoi rassasier tous les invités. Et ils étaient nombreux. La presse locale s'était emparée de l'histoire de Sam. C'était un héros, désormais, et on était venu de partout pour lui rendre hommage.

Olivia s'en tirait bien. Le juge fédéral qui s'était penché sur son dossier avait décrété un non-lieu. L'université avait d'abord fait part de son très grand mécontentement. Le Pr Mallory avait été le premier et le plus virulent à mener campagne contre elle. Il était furieux, malgré l'argent qu'elle lui avait versé en dédommagement pour sa voiture, et avait par tous les moyens tenté de la faire renvoyer. L'énorme véhicule stationnait devant la maison de la jeune femme, tout comme la Lincoln que personne n'était venu réclamer. L'endroit commençait à ressembler à un garage de voitures d'occasion. Quoi qu'il en soit, l'attitude de Mallory avait incité Carrie à le quitter sur-le-champ, à la grande satisfaction d'Olivia. Mieux encore, lorsqu'ils apprirent qu'elle risquait d'être congédiée, ses étudiants avaient manifesté leur soutien avec ferveur pendant trois jours et trois nuits, jusqu'à ce que l'administration cède.

La plaque apposée à la porte de son bureau portait désormais « Professeur Sarah Quinlan ». C'était là son unique *punition*.

Pendant quelques semaines, harcelée par la presse, elle ne put quitter sa maison. Son aventure avait fait la une de nombreux magazines. Désormais, personne n'ignorait qu'elle avait vécu pendant seize ans en usurpant l'identité d'une morte. Puis les journaux avaient trouvé une nouvelle affaire à se mettre sous la dent et avaient fini par la laisser tranquille. Désormais, la véritable Olivia Dupree pouvait reposer en paix. Place à Sarah Quinlan, ressuscitée. Elle pouvait enfin vivre pleinement pour la première fois de sa vie.

— Il est fichtrement séduisant, dit Dawn en regardant Adam. Tu vas le garder, n'est-ce pas ?

— Pour toujours.

Les deux amies contemplèrent leurs hommes affairés auprès du barbecue.

— Le prochain mariage sera le tien, ajouta Carrie.

Olivia sourit. Quelle belle idée !

— Pas de précipitation, lança Dawn. Le mien est prévu pour le mois prochain et rien n'est encore prêt !

— D'accord, d'accord, concéda Carrie. Viens avec

moi, Olivia… Sarah. Oh, mon Dieu, je ne m'y ferai jamais ! Allons aider à faire le service.

— Si tu n'y vois pas d'inconvénient, je voudrais d'abord aller offrir un cadeau à ton fils pour le remercier.

— Je n'arrive pas à croire que tu me fasses un coup pareil. Mais bon, d'accord, je cède, dit Carrie en levant les yeux au ciel. Vas-y !

Olivia repéra Sam, qui disputait à Freddy un ballon de plage dégonflé.

— Tu viens avec moi, Sam ? Je voudrais te parler de quelque chose.

— Bien sûr.

Il lui emboîta le pas.

— Tu sais, avec tout ça, je n'ai jamais eu l'occasion de te remercier pour ce que tu as fait cette nuit-là.

— Si. Tu l'as fait la nuit où Freddy s'est fait tirer dessus. Bon sang, j'ai vraiment eu peur !

— Oui, j'ai vraiment cru que j'allais mourir. Mais je voudrais te remercier comme il se doit, maintenant. Après tout, tu as aussi sauvé la vie d'Adam, sans parler de la mienne. Nous voulons te faire un beau cadeau pour te témoigner notre gratitude. Dis-toi que c'est un cadeau d'anniversaire, si tu veux.

— Ça, c'était il y a un mois et demi.

— Mieux vaut tard que jamais, répondit-elle en lui tendant un trousseau de clés.

— Quoi… que…, balbutia Sam, ébloui.

Sam se tourna dans la direction que lui indiquait Olivia et vit une grosse voiture rouge et noir.

— Que dis-tu de ce Funkmaster Flex Edition Ford Expedition ? demanda-t-elle d'une traite. Tu ne peux même pas imaginer combien de fois j'ai dû répéter pour le dire correctement ! Il a un peu souffert, mais je crois qu'il te plaira quand même.

Sam resta un long moment bouche bée.

— Sans blague ? dit-il enfin.

— Sans blague.

Il lui sauta au cou et l'étreignit, tout excité. Autour d'eux s'élevèrent les applaudissements des invités qui, discrètement, s'étaient peu à peu rassemblés.

— J'y crois pas ! J'y crois pas ! C'est pas croyable ! C'est vraiment pour moi ?

— Oui ! Je l'ai cassé, je l'ai acheté. Et, franchement, je n'ai pas vraiment besoin d'un autre véhicule. Tu as l'air de l'aimer et, vraiment, je ne vois pas de meilleur moyen pour te remercier de nous avoir sauvé la vie.

— J'y crois pas !

— Eh bien, tu devrais ! Pour rien au monde, je ne voudrais d'autre vie que celle que j'ai maintenant, assura-t-elle doucement, tandis qu'Adam, qui l'avait rejointe, lui passait le bras autour des épaules. Il m'en a fallu du temps pour parvenir à revivre, Sam. Sans toi, je n'aurais jamais eu cette chance.

— Vous êtes super ! Je ne sais pas quoi dire.

— Promets-moi juste de conduire prudemment. Allez, va l'essayer, maintenant.

— D'accord !

Il prit les clés qu'elle lui tendait et piqua droit sur la voiture, suivi de près par une douzaine d'adolescents surexcités.

Le sourire aux lèvres, elle se blottit dans les bras que lui tendait Adam.

— C'est parfait. Tout à fait ce dont j'avais besoin aujourd'hui.

— Pourquoi aujourd'hui ? demanda-t-il en fronçant les sourcils.

— C'est aujourd'hui l'anniversaire du meurtre de la vraie Olivia Dupree. Avec le temps, j'avais fini par le considérer comme mon propre anniversaire. Ce jour où un flic dont j'ignorais qu'il était aussi un assassin m'a aidé à renaître. Portons un toast à sa mémoire ce soir. Après tout, elle m'a aidée aussi.

— D'accord. Et à partir d'aujourd'hui, tous les ans, nous célébrerons cette date en souvenir d'elle.

— Ça serait bien, dit doucement Olivia.

— Et il sera facile de s'en souvenir, c'est six semaines après l'anniversaire de Sam.

— Oui, six semaines…

Elle s'était interrompue et regardait Sam, qui, entouré de ses amis, contemplait sans y croire son merveilleux cadeau. Elle l'observait, en réalité, avec la plus grande attention. Il avait les yeux de sa mère, remarqua-t-elle pour la première fois.

— Hé, tu es avec nous ? demanda Adam.

Elle cligna les yeux et revint au présent, à Adam, à sa vie. Une vie désormais sans secrets qu'elle souhaitait à tous ceux qui comptaient pour elle.

— Nulle part, répondit-elle enfin. Je suis là.

— Oui, là où je t'aime le plus. A mes côtés.

— J'y suis pour toujours.

Freddy choisit cet instant pour glisser entre eux sa grosse tête, suivi de son grand corps tout mouillé. Ils partirent d'un grand éclat de rire.

— C'est drôle comme ce chien nous sépare autant qu'il nous unit, dit-elle en riant de plus belle.

— Oui, quel obstacle il fait ! Heureusement, il m'a l'air d'être d'accord. Pour toi et moi, je veux dire.

— Sinon, crois bien que je ne serais pas avec toi, plaisanta-t-elle.

Il l'embrassa. Encore et encore.

— Comment rentrons-nous, maintenant que tu as donné notre voiture ?

— C'est un beau jour pour une promenade, non ?

Il glissa son bras autour de sa taille et écarta gentiment Freddy d'un coup de hanche. Puis, la main dans la main, ils se mirent en route, en se retournant au bout de quelques pas pour saluer leurs amis de la main.

— Je n'y croyais vraiment pas, tu sais ? confia-t-elle en posant sa tête sur l'épaule de son compagnon.

— A quoi ?

— A tout ça.

Elle ferma les yeux. Un vague de bien-être la submergea.

— Je ne croyais pas pouvoir aimer autant, reprit-elle. Ni pouvoir être aussi heureuse. Mais c'est bien réel. C'est réel et c'est vraiment à moi que ça arrive. C'est ma vie, désormais. Merveilleuse, incroyable. J'ai hâte que chaque jour se lève pour la vivre avec toi, et encore plus hâte de me coucher à ton côté quand le soir viendra.

Elle se sentait vivante, rayonnante, irradiant de joie, envahie par un bien-être encore difficile à concevoir.

— Je t'aime, murmura-t-elle.

— Je t'aime aussi.

Il se pencha sur le bord de la route couvert d'herbes folles pour y cueillir une minuscule fleur bleue qu'il lui tendit.

Elle fronça les sourcils.

— C'est une pensée, annonça-t-il.

Il se tourna vers elle et la piqua dans ses cheveux. Puis ils s'embrassèrent en riant. Et Olivia aurait pu jurer que Freddy riait avec eux.

Si, comme nous l'espérons, vous avez aimé
L'inconnu de Shadow Falls,
les pages suivantes vous permettront
de découvrir un extrait du troisième roman
de cette trilogie de Maggie Shayne,
à paraître le 1er mai 2012.

1.

— Vas-y, Sam ! Waouh !

Carrie brandit son poing en l'air, alors que son ado de fils dégageait le ballon d'un bon 43 pour torpiller le filet, laissant le gardien de but médusé. Lançant un regard en direction de sa mère, il lui adressa un demi-sourire et frappa de sa main son brassard jaune, rappelant ainsi à l'assistance, pour le cas où elle l'aurait oublié, à qui ce but était dédié.

En se rasseyant, Carrie se sentit embarrassée par ses propres élans d'enthousiasme. C'était un peu déplacé, vu les circonstances.

Profitant de la reprise du match, elle fit un tour d'horizon des autres spectateurs. Des parents et d'autres gens du coin, pour la plupart, installés sur les gradins à l'extrémité d'un stade immense et soigneusement entretenu, derrière Shadow Falls Central. La rentrée n'allait pas tarder, mais les matchs et les entraînements d'avant-saison de foot, d'athlétisme et des pom-pom girls avaient déjà repris.

Les odeurs et les sensations de septembre étaient très particulières, à Shadow Falls. L'automne était aux aguets, on le savait. Et, pourtant, rien de vraiment palpable ne le laissait présager. Les feuilles commençaient à prendre de nouvelles couleurs, mais les arbres restaient touffus. Le soleil continuait de darder ses rayons, comme pendant tout l'été, mais il était moins brûlant, et la brise apportait désormais cette légère fraîcheur qui avait fait défaut les mois précédents. L'automne était en route. Quelque chose dans l'air le disait.

Mais, dans ce je-ne-sais-quoi qui flottait dans l'air de Shadow Falls, il y avait plus que les simples prémices de l'automne. Comme un voile qu'il était difficile d'ignorer. Un brouillard persistant qui ne s'était pas levé depuis cinq jours, et qui ne faisait que s'épaissir. Depuis que Kyle Becker n'était pas rentré chez lui, chaque jour qui passait imprégnait la ville d'un peu plus de tristesse, d'un peu plus de grisaille.

Même les touristes devaient à présent savoir d'où venait cette mélancolie inhabituelle qui s'était emparée de Shadow Falls. Difficile de ne pas s'en rendre compte, de toute façon, avec les affiches agrafées sur toutes les cabines téléphoniques, les poteaux de clôtures et les érables imperturbables. Sans compter les trois rassemblements quotidiens de volontaires qui arpentaient les environs depuis la vieille caserne de pompiers, juste au cas où il lui serait arrivé quelque chose, une éventualité que personne ne voulait sérieusement envisager.

Tous les joueurs des Blackberry Chiefs et des Shadow Falls Vickings portaient un brassard jaune en signe de solidarité, depuis la disparition de l'adolescent de seize ans. Pour qu'il revienne vite, aussi. Cela faisait cinq interminables jours, à présent

— Joli coup ! lança quelqu'un non loin de là.

Carrie leva les yeux et aperçut l'officier de la police locale, Bryan Kendall, en uniforme, assis sur le quatrième siège à sa droite.

— Oui, c'était bien joué, pas vrai ? lui répondit-elle, avant d'ajouter : Comment ça va, Bryan ?

Il haussa les épaules.

— On a vu mieux.

— J'imagine que tu es plongé jusqu'au cou dans tes préparatifs de mariage. C'est dans combien de temps, maintenant ? Six semaines ?

— A peine. Mais ce ne sont pas les préparatifs de mariage qui me tracassent. Même si, entre nous, je me ferais bien la belle pour partir direct en lune de miel.

— J'imagine !

— C'est cette histoire de Kyle Becker, continua-t-il.

Elle acquiesça en soupirant.

— Ça ne pouvait pas tomber plus mal, n'est-ce pas ?

— C'est le pire des moments. Comment contrôler chaque étranger alors qu'il en débarque de partout pour admirer les feuillages d'automne ?

D'un signe de tête, elle lui fit part de sa compréhension, tout en balayant du regard les gradins, remarquant même ici et là quelques visages inconnus parmi les gens du cru. Il y en avait peu, cela dit. Les touristes préféraient les visites de caves et les reportages photos sur les feuillages d'automne aux compétitions sportives scolaires. Mais une poignée d'entre eux étaient tombés par hasard sur le match et s'étaient spontanément mêlés aux supporteurs. L'un d'eux en particulier attira son attention. Assis quelques rangs plus bas, sur la gauche, il était absorbé par la lecture d'un de ces stupides journaux à sensation, avec en une le dernier scandale de Shadow Falls.

ERREUR D'IDENTIFICATION SUR UNE FEMME RETROUVÉE MORTE IL Y A PLUS DE SEIZE ANS.

Un anonyme offre 500 000 dollars
à qui retrouvera son bébé disparu.

Fermant les yeux, Carrie secoua la tête, espérant ainsi effacer d'un coup toute cette histoire, celle de la mère biologique de son fils. Mais le scoop s'étalait partout. Et cette satanée récompense n'allait rien arranger.

Seize ans plus tôt, l'identification de la femme retrouvée morte avait conclu qu'il s'agissait d'une certaine Sarah Quinlan. La véritable identité d'Olivia Dupree n'avait été révélée que des années après, il y avait tout juste quelques semaines. Il n'en avait pas fallu davantage pour relancer l'affaire et raviver les spéculations, d'autant que la femme avait donné naissance à un bébé avant d'être assassinée.

Personne à Shadow Falls n'avait eu vent de la grossesse d'Olivia, ni entendu parler d'un quelconque bébé, mais les Etats-Unis tout entiers semblaient soudain s'être pris de passion pour lui, et les rumeurs allaient bon train quant à ce qu'il avait pu advenir de l'enfant. Et plus encore avec l'apparition dans le débat d'une récompense plus que généreuse.

A l'époque, Carrie n'avait pu mettre un nom sur le visage de la jeune femme transportée à la morgue de son hôpital pour y être autopsiée. Mais elle l'avait reconnue. Après tout, leur rencontre remontait alors à moins de six semaines. Depuis cette date, elle n'avait cessé d'arpenter Shadow Falls dans l'espoir de la retrouver et de lui faire signer les documents d'adoption grâce auxquels Sam deviendrait officiellement son fils. Mais, ce jour tragique, elle avait compris que cela n'arriverait jamais.

Best-Sellers n°502 • suspense

Je ne t'ai pas oublié - Karen Harper

Deux ans ont passé depuis que Tara Kinsale, détective privée, est sortie de longs mois de coma. De ces mois d'inconscience, elle n'a conservé que le souvenir vague d'un voile blanc. Et au réveil, ce terrible choc : pendant ce temps, son mari avait obtenu le divorce. Alors qu'elle reprend à peine le fil de sa vie, elle se retrouve de nouveau en état de choc quand un médecin lui annonce qu'elle a mis au monde un bébé pendant son coma. Un enfant ? Impossible. Et pourtant, le doute s'insinue dans son esprit. Pourquoi ses proches refusent-t-ils de répondre à ses questions s'il n'y a rien à cacher ? De son chalet perdu au cœur de la luxuriante vallée de Shadow Mountain, épaulée par Nick MacMahon, un homme qu'elle connait depuis peu mais en qui elle a spontanément eu confiance, Tara se lance dans une enquête sur ce long coma au cours duquel l'impensable s'est produit.

Best-Sellers n°503 • suspense

Le cercle brisé - Nora Roberts

Emma a trois ans quand elle est arrachée par son père, riche et célèbre musicien de rock vivant à Los Angeles, aux bas-fonds de Londres ainsi qu'aux mauvais traitements d'une mère alcoolique et droguée. Alors que la vie paraît enfin sourire à la petite Emma, c'est le drame : elle assiste, impuissante, au meurtre de Darren, son demi-frère de deux ans. Sous le choc, Emma enfouit au plus profond de sa mémoire le souvenir du visage du ravisseur, tandis que grandit en elle un terrible sentiment de culpabilité : elle n'a pas su protéger son petit frère adoré. D'autant que, malgré une longue enquête, le meurtrier n'a jamais été retrouvé. Adulte, Emma devient une photographe célèbre. Mais la petite fille en elle n'a jamais oublié le drame. L'image imprécise du meurtrier hante ses cauchemars. Pour vivre enfin en paix, Emma va devoir le démasquer. Mais pour y parvenir, il lui faudra provoquer un scandale retentissant, et mettre en danger sa propre vie…

Best-Sellers n°504 • suspense

L'île du mystère - Heather Graham

En décidant de racheter le musée Beckett de l'île de Key West, en Floride, pour le restaurer et le rouvrir au public, Katie O'Hara s'apprête à réaliser l'un de ses souhaits les plus chers, dans ce lieu auquel elle reste profondément attachée. Un attachement que le crime commis là dix ans plus tôt ne peut en rien diminuer. Mais rapidement, un obstacle inattendu se dresse devant elle : le propriétaire, le photographe David Beckett, décide soudainement de s'opposer à la vente, et de revenir s'installer à Key West. Malgré le choc que lui cause cette nouvelle, Katie décide de convaincre le séduisant David du bien-fondé de son projet. Jusqu'à ce qu'elle apprenne qu'il a lui-même été soupçonné du meurtre dix ans plus tôt…

Best-Sellers n°505 • féminin

L'enfant du scandale - Barbara Delinsky

Hugh et Dana forment un couple harmonieux malgré leurs différences. Si Dana vient d'un milieu modeste et n'a jamais connu son père, Hugh, issu de la bourgeoisie bostonienne, a dû lutter pour faire accepter son épouse dans sa famille. Alors que l'arrivée d'un enfant semble apaiser les passions, c'est un véritable scandale que déclenche la naissance de la petite fille. Car, alors que rien ne le laissait prévoir, la fillette a la peau noire. Abasourdis, déchirés entre la joie et la soif de réponses, les jeunes parents décident d'explorer leurs racines… au risque de déterrer les secrets du passé…

Best-Sellers n°506 • féminin

Jusqu'au bout du rêve - Sherryl Woods

Bouleversée par sa rupture douloureuse avec Connor O'Brien, Heather Donovan quitte Baltimore pour s'installer à Chesapeake Shores avec Mick, leur petit garçon de un an. En choisissant de vivre dans ce petit paradis en bordure de mer, elle espère se reconstruire, et surtout, permettre à son fils de s'épanouir au grand air. Mais rien ne se déroule comme Heather l'avait prévu. Car Connor, qui a toujours refusé avec entêtement de se marier avec elle, lui préférant sa brillante carrière d'avocat, cherche désormais à la reconquérir. Déstabilisée par cette attitude, mais déterminée à se tenir aussi loin que possible de celui en qui elle n'a plus confiance, Heather se consacre entièrement à son fils et à la petite boutique qu'elle vient d'ouvrir. Jusqu'à ce qu'un choc violent et inattendu vienne à nouveau bouleverser sa vie…

Best-Sellers n°507 • suspense

La mémoire volée - Beverly Barton

Quels secrets se cachent entre les murs de l'imposante demeure de la plus ancienne famille du Mississippi ? Missionné par G.W Wesbrook, le patriarche du clan, pour retrouver sa petite fille Leslie Anne qui vient de fuguer, Dante Moran a la sensation gênante de faire intrusion dans une affaire de famille complexe, douloureuse. Une histoire à laquelle il se sent complètement étranger, jusqu'au jour où il rencontre Tessa, la mère de Leslie Anne. Troublé d'abord par la beauté fragile de Tessa, Dante reçoit un choc lorsqu'elle plonge ses yeux dans les siens. Car ce regard réveille en lui l'éclat d'un autre regard, le souvenir d'une autre femme, perdue il y a longtemps…

Best-Sellers n°508 • historique

La princesse celte - Helen Kirkman

Angleterre, Royaume de Northumbrie, 716

Après avoir échappé au mariage que son père, le roi des celtes, voulait lui imposer, Alina s'est réfugiée dans un couvent isolé où elle mène une existence simple, au mépris de son titre de princesse. Mais sa vie est bouleversée lorsqu'un matin, un sombre guerrier fait irruption dans le couvent, l'épée à la main et l'éclat de la vengeance dans les yeux. Car cet homme, cet être d'ombre et de lumière, n'est autre qu'Athelbrand le saxon avec lequel elle s'est enfuie la veille de son mariage et qu'elle a ensuite quitté sans explications, le condamnant au déshonneur et à l'exil. Brand, qu'elle a aimé de tout son cœur et de toute son âme mais qu'elle a trahi malgré elle…

Best-Sellers n°509 • historique

Le secret de lady Scarlet - Nicola Cornick

Fortune Folly, Yorkshire, 1810

Pour empêcher Nat Waterhouse, son ami d'enfance, de faire un mariage d'intérêt avec une riche héritière, lady Elizabeth Scarlet est prête à tout. Y compris à élaborer un plan aussi audacieux que scandaleux pour y parvenir : kidnapper et enfermer Nat dans un manoir désert la veille de la cérémonie.

Et tout se déroule comme prévu jusqu'au moment où Nat comprend qu'il a été piégé. Furieux, il l'accuse de se comporter en petite fille gâtée et capricieuse. Pis encore ! il sous-entend qu'elle est amoureuse de lui depuis toujours et qu'elle jalouse sa fiancée. Blessée dans son orgueil, profondément gênée par les insinuations de Nat, Lizzie décide de lui prouver qu'elle ne le laisse pas aussi indifférent qu'il veut le faire croire…

Présumée
suspecte
Un troublant
dilemne

DAY LECLAIRE
Un mariage
chez les Dante
HEIDI RICE
Une étincelle
de désir

NOCTURNE
THERESA MEYERS
L'amant
des ténèbres

Une héritière pour
les Sabbatini
Azur

BRENDA NOVAK
Noir secret

Composé et édité par les
éditions HARLEQUIN
Achevé d'imprimer en décembre 2011

BRODARD & TAUPIN

La Flèche
Dépôt légal : janvier 2012
N° d'imprimeur : 66431

Imprimé en France